Katrine Nørregaard

Die Mittsommerlüge

Katrine Nørregaard

Die Mittsommer lüge

Roman

Aus dem Dänischen von
Lotta Rüegger und Holger Wolandt

DIANA

FSC
www.fsc.org
MIX
Papier aus verantwortungsvollen Quellen
FSC® C014496

Verlagsgruppe Random House FSC® N001967

Deutsche Erstausgabe 06/2018

Die Originalausgabe erschien 2016 unter dem Titel
Løgnerens hus bei JP/Politikens Forlagshus A/S, Kopenhagen

Redaktion: Sibylle Klöcker
Umschlaggestaltung: t. mutzenbach design, München
Umschlagmotiv: © OLIVER-stockphoto; LHPHH;
Shutterstock/Andris Barbans
Satz: Leingärtner, Nabburg
Druck und Bindung: GGP Media GmbH, Pößneck

Printed in Germany
ISBN 978-3-453-35979-6

www.diana-verlag.de
Besuchen Sie uns auch auf www.herzenszeilen.de
Dieses Buch ist auch als E-Book lieferbar.

Für Stine

PROLOG
EIN TAG IM MAI

KRISTIAN

Ich bin enttäuscht. Das Sommerhaus sieht aus wie immer. *Lykkebo* steht auf einem Schild über der Haustür. Die Buchstaben sind schon etwas verwittert.

Alles ist vernachlässigt. Das Schaukelgestell hat Rost angesetzt, zwischen den Platten des Gartenwegs wächst Unkraut, und im Sandkasten liegen vermoderte Blätter, Dornenzweige und ein Hundehaufen.

Ich klopfe auf meine Hemdtasche und fische eine Schachtel Cecil heraus.

Ich sterbe. Ich sterbe, denke ich und ziehe an der Zigarette. Die Welt um mich herum erinnert mich immer wieder daran. Leben, das vergeht, und ich werde auch bald vergehen. Das ist verdammt schwer. Es ist verdammt schwer, diese Erkenntnis zu akzeptieren, obwohl sie auf alles Lebende zutrifft.

Das ist die beste Stunde des Tages. Meine eigene Anwesenheit hallt in der Stille wider. Mein schwerer Tabakatem und das Knirschen der Schuhspitzen im Kies.

Hier bin ich also wieder. In Lykkebo. Hier wohnt das Glück. Seit dem letzten Mal sind fast fünf Jahre vergangen, und angesichts des deutlichen Verfalls bekomme ich Gewissensbisse.

»Lykkebo am Limfjord, kleines Lykkebo«, sage ich.

Von Erde bist du genommen, zu Erde sollst du wieder werden, und aus Erde sollst du wieder auferstehen.

Bald habe ich das Haus zum letzten Mal gesehen. Den Garten und den Fjord. Und habe Lebewohl oder Auf Wiedersehen gesagt. Ich werde mich von Karen verabschieden.

Der Schlüssel liegt dort, wo er immer liegt: in einem Stiefel im Gartenschuppen. Es riecht muffig. Eine Palette Dosenbier steht unter dem Gartentisch, und ich reiße ein Loch in die Plastikfolie.

Eine Zigarette in der einen, ein Bier in der anderen Hand. Wenn die Dose leer ist, werde ich tun, was ich vorhatte zu tun. Deshalb bin ich hergekommen. Eine letzte Tat, die etwas bewirkt.

Ein fürchterlicher Gedanke hat mich plötzlich heimgesucht. Wenn ich tot bin, kann ich nicht mehr sprechen. Natürlich kann ich nicht sprechen, wenn ich tot bin, aber dieser Gedanke beschäftigt mich wirklich. *Ich kann meinen Mund nicht mehr öffnen.* Vielleicht erstarrt er ja in einer lautlosen letzten Äußerung. Einem runden O. Aber meine Stimme wird nicht zu hören sein. Dann wird es zu spät sein. Es *ist* bereits zu spät.

Verdammter Limfjord, denke ich und kann einen hässlichen Schluchzer nicht unterdrücken. Das hier sind meine letzten Stunden und bald meine letzten Minuten. Den Beschluss habe ich schon lange gefasst. So ist es, und so wird es kommen.

Ich sehe, wie der Fjord um mich herum erwacht. Die Sonne geht auf, eine bleich verschleierte Kugel. Geradezu höhnisch, weil sie heute Abend trotz allem wieder untergeht. Niemand kann es verhindern. Dann erscheint der Mond mit den Sternen, seinen funkelnden Knappen: »Lebe wohl, Sonne, jetzt sind *wir* an der Reihe. Ich und die Nacht und meine Sterne.«

Jemand hat geputzt. Es riecht nach synthetischem Lavendel und Ajax und nicht so ungelüftet, wie ich erwartet hatte.

»Hallo!«, rufe ich und komme mir dumm vor, weil niemand hier ist. Ich betrete die sparsam möblierte Küche. Alte, ausgediente Möbel. Gebrauchsgegenstände, Stühle, auf denen man sitzen, und ein Tisch, an dem man essen kann. Mehr nicht.

Ich setze mich ans Fenster, weine und lache gleichzeitig. Vielleicht ist es der Fjord, vielleicht ist es auch Lykkebo. Ich bin 63 Jahre alt und muss sterben.

Ein paar Tage bleiben mir noch. Ich fische das Papier aus der Hosentasche, einen Bleistiftstummel und einen Radiergummi. Das hier ist meine letzte Chance, und vielleicht bringe ich es deswegen nicht zu Papier. Dieser Brief wird nie fertig werden, denn Worte reichen nicht aus. Trotzdem beginne ich zu schreiben.

»Meine liebe Karen …«

Der nächste Schritt erfolgt wie in Trance. Ich ziehe die Vorhänge zu, stelle die Bierdose in die Spüle und schließe ab.

Ich stehe am Steilhang, dem Sünderhang. Den Brief habe ich mit einem Stein beschwert. Jetzt ist es Morgen, aber es sind noch immer keine Leute hier. Meine Atemzüge sind in der Stille deutlich zu hören, als seien die Stimmbänder rau wie Schmirgelpapier.

Der Horizont ist blau. Ich schaue in den Himmel, keine Baumkronen, keine Wolken. Die blaue Farbe wirkt nackt. Der Himmel verschwindet vor meinem Blick. Alles verschwindet. Ich schaue nach unten und weiß, jetzt ist es so weit. Meine Beine zittern immer stärker.

Die beste Stunde des Tages, denke ich noch, als ich an den Abgrund trete.

»Hallo! Kristian.«

Ich drehe mich um und bekomme einen Schock. Ein starker Schmerz strahlt hinter meinen Rippen aus.

Verschwinde. Ich. Rauschen.

Da ist nichts.

I

LOUISE

»Hör mal«, sage ich in die Stille. Ich weiß nicht, wie ich beginnen soll. Meine Morgenroutine ist unterbrochen worden, weil mich ein Welpe, ein Cockerspaniel, mit heraushängender Zunge anstarrt. Der wedelnde Schwanz schlägt auf die Dielen. Wir haben einen Hund bekommen.

Michael hat das entschieden. Auch, dass der Hund Bimmer heißen soll, aber das haben wir anderen in Buller geändert.

»Los, wir gehen Gassi«, sage ich auffordernd und klatsche in die Hände. Der Hund springt begeistert auf. Auf dem Weg in die Diele wirft er den Wassernapf um, reißt eine Jacke vom Haken und pinkelt vor Begeisterung.

»Michael!«, rufe ich noch verärgerter, schließlich wollte er den Hund, nicht ich. »Michael!«

»Ja?«

Er tritt in die Diele, sein Blick fällt auf die Pfütze, und der Hund glotzt mich mit großen, dummen Augen an.

»Ja, was wohl? Der Hund. Er hat schon wieder alles vollgepinkelt. Du wolltest unbedingt einen Hund!«

Michael lacht. Er findet das lustig, aber ich muss es ausbaden. Er geht in die Hocke.

»Ist ja gut. Gassi. Gassi, Bimmer«, sagt er und nimmt die Leine.

»Er macht aber trotzdem ins Haus«, sage ich.

»Jetzt reg dich nicht auf, Louise. Er ist doch noch ein Welpe. Das hat er nicht extra gemacht.«

Der Morgen verläuft wie immer. Türen knallen zu, werden geöffnet und geschlossen. Münder sprechen, rufen, murmeln, seufzen. Und schmatzen.

»Magnus, kau mit geschlossenem Mund«, sage ich und bemerke den trotzigen Seitenblick auf Michael.

»Hör auf Louise. Sie hat das Sagen, wenn Mama nicht hier ist. Kau nicht mit offenem Mund«, sagt er. Und Magnus kneift die Lippen zusammen, kaut kaum noch, und sein ganzes, pausbäckiges Gesicht wirkt plötzlich verängstigt.

Ich bekomme ein schlechtes Gewissen. Gedankenverloren schaue ich aus dem Fenster. Heute ist der Himmel ganz blau. Keine einzige Wolke ist zu sehen. Und es ist windstill. Schlaff hängt die Fahne von der Stange herunter.

»Ich will noch eins«, verkündet Magnus, und Michael streckt die Hand nach dem Brotkorb aus.

Unselbstständig, dieser Junge, denke ich. Sieben Jahre und kann sich nicht mal seine Brote selbst schmieren. Ich denke an Ida, die das in diesem Alter schon selber machte. Die Brote durften nur ganz dünn bestrichen sein, ich nahm immer zu viel Leberwurst, vermutlich mit Absicht. Sie war so dünn, und ich hoffte, dass sie zunehmen würde.

Sie ist immer noch dünn, nur ein Strich in der Landschaft, aber das ist genetisch bedingt. Sie isst die ganze Zeit und redet überhaupt sehr viel vom Essen. Jetzt macht sie eine Diät. Nicht weil sie abnehmen will, sagt sie, sie will gerne gesund leben, und der Kühlschrank ist immer voller Skyr und Hüttenkäse. Freitags ist einer ihrer Fastentage. Die 5:2-Diät ist recht verbreitet, aber das kann einfach nicht gesund sein, zwei Tage pro Woche zu fasten.

»Papa, weißt du was?«, sagt Magnus, immer noch mit vollem Mund. »Tobias hat ein iPad und darf es in die Schule mitnehmen.«

»Na so was«, erwidert Michael und wirft mir einen Blick zu. »Und wie alt ist Tobias?«

»Er ist sieben. So alt wie ich.«

»Mit sieben soll man auf Bäume klettern und Fußball spielen«, meine ich. Ich trinke einen Schluck Kaffee und schaue Michael durchdringend an.

»Aber das tun wir ja auch«, wendet Magnus ein.

»Ja, das tun sie«, pflichtet Michael ihm bei.

Mir fällt auf, dass es schon recht spät ist, wir müssen bald los.

»Ein iPad ist teuer«, sage ich. »Und außerdem überflüssig. Iss jetzt auf. Michael, solltest du nicht …«

»Wie spät ist es?«, unterbricht er mich und springt auf. Buller erhebt sich auch und glaubt, dass er jetzt nach draußen darf.

»Nein. Platz«, sage ich und schaue erneut auf die Uhr. »Jetzt müssen wir aber.«

»Magnus, bist du fertig?«, fragt Michael, während ich die Teller abräume.

»Bekomme ich eins?«

Der Junge sieht fragend von Michael zu mir. Ich kenne diesen Blick. Kinder in diesem Alter. Sie denken nur an sich. Sie denken nur daran, was sie bekommen können. Der Junge ist süß und hat beim Lächeln Grübchen in seinen runden Backen.

Michael sieht ihn nicht an. Er eilt hin und her und fährt sich gestresst mit der Hand durchs Haar.

»Darüber reden wir ein andermal. Schatz, hast du die Autoschlüssel gesehen?«

»Na dort, wo sie immer hängen. An dem Nagel in der Diele«, antworte ich. Dass er das nicht langsam mal begreifen kann.

»Mama?«

Ida ruft.

Ich stelle die Teller in die Spüle und winke Lotte auf der anderen Straßenseite zu. Gestern hat sie auf Facebook gepostet, Glück sei, eine Sternschnuppe zu sehen und nicht zu wissen, was man sich wünschen soll. In letzter Zeit postet sie fast jeden Tag was. Zitate und Fotos.

»Mama?«

»Ja, was ist, Ida?«, rufe ich. Kann sie nicht einfach in die Küche kommen, statt quer durchs Haus zu brüllen?

Da steht sie auch schon auf der Schwelle, ein schlaftrunkener Teenager in zu kurzem Micky-Maus-Nachthemd. Sie weigert sich, es auszurangieren.

»Die erste Stunde fällt aus. Bleibt also nur noch eine weitere. Ich fahre nicht mit.«

»Aber du musst doch zur zweiten Stunde in die Schule. Wie willst du das mit dem Fahrrad schaffen?«

Sie seufzt. »Wir gehen sowieso nur einen Text durch. Und das habe ich schon gemacht. Ist also nicht so wichtig. Ich weiß, was drinsteht.«

»Du willst überhaupt nicht in die Schule?«, hake ich nach und weiß bereits, wie die Antwort lautet.

»Mama … Das ist nicht nötig, das ist Zeitverschwendung«, sagt sie und zieht die Brauen zusammen. Sie hat sie wieder gezupft, zwei schmale Striche sind übrig, und mich streift der Gedanke, dass sie aussieht wie ein Clown.

»Das mit den Augenbrauen sieht wirklich lustig aus«, sage ich lächelnd. »Und dazu dieses Nachthemd … das ist doch viel zu klein.« Ich muss lachen, weil sie nicht antwortet, vielleicht liegt es an meiner Übermüdung, aber plötzlich sieht sie in diesem Nachthemd und mit diesen Clownaugenbrauen *sehr* lustig aus. Ihr zerzaustes Haar steht in alle Richtungen ab, was gut zu ihrer derzeitigen Verfassung passt. Sie weiß überhaupt nicht, was sie will, auch nicht in dieser Situation. Sie kann sich nicht entscheiden, ob sie wütend werden oder mich einfach ignorieren soll.

»Das musst du selbst wissen … ob du in die Schule gehst«, sage ich, weil ich für diese Diskussion keine Nerven habe. Wenn es nicht wichtig ist, ist es vermutlich egal.

»Dann kannst du ja rasch Magnus helfen, seine Schultasche zu packen«, sage ich. »Dann hast du es ja nicht so eilig.«

»Schatz?«, ruft Michael, und eine Deowolke, ein billiges Deo, ein sehr billiges Deo, dringt in die Küche. Es riecht nach totem Tier. »Ich fahre jetzt. In zehn Minuten ist eine Besprechung. Die erste mit der neuen Gruppe, ich muss also …« Er hantiert mit seinem To-go-Kaffeebecher und versucht, den Deckel ordentlich festzuschrauben, aber der sitzt schief.

»Verdammt.«

»Michael«, sage ich, aber er hört mich nicht. Ungekämmt und in zerknittertem Hemd steht er da und schraubt an dem Deckel herum. »Ida bleibt zu Hause. Sie geht mit Buller raus, du brauchst dich also mit dem Heimkommen nicht zu beeilen.«

»Schön«, sagt er und ist schon fast in der Diele. »Bis später, Schatz. Hab einen schönen Tag. Magnus! Wir müssen.«

Ich schaue aus dem Fenster. Vielleicht wird der Himmel ja doch nicht blau. Über den Dächern der Einfamilienhäuser ist er am Horizont mit Schäfchenwolken überzogen. Sie haben eine merkwürdige Farbe, einen Grünstich.

Ich räume die letzte Tasse in die Spülmaschine, halte einen Augenblick inne und hole tief Luft, die Hände auf den Bauch gelegt.

Noch ist es nur ein Embryo.

KAREN

Als ich aufwache, ist Kristian weg. Die letzten Wochen haben wir in getrennten Zimmern geschlafen. Kristian in dem nach Süden. Nachts ist er so unruhig. Rastlos tigert er umher, und heute Nacht war es besonders schlimm. Ich hörte die Tür wohl vier Mal. Dann schlurfende Schritte und unterdrückter Atem in der Dunkelheit. Ich war sowieso schon verärgert. Die Nachbarn hatten bis spät lauten Besuch gehabt.

Als Kristian zum Kühlschrank ging, stand ich ächzend auf.

»Was machst du, Kristian?«, fragte ich und betrachtete seine zwischen Leberwurst und Milchtüte erstarrte Hand.

»Ich esse eine Kleinigkeit«, sagte er und sah mich mit befremdetem Blick an, als ginge mich das nichts an.

»Jetzt?«

»Ja. Ich hab Hunger.«

Dann öffnete er eine Flasche Bier, strich sich Butter und Leberwurst fingerdick aufs Brot und ließ sich auf einen Stuhl fallen.

»Geh einfach wieder ins Bett, Karen«, sagte er. Ich sah ihm an, dass etwas nicht stimmte, ging aber trotzdem ins Bett. Ich ging zu Bett und schlief.

»Kristian!«, rufe ich. Es ist früher Morgen, und der Rasen ist taunass. Der Frühnebel liegt wie ein weißer Schleier über den Heckenrosen am Zaun.

Dass Kristian nicht da ist, wenn ich aufwache, habe ich noch nie erlebt. Er steht immer früh auf, weil er den Morgen besonders mag. Er macht Kaffee, toastet Brot, zerkrümelt ein Stück Brot für die Vögel und trottet in seinen abgewetzten Pantoffeln durch den Garten.

»Kristian!«

Ich kann ihn nicht finden. In der Garage ist er nicht und auch nicht im Garten oder im Wohnzimmer. Er ist einfach nicht da.

Ich koche Kaffee und toaste Brot, das auf einer Seite ganz schwarz wird. Dann setze ich mich an den Tisch und starre auf Kristians Platz. Es ist vollkommen still. Ich weiß einfach nicht, was ich tun soll. Ich muss mich zwingen, logisch zu denken. Immer schön der Reihe nach. Ein Schluck Kaffee, gleichmäßig atmen.

Ich fahre eine Runde.

Ich könnte auch bei den Nachbarn klopfen, denke ich, als ich den Zündschlüssel im Schloss drehe. Vielleicht haben sie ihn ja die Hauptstraße entlanggehen sehen. Aber jetzt fahre ich erst einmal los.

Richtig besorgt bin ich nicht oder merke es nur nicht. Ein Gefühlswirrwarr. Das ist ein gutes Wort, mit dem sich die letzten Monate beschreiben lassen. Kristian ist krank. Unheilbar krank. Ein Gehirntumor, der ihn umbringen wird, ist die Ursache. Darum wandert Kristian ruhelos durch die Nacht. Darum können wir nichts unternehmen. Wir versuchen nicht einmal, fröhlich zu sein. Wenn wir fröhlich sind und es nett haben, ist der Gedanke an den Tod nur noch qualvoller. Dann fällt es uns noch schwerer zurechtzukommen. Was ohnehin nicht geht. Es ist eine Zeit des Wartens, die Terminalphase, Unwohlsein und Kopfschmerzen morgens, mittags und abends. Schmerzen wie spitze Nadeln. Als Erinnerung an einen aggressiven Mörder in Kristians Kopf. In ihm. In seinem Kopf.

Wir gehen auf einem gefrorenen Stoppelfeld spazieren, arbeiten im Gemüsegarten, spielen Karten und trinken Portwein. Alles ist egal.

Ich fahre die Hauptstraße entlang. Es ist ein milder Morgen und still. Die Ruhe vor dem Sturm, denke ich.

»Kristian, verdammt«, sage ich. Sonst spreche ich nie laut, wenn niemand da ist, der antworten könnte. »Kristian!«

Ich biege links ab. Secondhandladen. Gaststätte. Leer stehender Laden. Bank. Friseur Mona. Lebensmittelladen. Das ist es auch schon.

Wir erfuhren es nachmittags auf der onkologischen Station. Ich wusste, dass Kristian nicht zuhörte, also fiel es mir zu, die Worte des Arztes zu verstehen.

Inoperables Glioblastom dritten Grades. Nach dem lateinischen Ausdruck eine Kunstpause, dann folgte freundlicherweise die Übersetzung. An einer Stelle im Gehirn, an der nicht operiert werden kann. Zwölf Monate. Höchstens. Linderung der Symptome. Mögliche alternative Behandlungen. Mögliche Verabreichung des Nebennierenrindenhormons. Zur Druckminderung. Sport wäre ratsam, das verbessert den Schlaf. Noch Fragen?

Er sagte noch mehr. Er erklärte, informierte, erteilte gute Ratschläge. Denn unsere Wünsche seien ausschlaggebend, dessen müssten wir uns bewusst sein. Wir würden die Richtung vorgeben. Wir würden Stellung nehmen. Experimentelle Behandlung? Alternative Behandlung?

Ich wünschte mir, der Arzt würde halt sagen: Jetzt ist es so und so. Jetzt tut ihr das und das. Aber niemand übernimmt diese Verantwortung für einen. Niemand, außer dem, der dazu verurteilt ist.

Ich halte am Straßenrand.

Es ist sinnlos, zu dieser Tageszeit durch den Ort zu fahren. Hier wohnen Leute wie wir. Leute in einem Alter, in dem man so frühmorgens noch nicht unterwegs ist.

Niemand hat Kristian gesehen. Natürlich nicht. Ich überlege, ob er zu Johannes gegangen ist. Er sagt, ich solle mich unsichtbar machen, wenn Kristian schreibt. Ich soll den

Mund halten und mich im Garten beschäftigen, sagt er. Er sagt das auch im Winter, wenn es im Garten gar nichts zu tun gibt, aber dann sagt er es mit einem Augenzwinkern. Nicht, wie wenn er Kirsten anfährt: »Lass mich doch in Ruhe! Es ist mir scheißegal, was wir ihnen schenken. Die scheinen ja andauernd Geburtstag zu haben. Nimm einfach eine Vase aus dem Wohnzimmer. Die hässliche mit den Streifen, die kannst du ihnen schenken.«

Ich verlasse den Parkplatz und fahre die Hauptstraße entlang zu Johannes' und Kirstens Hof am Ortsrand.

Mein Puls beginnt an der Schläfe zu pochen, als ich den Zaun entlang zum Vorplatz fahre. Braune, gelassene und verwöhnte Kühe starren mich von beiden Seiten der Allee an. Sie haben es gut, weil sie sich keine Sorgen zu machen brauchen. Wie gerne wäre ich eine Kuh. Einfach nur herumstehen.

Aber irgendetwas stimmt nicht, stimmt ganz und gar nicht, und ich trete das Gaspedal durch. Kristian ist etwas zugestoßen.

Der Kies knirscht laut, als ich auf den Vorplatz einbiege. Ich bremse abrupt. Ich will so früh am Morgen nicht zu viel Lärm verursachen. Johannes ist Kristians Freund, aber nicht mehr meiner. Kirsten habe ich noch nie gemocht. Ich weiß nur, dass sie den Hals nie vollkriegt. Sie sammelt haufenweise Gerümpel: Keksdosen, Lampenschirme, Tellerborde. Nach einem Todesfall vergeht nie viel Zeit … Gibt es keine Familie, dann ist vermutlich Kirsten dabei behilflich, den Nachlass aufzulösen. Das tut sie gerne, das mache ihr, wie sie sagt, nichts aus.

Heftiger Gestank schlägt mir entgegen. Ich hatte vergessen, wie sehr Nerze stinken. Der schwere Geruch von Pelz und Urin. Moschus. Als wären sie bereits tot und alle Gase schon aus den Kadavern entwichen. Die Ställe sind von hier aus nicht zu sehen, weil sie hinter dem linken Flügel liegen, aber der Wind treibt den Gestank herüber.

Ich klopfe zweimal, und der Hund bellt.

Es vergeht viel Zeit, bis geöffnet wird. Ich bin erleichtert, dass es Johannes und nicht Kirsten ist.

»Karen? Ist was passiert?«, fragt er und tritt vor die Tür. »Bleib drin!«, kommandiert er, als ein wuscheliger Hund versucht, sich zwischen seinen Beinen durchzudrängen. Er schlägt die Hacken zusammen und schaut mich mit einer misstrauischen Falte zwischen den Augen an. »Was ist los, Karen? Ist was mit Kristian?«

»Kristian ist weg«, sage ich. »Ist er hier?«

Das ist er nicht. Die Antwort weiß ich bereits.

»Nein. Nein, ist er nicht«, antwortet Johannes, und dann erscheint Kirsten in ihrer lila Weste in der Tür. Offenbar trägt sie die immer.

»Tag, Karen«, sagt sie. »Nein. Kristian ist nicht hier. Wir haben ihn schon lange nicht mehr gesehen. Schon seit Wochen nicht mehr.«

Ich nicke verlegen. Was hat mich nur bewogen hierherzukommen? Johannes ist ebenfalls verlegen, das erkenne ich an der Art, wie sein Mundwinkel zuckt. Vielleicht ist Kristian ja inzwischen wieder zu Hause.

»Ihr müsst entschuldigen, ich dachte … Kristian war in letzter Zeit so verändert. Das hat aber nichts mit dem Tumor zu tun, es ist nicht deswegen. Es ist irgendwas anderes.«

»Karen …« Johannes macht eine wegwerfende Handbewegung. »Du kennst doch Kristian. Wahrscheinlich macht er nur einen Spaziergang über die Wiesen. Um seine Ruhe zu haben. Er ist sicher schon wieder zu Hause. Fahr einfach wieder nach Hause und …«

»Du weißt doch, wie die sind«, unterbricht Kirsten ihn. »Unsere Männer.« Sie sieht Johannes von der Seite an, und ich weiß nicht, was sie meint. »Du wirst sehen, er setzt sicher gerade zu Hause den Kaffee auf.«

Kirsten lächelt mich an, und Johannes lächelt ebenfalls.

»Dann fahre ich nach Hause und sehe nach. Entschuldigt die Störung«, sage ich und drehe mich um. Sie kennen Kristian nicht. *Über die Wiesen*. Was hätte er da zu suchen.

Langsam fahre ich am Zaun entlang und weiß nicht, was ich tun soll, Ich habe sein Ende noch nicht erreicht, als das Handy klingelt, Idas altes Handy, das immer im Handschuhfach liegt. Das könnte Kristian sein. Er hat gemerkt, dass ich das Auto genommen habe. Jetzt ruft er an.

Ich schaue nicht auf die Nummer, als ich das Gespräch annehme, höre aber sofort, dass es nicht Kristian ist.

»Ja, hallo«, flüstere ich mit vor Angst heiserer Stimme. Ich spüre, dass ich jeden Grund habe, Angst zu haben.

»Guten Tag, hier ist Linnette Dahl. Ich bin Ärztin am Krankenhaus Südwestjütland. Spreche ich mit Karen Rosendahl?«

2

LOUISE

Ich radele zur Arbeit, und wie immer setzen meine Gedanken ein, als ich um die Kirche herumfahre. Es fängt mit Michael, Ida und Magnus an und endet mit Alter, zerkochten Kartoffeln und dem Geruch von Pisse.

Rikke holt Magnus von der Schule ab. Es ist ihr Wochenende, und Magnus hat die ganze Woche von nichts anderem als von Kino und dem Essen bei Jensens Steakhaus geredet und hätte mich damit fast wahnsinnig gemacht. Ida will auf ein Fest am Gymnasium, falls sie sich wirklich dazu durchringen kann. Sie sagt, sie wäre unten durch, wenn sie nicht hinginge. Sie hat den anderen versprochen zu kommen, aber sie hat keinen Nerv. Das merke ich deutlich. Ich überlege, ob sie deswegen heute nicht in die Schule wollte, damit sie sagen kann, sie sei krank, eine Ausrede hat. Ich muss bald mal mit ihr reden, weil es nicht normal ist, dass eine Achtzehnjährige einen Freitagabend lieber zu Hause verbringt.

Michael und ich hatten uns darauf gefreut, das Haus für uns zu haben, nur wir zwei allein und ein großer Topf Chili con Carne. Ehrlich gesagt freue ich mich darauf am meisten, und so sollte es nicht sein. Wir reden in letzter Zeit kaum noch miteinander, und ich weiß nicht, ob das an mir oder an ihm liegt. Er redet die ganze Zeit nur noch von diesem Wohnwagen. Offenbar sollen wir für einen Wohnwagen sparen.

Einen Hobby Prestige 560 für 197 000. Wo er diese Idee bloß herhat? Daran, dass wir uns langweilen, kann es nicht liegen.

Das Pflegeheim liegt gegenüber vom Friedhof, also gewissermaßen nicht so weit von der nächsten Station entfernt. Von ihren Zimmern aus haben die Bewohner Aussicht auf Grabsteine, Fahnen auf halbmast und traurige Gestalten. Ich weiß nicht, wer entschieden hat, das Pflegeheim ausgerechnet hier zu bauen. Ich weiß auch nicht, wer entschieden hat, dass ausgerechnet ich dort arbeiten muss. Das ist einfach so gekommen.

»Guten Morgen. Wir gehen rasch alles durch«, sagt Britta mit Mohn zwischen den Zähnen. Sie ist schon früher gekommen, das tut sie immer, und wo sie diese Energie hernimmt, weiß niemand, denn sie wiegt bald hundert Kilo. Vermutlich liegt das an den zwei großen Brötchen mit Käse und Marmelade jeden Tag. »Mammelade«, sagt sie.

Man reicht mir eine Thermoskanne, und die Krankenschwester am Tischende referiert die »Katastrophen« der Nacht. Die senile Gerda geistert nachts herum, auf Prebens Teppich ist eine Bettflasche umgefallen, und Erna wurde ins Krankenhaus eingeliefert.

»Wer ist Erna?«, fragt sie.

»Sie steht auf meiner Liste«, sage ich und gehe die Bewohner in meiner App durch. Erna, Preben mit Parkinson, Rhea, die süße Griechin, Emma, die senile Kristine.

»Dann hast du ja Zeit über und kannst in der Kantine beim Servieren helfen.«

Ich antworte nicht. Mittlerweile arbeite ich hier schon seit vielen Jahren. Die Krankenschwestern halten sich gerne für etwas Besseres als die Altenpflegerinnen und glauben, dass sie über meine Zeit verfügen können. Ich bin immer in Eile, und die Zeit ist immer knapp. Zehn Minuten für den Morgenbesuch sind einfach nicht genug. *Ankleiden, Bett machen, Lüften, Waschen, Frühstücken, Medikamente, Stützstrümpfe.*

In zehn Minuten. Da bleibt keine Zeit, um über das Wetter und über die Enkel, die nur selten anrufen, zu reden.

»Und Lene hat gebacken. Einen Snickers-Kuchen, oder?«, fragt Britta und hebt einen Zipfel des Geschirrtuchs über dem Kuchenblech an.

»Ja, und zwar die gesündere Variante ohne Butter.«

»Dann können wir ja nach Herzenslust sündigen«, meint Karina.

Britta erhebt sich. »Das war alles«, sagt sie. »Bis zum Mittagessen.«

Kaffeetassen in die Spüle und quietschende Stuhlbeine. Ich gehe als Letzte, schaue aus dem Fenster, versuche die Übelkeit zu verdrängen und fühle mich schon ganz schlapp.

Zu Kristine gehe ich als Erstes, obwohl sie als Nummer zwei auf der Liste steht. Sie liegt bereits seit einer Stunde wach. Sie ist so senil, dass sie kaum weiß, wo sie sich befindet. Jeden Tag glaubt sie, es sei Sonntag. Sonntage mag sie. Rhea und sie sind für mich der einzige Grund, weiterzumachen. Rhea und Kristine bezeichne ich auch im Personalzimmer als meine Lieblingsbewohnerinnen. Das sei unprofessionell, sogar völlig inakzeptabel, hält man mir dann vor. Aber so ist es nun mal. Das bedeutet nicht, dass ich andere Bewohner schlechter behandele. Das bedeutet nur, dass ich noch zwischen den altersfleckigen Menschen unterscheide.

Kristine liegt nicht im Bett, als ich aufschließe. Eigentlich ist sie nicht imstande, alleine aufzustehen, aber im Badezimmer brennt Licht, und das Wasser läuft ins Waschbecken.

»Hallo«, ruft sie. Ihre Stimme klingt schwach und rau. Sie muss lange gerufen haben.

Nur nicht gestresst wirken, denke ich, als ich die durchnässte Windel im Waschbecken bemerke. Wasser läuft über. Kristine steht verlegen und hilflos im Bad, lässt die Arme hängen und schaut hin und her, und ihre Unterlippe zittert. Aber das liegt nicht an Tränen, sondern an den Worten, die sie nicht mehr aussprechen kann, die festsitzen.

»Komm, Kristine. Setzen Sie sich. Dann helfe ich Ihnen.«

Mit einer Hand klappe ich den Klodeckel zu, während ich sie mit der anderen darauf bugsiere. Dann drehe ich den Wasserhahn zu.

»Ich … ich … Das wollte ich nicht«, sagt sie.

»Jetzt ziehen Sie sich was an, und dann gehen wir in die Küche, und dort gibt es Frühstück. Kaffee.«

»Habe ich heute Geburtstag?«

»Heute noch nicht, nächsten Mittwoch, Kristine.«

»Also ist heute Sonntag.«

Sie faltet die Hände im Schoß und lächelt mich schwach an.

»Es ist Freitag, Kristine.«

Ich ziehe ihr das nasse Unterhemd aus und werfe es in die Ecke. Sie ist so dünn, dass kein Fett zwischen den Knochen und der Haut mehr vorhanden ist. Sie ist nur noch ein Skelett mit einem Pyjama aus Haut.

»Habe ich heute Geburtstag?«, fragt mich Kristine wieder, als ich ihr den Kaffee hinstelle. Jetzt bin ich bereits zwölf Minuten im Verzug.

»Nächsten Mittwoch, Kristine.«

Ich gieße Dickmilch in eine Schale.

»Gibt es heute keinen Brei? Haferbrei?«

Ich hätte nicht gedacht, dass sie sich daran erinnern würde. Zum Breikochen fehlt mir die Zeit. Preben wartet. Um acht

Uhr muss er seine Tablette nehmen, und es ist bereits dreizehn Minuten nach.

»Sie essen doch auch sonst Dickmilch, Kristine.«

»Die ist auch sehr … sehr gut«, seufzt sie, und ich gehe.

Ich bleibe vor Nummer 23 stehen. Preben mit Parkinson. Preben mit Bart, der an einen Ziegenbart erinnert, Preben, dessen Hörgeräte immer voll Ohrenschmalz sind.

Die Gärten sind tadellos, die Hecken, der Teich mit den Goldfischen. Solange nur die Fassade stimmt …

»Guten Morgen«, rufe ich und lasse die Tür offen stehen. Es riecht nach Altmännerpisse. Als Erstes muss ich die volle Bettflasche leeren. Diese Luft einzuatmen ist nicht gesund. Auch nicht für Preben.

»Guten Morgen, Preben«, sage ich erneut, aber ich habe keine Lust, ihn zu wecken. Wenn er aufwacht, beginnt er zu zittern. Seine Muskeln verkrampfen sich, er knirscht mit den Zähnen, ballt die Hände zu Fäusten.

Mit der Tablette in der Hand setze ich mich auf einen Stuhl neben sein Bett und schaue mich in dem dürftig eingerichteten Zimmer um. An den vier Wänden steht nur das Allernotwendigste. Ein Regal für die Reste eines Lebens. Verwaschene Kleider. Staubige Fotoalben. Eine Schachtel Latexhandschuhe.

Ich verstehe es einfach nicht. Seit Montag will mir die Bedeutung zweier paralleler roter Striche nicht aus dem Sinn. Ich bin schwanger, kann es aber nicht sein.

Ich ziehe mein Handy aus der Tasche.

Lene hat ein Foto ihres Snickers-Kuchens gepostet. »Früh aufgestanden, um einen SNICKERS-KUCHEN für meine lieben Kolleginnen zu backen«, postet sie. Vierzehn Leute haben ihn gelikt. Lotte hat mich zu einem Zumba-Event eingeladen, Ida hat eine internationale Tierschutzorganisation gelikt. Michael hat einen Link zu einem gebrauchten Wohnwagen kommentiert. Er will wissen, was NP bedeutet. Neupreis.

Ich renne die Treppe hoch zur Nummer 41, zur süßen Griechin Rhea.

Als ich eintrete, sitzt sie am Küchentisch. Ihre übergeschlagenen Beine mit den Krampfadern wirken seltsam anmutig, ihre Arme sind mit schweren Armreifen behängt, und ihr Gesicht verzieht sich zu einem so breiten Lächeln, dass ihre Augen beinahe in den Fältchen verschwinden.

»Meine süße Louise«, sagt sie und klopft auf den Stuhl neben sich. »Komm, setz dich.«

Ich weiß nicht, ob das typisch für Griechen ist, aber sie besitzt kein Zeitgefühl. Sie glaubt, dass wir den ganzen Vormittag zum Schwatzen haben, und zwar jeden Morgen.

Sie hat mir Kaffee eingegossen und daneben eine dicke Scheibe Brot gelegt. Sie isst bereits. Ihre Hände und Arme glänzen von Olivenöl. Das Brot ist darin getränkt, und sie muss sich unentwegt das Öl, das ihr vom Kinn tropft, mit Küchenkrepp abwischen. Olivenöl halte sie gesund, sagt sie. Sie ist weit über neunzig, wohl 97, wirkt aber wie Anfang siebzig.

»Guten Morgen, Rhea«, sage ich und nehme die Schale Olivenöl, die sie mir reicht, entgegen. Irgendwas wird es wohl nützen.

»Louisechen, bald ist Wochenende«, sagt sie. »Freust du dich?« Sie tätschelt mir die Wange und betrachtet mich aus zusammengekniffenen Augen. Sie kann nur noch meine Silhouette erkennen, will aber nicht zugeben, dass sie fast blind ist.

»Ja, Michael und ich haben das Haus ausnahmsweise mal für uns. Das werden wir genießen.«

»Sieh mal an.«

Mit dem Gebiss und den dick geschminkten Lippen gibt sie schmatzende Geräusche von sich. Ich nicke und denke, dass Rhea mehr an *meinem* Leben als an ihrem eigenen teilnimmt.

»Aber sag mal … dann machst du dich doch sicher fein!«

Sie steht auf und greift sich entschlossen ihren Rollator. Ein Quietschen begleitet sie ins Schlafzimmer, Schubladen klappern.

Sie kehrt mit einem Diadem zurück. Ich kann mir ein Lachen nicht verkneifen.

»Nein, Rhea … das geht doch nicht«, sage ich und nehme behutsam den Schmuck in die Hand. Sie betrachtet mich mit großen Augen und leicht geöffnetem Mund, als ich das Diadem aufsetze. Dann klatscht sie in die Hände.

»Nein, wie schön!«, ruft sie begeistert. »Dreh dich um«, kommandiert sie, und ich drehe mich einmal um mich selbst. Unterdessen denke ich, dass ich weiter muss, drehe aber noch einige weitere Pirouetten.

Ich muss weiter.

Ida ist schon weg, als ich nach Hause komme. Ich bin erleichtert, weil ich nicht mit ihr reden muss. Sie hat einen langen Spaziergang mit Buller unternommen. Der Hund ist vollkommen erledigt. Er liegt in seinem Korb, zusammengerollt zu einem flauschigen Knäuel, und hebt zum Gruß nur ein wenig den Kopf.

Ich rieche nach Rheas unerträglich schwerem Parfüm und will gerne noch ins Bad, bevor Michael nach Hause kommt, aber als ich auf mein Handy schaue, sehe ich, dass er dreimal angerufen hat. Überstunden. Er kommt also erst spätabends nach Hause. Ich soll nicht mit dem Essen warten. »Schlechtes

Timing, ich weiß«, schreibt er. »Aber nur heute. Mir bleibt keine Wahl.«

Ich schalte den Fernseher ein, stelle den Ton ab und bin in der Tat erleichtert. Ausnahmsweise habe ich das ganze Haus für mich allein. Kein Michael, kein Magnus, keine Ida.

Es herrscht Stille, die aber von meinen lärmenden Gedanken erfüllt wird. Ich wollte das nicht. Ida ist fast erwachsen, und wir müssen uns um Magnus kümmern. Ich kann jetzt nicht einfach wieder von vorne anfangen, denn ich weiß, wie die nächsten Jahre aussehen würden. Ich will das nicht.

Ich schlafe ein und erwache davon, dass Buller in der Küche lärmt. Inzwischen ist es Abend geworden. Vielleicht sollte ich aufräumen. Magnus' Spielsachen liegen im ganzen Wohnzimmer verteilt, Drachen aus Plastik und Autos. Aber ich kann es auch bleiben lassen. Ich gehe ins Bad.

Gerade als ich mich ausgezogen habe, klingelt das Telefon. Ich wickele mich in ein Handtuch und gehe durch die Küche ins Wohnzimmer. Es ist das Festnetz. Wenn es Festnetz ist, kann es nur …

»Mama?«

»Louise.«

Ich erkenne diesen Tonfall sofort. Tränenerstickt, der Hysterie nahe. Über fünf Jahre ist es her, dass ich mit ihr gesprochen habe, und ich habe bereits genug.

»Es geht um Papa«, sagt sie. »Louise, er ist im Krankenhaus. Herzstillstand.«

Eine lange Pause entsteht. Der Hörer in meiner Hand fühlt sich seltsam schwer an. Ich kann nicht mehr stehen und muss mich mit dem Arm an der Wand abstützen, um nicht auf Magnus' Polizeiauto zu treten.

»Louise. Es geht um deinen Vater. Kannst du kommen? Sie

sagen, es sei kritisch, dass sein Puls schwach ist. Sie … Ich dachte, dass er bei Johannes ist. Ich dachte …«

Sie weint. Und ich kann gar nicht verstehen, warum mich das so irritiert, aber so ist es. Sie schluchzt irritierend.

»Ich komme. Ich komme sofort.«

IDA

Lichter dringen durch die Dunkelheit und zucken an der unverputzten Wand. Lichtblitze und Rauch im Takt der Musik. In der Mitte wiegende, schaukelnde, Ich-Ich-Ich-fokussierte Menschen.

»Kommst du … Was machst du da noch?« Signe eilt mit starr auf die Menge gerichtetem Blick an mir vorbei.

»Signe!«, rufen alle. Sie haben sie bereits bemerkt, und ich gehe schnell hinter ihr her. Sie sollen nicht merken, dass ich alleine dastehe. Ich will aber auch nicht die sein, die jemandem hinterherläuft.

»Hey«, sage ich zu der Gruppe und klinge wie ein erkältetes Vogeljunges.

Alle lächeln höflich.

»Ida! Hey, Ida!«, ruft Kasper. Er bemerkt mich nur, weil er betrunken ist. Bestimmt hat er den ganzen Nachmittag gesoffen. Er geht auf mich zu, aber dann sieht er Signe.

»Signe! Signe, Signe, Signe!«

Er springt ihr auf den Rücken und haut ihr auf den Po. »Hopp, mein Pferdchen«, sagt er, und alle lachen. Das ist ein Insiderwitz, den ich nie verstanden habe. Irgendein Spiel, das sie als Kinder gespielt haben. Signe kennt alle. Das war schon immer so. Seit der Krippe, wie sie sagt.

Ich schiele auf die langen Tische. Plastikbecher, Salzstangen. Die stillen Mädchen. Es wäre so einfach, sich neben Trine zu setzen. Dazusitzen und nervös in die Runde zu gucken.

Die Musik ist keine richtige Musik. Nur Bässe, rhythmische Geräusche. Ich versuche, dazuzugehören und auszusehen, als würde mir das alles gefallen, aber es gefällt mir nicht.

»Ich geh mal eben auf die Toilette«, sage ich, aber niemand hört mich.

»Ich geh dann mal«, sage ich wieder und ziehe Signe am Arm. Sie nickt.

Es gibt nur eine Toilette, vor der eine lange Schlange steht. Alle gehen zu zweit rein. Ich warte allein und verstoße gegen diese Regel.

Es kann nicht schlimmer werden. Nur eine Toilette. Das verschafft einem etwa drei Minuten. Ich kann also drei Minuten allein sein und bin dann gezwungen, mich wieder zu den anderen zu stellen.

»Hallo … Willst du nicht reingehen?«

Ich drehe mich um. Eine ganze Gruppe. Drei Mädchen.

»Doch. Ich wollte nur eben … Ihr könnt ruhig vor«, sage ich. Ungeschickt trete ich beiseite. Sie sagen nichts, aber eine von ihnen dreht sich um und betrachtet mich. Sie hat einen Blick, als würde sie etwas Seltsames betrachten.

Ich klemme mir die Haare hinter die Ohren und verstehe nicht, wie es ihnen gelingt. Wie sie sich selbst vergessen können. Eine wichtige Fähigkeit ist das. Ich besitze sie nicht.

»So … Die Bühne gehört dir«, sagt eines der Mädchen, als sie wieder rauskommen. *Die Bühne gehört dir.*

Ich muss nicht mal. Von dem Geruch nach Menstruationsblut und Pisse wird mir übel. Es stehen schon wieder Leute vor der Tür, deren Stimmen ich hören kann.

»He ... Mach schon, ich muss mal!«, brüllt eine und rüttelt an der Klinke.

Ich lasse mich an die Tür gelehnt zu Boden gleiten und lege meine Stirn auf die Knie. Wieso kann ich es nicht bleiben lassen, immer so viel nachzudenken?

Wie das kleine Mädchen.

Das war letzten Sommer. Ich war mit Mama am Strand. Plötzlich stand sie vor uns. Ein kleines Mädchen, nackt, lachte, rannte rum, wollte von unseren Keksen probieren und fragte nach unseren Namen. *»Wie heißt ihr? Was macht ihr? Seid ihr auch am Strand?«*

Dann saß sie da. Mit nacktem Po im flachen Wasser. So war ich auch mal. Unbekümmert. Fröhlich. Ich weiß nicht, was mich jetzt davon abhält. Ich will gerne so sein wie Signe und hätte auch gerne einen Freund.

Mein Make-up ist fleckig. Im Augenwinkel klebt Wimperntusche, und mein Hals ist gerötet.

Aber meine Augen sind braun. Groß, braun, dunkel.

»Hallooo?! Bist du bald fertig? Hier steht jemand und macht sich in die Hose!«

Kleine Saure. Giftgrüne Shots. Signe hat ein paar davon mitgebracht, und wir verstecken uns zum Trinken hinter den Turngeräten. Kasper steht hinter mir und hat die Hände auf meine Schultern und sein Kinn auf meinen Kopf gelegt.

»Du bist so sexy, wenn du tankst, Signe«, sagt er. »Wenn es dir das Kinn runterläuft.«

Signe schlägt nach ihm. Sie reicht mir eine Flasche.

»Damen zuerst.«

Es ist so sauer, dass mein Augenwinkel zuckt. Ich trinke mehrere Schlucke. Und dann noch mehr. Ich will ungehemmt sein.

Die Nachtluft ist so kalt, dass das Atmen schmerzt. Signe und Kasper sind weg. Ich wollte bei Signe übernachten, aber kann sie nicht finden. Das ist egal, und ich setze mich auf die Treppe des Fahrradkellers. Hier sitzt man gut. Hier sitzt man sehr schön.

Niemand bemerkt mich, und ich könnte mich genauso gut zu den Salzstangen und den Mauerblümchen setzen. Ich hätte genauso gut zu Hause bleiben können.

Aber dann hätte Mama wieder angefangen: »*Ida, es ist nicht normal, mit 18 an einem Freitagabend zu Hause zu hocken.*«

Aber ich bin gern allein. Und es ist mir auch egal, was die anderen denken. Alles ist mir egal.

»Hey. Bist du wach? Hallo? Hallo, wach mal auf!«

Jemand tätschelt meine Wange.

»Hm«, sage ich und hoffe, dass das reicht, damit er mich in Ruhe lässt, aber das tut es nicht.

»Wach auf, hier kannst du nicht sitzen bleiben.«

Gelbliches Licht und Nacht. Ein Typ mit Sonnenbrille. Ich kann seine Augen nicht sehen. Ich sitze auf der Treppe, die zum Keller führt. Ich bin dicht.

»Lass mich«, sage ich, als er meinen Arm nimmt.

»Komm, aufstehen«, fordert er mich auf, aber ich will nicht aufstehen. Er lässt mich sitzen.

»Du bist doch Signes Freundin, oder? Ich bin Signes Ex, Lucas.« Er nimmt seine Brille ab. Ray-Bans.

Ich kenne ihn. Er ist groß, dünn und unrasiert und hat ein breites Lächeln und gleichmäßige Zähne. Ich erinnere mich gut an ihn.

»Er ist das größte Schwein der Welt.«

»Geiler Bock.«

»Er glaubt, er kann tun, was ihm einfällt. Scheißkerl. Fickt mich im Schlaf.«

Er ist bloß einer von vielen, der Letzte, der bei ihr durchgefallen ist. Der letzte von Signes Verflossenen. Wenn wir ihm auf dem Korridor begegnen, tut sie, als wäre er Luft.

»Schau woanders hin, Ida. Der soll sich nur nichts einbilden.«

»Du brauchst dir gar nichts einzubilden«, sage ich, aber ich spreche sehr undeutlich. Ich versuche, aufzustehen und mit hochmütigen Schritten an ihm vorbeizugehen, er kann sich zum Teufel scheren, aber eine Hand auf meiner Schulter zwingt mich, stehen zu bleiben.

»Ich soll mir nichts einbilden?«, sagt er, den Kopf zur Seite gelehnt. »Ida, so heißt du doch. Ich glaube, dich sollte mal einer nageln«, sagt er, und plötzlich bin ich nicht mehr benebelt. Das Gefühl, dass alles gleichgültig ist, verschwindet. Ich hatte schon gedacht, ihm liegt was an mir.

»Ich will nach Hause«, sage ich.

Er nickt.

Ich will was sagen, sagen, er soll mich in Ruhe lassen. Ich habe Angst. Ich will nach Hause. Er soll sich nichts einbilden. Ich schaue ihn an, und er erwidert meinen Blick mit härteren Augen. Es ist egal, was ich sage. Er will mich demütigen. Auf eine merkwürdige Art ist er mir überlegen.

Ich mache mir in die Hose.

Das letzte Mal habe ich in der ersten Klasse im Schullandheim in die Hose gemacht. Ich habe niemandem etwas gesagt, mich ins Bad geschlichen und meine Unterhose in den Mülleimer geworfen. Den Rest der Nacht lag ich wach und ängstlich auf einem Handtuch, weil ich wusste, dass ich es nicht geheim halten konnte. Der Geruch hatte sich bereits mit allen anderen Gerüchen vermischt, dem alter Matratzen und verschimmelter Butterbrote.

Auch jetzt kann ich es nicht verbergen. Es läuft mir die Nylonstrümpfe herunter und in die Schuhe. Warm und nass.

Lucas' Blick ist nicht mehr hart, und einen kurzen Augenblick lang sehe ich ihn. Nicht nur einen Jungen, sondern Lucas. Lucas, den man füttern musste, dem man die Windeln gewechselt hat, der nackt an einem Strand stand. Er hat mit nacktem Po im Wasser gesessen, war auch mal ein Baby.

»Du …«

Er weiß nicht, was er sagen soll. Er steht eine Weile da, vielleicht tue ich ihm leid, aber dann schüttelt er nur stumm den Kopf. Er dreht sich um und geht.

»Bild dir bloß nichts ein«, sage ich. »Bild dir bloß nichts ein.«

3

LOUISE

Magnus' Polizeiauto ist kaputt, weil ich draufgetreten bin. Das Fahrgestell mit den Rädern ist ab, und ich weiß nicht, wie ich es wieder dranbekommen soll. Es ist eine undurchschaubare Konstruktion.

Ich weiß, dass Papa krank ist. Gehirntumor. Seit vielen Jahren sorgt Ida für die Nachrichtenübermittlung zwischen Mama und mir. Eine einseitige Kommunikation: Mama lädt Ida zum Kaffeetrinken ein, Napoleonschnitten und Makronen. Ida nimmt alles dankbar an, und ich mache ihr daraus keinen Vorwurf. Schließlich sind es ihre Großeltern. Sie soll nicht darunter leiden müssen.

Es ist erst wenige Monate her, dass sie nach Hause kam und davon erzählte, dass Vater krank ist. Sie hatte eine Makrone für mich mitgebracht. »Opa ist krank. Jetzt musst du mit ihnen reden. Du *musst*, Mama«, sagte sie, war ganz unglücklich, weinte und konnte gar nicht mehr aufhören. Aber ich habe nicht begriffen, dass er ernsthaft krank war.

Buller starrt mich von der Tür aus an.

»Komm schon«, sage ich und klatsche mit der flachen Hand neben mir auf den Fußboden. Zufrieden trottet er auf mich zu und versucht, sich auf meinen nackten Schoß zu setzen.

»Mama?«

»Ja?«

»Wo ist Papa?«

Mama dreht sich um. Sie lächelt, aber das ist nicht Mamas Lächeln. So lächelt Mama nicht.

Sie setzt sich an den Tisch und nimmt eine meiner Wachsmalkreiden, die lila, und pult das Papier ab. Das darf sie nicht.

»Nicht lila, Mama«, sage ich. Das ist meine Lieblingsfarbe.

»Was malst du?«, fragt sie.

»Nichts Besonderes. Bloß Krickelkrakel.«

»Das ist aber schönes Krickelkrakel.«

»Wo ist Papa?«, frage ich erneut.

Sie seufzt.

»Louise. Das weißt du doch. Das habe ich dir doch gesagt.«

Sie seufzt ein weiteres Mal.

»Aber ich erinnere mich nicht!«

»Er ist verreist. Er will seinen Roman fertigschreiben.«

»Und wann ist er damit fertig?«

»Das weiß ich nicht.«

»Bald?«

»Ja, vielleicht.«

»In zehn Tagen? Ist er dann wieder zu Hause?«

Jetzt pult sie das Papier von dem braunen Wachsmalstift. Braun gefällt mir nicht, aber sie soll trotzdem nicht an dem Papier herumpulen. Das sind meine Stifte.

»Nein, Mama.«

»Entschuldige«, sagt sie und lässt den Stift in meine Richtung rollen. Ich nehme ihn in die Hand. Das hässliche Braun.

»Jetzt male ich was«, sage ich, und es geht ganz schnell. Einen großen Troll, einen mittelgroßen Troll und einen kleinen Troll. Drei braune Trolle.

»Das geht richtig gut. Trolle kann ich gut, oder, Mama?«, frage ich. »Die muss ich Papa zeigen. Wann kommt Papa?«

»Wenn sein Roman fertig ist.«

»Und wann ist er das? Ich will ihm mein Bild zeigen.«

»Ich weiß nicht, Louise. Ich weiß nicht.«

Ich denke an Michael und rufe ihn vom Festnetztelefon an, aber sein Anrufbeantworter springt sofort an.

»Michael«, sage ich. »Mein Vater ist im Krankenhaus. Ich glaube, er stirbt. Ich fahre jetzt ins Krankenhaus.«

Ich scheuche Buller in seinen Korb, ziehe mir etwas an, ziehe es wieder aus und etwas anderes an. Einen schwarzen Rollkragenpullover und Jeans.

Dann beeile ich mich. Ich könnte in Tränen ausbrechen, weil ich Zeit darauf verschwendet habe, mich umzuziehen.

Lotte winkt mir zu, als ich auf die Straße zurücksetze. Sie bedeutet mir mit fragender Miene, dass ich anhalten soll. Aber ich schüttele den Kopf. Sie sieht doch, dass ich es eilig habe!

Bis zum Krankenhaus Südwestjütland ist es recht weit. Ich kann überholen und beschleunigen, aber an der Zahl der Kilometer kann ich nichts ändern. Ich kann nichts tun. Das ist nicht meine Schuld.

»Was ist, Schatz?«

Mama geht in die Hocke, und ihre Hand ruht auf meiner Wange. »Du bist ja ganz außer dir.«

»Wo ist Papa?«

Ich zittere.

»Papa ist verreist. Das weißt du doch.«

»Aber ich will ihm das Bild geben … Wann kommt er nach Hause?«

»Frag nicht immer so viel. Es gibt Dinge, die verstehst du noch nicht. Geh auf dein Zimmer.«

»Er kommt nicht zurück!«

»Geh schon.«

»Aber wo ist er?«

»Louise, geh auf dein Zimmer!«

»Nein, ich will nicht.«

Ich will nicht gehen. Sie hat mir nichts zu befehlen. Ich gehe zum Kühlschrank. Mein Bild hängt unter dem Stundenplan, und zwar schon sehr lange.

Ich hänge es ab, rolle es wie ein Fernrohr auf und halte es mir vors Auge.

»Schau mal, Mama. Jetzt ist es ein Fernrohr«, sage ich.

»Ja.«

»Du guckst ja gar nicht. Guck mal!«

Sie schaut immer noch nicht. Ich richte das Fernrohr auf die Spüle, an der sie steht. Sie dreht sich um, und ich fange ihre Augen in dem Kreis ein.

»Warum weinst du, Mama?«

»Gib mir das Bild.«

»Aber das ist Papas Bild. Das ist für Papa, wenn er zurückkommt.«

»Papa kommt nicht zurück. Versteh das doch endlich. Er ist weggefahren. Er ist weg.«

Sie knüllt mein Bild zusammen und schmeißt es in den Mülleimer.

Ich weine.

»Warum tust du uns das an, Kristian?«, sagt sie. »Willst du das so?«

Sie dreht sich zu mir um, weint und sieht mich an. Vielleicht ist es ja meine Schuld.

»Mama«, sage ich, und sie schlägt die Hände vors Gesicht. Es ist schrecklich.

Obwohl es nicht schnell genug gehen kann, obwohl die Zeit ein entscheidender Faktor ist, vergeht sie trotzdem. Plötzlich bin ich dort.

Man bekommt eine Ahnung davon, in welcher Richtung das Krankenhaus liegt. Zwei Krankenwagen dominieren den Verkehr. Ich überlege, ob sie mit Papa auch mit Blaulicht unterwegs waren. Ob sie überholt haben. Ich denke an die getönten Scheiben. Man kann aus einem Krankenwagen nicht nach draußen schauen.

Es gibt nicht nur einen Parkplatz, sondern viele, zehn oder zwanzig. Ich weiß nicht, auf welcher Station Vater liegt. Intensiv, Innere, oder vielleicht Onkologie, schließlich hat er Krebs. Ich muss Mama anrufen. Warum hat sie mir nicht gesagt, auf welcher Station er liegt? Aber mein Handy vibriert, noch ehe ich sie anrufen kann, und ich halte mitten auf der Straße. Ein Auto hupt, und ein Mann zeigt mir den Finger.

»Michael. Ruf jetzt nicht an! Ich muss mich zurechtfinden. Ich weiß nicht, wo er liegt. Wo liegt er denn? Wo, glaubst du, wo ich …«

»Louise.«

»Jetzt hör mir doch verdammt noch mal zu. Ich weiß nicht, wo er liegt!«

»Und wo bist du?«

»Ich … auf dem Parkplatz. Orthopädische Station«, sage ich. Dieses Schild bemerke ich erst jetzt. In der Dunkelheit kann man es kaum lesen.

»Das ist sicher falsch. Du musst deine Mutter anrufen. Sie …«

Ich habe bereits aufgelegt. Zeitverschwendung. Schon wieder. Ich muss Mutter anrufen.

»Louise«, sagt sie. Sie beantwortet den Anruf sofort, hatte das Handy offenbar in der Hand.

»Ist er tot?«, frage ich, und Mama hält inne. Lange. Ich denke bereits, dass sie das absichtlich tut. Damit ich ein richtig schlechtes Gewissen bekomme.

»Ist er tot?«

»Nein, Louise, ist er nicht. Bist du hier? Er liegt auf der F2, das ist die Notaufnahmestation. Du musst bei Block 10 parken.«

Ein klinischer Geruch nach Desinfektionsmitteln und Medikamenten empfängt mich im Eingangsbereich. Trotz der Unruhe ist es seltsam still. Alle reden leise oder flüstern. Im Untakt klappern meine Absätze auf dem Boden. Ich muss mich darauf konzentrieren, gleich lange Schritte zu machen.

»Kristian Brandt Rosendahl«, sage ich am Schalter. Eine Krankenschwester mit hässlichem, orangenem Haar und farbigen Schlupfhosen unter dem Kittel deutet in Richtung der Station F2.

»Sein Zustand ist kritisch, aber stabil«, sagt sie.

»Schläft er?«, frage ich.

Die Krankenschwester zögert. Sie ist in Gedanken woanders. Sie muss etwas erledigen und hat für eine Unterhaltung keine Zeit.

»Der Herzanfall hat ihn sicher viel Kraft gekostet«, sagt sie. »Er ist erschöpft.«

»Aber schläft er?«, frage ich erneut.

Die Krankenschwester will schon die Tür öffnen, aber ich halte sie auf.

»Ja, vielleicht schläft er gerade«, sagt sie.

Sie zwingt sich zu einem professionellen Nicken und dreht sich um, damit ich keine weiteren Fragen stellen kann.

Ich stehe neben einem Wagen mit Kaffee und Limonade. Ich höre Mutter. Ein Stuhl quietscht. Ich sehe sie und ihre Nervosität bereits vor mir. Sie fingert an allem herum und zupft Vorhänge, Kissen und Ärmel zurecht. Und dann tut sie etwas, was mir wahnsinnig auf die Nerven geht. Sie bewegt Daumen und Zeigefinger im Kreis über ihre Lippen und presst dann den Fingernagel in den Zwischenraum zwischen ihren Schneidezähnen.

Es will mir nicht in den Kopf, dass so viel Zeit vergangen ist. Das war nie meine Absicht. Sie hätte mich fragen sollen. Wenn sie mich doch nur gefragt hätte, ob es in Ordnung sei, dass Vater wieder nach Hause kommt. Ob ich auch so tun könne, als sei nichts gewesen. Ob ich ihm noch einmal eine Chance geben wolle. Dann wäre es anders gewesen. Vielleicht wäre dann alles anders gekommen. Aber sie hat mich nie gefragt.

Im Krankenzimmer wird nicht gesprochen. Ich will nur reingehen, wenn er schläft. Ich lege die Hand auf die Klinke und überlege, wie ich mich verhalten soll, da höre ich schon Mutters Stimme.

»Louise?«

Die Tür wird geöffnet.

Mutter steht auf der Schwelle. Ihr Gesicht ist alt geworden. Ein Netz aus Fältchen umgibt Augen und Mund.

»Mama«, sage ich. Ich habe ihr Parfüm in der Nase, Lilien und Sandelholz.

»Gut, dass du da bist, Louise«, sagt sie, und ich weiß nicht recht, ob ich sie umarmen soll. Ich habe Lust dazu, kann mich aber trotzdem nicht überwinden.

Ihre Augen schauen forschend in mein Gesicht, versuchen darin zu lesen.

»Papas Zustand ist stabil«, sagt sie. »Er schläft.«

»Wie schön«, erwidere ich.

»Komm rein, dann können wir die Tür zumachen«, meint sie, als am Servierwagen geklappert wird.

Ich betrete das Zimmer, und das Weinen eines Kindes auf dem Korridor verstummt.

Dann folge ich Mutters Blick, der aufs Bett gerichtet ist, das rechtwinklig mitten ins Zimmer ragt. Hier ist nur wenig Platz. Der Raum zwischen Vaters Bett und den Wänden hat die Form eines Hufeisens. Ob ihm das jetzt noch Glück bringt?

Nirgends Blumen oder andere Geschenke. Neben dem Bett stehen zwei Stühle. Mama setzt sich auf den am Kopfende.

»Setz dich, Louise«, sagt sie und deutet auf den anderen.

Ich nehme Platz, ohne Vater anzuschauen. Ein körperförmiges Bündel unter einer dünnen weißen Decke.

»Michael kommt auch«, sage ich.

»Okay«, erwidert Mama, ohne ihrer Stimme einen bestimmten Ausdruck zu geben. Vielleicht ist es ihr gleichgültig. Jedenfalls hat sie Angst. Ihr Atem ist kaum zu hören, sie scheint sich auf das Piepsen der medizinischen Apparatur zu konzentrieren.

Eine Weile sitzen wir schweigend da. Dann betrachte ich Vater doch. Er sieht aus, wie ich es erwartet habe. Einen Sauerstoffschlauch in der Nase und unter dem zugeknöpften Nachthemd Elektroden auf der Brust.

»Was ist passiert?«, frage ich, und Mutter schaut mich an, als hätte sie mich bereits vergessen.

»Ich weiß nicht, Louise«, antwortet sie. »Als ich aufgewacht bin, war er weg. Ich glaubte, er hätte Johannes besucht. Dann klingelte mein Handy. Sie haben ihn am Limfjord gefunden. Irgendwo am Limfjord.«

Kopfschüttelnd und mit fragendem Blick sieht sie mich an. »Was hatte er am Limfjord verloren?«

»Das weiß ich nicht, Mama.«

»Nein, natürlich weißt du das nicht«, meint sie. »Er stirbt so oder so.«

»Ida hat mir von dem Tumor erzählt.«

»Hast du die Makrone bekommen? Ich hatte Ida eine für dich mitgegeben, hast du sie bekommen?«

Ich nicke. Ich glaube, Mutter steht unter Schock. Sie ist nicht richtig da. Ich denke, dass jetzt nicht die Zeit für Schuld und Groll ist. Ich weiß nicht, ob er stirbt. Er ist schwach und gebrechlich, ganz winzig, und Mutter ist ebenfalls schwach, gebrechlich und winzig. Ich betrachte ihre Hand und überlege, ob ich sie streicheln soll.

»Wird schon wieder«, sage ich, weil man das so sagt. »Das wird schon wieder.«

Einige Minuten später sage ich es erneut, da fällt mir Ida ein.

»Mama, ich rufe mal eben Michael an«, erkläre ich, aber sie beachtet mich nicht. Vielleicht bemerkt sie nicht einmal, dass ich das Zimmer verlasse.

Ich höre den Verkehr im Hintergrund, als Michael den Anruf entgegennimmt. Er ist bereits unterwegs.

»Du musst Ida mitnehmen«, sage ich. »Du musst Ida mitnehmen!«

»Sie sitzt schon bei mir im Auto«, erwidert er. »Ich habe sie bei dem Fest abgeholt. Sie ist betrunken.«

Jetzt erst geht mir auf, dass es schon spät ist. Fast Mitternacht.

Mutter sitzt nicht mehr auf dem Stuhl, sondern steht über Vater gebeugt. Er ist wach.

»Louise ist hier, Kristian. Deine Tochter.«

Der Mann im Bett dreht den Kopf zur Seite.

»Louise«, sagt er und streckt den Arm nach mir aus. Er fällt über die Bettkante. Ein dünner, knochiger Arm mit einer Hand, die zu groß wirkt.

Zögernd nähere ich mich.

»Hallo, Papa«, sage ich. Ich versuche an nichts zu denken.

Ich nehme seine Hand, und er hält sie, als sei sie eine Fliege, die er gefangen hat und die ihm entwischen könnte.

»Hallo, Papachen«, sage ich. So habe ich ihn, als ich klein war, immer genannt. Mein Papachen.

Sein schwerer Atem wird zu Schluchzern. Tränen laufen ihm über die Wangen und aufs Kissen. Er versucht, sie zurückzuhalten, aber es gelingt ihm nicht. Wie ein Kind zieht er die Nase hoch.

»Schon gut, Papa«, sage ich. *Ich tröste ihn.* Seine Hand umfasst meine.

»Entschuldigung«, sagt er leise. »Entschuldigung, Louise. Es ist anders, als du denkst«, fährt er fort.

»Ist schon gut, Papa«, unterbreche ich ihn. Er kneift die Augen zu, und die letzten Tränen sammeln sich in den Augenwinkeln. Auch sein Mund ist so seltsam verkniffen, als könnte er es gar nicht aushalten, noch da zu sein. Ich will mir seine Entschuldigung nicht anhören.

Mutter streicht ihm mit dem Zeigefinger über die Wange.

»Immer mit der Ruhe, Kristian«, sagt sie.

»Ruhig, Papa«, spreche ich ihr nach.

»Ihr wisst ja überhaupt nicht … ihr wisst ja nicht … ihr glaubt, dass … dass es war, weil … Louise, du bist mein kleines Mädchen. Mein kleines Mädchen.«

Ein Satz verschluckt den anderen.

»Schon okay, Papa«, sage ich, und ich glaube, er nimmt an, dass ich ihm vergebe, denn er hört auf zu weinen. Sein Gesicht entspannt sich, nimmt einen milden Ausdruckan, und er schläft ein.

Wir setzen uns wieder auf die Stühle. Mutter hält einen Gardinenzipfel in der Hand und versucht, den Saum aufzudröseln. »Schlampig vernäht«, meint sie und runzelt die Stirn. Ich habe das Gefühl, in meinem Rollkragenpulli ersticken zu müssen. Ich ziehe den Kragen nach unten, da geschieht es. Das regelmäßige Piepsen wird zu einem Stottern.

4

LOUISE

Chaos breitet sich im Zimmer aus. Ein Arzt, zwei Krankenschwestern, noch ein Arzt, die Schwester mit der Schlupfhose, alle umringen Vater. Eine Maschine auf Rollen, Defibrillatorelektroden, Michael und Ida stehen in der Tür.

»Kristian«, sagt Mutter.

Michael hat einen Arm um Ida gelegt. Sie ist so betrunken, dass sie fast nicht aufrecht stehen kann.

»Großvater«, sagt sie schniefend. Sie sieht vollkommen absurd aus, weil ihr schwarzes Make-up auf den Wangen Streifen hinterlassen hat und sie eine Brille trägt. Wieso trägt sie eine Brille? Das ist nicht ihre, so eine hat sie nicht.

Eine Frau im Kittel stößt mich zur Seite und schließt sich den anderen Kitteln und blauen Hemden an. Alle sind sehr konzentriert und wissen offenbar genau, was sie zu tun haben. Alle haben eine bestimmte Aufgabe, die auf eines hinausläuft: die Kranken am Leben zu erhalten und den Tod zu verhindern. Hinauszuzögern.

Sie beginnen mit der Herzmassage. Ich bewege mich auf Michael zu, er legt mir einen Arm um die Schultern.

»Schon gut«, sagt er und drückt mich an sich.

Die Herzmassage nimmt kein Ende. Sie dauert eine Ewigkeit, früher oder später muss das Herz doch wieder anfangen zu schlagen. Es muss einfach.

Aber dann hören sie auf. Ich winde mich aus Michaels Arm.

»Papa«, sage ich. Mutter steht wie eben noch über ihn gebeugt. Die Ärzte und Schwestern ziehen sich zurück. Jemand stellt die piepsende Maschine mit einem lauten Klicken ab, und der Monitor wird blau.

Eine Schwester notiert den Zeitpunkt des Todes. *Den Zeitpunkt des Todes*. Später, ich weiß nicht, wie viel Zeit vergangen ist, vielleicht nur wenige Sekunden, fragt dieselbe Schwester, ob wir den Beistand eines Geistlichen wünschen.

»Nein. Nein, den brauchen wir nicht«, sage ich. »Er ist nicht ... noch nicht.«

So geht das nicht. Woher wissen sie, wann sie aufhören sollen? Woher wissen sie, dass das Herz nicht wieder schlagen wird?

»Wir können nichts mehr tun«, sagt der Arzt.

»Nein!«, rufe ich. Er darf das nicht entscheiden. Der Kopf des Arztes gleicht dem eines Eichhörnchens. In seinem viel zu großen Kittel wirkt er schmächtig. Woher nimmt er das Recht, so etwas zu sagen?

»Mama.«

Ida nimmt meine Hand. Sie weint. Sie riecht schlecht und ist überhaupt nicht meine Ida. Sie ist ganz bleich. Sie weint mit bebenden Schultern und schwankt.

»Nimm diese verdammte Brille ab«, sage ich und reiße sie ihr vom Kopf. Sie fällt zu Boden. Michael legt sie auf den Nachttisch.

Eine Krankenschwester legt Mutter einen Arm um die Schultern. Eine andere zieht den Schlauch aus Vaters Nase.

»Wir lassen Sie jetzt mit Kristian allein«, sagt sie und verlässt zusammen mit dem Arzt das Zimmer.

Dann sind wir allein. So schnell ging das also.

»Das war's«, sage ich laut und deutlich. *Also, Papa, das war's. Jetzt bist du weg.* Aber nur Michael hört es und sieht mich befremdet an.

Ich komme nicht näher an das Bett heran. Michael, Ida und Mutter stehen im Weg. Ich stehe am Fenster, und Mutter dreht sich zu mir um. Ausnahmsweise ist ihr Blick ungefiltert. Sie versucht nicht, etwas zu verbergen. Ich spüre ihre dunklen Abgründe und ihre Trauer, die auch meine ist.

Auf der Fensterbank hinter der Gardine liegt Vaters dunkelgrüne Jacke. Selbst auf Entfernung würde ich sie erkennen, was ein absurdes Gefühl ist, als ich sie in die Hand nehme. Eine Jacke aus einer anderen Zeit.

»Das kann nicht sein!«

»Glaubst du mir nicht?«

»Nein.« Ich weine und werde von Schluchzern geschüttelt.

»Du glaubst also nicht, dass es Trolle gibt?«

»Nein«, sage ich. Ich schüttele den Kopf. Es gibt sie nicht. Er flunkert, wie so oft.

Er geht neben mir in die Hocke.

»Man muss ganz leise sein, wenn man sie hören will. Der älteste Troll heißt Bastian. Das ist der große Troll. Er ist riesengroß.«

»Wie groß?«, will ich wissen.

»So groß.«

Vater breitet die Arme aus.

»So groß?«

Vater nickt.

»Und der mittelgroße Troll heißt Benny. Bennys Leibgericht sind kleine Mädchen. Kleine Mädchen, die Louise heißen, und siehst du den hier?«

Papa hebt einen angenagten Fichtenzapfen auf.

Ich nicke. Den sehe ich.

»Benny isst Fichtenzapfen zum Nachtisch.«

Mich schaudert's. Irgendjemand hat tatsächlich an diesem Zapfen genagt. Die Mitte ist abgenagt.

Papa nimmt mich in die Arme, und ich verkrieche mich in seiner Jacke. Auf dem Weg ist es dunkel. Der Wind heult in den Fichten, und die Sonne ist verschwunden.

»Ich habe Angst«, sage ich.

»Aber deswegen brauchst du doch keine Angst zu haben«, erwidert Papa. »Die Trolle kommen nicht, wenn wir beide zusammen sind. Dann trauen sie sich nicht. Dann bleiben sie da drin.«

Er deutet auf das Dickicht des Waldes. Dort drinnen sind sie.

Ich hebe die Jacke an mein Gesicht und hole mit geschlossenen Augen tief Luft. Ich tue so, als befände ich mich nicht im Zimmer.

»Louise, komm schon«, ermahnt mich Michael. Er nimmt mir die Jacke ab.

»Nein, lass mich«, sage ich und weine erneut. Jetzt ist es passiert. Jetzt. Er ist tot. Es gibt keinen Weg zurück. Jetzt ist er richtig tot. Dort liegt er und ist tot.

Michael schiebt mich neben Mama. Ich finde, ihr Gesicht ist hübsch, so wie sie dasteht und ihren toten Mann betrachtet. Ich habe eine hübsche Mutter. Sie ist alt, aber hübsch.

Ich weigere mich, Vater anzuschauen. Ich kann nicht. Nach so vielen Jahren. Ich kann sein totes Gesicht nicht anschauen. Das ist doch nicht möglich.

»Das kann nicht sein«, sage ich. »Es kann doch nicht …«

Mutter seufzt.

»Louise«, sagt sie. Dann sagt sie nichts mehr.

Es ist, als würde sie erst jetzt im Zimmer in Erscheinung treten. Sie sieht mich mit ihren abgeklärten Augen an. Ich glaube, sie hat sich seit Langem darauf eingestellt. Dass es vielleicht reibungslos, leise und ruhig abläuft. Vielleicht hatte sie Angst, vielleicht hat sie auch Schlimmeres erwartet. Schmerzen und Delirium, Todesröcheln.

»Sieh dir deinen Vater an, Louise«, sagt sie, und ich tue, worum sie mich bittet. Ich sehe ihn an.

Als ich klein war, gefiel es mir, Mama und Papa im Schlaf anzuschauen. Ihre Gesichter waren glatt, mild und friedlich. Dann konnten sie mich nicht plötzlich ausschimpfen. Sie konnten mich nicht sehen, aber ich sah sie.

Aber Vater sieht nicht aus, als würde er schlafen. Es ist deutlich, dass ihn etwas verlassen hat, vielleicht seine Seele. Jetzt ist er eine Leiche. Ein toter Körper, der bald in Leichenstarre übergeht. Das geschieht als Erstes. Sein Kinn wird ihm auf die Brust sinken. Das Blut sackt ab, violette Totenflecke, *Livores*, werden seine weiße Haut verfärben, und die Leichenstarre endet erst, wenn sein Körper zu verwesen beginnt.

Das kenne ich aus dem Pflegeheim. Ich habe etliche Tote für die Angehörigen hergerichtet, das Fenster geöffnet und das Kopfende hochgestellt, damit sich der Mund schloss. So wird's gemacht.

Ich lege Vater eine Hand auf die Stirn. Sie ist bereits kalt. Ich hatte gehofft, noch den letzten Rest Wärme zu spüren, aber die ist weg. Ich ziehe die Hand zurück, als hätte mich etwas gebissen.

Ich hole die Jacke und presse sie an mich. Die Jacke ist mehr Papa als der Tote im Bett.

»Opa«, wimmert Ida, und ihre Lippen zittern. Sie legt ihren Kopf auf seine Brust, und ich glaube, es ist gut, dass sie betrunken ist.

An der Tür wird beherrscht geklopft, vermutlich ist es üblich, zweimal kurz zu klopfen. Eine Krankenschwester tritt ein. Langsam geht mir ihre knallbunte Schlupfhose auf die Nerven.

Sie erkundigt sich, ob wir dabei sein wollen, während sie den Verstorbenen vorbereiten. Den *Verstorbenen*. Vorbereiten.

Wir sehen Mutter an. Sie soll entscheiden.

»Nein«, antwortet sie. Dann erhebt sie sich resolut, dreht sich zum Fenster um und streicht den Vorhang ein letztes Mal glatt.

Man führt uns in ein Wartezimmer. Die Stühle sind mit einem blauen kratzigen Stoff bezogen, und auch hier steht ein Servierwagen mit Limonade und Kaffee. Die stehen überall.

Wir sitzen um einen runden Tisch herum, und Michael gießt Ida ein Glas Limonade ein. Sie sagt, es gehe ihr beschissen. Michael zieht eine Tafel Ritter Sport aus der Jackentasche. Sie ist dunkelblau. Nougat. Er bricht sie in Stücke und lässt diese auf dem Papier in der Mitte des Tisches liegen. Er nimmt ein erstes Stück, und weil sich sonst niemand bedient, reicht er sie herum. Da nehmen wir alle ein Stück.

Genau, was wir jetzt brauchen, aber niemand sagt das laut. Irgendwie ist es peinlich, in einer solchen Situation ein Stück Schokolade genießen zu können.

Michael kann gut mit Krisen umgehen. Deswegen arbeitet er in Solhøj. Er kann gut mit Menschen umgehen.

»Das war ein würdiger Tod«, sagt er zu Mama. Woher will er das denn wissen?, denke ich, aber Mama nickt.

»Ja, das stimmt«, pflichtet sie ihm bei.

Ida nickt auch. Dann nimmt sie noch ein Stück Schokolade. Und noch eins. Sie isst den Rest auf. Entweder weil sie betrunken ist oder weil sie traurig ist. Vermutlich beides. Eine Ritter Sport ist schnell verputzt.

Ich fingere an Papas Jacke herum, und etwas knistert unter dem Stoff. Ich schiebe meine Hand in die Tasche ziehe ein Papier heraus.

»Was ist das?«, erkundigt sich Mutter und beugt sich vor.

»Ein Papier«, sage ich, als ob sie das nicht selbst sehen könnte. Ein liniertes Blatt Papier, viermal zusammengefaltet.

»Was ist das?«, fragt Mutter nochmals und beugt sich über den Tisch. Ich kann gerade noch die erste Zeile lesen: »Meine liebe Karen.« Dann nimmt sie es mir auch schon weg. Sie runzelt die Stirn und schaut nach unten. Ihr Gesichtsausdruck ist nicht zu erkennen.

»Was steht da?«, fragt Ida. »Was steht da, Oma?«

»Da steht …«

Mutter schaut hoch und sieht mich fragend an.

»Falkevej 44. Sagt dir das was?«, will sie wissen.

Nein. Warum auch?

»Nein«, antworte ich.

»Tja«, meint sie. Dann schaut sie wieder auf den Brief und faltet ihn anschließend zusammen.

»Kannst du ihn nicht vorlesen?«, fragt Ida, und Mutter sieht uns an, als würde ihr erst jetzt aufgehen, dass wir auch gerne wissen wollen, was in dem Brief steht. Sie faltet das Papier auseinander und räuspert sich.

»Meine liebe Karen«, liest sie. Ihre Stimme ist belegt.

Es war nicht meine Absicht, dass es so enden würde. Ich bitte Dich um Vergebung. Und ich bitte Louise um Vergebung. Ich hatte meine Gründe, aber das ist keine Entschuldigung, obwohl ich es lange glaubte. Ich habe mich öfter geirrt, als erlaubt ist, und das bereue ich. Ich bereue so vieles.

Ihr müsst einander verzeihen. Louise, es ist nicht die Schuld Deiner Mutter. Sie liebt Dich. Ich liebe Dich.

Kristian
Falkevej 44, Lykkebo.

Mutter knüllt den Brief zusammen. Ich habe Angst, dass sie ihn zerstört. Dann merkt sie, was sie tut, und streicht ihn glatt.

»Vorsicht, Mama«, sage ich. Sie sieht mich wütend an. Ich weiß nicht, warum.

»Lykkebo. Was ist Lykkebo?«, fragt sie, aber niemand von uns weiß es. *Niemand von uns weiß es.*

Dann kommt die Schwester.

»Sie können jetzt wieder zu Kristian reingehen«, sagt sie. Abwartend bleibt sie stehen, aber niemand von uns macht Anstalten aufzustehen.

»Wollen Sie mit ihm allein sein?«

»Ja, bitte.«

Mutter erhebt sich. Mit einer gewissen Autorität schreitet sie an der Krankenschwester vorbei. Sie dreht sich nicht um, sie weiß einfach, dass wir ihr folgen werden.

Im Zimmer steht eine junge, mollige Krankenschwester, die wir noch nicht getroffen haben.

»Das ist doch nicht Kristian«, sagt Mutter. Sie hält in der Tür inne. Ich schaue aufs Bett, und einen Augenblick lang bin ich mir ebenfalls sicher, dass ein anderer Mann im Zimmer liegt.

Ich sehe die Krankenschwester an. Fragend schaut sie vom Mann im Bett auf uns.

»Kristian. Aber …«

Mutter tritt ans Bett, und dann merke ich, dass sich Michael neben mir vor unterdrücktem Lachen schüttelt. Ida muss sich die Hände vor den Mund halten, um nicht laut herauszuprusten.

Ich schaue aufs Bett. Das *ist* Vater.

»Das ist nicht Kristians Brille!«, sagt Mutter mit wütender Stimme zur Krankenschwester, nimmt Idas schwarze Ray-

Ban, die aber nicht Ida gehört, von Vaters Nase und knallt sie auf den Nachttisch.

Die Schwester errötet. Sie hat alles sehr schön hergerichtet, die Bettwäsche gewechselt, Kerzen angezündet und eine Bibel auf den Nachttisch gelegt. Gelüftet ist auch, und ich spüre die kalte Nachtluft im Zimmer.

»Bitte entschuldigen Sie …«, stammelt sie.

Mutter sieht sie vorwurfsvoll an und dreht sich dann Hilfe suchend zu uns um. Michael kann sich nicht mehr zusammennehmen. Ida ebenfalls nicht. Sie müssen lachen.

Ich sehe Mutter an. Ihre Lippen bewegen sich. Etwas Unbestimmbares blitzt in ihrem Blick auf. Sie versucht, weiterhin böse zu sein, aber kann es nicht.

Wir lachen alle. Es bricht einfach aus uns heraus. Wir wissen, dass wir jetzt nicht lachen sollten. Das ist nicht anständig, das ist alles nicht lustig. Es ist zutiefst tragisch.

Die Schwester entschuldigt sich nochmals. Schließlich trete ich auf sie zu und lege ihr einen Arm um die Schultern.

»Das macht nichts«, sage ich. »Das macht überhaupt nichts.«

Vaters Gesicht hat eine andere Farbe angenommen. Jetzt ist es bereits etwas grau. Im Halbkreis stehen wir um ihn herum.

»Also, Kristian«, sagt Mutter, und ich sehe, dass sie ein Taschentuch in der Hand hält. Daran erinnere ich mich. Vater fror an der Nase, wenn er schlief. Er hat auch eine ungewöhnlich große Nase, sie ragt auf wie ein kleines Monument.

»Also, Kristian, jetzt brauchst du nicht mehr zu frieren«, sagt Mutter und legt ihm das weiße Taschentuch aufs Gesicht. Sie weint.

Das war's also, denke ich, was natürlich nicht stimmt. Es gibt etwas zwischen den Zeilen. Alles Unausgesprochene, alles, was wir nicht wissen.

5

KAREN

Dieses Haus steht abseits von allen anderen, es kapselt sich gewissermaßen ab. Kristian war bei *mir* und hatte keine Zeit, ein Haus instand zu halten. Keine Zeit, ein Haus zu *besitzen*, und ich begreife nicht, wieso er trotzdem eines besaß.

Über der Tür steht »Lykkebo«. Das Haus ist größer, als ich erwartet hatte. Ich gehe den Plattenweg entlang durch den Garten, oder wie immer man das nennen will. Außer Sand und Unkraut ist da nichts. Heckenrosen und Sandhügel. Alles recht erbärmlich. Eine liebevolle Hand ist dringend nötig.

Beinahe schäme ich mich für ihn. Ein schönes Grundstück so verkommen zu lassen!

Ich weiß nicht, wieso ich hierhergefahren bin. Ich hatte eigentlich beschlossen, dass mir Kristians Lykkebo gestohlen bleiben kann. Aber es wollte mir nicht aus dem Kopf. Jetzt sehe ich das Haus vor mir und stehe vor der Tür. Es existiert wirklich. Das Haus ist da. Lykkebo.

Im Brief steht nichts von einem Schlüssel. Zu Hause liegt der Reserveschlüssel in einem Holzschuh in der Garage, aber hier gibt es keine. Wieso hat er nicht geschrieben, wo der Schlüssel liegt?

»Was bist du doch für ein Schwachkopf, Kristian«, sage ich und gehe um das Haus herum. Ich weiß nicht, ob er mich hören kann. Vielleicht sitzt er ja irgendwo dort oben und findet es lustig, dass ich hier herumrennen und nach dem Schlüssel eines verfallenen Sommerhauses, das Lykkebo heißt, suchen muss.

Ein aus Brettern nachlässig zusammengezimmerter Schuppen steht neben dem Gästehaus links vom Haupthaus. Ich drücke die Tür auf und erblicke eine Palette Dosenbier, Angeln und Gartenmöbel. Sobald ich die Stiefel sehe, weiß ich, dass der Schlüssel nur im rechten liegen kann. Das tut er auch.

Aus einer schmalen Diele gelangt man direkt in eine große Küche. Die Möbel sagen mir nichts. Jedenfalls habe ich nichts davon gekauft. Eine Mischung aus schadhaften Korbmöbeln und grauem Polster. Plunder. Auf dem Fensterbrett grüne Flaschen, Aschenbecher und Seeigel. Ich nehme den kleinsten in die Hand und streiche mit dem Finger darüber. Kristian mochte Seeigel, sie seien der Abdruck einer fernen Vergangenheit, sagte er immer.

Jemand hat nur sehr oberflächlich geputzt. Ein durchdringender Geruch nach Schmierseife bildet einen Kontrast zu dem Staub auf den Regalen. Ich sehe mich um. Im Haus ist es ebenso unordentlich wie im Garten. Die Möbel sind willkürlich entlang der Wand aufgereiht. Ein Schrank mit Glastüren im Wohnzimmer, eine blaue Anrichte in der Küche hinter der Tür, sodass sie sich nicht ganz öffnen lässt. Ich ziehe sie ein Stück hervor und neben den Esstisch.

Auch oben sind Zimmer, und natürlich liegen überall aufgestapelte Bücher. Kristian hat immer gelesen. Im Schlafzimmer, dem Giebelzimmer nach Süden, stehen Regale an allen vier Wänden. Die Bücher sind nicht alphabetisch geordnet.

Vielleicht hatte ja Johannes recht, als er sagte, Kristian sei über die Wiesen gegangen. Die Wiesen, das ist ein Sommerhaus. Dort hat er seine Bücher geschrieben.

Ich setze mich auf die ordentlich glatt gestrichene Tagesdecke, ziehe den Brief aus der Tasche und lese ihn erneut. Er ist an mich gerichtet. Ich hatte nicht vor, ihn den anderen vorzulesen. Ich wollte ihn für mich behalten. Inzwischen kann ich ihn auswendig, aber es gefällt mir trotzdem, ihn wieder zu lesen. Kristians letzte Gedanken sind mehr wert als die Worte des Pfarrers bei der Beerdigung.

Erst ein Tag ist vergangen. Im Laufe der Jahre war ich auf etlichen Beerdigungen. Ich weiß, dass es sich gehört, die nächsten Angehörigen nach Hause einzuladen, habe aber überhaupt keine Lust dazu. Die ganze Nacht habe ich wach gelegen und mir überlegt, wie ich mich wohl verhalten werde, wenn sie mich umarmen, kondolieren und mir sagen, du seist ein guter Mann gewesen.

Ich habe keine Tränen mehr, kann nicht mehr weinen. Was sollen die Leute denken, wenn nicht einmal ich weine?

Dem Pfarrer waren unsere Wünsche schnuppe. Es war ihm völlig egal, dass ich sagte, Kristian sei Tierfreund gewesen. Dass ihn erst seine Schrullen und Gewohnheiten zu Kristian gemacht hätten. Dass einer von Johannes' Bekannten »Ich habe einen Hund mit vier Pfoten« von Shu-bi-dua singen solle. Das gehöre sich nicht in seiner Kirche, meinte er dazu.

Die Beerdigung war so konventionell und unpersönlich, dass es um irgendeinen Verstorbenen hätte gehen können. Keine besonders rühmliche Veranstaltung, fand Johannes.

Ich falte den Brief zusammen und lege ihn unter den Seeigel auf den Nachttisch.

Ich bin müde. Ich meide mein Spiegelbild in diesen Tagen. Mein Gesicht ist geschwollen und hässlich, weil ich zu wenig schlafe. Ich verstehe nicht, wie man so viele Stunden mit Nachdenken verbringen kann, aber die Stunden der Nacht sind anders und gelegentlich endlos. Ich durchlebe Kristians

Tod aufs Neue, den Tag davor und die Fahrt zu Johannes' und Kirstens Hof. Ich stelle mir die Kühe vor. Auf einmal starren sie mich bösartig an. Drohend. Manchmal glaube ich, gerade erst eingeschlafen zu sein. Aber dann ist es schon Morgen.

LOUISE

»Müsste Rikke nicht schon längst hier sein?«, frage ich Michael. Er ist in die Küche gekommen, hat sich angeschlichen, und er weiß sehr wohl, dass ich verärgert bin. Rikke kommt immer zu spät. Das ist ihr Wochenende, und Magnus wartet jetzt schon seit über einer Viertelstunde mit seinem Rucksack. Ja, sie hat einen anstrengenden Job, *einen wichtigen Job*, wie sie selbst immer wieder betont. Sie arbeitet in einem Reisebüro, aber mehr auch nicht.

»Sie kommt gleich, in zehn Minuten ist sie hier«, sagt Michael.

Ich antworte nicht. Diese Genugtuung will ich ihm nicht geben. Er selbst hat angeboten, morgen früh in Solhøj anzutreten. Ich habe Samstag auf Sonntag Nachtdienst, also haben wir nur heute Abend für uns, und daraus wird nichts, wenn Rikke ihren Arsch nicht hochkriegt und sich an die Vereinbarung hält.

»Papa, es stimmt doch, dass Mama und ich in die Türkei fahren?«, fragt Magnus. Er balanciert erst auf den Fersen, dann auf den Zehen und stützt sich dabei am Küchentisch ab.

»Und wann macht ihr das?«

»Mama sagt, wir fahren. In den Sommerferien.«

Er sagt das triumphierend. Michael wirkt verwirrt.

»Davon weiß ich noch nichts, Magnus. Davon hat mir Mama noch nichts erzählt. Hat Mama das gesagt?«

»Ja, das machen wir. Wir wohnen in einem Fünfsternehotel mit drei Pools.«

Michael runzelt die Stirn und schaut aus dem Fenster.

»Darüber muss ich erst mal mit Mama sprechen. Du weißt doch auch, dass die Wochen aufgeteilt sind.«

Magnus antwortet nicht. Er rennt in die Diele. Buller bellt. Ich weiß, dass Rikke Hunde nicht leiden kann, und kann es nicht lassen, ihn anzufeuern:

»Ja, wer kommt denn da? Wer ist das? Los, Buller!«

»Nein. Pfui. Nein, geh weg!« Rikke rudert mit den Armen. Buller ist vollkommen außer sich.

»Michael!«, ruft sie, und dieser eilt ihr sofort zu Hilfe.

»Komm, Bimmer«, sagt er. »Komm schon.«

»Hör schon auf«, sagt Rikke und ringt nach Luft. Sie trägt einen hellroten Blazer und hat sich richtig aufgebrezelt. Sie lacht nervös, rückt ihr hochgestecktes Haar zurecht. Eine Haarnadel hat sich verirrt. »Dass ihr einen Hund habt, unglaublich. Na ja, der ist ja süß, der ist doch süß, was, Schatz?« Sie umarmt Magnus.

»Hallo, Louise«, sagt sie. Sie nickt rasch, und ich erwidere ihr Nicken.

»Dann beginnt für euch das Wochenende. Wie schön«, stellt Rikke fest und denkt gar nicht daran, dass ich gerade meinen Vater verloren habe, falls Michael ihr überhaupt davon erzählt hat.

Und dann fängt er an.

»Magnus sagt, ihr wollt in die Türkei fahren?«

Ich verziehe mich mit Buller ins Wohnzimmer und setze mich aufs Sofa. Offenbar begreift sie nicht, dass Michael und ich nur heute Abend Zeit füreinander haben.

Ich betrachte die Tarotkarten, die mir Rhea geschenkt hat und in die ich mich bislang nicht vertiefen konnte. Sie sagt, es funktioniere und sei kein Hokuspokus.

Tarot – ein Weg zur Erforschung der Schatzkammer des Unterbewussten, steht in der Anleitung.

Ich lege sie in einem Halbkreis auf den Tisch. Man soll eine Frage stellen, keine Ja-oder-Nein-Frage, sondern welche Möglichkeiten es für dieses oder jenes gibt.

Ich kann mich nicht überwinden, diese Frage laut auszusprechen, denn das wirkt lächerlich. Also begnüge ich mich damit, sie nur zu denken.

Ich drehe eine Karte um und versuche zu spüren, welche Karte *zu mir spricht*. Die Wahl fällt auf eine Karte rechts, auf der eine Staubflocke liegt.

Auf der Karte steht »*Der Turm*«, ein gelber Leuchtturm ist darauf abgebildet.

»*Dein Leben ist ein wenig von Chaos erfüllt. Einiges befindet sich in vollkommener Auflösung, während anderes unverändert bleibt. Das ist verwirrend, aber es ist möglich, aufzuräumen, wegzuwerfen und neu zu organisieren, ohne dass alles zusammenbricht.*«

Das ist jetzt keinesfalls die Antwort auf meine Frage. Soll ich das Verhältnis zu meiner Mutter neu organisieren? Ich weiß nicht, wie das gehen sollte. Sie ist konfliktscheu und lässt Dinge einfach geschehen. So ist sie und hat nicht vor, das zu ändern. Eine Makrone. Was hilft das schon? Jahrelang hat sie nichts unternommen. Dann setzt sie Ida als Botin ein, als Kuchenbotin, denn dann wird alles schon wieder gut.

Vielleicht ist es ja die Antwort auf etwas anderes? Vielleicht weiß die Tarotkarte ja, auf welche Frage ich in Wirklichkeit eine Antwort suche.

Michael und ich winken durchs Fenster und sehen uns erleichtert an. Michael hat Bohnen eingeweicht, für das Chili con Carne. Kopfschüttelnd schaut er Rikke hinterher. »Sie will mit ihm zwei Wochen verreisen. Ich weiß nicht, ob ich das für eine gute Idee halte.«

»Michael«, sage ich. Ich will mir das jetzt nicht anhören.

»Vor nicht allzu langer Zeit war sie im Krankenhaus.«

»Nein, aber jetzt ist sie gesund«, sage ich. »Sie sieht doch blendend aus!«

»Ja, aber …«

Ich unterbreche ihn mit einem Kuss. Er legt liebevoll seine Hand in meinen Nacken und küsst mich.

»Du bist wunderbar«, sagt er.

Da höre ich, dass die Tür des Kühlschranks aufgeht, und drehe mich um. Ida.

»Haben wir keinen Hüttenkäse mehr?«, fragt sie.

»Nein, der ist alle«, antworte ich, obwohl ich es eigentlich nicht weiß.

»Doch, da steht noch welcher. Wieso behauptest du, dass wir keinen haben?«, pflaumt sie mich an.

Ich antworte nicht. Ich kann kaum etwas sagen, worüber sie sich nicht aufregt. Seit Vaters Tod ist das jetzt so. Er stand ihr näher, als mir bewusst war. Aber sie besuchte die beiden ja auch ständig.

Sie häuft einen Esslöffel Hüttenkäse auf eine Untertasse. »Schönen Abend noch«, sagt sie, dann ist sie weg.

»Es geht ihr nicht gut«, meint Michael.

»Nein«, erwidere ich. »Sie hat gerade ihren Großvater verloren und trauert. Das ist ganz natürlich. Klar, dass es ihr nicht gut geht.«

Michael sagt erst einmal nichts, aber ich weiß, was kommen wird.

»Louise, falls das eine Depression oder eine Essstörung ist, müssen wir etwas unternehmen, bevor es schlimmer wird.«

»Keine Sorge«, erwidere ich und kippe die Bohnen in ein Sieb.

»Für mich sind die Symptome eindeutig. Wir sollten ein Auge darauf haben.«

»Ja, tu das«, erwidere ich.

Er nickt, und ich weiß, dass ich es mir nicht erlauben kann, irritiert zu sein. Auch, weil ich es ihm noch nicht gesagt habe. Jetzt sollte ich es ihm erzählen, jetzt wäre ein guter Zeitpunkt dafür.

Aber ich kann nicht.

»Willst du das Chili absegnen?«, fragt Michael und taucht einen Löffel in den Topf. In der Küche riecht es nach Kräutern.

Er hält eine Hand unter den Löffel und hält ihn mir vor den Mund. Direkt aus dem Topf schmeckt es immer am besten.

»Und?«, fragt er. »Es hat zwei Stunden geköchelt.«

»Ja, lecker«, erwidere ich.

»Mit Liebe gekocht«, sagt er.

»Und nicht einfach mit einer Kräutermischung?«, frage ich, und er legt den Deckel wieder auf den Topf und dreht sich langsam zu mir um.

»Was soll diese Frechheit«, sagt er. »Musst du so frech sein?« Er packt mich an den Handgelenken und hält mich fest.

Ich lache. »Michael, lass los!«

Er hält mich weiterhin fest. Solche Situationen haben mir in letzter Zeit gefehlt. Es ist lange her, dass wir zusammen gelacht haben.

Anschließend ziehe ich ein Kleid an. Ich muss wirklich mehr aus mir machen.

Es sitzt nicht perfekt, aber so, wie es Michael gefällt. Der

V-Ausschnitt ist weit, und die Träger sind schmal. Ihm gefallen meine Schultern.

Dann höre ich eine Stimme in der Küche. Ich betrachte mich im Spiegel und halte mich am Waschbecken fest. Das kann nicht sein, denke ich, aber es ist doch so.

Mutter ist da.

»Ich habe mir das Sommerhaus angesehen. Es liegt ganz nah an einem Abhang. Schöne Aussicht. Schöne Zimmer, etwas klein, aber es gäbe Platz für uns alle.«

»Für uns?«

Mutter nickt. »Ihr habt doch gehört, was in dem Brief stand, Louise. Das war Kristians letzter Wunsch. Ich finde auch, dass nichts anderes infrage kommt.«

Es wird still. Ich rieche das Chili con Carne nicht mehr. So ist das. Man wird immun. Mutters Parfüm hängt in der Luft.

»Mama, ich weiß nicht, ob das eine gute Idee ist. Wirklich nicht. Wir haben gerade ziemlich viel um die Ohren. Michael ist gerade befördert worden und hat wahnsinnig viel zu tun. Bei mir gibt es auch neue Projekte. Ida hat Prüfungen. Außerdem will sie jobben, und Magnus, Michaels Sohn, ist die meisten Wochen hier.«

»Ich weiß, dass Michaels Sohn Magnus heißt«, sagt Mutter entrüstet. Diesen Tonfall kann sie sich sparen. Woher soll ich wissen, wie sehr sie auf dem Laufenden ist? Aber vermutlich hat ihr Ida alles erzählt.

»Magnus darf auch gerne mitkommen«, sagt sie. »Da ist sehr viel Platz. Es gibt auch ein Gästehaus. Ich dachte, du könntest mit Michael dort wohnen, dann seid ihr ein wenig für euch.«

»Klingt doch nett, Schatz«, meint Michael und strahlt mich an. Mutter lächelt ebenfalls. Sie bildet sich ein, dass sie einfach hier aufkreuzen, reden und lächeln kann. Ich antworte nicht.

»Willst du mitessen?«, fragt Michael. Mutter schaut mich von der Seite an.

»Es riecht wirklich sehr gut«, meint sie. »Was gibt es denn? Einen Eintopf?«

»Chili con Carne«, antworte ich. Mutter nickt, und ich bin mir nicht sicher, ob sie je davon gehört hat. Mutter kocht altmodisch, herzhaft und mächtig.

»Ja, danke, aber nur eine kleine Portion.«

»Es ist sehr scharf«, sage ich.

Schritte in der Diele. Ida kommt herein.

»Hallo, Oma!«, ruft sie und strahlt. So ein Lächeln habe ich bei ihr schon lange nicht mehr gesehen. Jedenfalls nicht mehr seit Vaters Tod.

»Hallo, mein Schatz«, sagt Mutter, und sie umarmen sich. Ich sehe sie von der Seite an, aber sie bemerken das nicht.

»Dann können wir ja essen«, sage ich. Ich stehe auf, und der schmale Träger meines Kleides rutscht mir von der Schulter. Ich ziehe eine hässliche Strickjacke über.

Mutter ist ganz begeistert von Michaels Chili con Carne, und er wiederum fühlt sich sehr geschmeichelt. Er serviert ihr mehr, lächelt und lässt sich von ihr um den Finger wickeln. Als wäre das hier alles wirklich so nett.

»Das kenne ich noch gar nicht. Es schmeckt ganz fantastisch«, sagt Mutter.

»Man kann auch ein wenig dunkle Schokolade dazugeben. Das ergibt einen angenehmen Kontrast zu dem scharfen Chili«, sagt Michael. »Also, Bitterschokolade mit ganz hohem Kakaoanteil.«

Mutter nickt erneut. Sie nickt die ganze Zeit.

»Mama«, sage ich, und sie lässt das Besteck sinken.

Ich will ihr etwas sagen, ihr erzählen, dass sie nicht einfach hier reinstiefeln kann, aber es ist mir alles zu viel, und ich finde nicht die richtigen Worte.

»Ich will nicht in dieses Sommerhaus«, sage ich. »Ich habe keine Lust, hier irgendetwas vorzuspielen. Papa kann es sowieso egal sein, er ist tot. Ich finde, du solltest es verkaufen. Ich will damit nichts zu tun haben, und es ist zwecklos, dass du …«

Ich verstumme. Eigentlich wollte ich mich anders ausdrücken. Alle schweigen. Ida sieht mich wütend an. Dann schaut sie weg und schämt sich meinetwegen. Michael schiebt seine letzten Bohnen an den Tellerrand. Mutter sieht mich an.

»Das habe ich mir auch schon überlegt«, meint sie.

»Willst du das Haus verkaufen?«, fragt Ida. »Warum?«

»Es gibt nur einen Grund, Lykkebo nicht zu verkaufen«, sagt Mutter. »Die Adresse stand auf dem Brief. Es war sein letzter Wunsch.«

Dann treten ihr die Tränen in die Augen. Auch Ida weint.

»Aber deswegen müssen wir da doch nicht alle hinfahren. Wozu soll das gut sein?«, frage ich. Sie glaubt, das sei so einfach.

»Weil Kristian das so gewollt hat.«

Michael stellt seinen Teller auf den Fußboden, und wir hören, wie Buller laut schmatzt und schlabbert.

»Du hast damals gesagt, er sei verreist«, sage ich. »Und ich glaubte, er würde zurückkommen. Jeden Tag habe ich auf ihn gewartet. Und jetzt, nach zwanzig Jahren, kommt er tatsächlich zurück. Nach zwanzig Jahren! Und du erwartest ihn mit Frikadellen und empfängst ihn mit offenen Armen.«

Meine Stimme zittert.

Mutter sieht wütend aus. Ihre Augen glänzen, aber da sind keine Tränen mehr.

»Ich habe ihn *geliebt*, Louise, das musst du verstehen.«

Aber genau das verstehe ich nicht und werde es nie verstehen. Wie kann man einen Verräter lieben? Einen verschrobenen, egozentrischen, verkorksten Schriftstellervater.

»Zwanzig Jahre«, sage ich.

Es ist heiß in der Küche, vielleicht liegt das aber auch am Essen. Mutters Wangen sind gerötet, und sie gießt sich ein Glas Wasser nach dem anderen ein.

»Das ist eine lange Zeit«, meint sie. »Das ist mir sehr wohl bewusst, Louise.«

Ich beginne den Tisch abzuräumen und nehme ihr den Teller weg, obwohl sie nicht fertig ist.

»Vielleicht hat er dort irgendwelche Bücher geschrieben«, sagt sie. »Vielleicht gibt es dort am Fjord auch viele Vögel, Möwen gibt es jedenfalls.«

»Glaubst du wirklich, dass er in all diesen Jahren etwas geschrieben hat?«, frage ich. Irgendwas stimmt da nicht. Das sieht doch jeder.

»Es kann jedenfalls nicht schaden, mal eine Woche hinzufahren. Für dieses Jahr haben wir auch noch keinen Urlaub geplant«, meint Michael.

»Ich fahre gerne mal in dieses Sommerhaus«, sagt Ida.

»Das ist auch praktisch mit Bimmer«, fährt Michael fort. »Mit Hund zu verreisen ist ja nicht so einfach.«

»Er heißt Buller, begreif das doch endlich«, erwidere ich.

LOUISE

Ein quadratisches Wartezimmer mit Stühlen an den Wänden. Kein Platz ist frei. Man kann nirgendwo hinschauen, ohne fremden Augen zu begegnen. Überall sind Augen. Und Hände, die in mehrere Monate alten Illustrierten blättern.

Mir gegenüber sitzt eine hochschwangere Frau mit einem Kind. Ich habe die beiden die letzten fünf Minuten beobachtet. Die Frau bricht dem Jungen ein Stück von einem Schokoriegel ab. Er quengelt die ganze Zeit. Dann rollt sie eine der Illustrierten zusammen, steckt sie in ihre Tasche, nimmt den Jungen an der Hand und geht.

Die Hebamme ist ein Mann.

»Sind Sie die Hebamme?«, frage ich dümmlich.

»Ja, ich mache den Ultraschall. Ich heiße Lau.«

Er reicht mir eine weiße Hand. Sein Händedruck ist schlaff.

»Sind Sie nervös?«, fragt er.

»Nein. Oder vielleicht ein wenig«, antworte ich.

»Ist das Ihr erstes Kind?«

»Nein.«

Er dreht sich zu einem Computer um und scrollt in einem Dokument auf dem Monitor.

»Ich habe eine 18-jährige Tochter.«

Eine weiße Papierbahn liegt auf der Liege und gleitet zur Hälfte herab, als ich Platz nehme.

»Stimmt«, erwidert Lau. »Und Sie sind 38?«

Er wiegt den Kopf.

»Heutzutage ist das doch ganz normal, oder?«

»Wenn Sie jetzt die Bluse hochziehen würden. Sie brauchen sie nicht ganz auszuziehen. Jetzt verteile ich einen Klecks Gel auf ihrem Bauch, das kann sich etwas kühl anfühlen«, sagt er.

Ich ziehe die Bluse hoch und warte.

»Sieht man was?«, frage ich.

»Einen Augenblick ...«

Er rollt zurück zum Computer und scrollt wieder in dem Dokument nach unten.

»Was ist?«, erkundige ich mich, denn ich muss mich mit der Situation auseinandersetzen, wenn es so lange dauert. Ich hatte gehofft, einfach die Augen zu schließen und es rasch hinter mich zu bringen.

»In Anbetracht Ihres Alters ist es sehr vernünftig, dass Sie dieses Angebot wahrnehmen, also diesen Ultraschall machen lassen. Schließlich liegt ein erhöhtes Risiko vor, wenn …«

»Wissen Sie, ich muss jetzt gleich Abendessen kochen. Vielleicht könnten wir es schnell hinter uns bringen?«, unterbreche ich ihn.

Lau versteht meinen Wink, rollt wieder an die Liege heran, und etwas Nasses und Kaltes trifft auf meinen nackten Bauch.

»Hier sind jetzt die Herztöne«, sagt er.

Er bewegt die Sonde auf meinem schon etwas gerundeten Bauch hin und her, und ein schwarz-weißes Bild taucht auf dem Monitor auf.

Ich folge seinem Blick, bislang habe ich das Leben in meinem Bauch nur als Embryo betrachtet, nicht als Baby. Jetzt sehe ich seine winzige Hand.

»So, jetzt haben wir ein sehr deutliches Bild«, sagt Lau. Er hält mit dem Schallkopf auf meinem Bauch inne. Ich schließe die Augen, weil ich ohne Kissen daliege und mir schwindlig wird.

Er schweigt. Lange.

Ich öffne die Augen und betrachte Lau, der den Monitor fixiert. Seine schlaffe Fischhand drückt auf Knöpfe und dreht an Rädchen.

»Irgendwas nicht in Ordnung?«, erkundige ich mich.

»Einen Moment. Ich vermesse gerade die Nackenfalte.«

Es vergehen einige Augenblicke.

»Irgendwas nicht in Ordnung?«, frage ich erneut.

Ich versuche mich aufzusetzen, aber Lau drückt mich behutsam zurück. »Bleiben Sie bitte liegen.«

Ich bleibe liegen. Ich habe den Mund voll Spucke, weil ich vergessen habe zu schlucken.

Ich frage, ob etwas mit der Nackenfalte nicht stimmt, aber Lau antwortet nicht. Er speichert die Aufnahmen auf dem Monitor, steckt die Sonde in ihre Halterung zurück und wischt mir das Gel vom Bauch.

»Nehmen Sie doch bitte auf dem Stuhl Platz«, sagt er. »Ich komme gleich wieder.«

Er kehrt in Begleitung einer Frau zurück. Diese reicht mir eine kräftige Hand und betrachtet den Monitor. Ihr Haar wird von einer riesigen bernsteinfarbenen Spange zusammengehalten.

Lau erklärt mir, man habe meine Blutwerte mit der Nackentransparenz des Kindes abgeglichen. *Also ist es ein Fötus.*

»Was wollen Sie damit sagen?«, frage ich.

»Ich sage nur«, Lau faltet die Hände, »dass wir in Anbetracht Ihres Alters, der Blutwerte und der Nackenfaltenvermessung vielleicht eine Plazentabiopsie vornehmen sollten.«

»Ist etwas mit dem Fötus nicht in Ordnung?«, frage ich.

»Wir haben ein Risiko von 1:120 berechnet. Das ist ein leicht erhöhtes Risiko, aber das Kind kann natürlich trotzdem vollkommen gesund sein. Ich finde, Sie sollten sich einen Termin für eine Plazentabiopsie geben lassen. Vorher kann ich mich nicht äußern.«

Ich schaue aus dem Fenster und sehne mich nach einem hohen Himmel, aber der Himmel ist ebenso grau und flach wie der Parkplatz.

6

IDA

Ich beneide Säuglinge. Ich beneide sie, wenn sie unter blühenden Apfelbäumen in ihren Kinderwagen liegen und man sie zudeckt. Das sieht wunderbar aus. Geborgenheit.

In der Turnhalle herrscht fieberhafte Prüfungsstimmung. Ich bin von 150 Gesichtern umgeben, von 150 vorgebeugten Schülern, von 150 quadratischen Tischen und von 150 Druckern.

Aber wir nehmen das alles nicht wahr.

Ich starre auf die erste Textaufgabe.

Es geht um das Gewicht und die Länge von Forellen und um irgendwelche Faktoren, die dabei eine Rolle spielen. Es ist eine absolut schwachsinnige Aufgabe. Forellen? Was soll das? Wieso Fische? Ich überlege, wann ich je Verwendung für diese Kenntnisse haben werde. Ich angle nicht gerne. Einmal habe ich einen Fisch gefangen, der hysterisch zappelte und alles tat, um zu entkommen, aber er war machtlos, und nicht einmal gegen ein Kind konnte er sich verteidigen. Und trotzdem … weil er so zappelte, warf ich ihn wieder ins Wasser. Er tat mir leid.

»Verdammt, Ida. Jetzt erzählt er es den anderen Fischen. Und jetzt fangen wir überhaupt nichts mehr«, sagte Michael.

Aber das war mir egal.

Jetzt ist mir auch alles egal. Es ist mir gleichgültig, wie lang eine Forelle ist.

Die Lehrer sind noch mit Brötchenessen beschäftigt. Mit Falkenblick sitzen sie vor uns auf dem Podest. Ich sollte nicht zu lange auf Sarah, die neben mir sitzt, schauen, sonst bemerken sie mich noch und glauben, dass ich abschreibe.

Aber Sarah hat auch keinen blassen Schimmer. Mehrmals hat sie ratlos zu mir herübergeschaut. Sie will Literaturwissenschaften studieren, aber der NC ist wahnsinnig hoch, und eine einzige schlechte Note kann alles entscheiden. Eine Aufgabe über eine Forelle kann über die Note entscheiden. Eine Aufgabe über eine vollkommen bedeutungslose Forelle.

Eine Aufsicht nähert sich mir von hinten. Ich habe ihn bislang nicht bemerkt. Es ist Finn, dessen Atem immer nach saurem Kaffee riecht. Mit auf dem Rücken verschränkten Händen geht er vorbei. Sein Bauch hängt ihm über den Hosenbund.

Dann lehnt er sich über meinen Tisch.

»Und, wie läuft's?«

»Mir geht es nicht gut«, sage ich, und das stimmt. Meine Beine zittern, und mir ist übel. Ich habe Angst, mich übergeben zu müssen. Ich stelle mir vor, welchen Lärm das in der Turnhalle machen würde.

»Wollen Sie einen Moment rausgehen?«, fragt er und runzelt die Stirn.

»Ja«, antworte ich, schiebe den Stuhl zurück und stehe auf.

»Pst«, ermahnt er mich und eilt hinter mir her den Mittelgang entlang.

Die Sonne bedeckt den Rasen mit breiten, beruhigenden Strahlen. Ein paar Raucher mit Eskorten inhalieren gierig. Das ist doch nur eine Mathearbeit, sage ich mir, aber das stimmt natürlich nicht ganz. Es ist eine wichtige Prüfung, nicht bloß irgendeine Mathearbeit.

Am anderen Ende des Rasens entdecke ich einen Hasen. Still und wachsam sitzt er da, weil er uns bemerkt hat.

Ich gehe in die Hocke und bin so dumm zu glauben, dass ich ihn herbeilocken kann. Meine ausgestreckte Hand schlägt ihn in die Flucht. Er läuft einfach und weiß nicht, wovor er die Flucht ergreift. Er folgt seinem Instinkt.

Ich kann keine einzige Aufgabe lösen. Die ganze Nacht habe ich gelernt und kann alle Formeln und alle Beweise auswendig. Cosinus, Sinus, Tangens, aber diese Art zu denken beherrsche ich nicht. Ich weiß nicht, wie ich die Formeln anwenden soll.

Hinter mir höre ich eine Stimme, als ich über die Aschenbahn schlendere und die Sonnenstrahlen betrete. Rufe, Ermahnungen. Ich mache es wie der Hase. Einfach auf und davon.

KAREN

Im Sommerhaus ist es dunkel, und es behagt mir nicht, allein hier zu sein. Obwohl Nachmittag ist, herrscht bereits Abendstimmung, eine sonderbare Stille, und ich bin froh, dass die anderen bald eintreffen werden. Sie bringen den Hund mit, und der wird für Leben im Haus sorgen.

Ich koche. Wegen des Regens kann man sich nicht draußen aufhalten. Ich bin rastlos. Meine Wangen kribbeln, meine Finger prickeln, und ich finde überhaupt nichts in diesem Haus. Es kann einfach nicht sein, dass es keine feuerfeste Form gibt. Sie kommen gleich, und dann muss ich mit allem fertig sein.

Ich bereite Frikadellen, Kartoffelsalat, Pastetchen, Champignon- und Kohlgemüse zu. Das liebt sie. Ich pule Krabben und koche Eier. Mehr können wir nicht essen, denn so viele Leute sind wir gar nicht.

Aus irgendeinem Grund war es beinahe unmöglich, sich auf einen Termin zu einigen. Obwohl es sich nur um eine einzige Woche handelt. Ich verstehe nicht, warum das so schwer sein soll. *Eine Woche*. Ida hat natürlich ihre Prüfungen. Eine hat sie offenbar verhauen, und es ist nicht sicher, ob sie ihren Abschluss machen kann. Eine Woche Sommerhaus und frische Luft wird ihr guttun.

Das gilt auch für Louise und Michael, aber Louise ist sich immer noch nicht sicher, und ich befürchte, dass sie gleich anruft, sie hätte es sich anders überlegt. Sie hat mir ihren Terminkalender gezeigt, in dem es keine Seiten ohne Eintrag gibt, dafür aber eine Menge zusammengefalteter Zettel und nachdrücklicher roter Pfeile und Unterstreichungen.

»Was heißt das?«, fragte ich.

»Zumba-Event«, antwortete sie, also kam diese Woche auch nicht in Betracht.

Der Essensduft verdrängt den Sommerhausgeruch. Das Badezimmer sieht verheerend aus, und der Abfluss stinkt. Ich hoffe, dass Michael ihn repariert. Kristian konnte alles reparieren. Mit seinen Händen schrieb er nicht nur, sondern erledigte auch alle möglichen Dinge. Sie waren zu allem zu gebrauchen.

Ich decke den Tisch mit dem, was ich in den Schränken finde. Nichts passt zusammen. Innen sind die Schranktüren mit Stickern beklebt, und das Geschirr ist staubig. In einer Schublade liegen billige, dünne Papierservietten mit der dänischen Fahne darauf. Für so etwas hatte Kristian keinen Sinn.

Dann kommen sie. Reifen knirschen im Sand. Es regnet und donnert. Autotüren werden zugeschlagen, und der Hund bellt.

Besorgt schalte ich den Herd aus, laufe ans Fenster, winke und lächele.

»Hallo, hallo«, sage ich. Ich weiß sehr wohl, dass sie mich nicht hören können, es handelt sich nur um einen Reflex. Ich bin seltsam nervös.

Ich ziehe meine Jacke über den Kopf und laufe aus dem Haus, um sie zu empfangen.

»Hallöchen!«, ruft Michael durch den Regen. »Was soll das … ist das hier eine Wiederholung vom Februar?«

»Beeilt euch und kommt ins Warme«, sage ich. »Das Mittagessen ist fertig.«

Da kommt Ida bereits auf mich zu. Der Hund springt an ihr hoch. Louise holt das Gepäck, sie hat mich noch keines Blickes gewürdigt. Magnus ist nirgends zu sehen. Es wäre nett gewesen, einen kleinen Jungen im Haus zu haben. Sozusagen als mildernden Umstand.

Wir gehen in die Diele. Ida ist vollkommen durchnässt.

»Meine Güte«, sage ich.

»Hallo, Oma«, sagt sie lachend. Sie hat immer gute Laune. »Das ist also Lykkebo«, stellt sie fest und betrachtet die Küchentür.

»Ja. Das ist Großvaters Sommerhaus«, erwidere ich.

Sie streicht sich ihr langes, regennasses Haar aus dem Gesicht. »Es riecht lecker. Du hast Frikadellen gebraten.«

»Ja«, sage ich und tätschele ihr die Wange. »Jetzt essen wir erst mal. Ein richtiges Mittagessen. Nein, wie nass du bist. Das war ja ein richtiger Wolkenbruch.«

Ich schiebe sie aus der Küche und nehme mir die Pfoten des Hundes vor. Zwischen den Ballen ist bereits ganz viel Erde. Ich mache sie mit einem Lappen sauber, und der Hund fällt beinahe um, als Michael mit den Armen voll Gepäck hereinkommt. Louise schleppt einen Hundekorb.

»Mama, mach mal Platz, damit wir reinkönnen«, pflaumt sie mich an. »Das ist ja alles kein Zustand.«

Ich rücke beiseite.

»Gott, hab ich einen Hunger«, sagt Michael.

»Hast du den ganzen Tag gekocht?«, fragt Louise und lässt den Korb fallen.

Sie umarmt mich flüchtig. Ich bin erleichtert. Offenbar hat sie sich auf die Sache eingelassen.

»Nichts Besonderes. Ein paar Kleinigkeiten«, sage ich.

»Nur ein paar?«, ruft Ida aus der Küche. »Das ist echt super, Oma!«

»Man tut, was man kann. Aber kommt rein, damit wir die Tür schließen können. Es regnet rein.«

Michael lächelt und hängt seine Jacke zum Trocknen an einen der Haken. Sie tropft auf den Fußboden.

»In der Ecke steht Wasser für Bimmer«, sage ich. »Er hat nach der langen Fahrt sicher Durst.«

Michael nickt.

Louise hat wirklich einen guten Mann gefunden.

»Willst du Wasser? Komm! Hier!«, sagt er und führt den Hund in die Küche.

»Mama, der Hund heißt nicht Bimmer. Er heißt Buller. Nur Michael nennt ihn so, er ist so stur«, sagt Louise.

»Buller. Das ist ein guter Hundename«, erwidere ich.

Louise nickt. Sie bleibt in der Diele stehen.

»Was für ein großes Haus«, sagt sie. »Was hat er hier gemacht?«

»Vermutlich … hat er die meiste Zeit geschrieben. Aber lasst uns essen. Die Frikadellen werden kalt«, sage ich.

»Mir schmecken sie kalt am besten«, erwidert Louise.

Mutter hat für ein ganzes Pfadfinderlager gekocht. Wir sind aber nur zu viert, und für die vielen Teller und Schüsseln ist der Tisch fast zu klein.

»Das hier wäre wirklich was für Magnus gewesen«, sagt Michael. Er ärgert sich noch immer darüber, dass Magnus zwei Wochen mit Rikke verbringt, aber das verstehe ich nicht. Er unternimmt schließlich auch nie etwas mit dem Jungen, wenn er bei uns ist. Als Ida in diesem Alter war, bin ich mit ihr in den Wald und ins Schwimmbad gegangen und habe Rhea besucht. Magnus hockt einfach nur rum und spielt Spiele auf Michaels Handy. Er weiß gar nicht, dass man auch etwas anderes unternehmen kann. Ich würde das ganz anders machen, aber Michael hat was dagegen, dass ich mich einmische.

»Ja, das war wirklich ärgerlich«, meint Mutter. »Aber vielleicht kann er ja ein andermal mitkommen?«

»Ganz sicher«, erwidert Michael und hat bereits eine halbe Frikadelle im Mund.

»Lasst es euch schmecken«, sagt Mutter. Sie hat alle meine Lieblingsspeisen zubereitet. Die Lieblingsspeisen aus einer anderen Zeit. Kohlgemüse, Krabben und Eier mit Mayonnaise und Kresse.

»Das sieht aber lecker aus, Mama«, sage ich und bereue diese Bemerkung sofort. Sie läuft ganz rot an.

»Du liebst doch Kohlgemüse, Louise«, sagt sie. »Das hast du als Kind immer getan. Du hast nie am Essen herumgemäkelt, wirklich nicht.«

Wir bedienen uns und reichen die Schüsseln herum. Währenddessen schweigen wir. Zu hören sind nur der Regen, das Wasser, das in Gläser eingeschenkt wird, und Messer auf Porzellan.

»Und wie geht es sonst, Oma?«, fragt Ida, aber wir hören die Antwort nicht. Es donnert. Buller bellt. Das Gewitter ist genau über uns.

»Ich freue mich, dass ihr da seid. Ich bin nicht gerne alleine hier«, sagt Mutter.

»Was dieser Thor wieder anstellt«, sagt Michael. Er steht auf und tritt ans Fenster. Naturkräfte faszinieren ihn. Unkontrollierte Druckwellen, elektrische Spannungen und Explosionen. Darüber lässt er sich gerne aus.

»Ich finde das sehr gemütlich«, meine ich.

»Das ist nicht gemütlich«, erwidert Mutter.

»Doch, das finde ich schon«, beharre ich.

Michael öffnet das Fenster. Regen und Donner sind ohrenbetäubend. Buller rennt in der Küche hin und her und bellt wegen des Lärms. Bald muss er raus. Idas Problem. In den Ferien ist das ihre Aufgabe.

»Wer ist das da draußen im Regen? An der Hecke?«, fragt Michael.

»Bitte?«, fragt Mutter und steht abrupt auf. »In unserem Garten?«

»Ja. Bei den Heckenrosen.«

Wir stürzen alle ans Fenster. Im Garten steht ein junger Mann. Eine robuste, aber jungenhafte Erscheinung. Ihm reicht sein langes, weißes T-Shirt bis an die Knie. Die Art, wie er sich bewegt, lässt ihn unbeholfen erscheinen. Wie ein Kind. Er rutscht auf dem Gras aus, steht auf und rennt aus dem Garten und auf den Weg.

»Mit dem stimmt irgendwas nicht«, sagt Michael. »Ich glaube, der ist nicht ganz normal.«

»Und was soll mit ihm nicht in Ordnung sein?«, fragt Ida.

»Schwer zu sagen. Irgendeine Störung.«

Michael öffnet das Fenster und ruft: »Hallo! Alles okay?« Aber der junge Mann ist bereits verschwunden.

»Das ist egal. Lass ihn«, sage ich, aber Michael starrt weiter in den Garten.

»Nicht unser Problem.«

Mutter knallt das Fenster zu und setzt sich wieder an den Tisch. »Ich finde, wir könnten dann irgendwann mal aufräumen«, meint sie. »Auch auf dem Speicher steht eine Menge Gerümpel.«

Michael schnappt sich eine Frikadelle mit den Fingern. Es ist die letzte. Michael und Ida mögen keinen Kohl, das weiß ich. Es bleibt also mir überlassen, die Reste aufzuessen. Dampfender, klebriger Kohl. Ich darf ihn nur nicht zu lange anschauen.

»Was für Gerümpel?«, frage ich. Mutter schüttelt den Kopf.

»Einfach eine Menge Gerümpel. Dort oben ist es stockdunkel, und man kann seine Hand nicht vor Augen sehen.«

Ida schaut an die Decke. »Vielleicht liegt dort oben ja eine Leiche«, meint sie.

»Eine Leiche?« Michael starrt sie fragend an, aber sie sagt nichts mehr. Sie pult den Schwanz von einer Krabbe. Bald ist nur noch Gemüse übrig. Mir ist übel. Übel vom Gemüse, dem alten Sommerhaus und Mutters Anblick. Sie sitzt einfach da. Sie muss doch wissen, was er getan hat. Irgendwas muss sie einfach wissen.

Mutter nickt Richtung Fenster. »Jetzt ist der große Junge wieder da.«

»Wo ist Buller?«, frage ich, weil der Hund nicht in der Küche ist. Er ist weg.

Michael räuspert sich, verschluckt sich beinahe an seiner Frikadelle. »Ich habe diesen Hund gekauft und ihn Bimmer getauft, diesen Namen habe *ich* ihm gegeben. Das Tier wird ja bekloppt, wenn es nicht weiß, wie es heißt.«

»Ja. Und ich habe die ganze Zeit gesagt, dass ich diesen Namen nicht ausstehen kann. *Bimmer*. Das klingt nach einem bescheuerten Schaf!«

Mutter geht in die Diele.

»Wer hat die Tür offen gelassen? Kein Wunder, dass es zieht«, sagt sie.

»Also ist Buller weg«, stellt Ida fest.

Michael steht noch am Fenster. Offenbar interessiert ihn sonst nichts.

»Jetzt ist dieser Junge wieder da«, sagt er.

»Ich geh Buller suchen«, meint Ida.

»Pass auf. Mit dem Gewitter ist nicht zu spaßen«, ermahnt Mutter sie.

Ida zieht sich Michaels Daunenjacke an. Sie selbst hat nur eine abgetragene Sommerjacke dabei. Ich habe sie bereits mehrmals aufgefordert, sie wegzuwerfen.

Dann ist sie draußen, und wir können ihre raschen Schritte auf dem Weg auf der anderen Seite der Hecke hören.

»Seid ihr satt geworden? Louise, noch Gemüse?«, fragt Mutter, und das nervt mich, weil sie doch sehen muss, dass mein Teller noch gar nicht leer ist, sondern noch ein Gemüseberg übrig ist.

»Nein, danke, Mama.«

Das Gewitter lässt nach. Es donnert nur noch wenige Male, und ich zähle bis zwölf bis zum nächsten Blitz.

»Ganz schön dunkel hier. Hier dringt nicht viel Licht herein«, sagt Mutter. Sie beugt sich über den Tisch und die Schüsseln und macht die Lampe an.

»Wir sollten diese Korbmöbel austauschen, sie nehmen zu viel Platz weg«, meint sie. »Wir können sie in das Gästehaus bringen. Das meiste muss man ohnehin wegwerfen, all das …« Sie deutet mit dem Kopf auf das Durcheinander auf der Fensterbank, und ich denke an die Tarotkarte. Umstrukturieren, neu ordnen, aufräumen und wegwerfen.

»Willst du die Sachen wirklich einfach wegwerfen?«, frage ich.

»Die Sachen da?« Sie betrachtet weiterhin die Fensterbank. »Es lohnt sich nicht, sie aufzuheben.«

Sie sieht mich an und lächelt nervös.

»Kannst du nicht ein wenig abwarten?«, frage ich. »Können wir uns nicht erst einmal einen Eindruck verschaffen? Schließlich hat er diese Dinge ausgesucht. Seeigel und Korbmöbel. Und du willst sie einfach wegwerfen? Er war *dein* Mann. Du hast ihn doch so geliebt. Dann lieb das doch auch!«

Sie wirkt gekränkt, aber das ist mir egal. Sie wollte, dass wir hierherkommen, weil er die Adresse auf den Brief geschrieben hatte. Jetzt spielt sie Mittagessen mit der Familie, aber ich will nur wissen, was er in all diesen Jahren getan hat.

»Mir gefallen diese Korbstühle. Sie sind bequem.«

Mutter schnaubt verächtlich.

»Da bist du wie dein Vater. Er fand auch immer, dass man auf hässlichen Stühlen am besten sitzt«, sagt sie. Sie stochert im Essen und meidet meinen Blick. Sie will mich nicht anschauen.

Ich versuche, Michaels Blick einzufangen, aber der ist vollkommen in sein Handy vertieft. Er schreibt eine SMS und hört nicht, worüber wir sprechen.

»Findest du nicht auch?«, frage ich und stoße ihn an.

»Was?«, fragt er und schaut hoch.

»Dass man auf hässlichen Stühlen bequemer sitzt? Wem schreibst du da eigentlich?«

»Einen Augenblick«, sagt er, und ich warte ab, bis er die Nachricht verschickt hat, obwohl ich Lust hätte, ihm das Handy aus der Hand zu reißen. Dass er sich nicht schämt. Er weiß, wie schwer es mir fällt. Ich muss die Unterhaltung mit Mutter ganz allein bestreiten und tue das nur, weil ich den Anblick ihres Gesichts nicht ertrage, wenn sie schweigt, denn das erinnert mich an früher. Wenn wir am Tisch saßen und es still wurde, weil Papa nicht mehr da war und uns stundenlang etwas von Vögeln erzählte.

»Entschuldige«, sagt er. »Ich muss eben telefonieren. Die Arbeit.«

Immer ist es die Arbeit.

Mutter nickt.

»Ich räum' dann mal ab. Und dann, finde ich, sollten wir nach überstandenem Gewitter einen Kaffee trinken und ein Stückchen Kuchen essen«, sagt sie.

Also Gewitterkaffee und es uns richtig gemütlich machen.

Ich bereue bereits, dass wir hergekommen sind. Es gibt nur einen Grund, eine Woche in diesem Haus zu verbringen. Sie glaubt, dass es wie früher werden kann und dass die Vergangenheit keine Rolle spielt. Vor fünf Jahren hat sie ihn zurückgenommen. Und vor fünf Jahren hat sie sich von mir abgewandt.

7

IDA

Ich komme mir klein vor, als ich dort am Fjord stehe. Es regnet, windet und donnert, und ich versinke in Michaels Daunenjacke. Sie ist zu groß und so weit, dass mir dicke Tropfen in den Kragen laufen.

Ich rufe nach Buller, aber meine Stimme wird von den Geräuschen des Fjords verschluckt.

Sie versucht es nicht einmal. Sie hat versprochen, sich Mühe zu geben, sitzt aber einfach nur da und starrt finster auf Großmutters Gemüse, während Michael eine Frikadelle nach der anderen isst. Sie gibt sich nicht einmal Mühe.

Die Blitze erleuchten den Fjord zuckende, weiße Sekunden lang. Dann wird es dunkel. Jetzt donnert's gleich, denke ich, und ich weiß, dass es gefährlich ist, so nah am Rand zu stehen.

Ich ziehe mein Handy aus der Tasche, halte die Hand über das Display und checke Facebook.

Auch in Seeland ist schlechtes Wetter. Sie bauen gerade das Zelt auf dem Festivalplatz auf. Signe, Sarah und Kasper. *»Regen-Selfie«* steht da. In hässlichen Gummistiefeln und gelben Regenmänteln lachen sie in die Kamera. Ich weiß, dass sie mich mitnehmen wollten, aber ich musste ja in dieses Sommerhaus. *»Mit wem?«*, fragten sie. *»Mit ein paar Freunden«*, habe ich geantwortet.

Ein quadratisches, kühles Etwas liegt in der Jackentasche.

Als ich mit meinem Handy darauf leuchte, sehe ich, dass es ein Kondom ist.

Ein Kondom.

Ich betrachte es eine Weile. Dann geht es mir auf. Das ist Michaels Jacke und Michaels Kondom. Warum hat er ein Kondom in der Jackentasche?

Ich werfe es in den Abgrund. Ich sehe es im Dunkel verschwinden. Ein kleines Viereck über dem Fjord, dann ist es weg.

Ich könnte jetzt abstürzen. Ein Windstoß, der mich aus dem Gleichgewicht bringt, dann ein Purzelbaum nach unten. Ein Purzelbaum in den Fjord, hilflos mit den Armen und Beinen rudernd, ohne Halt zu finden. So einen Sturz würde ich nicht überleben. So wenig braucht es. Ich verspüre einen gewissen Sog. Nur ein Schritt, dann bin ich vielleicht tot.

Diesen Gedanken hatte ich bereits. Großmutter holte mich vom Bahnhof ab. Im Auto sprachen wir über Mama, und Großmutter sagte, dass eine Woche in Lykkebo alles verändern würde. Da sei sie sich sicher, sagte sie. Und dann hätte sie beinahe ein Schild gerammt. Sie war abgelenkt, und hätte sie nicht in letzter Sekunde noch reflexhaft reagiert, wäre es vielleicht zu spät gewesen.

Jetzt spüre ich nur noch den Regen. Er durchnässt meine Haare, läuft den Hals und den Rücken hinunter, und die Kleider kleben an der Haut.

Ich bin inzwischen gegen den Regen immun. Soll er mich doch durchnässen. Ich bin so nass, wie es nur geht, so nass, als wäre ich in den Fjord gesprungen und untergetaucht wie eine Meerjungfrau.

Als Kind wollte ich so gerne eine Meerjungfrau sein. Ich glaubte, dass es sie gab, ich glaubte, dass ich mich entscheiden könnte, ob ich Meerfrau oder Mensch sein will, genauso wie ich glaubte, dass man sich entscheiden kann, ob man in die Baumschule oder in die Grundschule gehen und ob man jung oder alt sein will. Ich wollte nicht alt, sondern ein Kind sein, und das will ich jetzt auch. Es gab eine Zeit, da alle nur Gutes übereinander sagten: »Oma ist okay, wir reden nur einfach nicht miteinander. Aber du darfst gerne mit Oma reden. Sie liebt doch ihr Enkelkind über alles.«

Buller rennt von hinten auf mich zu und rammt mich mit voller Wucht. Er kommt aus dem Nichts, und ich rutsche am Rand des Abgrunds aus. Ich will mich an seinem Halsband festhalten, habe aber keine Kontrolle über meinen Arm. Ohne nachzudenken und in letzter Sekunde gewinne ich mein Gleichgewicht wieder und werfe mich mit ganzem Gewicht rückwärts auf den Weg.

Nichts ist passiert.

Ich ziehe die Knie an und spüre die Erde unter mir. *Es ist nichts passiert.* Ich konzentriere mich darauf, richtig zu atmen, ohne zu schluchzen, ohne zu vergessen auszuatmen, sondern regelmäßig.

Eine nasse Hundezunge leckt mir übers Gesicht. Buller winselt und versucht, seinen Kopf an meinen Hals zu drücken. Er stupst mich immer wieder an.

Ich öffne die Augen.

Zwei Gestalten kommen den Weg entlang auf mich zugelaufen. Den einen erkenne ich. Das ist der Junge aus dem Garten. Das nasse T-Shirt schlottert im Regen um seine Knie. Der andere überholt ihn. Seine offene Windjacke flattert wie ein Mantel. Ich hätte sterben können.

»Ist dir was passiert?«, fragt er. Sie stehen neben mir. Der Mann in der Jacke kniet sich neben mich und schüttelt mich. Er versucht, mich aufzusetzen. Ich bin noch immer zu benommen, um etwas zu sagen.

»Hast du dir wehgetan?«, fragt er. Ich schüttle den Kopf und wende meinen Blick dem anderen, dem aus dem Garten zu. Er interessiert sich nur für Buller und sitzt mit gespreizten Beinen auf der Erde und krault ihm die Ohren. Mit überdrehter Stimme, sein Gesicht im nassen Fell vergraben, spricht er auf den Hund ein.

»Guter Hund, guter Hund, braver Hund!«

Ich sehe seine Augen in dem runden Gesicht. Sie sind schief und in kindlicher Begeisterung über Buller zusammengekniffen. Aber auch wenn er die Augen aufreißen würde, wären sie immer noch schief.

Das liegt daran, dass er das Down-Syndrom hat.

»Tut es dir irgendwo weh?«, fragt der Mann neben mir, und ich schaue an mir herunter. Ich bin ganz lehmbeschmiert, und meine Beine zittern, aber passiert ist mir nichts.

»Ich wäre fast den Hang runtergestürzt«, sage ich.

»Ja, hier ist es fürchterlich steil.« Er richtet sich auf. »Komm, William«, sagt er.

Der Junge lässt von Buller ab. Das Gewitter ist weitergezogen, und jetzt nieselt es nur noch.

»Buller, bei Fuß«, sage ich, aber der Hund bleibt stehen.

Der Mann sieht mich an. »Du solltest aufstehen«, meint er. »Wenn du hier sitzen bleibst, wirst du vollkommen durchnässt.«

»Das bin ich schon längst«, erwidere ich. Meine Beine fühlen sich seltsam an, fast so, als seien sie kein Teil von mir.

»Das war sicher ein ziemlicher Schreck«, meint er und legt mir eine Hand auf die Schulter.

Ich beginne zu weinen. Es ist ja nichts passiert, aber ich muss trotzdem heulen.

Sie stehen nebeneinander und sehen mich an. »Sie weint, Peder«, sagt der Junge. »Warum weint sie?«

Der Mann antwortet nicht.

»Wie heißt du?«, fragt er. »Wo wohnst du?«

»Ida«, antworte ich.

»Sie heißt Ida«, wiederholt der Junge. »Ich heiße William. Wie heißt der Hund? Wie heißt dein Hund?«, will er wissen.

»Buller«, erwidere ich.

»Buller, Buller, komm her!«, ruft er. Er interessiert sich nur für den Hund und lässt ihn nicht aus dem Blick.

»Lass den Hund in Ruhe, William«, sagt der Mann. »Geh nach Hause und zieh dir was Trockenes an. Geh nach Hause, ich komme gleich nach.«

»Okay, dann gehe ich nach Hause, Peder. Ich gehe nach Hause und ziehe mir was Trockenes an, das mach ich, Peder!«

»Ist gut, William.«

William rennt davon.

»Tschau, tschau«, ruft er. Er bleibt in regelmäßigen Abständen auf dem Weg stehen und fuchtelt mit den Armen.

»Er hat das Down-Syndrom«, sagt Peder, als hätte ich nicht gemerkt, dass er mongoloid ist. »Er mag Hunde. Er ist in das Gewitter rausgerannt, weil er deinen Hund gesehen hat. Er hatte Angst, dass der Blitz ihn treffen würde.«

»Wir hatten die Tür nicht zugemacht, und Buller ist einfach abgehauen«, sage ich.

Er nickt.

»Wo wohnst du? Soll ich dich nicht nach Hause begleiten?«

Ich schüttle den Kopf, bin verlegen. Ich bin hässlich, durchnässt und verlegen. Am liebsten würde ich im Boden versinken.

»Nein, danke. Ich finde den Weg.«

»Dann beeil dich. Wenn du hier sitzen bleibst, wirst du noch krank«, sagt er, und ich warte darauf, dass er geht. Aber er bleibt stehen. Seine Kleider sind durchnässt, sein halblanges

Haar zurückgekämmt. Er hat seine Jacke immer noch nicht zugemacht.

»Ist er dein Bruder?«, frage ich und stehe auf.

Er nickt. »Warum fragst du?«

»Weil ihr euch ähnlich seht.«

»Wir sind Zwillinge.«

Er blickt mich an, und ich weiß nicht, warum ich nicht einfach gehe.

»Warum hast du so nahe am Steilhang gestanden?«, fragt er. »Es ist gefährlich, bei Gewitter so nahe am Rand zu stehen.«

»Ich habe mir nur die Aussicht angesehen.«

Ich denke an das Kondom in Michaels Jackentasche und setze mich in Bewegung. Ich hatte es bereits vergessen. Es regnet wieder, und der Regen wird sicher gleich wieder stärker. Regen, Wind und Donner. Ich friere. Der Mann bleibt stehen. Ich höre, dass er auf dem Weg hinter mir steht.

»Man kann nie wissen«, ruft er. »Letzten Sommer ist da einer gesprungen. Selbstmord. Da ist irgendwas mit diesem Steilhang. Weißt du, wie er auch genannt wird?«

Ich drehe mich um.

»Nein.«

»Sünderhang.«

Er lächelt.

»Weiter unten ist ein Steg«, fährt er fort. »Da bade ich jeden Morgen. Auch im Winter. Das Wasser ist eiskalt. Dann denkt man nur an die Kälte, weil man an nichts anderes denken kann.«

»Arbeitet er viel?«, erkundigt sich Mutter, nachdem Michael hinausgegangen ist. Vielleicht fragt sie nur, um überhaupt etwas zu sagen. Lärmend stellt sie die Teller in die Spüle, weil sie entweder das Gewitter oder die Stille übertönen will.

»Er ist befördert worden«, sage ich. »Er ist Leiter des Betreuungsteams.«

»Aha, Leiter des Betreuungsteams«, wiederholt sie. »Und wo genau?«

»In einer Einrichtung für misshandelte Frauen. Solhøj. Er hat im Augenblick ungewöhnlich viel Bereitschaftsdienst. Sie rufen ihn so oft an, dass ich bald einen Koller kriege. Sie wissen sehr wohl, dass er diese Woche Urlaub hat, aber offenbar ist da eine Bewohnerin, die besonders auf ihn anspricht.«

»Sie spricht auf ihn an?«

»Ja, Mama.«

»Er ist ja wirklich ein ansehnliches Mannsbild, da ist es vielleicht verständlich, dass …«

»Doch nicht auf diese Art. Es geht da irgendwie um Vertrauen. Es gelingt ihm, Vertrauen zu erwecken. In Solhøj sind sie sehr von ihm angetan.«

»Und du bist das auch? Von ihm angetan?«

»Natürlich bin ich das.«

»Das ist gut. Das hast du verdient.«

Mutter wringt einen Lappen aus und lächelt mich an. Sie glaubt, dass es alles so einfach ist, ein kleines Lächeln und ein Kompliment, mehr ist nicht nötig.

»Woher willst du das wissen?«, frage ich. »Früher hättest du dich dazu äußern können. Jetzt nicht.«

Sie wendet mir den Rücken zu und wischt mit dem Lappen über den Tisch. Krümel fallen zu Boden.

»Wenn du meinst«, erwidert sie.

»Ja, das meine ich«, gebe ich zurück.

Michael taucht in der Tür auf.

»Was ist?«, frage ich.

Sein Gesichtsausdruck spricht Bände. Ich weiß schon, was gleich kommt, und kann es trotzdem nicht fassen. Jetzt macht er sich tatsächlich vom Acker, das ist einfach nicht fair.

»Was ist?«

»Es geht um Lise. Sie ist abgehauen. Sie können sie nicht finden, sie suchen sie schon seit Stunden. Sie glauben, es liegt daran … dass ich nicht dort bin. Kann sein, dass sie irgendwelche Dummheiten macht.«

»Dummheiten?«

Michael nickt mit leidender Miene. »Ja, sie ist nicht zurechnungsfähig, destruktiv. Sie verletzt sich selbst. Neulich hat sie sich büschelweise die Haare ausgerissen.«

»Fahr einfach«, sage ich, weil es das ist, was er hören möchte. Er bittet förmlich um Erlaubnis. Als ob er es nicht auch tun würde, wenn ich Einwände hätte.

»Ich weiß, dass du es schwer hast.«

»Ja«, sage ich. »Ich habe es schwer, Michael! Das ist wirklich nicht okay. Du solltest mir beistehen, und jetzt verschwindest du einfach. Man könnte fast meinen, du wärst der einzige Angestellte in dieser Einrichtung. Und? Bist du der einzige?«

»Nein.«

»Dann sehe ich wirklich nicht das Problem. Einer der anderen Betreuer kann sich doch wohl um Lise kümmern?«

Er nickt.

»Ja, aber eben hast du noch gesagt, dass ich fahren darf«, erwidert er.

»Denkst du wirklich, ich will, dass du fährst?«, frage ich den

Tränen nahe. Alles läuft schief, und das ist nicht mal Mutters Schuld.

»Dann bleibe ich eben«, sagt er. Er knallt die Haustür zu. »Dann bleibe ich.«

Natürlich bekomme ich ein schlechtes Gewissen. Wenn es Michael jetzt so wichtig ist, wenn sie ihn wirklich brauchen, dann will ich mich nicht querstellen.

»Geh schon«, gebe ich mich geschlagen. Ich werde es kein zweites Mal sagen.

»Bis Mitternacht bin ich zurück, versprochen. Dann machen wir es uns ganz kuschelig. Wir schlafen ja im Nebenhaus, in der Luxussuite. Die haben wir ganz für uns.«

Darauf antworte ich nicht. Er küsst mich irritierend hastig, ich spüre gerade noch seine kratzenden Bartstoppeln im ganzen Gesicht, dann verschwindet er im Regen.

»So, jetzt gibt es endlich Kaffee!«, ruft Mutter.

»Michael ist weggefahren«, rufe ich und knalle die Tür zu. »Von mir aus kann er auch gleich zur Hölle fahren.«

»Was? Wo muss er denn hin?«, fragt Mutter. Mit verwirrter Miene trottet sie in die Diele. »Wollte er denn nicht bleiben und hier übernachten? Ich habe doch Betten für zwei bezogen. Drüben im Nebenhaus.«

Mir ist scheißegal, wie viele Betten sie bezogen hat. Das spielt jetzt wirklich keine Rolle.

»Komm in die Küche, dann trinken wir Kaffee und sprechen darüber.«

»Es riecht nach Kohl«, sage ich, und als ich im nächsten Augenblick in Tränen ausbreche, liegt das nicht an Michaels Aufbruch, sondern am Kohlgeruch. Es war schon vorher stickig. Sie könnte wenigstens ein Fenster öffnen. Immer dieses Gemüse. Sie könnte doch wenigstens ein Fenster aufmachen!

»Willst du ein Paar Pantoffeln? Der Fußboden hier ist so

kalt«, sagt sie und hält mir ein Paar hin, die wie Frösche aussehen.

»Nein, danke, Mama … Wo hast du die denn her?«, frage ich. Ich will gar nicht lachen, aber ich kann es mir irgendwie nicht verkneifen. Ein Glucksen dringt aus meinem Mund, und Mutter glaubt bestimmt, sie sei so erheiternd. Sie lächelt, aus ihrem Blick spricht Überraschung und so etwas wie Stolz.

»Ja. Die sind lustig. Die standen hier herum. Sicher von deinem Vater. Im Winter ist es hier sicher sehr kalt.«

Der schwarze Kaffee ist viel zu stark, einfach zu stark.

»Ich habe im Laufe der Zeit viel Kaffee gekocht«, sagt Mama. »Inzwischen trinkt ja auch Ida Kaffee. Wir trinken ihn immer mit Schlagsahne. So mag sie ihn am liebsten.«

»Ida trinkt keinen Kaffee.«

»Bei uns schon.«

»Seit wann denn?«, frage ich. Das habe ich nicht bemerkt. Ida trinkt keinen Kaffee, sie trinkt Tee.

»Vor einem Monat. Vermutlich, als sie für die Prüfungen gelernt hat. Diese Prüfungen haben ihr wirklich zugesetzt. Unglaublich, wie stressig das heute ist. Da vergeht den jungen Leuten ja die ganze Freude am Lernen.«

»Hm«, brumme ich. Mir ist nicht aufgefallen, dass Ida Kaffee trinkt, und es ärgert mich, dass Mutter besser im Bilde ist.

An der Tür scharren Pfoten, Buller stürzt herein.

»Meine Güte!«, ruft Mutter, als sie Ida sieht. »Wie siehst du denn aus?«

»Was ist passiert?«, frage ich und ziehe Ida in die Küche. »Was hast du angestellt?«

»Das war Buller«, sagt sie und klingt ganz wirr. Sie ist so nass, dass man glauben könnte, sie hätte im Fjord gebadet. »Er hat mich fast umgeworfen und ich wäre beinahe …«

»Beinahe was?«

»Ich wäre fast den Steilhang runtergefallen!«, erklärt sie mit geweiteten, dunklen Augen. Sie ist leichenblass. »Buller ist in mich reingelaufen.«

»Verdammter Köter«, sage ich. Schwanzwedelnd steht er neben mir und wartet auf einen Leckerbissen.

»Das hat der Hund doch nicht absichtlich gemacht«, sagt Mutter, und ich sehe sie finster an. Das ist Michaels Hund, und Michael ist für ihn verantwortlich. Dann verschwindet er einfach und lässt Ida im Regen suchen. Auch noch in seiner verdammten Jacke, die nicht mal wasserdicht ist.

»Jetzt nimmst du ein heißes Bad«, sagt Mutter zu Ida. »Und dann gehen wir alle ins Bett.«

Ihr Tonfall ist scharf, und wir sind zu müde, um Widerstand zu leisten.

Mit meinem Koffer, dessen Rollen sich im Unkraut verfangen, begebe ich mich ins Nebenhaus. Es riecht nach nassem Rasen und Heckenrosen, und ich verweile ein wenig im Garten. Er ist verwildert. Vielleicht konnte Vater sich in letzter Zeit nicht mehr darum kümmern, weil er zu krank war.

8

LOUISE

»Lise geht es okay. Wir haben sie hier erst im Morgengrauen gefunden. Ich bin gegen Mittag bei Euch. Kuss.«

Ich liege wach und starre an die Decke. Michael sollte jetzt hier sein. Und ich sollte ihm erzählen, dass ich schwanger bin.

Ich ziehe die Decke über den Kopf. Das hier ist meine Woche, *unsere* Woche, und Lise macht sie kaputt. Hätte sie sich keinen anderen Zeitpunkt aussuchen können, um sich ihre Haare büschelweise auszureißen und barfuß abzuhauen? Vorzugsweise Mittwoch, Woche 28. Dann nehme ich am Zumba-Event teil, und Magnus ist bei Rikke.

Ich setze mich im Bett auf, wühle in meinem Koffer und nehme zwei Paracetamol. Ich weiß, dass Lise keine Schuld trifft. Niemand ist schuld. Vater ist tot, und Mutter steht wahrscheinlich schon in der Küche und kocht mit fahrigen Händen Kaffee. Ich kann es deutlich vor mir sehen.

Ich lege mich wieder hin und schließe die Augen. In einer Woche sind wir zu Hause. In einer Woche haben wir es hinter uns.

Es klopft. Mutter streckt den Kopf herein. Sie trägt eine blaue, genoppte Badehaube, die sie tief in die Stirn, fast in die Augen gezogen hat.

»Mama? Was ist?«

»Du bist ja wach.« Sie lächelt nervös. »Irgendwas ist mit der

Dusche nicht in Ordnung. Es gibt kein warmes Wasser, es ist eiskalt. Glaubst du … du könntest das reparieren?«

Ich schließe die Augen. Öffne sie wieder.

»Ich kann so was nicht. Vielleicht Michael?«, sage ich, und sie seufzt vernehmlich.

»Aber dann muss ich ja warten.«

»Mama.«

Ich würde ihr gerne etwas sagen, sie etwas fragen. Sie muss doch was wissen. Nicht nur ich habe Papa verloren, Mutter hat auch ihren Mann verloren. Aber als ich die Tür öffne, steht sie splitterfasernackt auf der Terrasse. Sie hat nichts als die blaue Badehaube an.

»Mama!«

»Ja, was denn?«, fährt sie mich an. »Ich war gerade auf dem Weg ins Bad.«

»Ist ja schon gut«, erwidere ich, drehe mich abrupt um und verschwinde eilig im Nebenhaus.

»Louise«, ruft sie vor der Tür. »Wie wäre es mit Brötchen zum Frühstück? Ida könnte doch welche holen?«

»Ich finde, wir sollten Kristians Grab besuchen«, sagt Mutter beim Frühstück. Sie hält sich beharrlich an ihre Strategie. Als sei das hier einfach irgendein beliebiges Ferienhaus.

»Das finde ich auch«, sagt Ida und beißt von ihrem halben Mohnbrötchen ab. Sie wollte nur ein halbes. »Du warst seit der Beerdigung nicht mehr da, Mama.«

»Stimmt«, erwidere ich. »Aber ich habe keinerlei Grund, dauernd bei ihm anzutanzen. Schließlich hat er mich kein einziges Mal in der Slotsallé besucht.«

»Vielleicht wollte er dich nicht stören, Louise«, meint Mutter.

»Und vielleicht will ich ihn jetzt auch nicht stören«, entgegne ich.

Schon die Beerdigung war mir zu viel, obwohl ich mich im Hintergrund gehalten und den Sarg auf Abstand betrachtet habe, die Blumen auf dem Grab, die bald verwelken würden und jetzt vermutlich weg und von einer oder zwei Stauden und einem steinernen Vogelbad ersetzt worden sind. Es ist bald einen Monat her. Ich werde kein Grab besuchen, allein bei dem Gedanken und vom Geruch regennasser Blumen wird mir übel.

»Ich finde, du solltest mitkommen«, sagt Mutter und nippt an ihrem Kaffee, um mir nicht in die Augen sehen zu müssen.

»Das finde ich auch«, pflichtet ihr Ida bei. »Schließlich war er dein Vater, dein eigen Fleisch und Blut.«

»Aber ich habe keine Lust.«

»In Ordnung«, erwidert Mutter, obwohl sie meine Antwort nicht billigt. Sie steht auf und räumt ab, obwohl wir noch gar nicht fertig sind.

»Mach mir bloß keine Vorhaltungen, Mama. Schließlich ist das alles nicht meine Schuld.«

Sie dreht sich um.

»Wieso bist du dann mitgekommen? Schließlich wolltest du doch wissen, was er hier so gemacht hat.«

Mutter hat recht, aber das hat nichts mit Vaters Grab zu tun. Natürlich will ich wissen, was er alle diese Jahre hier getrieben hat, anstatt an der Kindheit seiner Tochter teilzunehmen. Aber die Antwort findet sich hier. Nicht auf dem Friedhof.

»Kommst du jetzt mit?«, fragt Ida, und ich habe keine Wahl.

»Können wir auf Michael warten?«, frage ich. »Er kommt gegen Mittag.«

Mutter lächelt.

»Ja, dann kann er sich noch eben die Dusche anschauen, bevor wir fahren.«

»Ihr müsst einfach nur das Warmwasser einschalten«, sagt Michael mit irritierend selbstzufriedener Miene und betätigt einen Schalter. »So.«

Mutter schlägt die Hände zusammen.

»Gut, dass wir einen Mann im Haus haben. Darüber hätte sich Kristian amüsiert. Dass wir nicht selbst auf diese Idee gekommen sind, Louise.«

Wir parken neben einem schwarzen Gittertor. Keine Menschenseele ist zu sehen. Schweigend steigen wir aus, mir ist von der Fahrt übel. Kein Lüftchen regt sich. Alles ist still.

»Außer uns ist hier niemand«, sage ich.

»Stimmt«, erwidert Mutter, als sei das vollkommen normal.

Ein Plattenweg führt zur Kirche, aber wir zweigen auf einen Sandweg ab. Ich betrachte die Grabsteine: *Anne-Marit Blåbjerg. Ruhe in Frieden. Ove Tobias Christiansen. In ewiger Liebe.*

Ein kleiner glänzender Stein ist mit dem Bild eines Teddys verziert. Geburts- und Sterbedatum sind identisch.

»Er liegt hier drüben«, sagt Mutter und nimmt meinen Arm, als erwarte sie, dass ich gleich schluchzend zusammenbreche. Michael betrachtet mich von der Seite. Er spürt, dass ich immer noch wütend auf ihn bin, und versucht die ganze Zeit, mir mit seinem Blick etwas mitzuteilen. Vielleicht versucht er auch, in meinem Gesicht zu lesen, wie meine Mutter das immer tut, aber ich ignoriere ihn. Mir ist das alles zu viel.

Ida schluchzt bereits. Sie hat ihren Kragen über das Kinn gezogen.

»Was ist das?«, fragt Mutter, als wir uns Vaters Grab nähern. »Wo kommt das her?«

Sie bückt sich und berührt einen Strauß roter Rosen. Die Knospen sind noch nicht aufgegangen. Sie müssen heute hier hingelegt worden sein, den gestrigen Wolkenbruch hätten sie nicht überlebt.

Mutter richtet sich auf und schaut zum Gittertor hinüber, durch das wir gerade eingetreten sind.

»Da ist niemand, Mama«, sage ich, und sie schüttelt abwehrend den Kopf.

»Nein, natürlich nicht«, sagt sie, »aber jemand *war* da.« Sie schaut auf die Blumen hinunter. »*Ich* lege rote Rosen auf sein Grab, sonst hat niemand rote Rosen auf sein Grab zu legen. Die stehen nicht einmal in einer Vase, sondern liegen einfach nur herum.«

Sie geht vor Vaters Grabstein in die Hocke, den ich mir erst jetzt genauer ansehe. Ein Feldstein in einer runden, weichen Form. *Auf immer in unseren Herzen*, steht da. Ich habe damit nichts zu tun. Vielleicht war es auch sein eigener Wunsch. Er wusste schließlich, dass er sterben würde.

Mit dem Vogelbad hatte ich recht. Im Schatten einer kleinen Fichte steht eine muschelförmige Schale.

Mutter zerkrümelt ein Mohnbrötchen vom Frühstück.

»Dann bekommt er Besuch von den Vögeln«, sagt sie.

»Wie sieht er jetzt wohl aus, glaubt ihr?«, fragt Ida. »Glaubt ihr … die Verwesung hat bereits eingesetzt?«

Mutter starrt Ida an und antwortet nicht.

»Ida«, sage ich, aber mich hat derselbe Gedanke gestreift. Ob man ihn noch wiedererkennen würde, wenn man ihn ausgraben und den Sargdeckel öffnen würde.

»Das ist nicht Kristian, der da unter der Erde liegt«, sagt Michael. »Das ist nur eine Hülle, ein toter Körper. Seine Seele ist nicht mehr dort, sondern woanders. In euren Herzen und im Himmel.«

Mutter legt eine Hand aufs Herz. Wieder hat Michael die Situation gerettet.

»Daran müssen wir denken«, sagt sie. »Er ist in uns ... nicht dort unten.«

Ich rufe nach Vater. Er schreibt an seinem Buch. Ich darf ihn nicht stören, wenn Mama bei der Arbeit ist.

»Louise, was ist?«, fragt er. Er öffnet die Tür des Wintergartens und tritt in den Garten.

»Bin ich krank, Papa? Muss ich sterben?«, frage ich.

Er antwortet nicht. Warum antworten Erwachsene nie, wenn man sie etwas fragt?

Er setzt sich neben mich auf die Steppdecke.

»Warum glaubst du denn, dass du sterben musst?«, fragt er.

»Weil mein Herz wehtut, weil ich einen Herzfehler habe«, sage ich.

Ich zeige ihm die Illustrierte, in der ich den Artikel gelesen habe. Es ist Mamas Illustrierte, und ich habe sie in ihrem Schlafzimmer gefunden. Ich darf das nicht lesen, weil das für Erwachsene ist, sagt sie, aber ich tue es trotzdem. Ich habe von diesem Mädchen gelesen, das jetzt tot ist. Ihr tat das Herz weh, und mir tut das Herz auch weh.

»Das bildest du dir nur ein. Du sollst so was nicht lesen, Louise.«

»Aber das stimmt, Papa«, sage ich und hebe mein Unterhemd hoch. »Da.«

Ich deute in die Mitte, dorthin, wo das Herz sitzt. Man kann das Herz durch die Haut nicht sehen.

»Aber dann tut dir ja gar nicht das Herz weh.«

Er lächelt.

»Doch.«

Ich beginne zu weinen, weil er mir nicht glaubt. Irgendwas mit meinem Herzen ist nicht in Ordnung, und das Mädchen ist tot.

»Louise, hör zu, das Herz sitzt da«, sagt Papa und zieht seinen Kuli aus der Tasche. Er hat immer einen in der Tasche. Er malt auf meiner Haut, und das kitzelt. Dass er sich das traut, Mama wird sicher sauer, wenn ich in die Badewanne gehe.

Er malt ein großes, schönes Herz.

»Da sitzt das Herz«, sagt er. »Und wenn es da wehtut, musst du Bescheid sagen.«

»Da tut es auch weh«, flüstere ich, und Papa nickt voller Ernst.

»Okay«, entgegnet er und zieht seinen Kuli wieder aus der Tasche. »Nur ein kleiner Pikser«, sagt er und macht einen Punkt in mein Herz.

»So. Jetzt bist du geheilt, jetzt bist du kuriert«, sagt er. Und Papa hat recht, ich versuche etwas zu spüren, und es tut nicht mehr weh.

»Danke, Papa«, sage ich. Ich denke an das Mädchen. Wenn das Mädchen meinen Papa gehabt hätte, aber den hatte sie nicht.

»Jetzt kannst du wieder reingehen und weiterschreiben«, sage ich.

»Ich nehme den hier mit«, erwidert er.

»Deinen Zauberkuli.«

»Meinen Zauberkuli.«

Ich knie mich vor den Stein und sehe ihm geradezu an, wie kalt er ist.

»Hatte Papa eine Affäre, war es deswegen?«, frage ich. »War ich ihm deswegen gleichgültig?«

Mutter zieht mich von hinten hoch.

»Kristian hatte keine Affäre«, sagt sie. »Das weiß ich.« Ihr Blick ist fest. »Und wenn du das noch mal behauptest, dann ...«

Der Satz hängt unvollendet zwischen uns in der Luft.

»Dann was?«

»Dann brauchst du ihn nie wieder zu erwähnen.«

»Dann sprechen wir nicht mehr über ihn«, erwidere ich und muss über meine eigenen Worte weinen. Ich *will* über ihn sprechen. Sie hat das Ganze schließlich eingefädelt: Das Sommerhaus, den Friedhofsbesuch, aber es ist ihr egal.

»Und jetzt stelle ich diese Rosen ins Wasser«, sagt sie und lässt uns stehen. Sie will mich nicht anschauen, wenn ich weine. Ich halte mir die Hand vor den Mund. Das hätte ich dann doch nicht gedacht ... dass sie so gleichgültig sein könnte. Es kann ihr doch nicht so vollkommen egal sein.

»Komm, Louise«, sagt Michael, und ich vergrabe mein Gesicht an seiner Schulter, als wäre zwischen uns alles in Ordnung. Ich will ihm böse sein, aber ich kann mich nicht gleichzeitig über ihn und Mutter ärgern.

Ida streicht mir mit der Hand über den Rücken. »Mama«, sagt sie tröstend.

Vielleicht ist es das Beste, einfach nach Hause zu fahren.

KAREN

Die Dornen der Rosen zerkratzen meine Arme. Ich drehe den Wasserhahn auf, aber es kommt kein Wasser. So ein Mist. Ich schmeiße die Rosen in den Mülleimer. Dort liegen sie kreuz und quer durcheinander wie Mikadostäbchen. Nur ich darf Rosen auf Kristians Grab legen, so ist es einfach, ich muss also kein schlechtes Gewissen haben.

Louise weint, und Michael tröstet sie: Jetzt bin ich wieder mal die böse Mutter.

Irgendwas stimmt nicht, wenn er sie tröstet. Er hält sie in beiden Armen, und sein Kinn ruht auf ihrem Kopf. Seine Miene hat etwas unnatürlich Leidendes. Er übertreibt.

Ich höre sie reden.

»Komm jetzt, Schatz, wir gehen zum Auto. Ida, kommst du?«

Er gibt die ganze Zeit beschwichtigende Geräusche von sich, was mich irritiert. Louise könnte jetzt mal Ruhe geben. Ich weiß, dass Kristian keine Affäre hatte. Das hätte er mir erzählt. In der letzten Zeit haben wir einander alles erzählt.

Aber Louise versteht das nicht. Sie ist traurig, und Michael tröstet sie, nicht ich.

Jetzt sitzen die beiden im Auto. Ida steht noch draußen und winkt. Aber wir sind gerade erst gekommen, und ich kann mir deswegen erlauben, noch etwas bei Kristian zu verweilen.

Der Kies auf dem Grab ist ganz ungleichmäßig, und ich streiche ihn mit der Hand glatt. Überall ist Kies, auch im Vogelbad.

»Jetzt sind wir in Lykkebo, Kristian«, sage ich. »Und wie immer dreht sich alles um dich, du siehst es ja selbst.«

Es ist ihm egal, und ich kriege den ganzen Dreck ab. Er hätte dableiben müssen, dann hätten wir ihn zusammen abgekriegt.

Ich bitte Michael, mich an der Straße abzusetzen. Ich will das letzte Stück gerne zu Fuß gehen, ein kleiner Spaziergang durch den Ort.

Hier war Kristian also unterwegs, denke ich, und es wirkt so fremd. Diese Gegend sagt mir nichts, aber ich kenne Kristian und stelle mir sein Leben hier vor. Die stille Straße, die Sandwege, der Fjord, die Steilhänge und die Vögel.

Er hat niemanden, um den er sich kümmern muss. Er

schreibt seine Bücher, lebt sein eigenes Leben, und es verbittert mich immer noch. Ich sehe vor mir, wie er morgens aufsteht, Kaffee trinkt und auf den Fjord hinausblickt. Den Rest der Zeit schreibt er. Das wollte er schließlich. Solange er nur schreiben durfte, konnten wir zusehen, wie wir zurechtkamen. Solange er nur seine Ruhe hatte. Und die war ihm dann ja vergönnt.

Bei einem Imbiss biege ich um die Ecke, und die Straße verläuft sich zwischen all den Feriengästen mit ihren Hunden und Kühltaschen. Es ist eine beinahe künstlich wirkende Urlaubsidylle. Der Geruch von Softeis und Pommes hängt in der Luft.

Ich bestelle eine kleine Portion, gewissermaßen aus Trotz. Ich kann mich nicht erinnern, wann ich zuletzt Pommes gegessen habe. Kristian hat solches Essen abgelehnt. Er mochte Kartoffeln mit Sauce, richtiges Essen. Wenn ich das Haus verließ, musste ich ihm belegte Brote in den Kühlschrank legen, allerdings ohne die Remoulade auf dem Roastbeef und die Mayonnaise auf dem Ei. Die wollte er selbst drauftun. »Das wird sonst so matschig«, sagte er. Das war das Einzige, worüber wir früher stritten. Er hielt das für eine Selbstverständlichkeit, und ich hatte inzwischen so viele Jahre gekocht, dass es nur noch eine saure Pflicht war.

Dann verließ er uns, und als er zurückkehrte, brachte er unendlich viele neue Ideen mit: Rindereintopf, Lasagne, Ofenfisch.

Er hat gekocht und geschrieben. Affären hatte er keine.

»Die will ich auch«, lässt sich eine Männerstimme vernehmen, und ein Finger deutet auf meine Pommes. Ein ganzer Trupp hat sich vor mir aufgebaut. Ich sehe, dass es Behinderte sind. Der Mann, der mich angesprochen hat, trägt eine gelbe Schirmmütze mit Propeller. Er hat außergewöhnlich weit vorstehende Schneidezähne. Seine Hände sind verkrampft. Er sabbert. Er betrachtet meine Pommes und sabbert.

»Komm schon, Anders.«

Eine Frau mit Rucksack nähert sich meinem Tisch.

»Entschuldigen Sie bitte, aber Anders ist ganz wild auf Pommes«, sagt sie. Sie fasst ihn am Arm. Eine weitere Frau taucht hinter ihr auf. Sie hält einen aufblasbaren Seelöwen in den Armen und wiegt ihn wie ein Kind hin und her.

»Wir wollen zum Johannisfeuer und die Hexe anschauen«, sagt sie. »Willst du mit?«

»Nein«, antworte ich, und sie sieht mich mit starrem Blick an. »Sie will nicht mit, oder, Tove?« Sie zieht der Betreuerin am Rucksack.

»Da haben wir nicht mitzureden, Marie. Das entscheidet die Dame selbst«, sagt die Betreuerin und lächelt mich an. Sie haben es wirklich nicht einfach.

»Sind alle da?«, fährt die Betreuerin fort. Sie schiebt den Propellermann und die Seelöwendame durch die Menge. Sieben Behinderte. Die Mittel sind knapp, und mehr als ein Betreuer für die sieben ist nicht drin.

Ich folge ihnen mit dem Blick und überlege, ob ich dem Mann eine Fritte hätte abgeben sollen, komme aber zum Schluss, dass nicht.

Es ist schon lange her, dass ich bei einem traditionellen Johannisfeuer war. Es wäre eine gute Möglichkeit, gemeinsam etwas zu unternehmen. Im Auto auf dem Heimweg hat nur Michael gesprochen. Ein langer Monolog: Wir müssen zusammenfinden, einander zuhören, uns Raum zum Atmen geben. Teambuilding. Vermutlich machen sie das in Solhøj so.

Louise hatte immer Angst vor dem Johannisfest, weil sie Angst vor der Hexe hatte. Kristian redete ihr alles Mögliche ein und erzählte Geschichten von Hexen und Trollen und ich weiß nicht was. Die Hexe auf dem Feuer und das *Mittsommerlied* erfüllten sie mit Angst, aber mir gefällt sie. Die Melodie hallt wie aus einer anderen Zeit in meinem Kopf wider. Ich erinnere mich, wie sich Louise an mich kuschelte, und werde wieder ruhig. Ich vermisse es, diesen kleinen Kinderkörper im Arm zu halten.

LOUISE

Mutter ist noch nicht zurück. Meinetwegen kann sie ganz wegbleiben. Nur gut, wenn ich sie nicht sehen muss. Sie ist einfach unmöglich. Sich so aufzuführen. Vielleicht trauert sie ja und ist zutiefst unglücklich, aber ihre Art, das zum Ausdruck zu bringen, ist schon sehr seltsam.

Mein Handy vibriert auf dem Gartentisch, es ist Lotte, die wissen will, ob ich ihr *wahrsagen* will, wie sie sich ausdrückt. Ich habe ihr erzählt, dass ich mich mit Tarot beschäftige, und sie hat so viele unbeantwortete Fragen und sieht sich so vielen schwierigen Entscheidungen gegenüber. Ich habe ihr geschrieben, dass sie morgen vorbeikommen kann, wenn sie die lange Fahrt dafür auf sich nehmen möchte, und das will sie offenbar.

»Möchtest du ein Glas Wein?«, fragt Michael und nimmt mir gegenüber Platz. Er ist dabei, auf der Wiese eine Art Parcours aufzubauen. Wahrscheinlich wieder dieses Teambuilding. Eine moderne Art der Zusammenarbeit, eine Art therapeutisches Instrument, von dem sie in Solhøj Gebrauch machen, und offenbar will er auch hier in Lykkebo von diesem therapeutischen Instrument Gebrauch machen.

»Lieber ein Mineralwasser.«

Ich lege eine Hand auf meinen Bauch und schließe kurz die Augen, zwinge mich zum Vergessen, schiebe die Gedanken beiseite. Ein Embryo. Ein Lebewesen. Ein Embryo. Ein Lebewesen.

»Und du, Ida?«, fragt Michael. Ida nickt.

Ich betrachte meine Tochter. Sie ist fast erwachsen. Besucht das Gymnasium. Trinkt Kaffee. Hat eine eigene Meinung.

»Glaubst du, Oma hat sich verlaufen?«, fragt sie.

»Ich weiß nicht«, antworte ich.

»Seid ihr zerstritten?«

»Ich weiß es nicht, Ida.«

In diesem Punkt ist sie noch nicht erwachsen. Sie findet, dass wir uns alle liebhaben sollen, und versteht nicht, dass das nicht so einfach ist. Aber das ist es eben wirklich nicht. Auch Mutters Benehmen auf dem Friedhof: Ich weiß nicht, ob ich ihr das verzeihen kann.

Michael kommt mit Gläsern und Eiswürfeln und einer Flasche Rosé zurück. Auf dem Tablett stehen drei Gläser.

»Für mich nicht«, sage ich.

»Trink doch ein Glas. Jetzt wollen wir die Ferien genießen.« Er schraubt die Flasche auf und zieht eine Braue hoch.

»Meinetwegen, aber nur ein kleines Glas.«

»Schau mal! Da ist er wieder.«

Michael deutet auf die Heckenrosen, und der Mann von gestern ruft Buller und klatscht in die Hände.

»Buller! Buller, Buller, Buller!«, ruft er, und Buller kommt aus dem Haus angehechelt.

Ida winkt ihm zu.

»Woher weiß er, dass der Hund Buller heißt?«, frage ich.

»Ich habe ihn gestern getroffen«, sagt Ida. »Er heißt William und hat das Down-Syndrom. Er mag Hunde.«

»Hab ich doch gesagt«, meint Michael. »Dass er behindert ist. Das ist an den Bewegungen, der Mimik und den schrägen Augen zu erkennen.«

»Und wenn schon«, meint Ida.

»Ich habe ja auch nichts dagegen.« Michael schüttelt den Kopf. »Es ist nur bemerkenswert, dass man es bereits von Weitem sieht.«

»Und warum?«

»Weil …«

Ich schaue mir den Newsfeed auf Facebook an. Lotte ist vor über einer Woche last minute nach Griechenland gefahren, und täglich gibt es Posts mit Drinks-Fotos. 2900 Kronen für zwei Wochen, all inclusive. Da kann man nicht meckern, steht da, und ich begreife nicht, dass sie sich traut. Da unten geht doch gerade alles drunter und drüber. Die Banken schließen bald, und das Land steht vor dem Konkurs. Also nutzt sie die Gelegenheit.

Dann taucht Mutter am Ende des Gartenwegs auf. Ich schaue nicht hoch. Sie soll bloß nicht glauben, dass ich auf sie gewartet habe. Dass ich wie sie alles verdränge.

»Habt ihr es euch hier gemütlich gemacht?« Etwas außer Atem hält Mutter inne. »Wisst ihr was … Morgen ist ein großes Johannisfest am Strand. Mit Chor, Ansprachen und einem Umzug. Das wird richtig nett«, sagt sie.

Ich update meinen Status: »Abhängen mit Rosé im Garten«, schreibe ich und tagge Michael und Ida, damit ihn noch mehr Leute sehen und liken.

»Da müssen wir hin!«, sagt Michael. »Auf einem Johannisfest waren wir schon lange nicht mehr, Louise.«

»Das haben wir noch nie gefeiert«, sagt Ida.

»Das kann doch nicht sein«, meint Mutter. »Oder, Louise?«

»Doch«, erwidere ich. »Dann gehen wir da halt hin.«

Ich scrolle durch die Posts. Jetzt werden wir zum Johannisfest gehen, und ich hatte geglaubt, dass wir das Haus aufräumen, neu ordnen und umstrukturieren würden, denn dann ergäben die Tarotkarten mehr Sinn. Aber nichts ergibt offenbar einen Sinn, und ich kann nicht einfach wieder abreisen, ohne zu wissen, was er getan hat. Mutter weiß was. Das sehe ich ihr an, ich lese es in ihrem Blick. Sie weiß etwas.

9

IDA

Peder hat mir nicht gesagt, wann er im Fjord badet, sondern nur, dass es jeden Morgen ist. In eiskaltem Wasser. Das hat er gesagt.

Ich bin früh aufgewacht. Es ist erst halb sechs. Gleißendes Sonnenlicht fällt durch das schräge Fenster auf meinen Kopf, meine Bettwäsche ist nass geschwitzt, die Matratze ist platt gelegen, und das Etagenbett wackelt. Ich kann nicht schlafen. Das Wetter ist umgeschlagen, sicher gibt es wieder ein Gewitter. Es ist schwül.

Ich öffne das Fenster und schaue auf Michaels Hindernisbahn, die den ganzen Garten einnimmt. Dann betrachte ich den Gartentisch, an dem Großmutter gestern mit einem Butterbrot im Schatten saß. Ehe wir aufbrachen, sagte sie, dass wir uns amüsieren sollten, sie würde Makronen und Napoleonschnitten backen, aber so wie es aussieht, hat sie das nicht getan.

Ich will runtergehen und baden, den Steilhang entlangspazieren und schauen, ob er dort ist.

Ich ziehe ein weites, weißes Sommerkleid an und denke, dass das nach Naturmädchen, nach Strandmädchen, aussieht, dass ich mit der Landschaft verschmelze. Ich trage mein Haar offen und nehme nur wenig Wimperntusche und Lidschatten.

Er soll mich nicht so sehen, wie ich bei unserer letzten Begegnung aussah. Mir wurde ganz flau, als ich in den Spiegel schaute. Ich erinnerte nicht an die Meerjungfrau, die ich am Steilhang wahrzunehmen glaubte, sondern an ein hässliches Mädchen in einer viel zu großen Jacke im Regen.

Plötzliche Windstöße erfassen mein Kleid. Kein Mensch ist hier, auch er nicht. Vielleicht kommt er ja noch. Schließlich hat er das ja angekündigt.

Buller dreht sich um sich selbst und verfängt sich vor lauter Begeisterung in seiner Leine. Ich könnte ihn loslassen, damit er Peders Witterung aufnimmt.

Ich gehe am Sünderhang vorbei. Bei Tageslicht sieht es dort ganz anders aus, der Abgrund scheint gar nicht so tief. Weiter vorne kann ich einen schmalen Steg mit einer Gestalt am äußersten Ende ausmachen. *Das ist er.* Er lässt die Füße ins Wasser baumeln, Möwen kreisen über seinem Kopf, und auf seinen Schultern liegt ein Handtuch.

Ich bleibe in einiger Entfernung stehen. Wenn ich doch nur einfach beiläufig vorbeigehen und ihm zuwinken könnte, aber er sitzt mit dem Rücken zu mir und kann mich nicht sehen. Keine Chance, dass er mich bemerkt.

Meine Handflächen werden feucht und warm. Buller winselt verzweifelt. Er versteht nicht, warum ich stehen geblieben bin. Dieser Hund ist einfach dumm.

»Fuß«, befehle ich mit scharfer Stimme, als Buller versucht, mich auf den Steg zu zerren.

Die Gestalt erhebt sich. Im Gegenlicht ist kaum zu erkennen, ob er das wirklich ist, aber wer sollte es sonst sein? Ich sehe seine schwarze Silhouette dort draußen, sehr aufrecht und unerreichbar.

Mich ärgert, dass ich einfach stehen bleibe und nicht wage,

auch nur einen einzigen armseligen Schritt zu machen. Buller ist das alles völlig gleichgültig, und mehrmals täglich schärfe ich mir ein, dass keiner von uns in hundert Jahren noch existiert. Dann ist sowieso alles egal, und deswegen ist es auch vollkommen egal, ob ich diesen Schritt tue oder nicht und ob ich auf den Steg hinausgehe.

Ich lasse Buller los. Ich hake die Leine vom Halsband ab, und keine Sekunde später jagt er los. Er legt einen tierischen Sprint auf dem Steg hin. Ein rötlich brauner Strich, der weiter draußen schwarz wird. So einen langen Steg habe ich noch nie gesehen.

Jetzt bin ich gezwungen, ihm zu folgen, freiwillig kommt er nicht zurück. *Ich will nur meinen Hund holen.*

Ich betrete die von den Möwen vollgeschissenen Planken, und der Steg wirkt schmal und baufällig und nicht stabil genug, mein Gewicht zu tragen. Aber ich bin ja nur ein Strich, jedenfalls behauptet Mama das, obwohl ich mich wie ein Klotz fühle.

Buller ist jetzt bei Peder draußen und springt an ihm hoch, die Pfoten berühren seine Schultern. Peder dreht sich so rasch um, dass das Handtuch abrutscht. Jetzt bin ich mir sicher, dass er es ist. Das halblange Haar, der schmale Rücken.

»Buller, komm her!«, rufe ich und versuche, nicht mit dem Blick auszuweichen. Was will ich hier eigentlich?

»Hi«, sage ich mit schwacher Kleinmädchenstimme, als er bemerkt, dass ich komme. »Buller … ist einfach abgehauen. Ich wollte ihn gerade holen, da ist er auf den Steg gelaufen.«

»Das sehe ich.«

Peder klopft neben sich auf den Steg, und Buller setzt sich gehorsam hin.

»Haut er oft ab?«

»Ja«, sage ich und nicke. »Du heißt doch Peder?«, frage ich dumm.

»Ja, ich heiße Peder.«

Er hält mir die Hand hin und blinzelt in die Sonne. Ich reiche ihm meine feuchte Hand. Alles ist einfach nur peinlich.

»Schwüles Wetter heute«, meine ich.

»Perfekt, um ins Wasser zu springen«, entgegnet er. »Das fährt einem eiskalt in die Glieder. Kommst du auch?«

»Das war also dieser Steg, den du meintest?«

»Ja«, erwidert er und nickt. Er krault Buller unter der Schnauze, und der grunzt zufrieden.

»Ich wollte mich nicht diesen Steilhang runterstürzen, falls du das geglaubt haben solltest«, sage ich. »Ich meine … dieser Eindruck hätte ja durchaus entstehen können.«

Peder krault Buller und schaut mich nicht an, und ich bin froh, dass er es nicht tut, denn ich bin ganz rot geworden. Meine Wangen fühlen sich ganz heiß an, und meine Schläfen pochen. Vielleicht hat er ja überhaupt nichts dergleichen gedacht?

»Nein«, meint er. »Es sah so aus, als hättest du was runtergeworfen.«

Ich erinnere mich an das Kondom in Michaels Jackentasche. Peder hat recht. So war das. Ich wollte nur etwas in den Fjord werfen. Seither habe ich nicht mehr an das Kondom gedacht.

Peder steht auf. Er ist groß und muskulös, athletisch. Und fast so schlank wie die Pfeiler des Stegs. Seine Haut ist makellos und glatt und schimmert golden in der Sonne. Er trägt Shorts, allerdings keine Badehose. Andere Kleider hat er nicht dabei, nur das Handtuch.

»Na dann«, sagt er. »Jetzt springe ich.«

»Nackt?«, platze ich heraus. »Badest du nackt?«

Gerade will er sich die Shorts herunterziehen und hält mitten in der Bewegung inne. Er betrachtet meine geröteten Wangen und Ohren.

»Ja, allerdings«, antwortet er. »Ich kann aber auch warten, bis du …«

»Nein, ach Quatsch«, unterbreche ich ihn. »Ich bin nicht verklemmt.«

Er nickt, und ich locke Buller zu mir und hake den Karabinerhaken der Leine an seinem Halsband fest.

»Los geht's«, sage ich und richte mich auf. Er ist bereits nackt, und seine Shorts liegen auf dem Steg. Er hat mir den Rücken zugekehrt. Seine Haare wehen im Wind, er wippt auf den Fußsohlen vor und zurück, und seine Muskeln sind angespannt. Ich wünsche und fürchte gleichzeitig, dass er sich umdreht.

Dann springt er. Es spritzt, und ich habe offenbar die Leine nicht richtig eingehakt, denn jetzt spritzt es ein weiteres Mal.

»Nein, Buller, hierher!«, rufe ich, aber es ist zu spät.

»He!«, ruft Peder, als er sieht, dass er Gesellschaft bekommen hat.

»Entschuldigung, ich konnte ihn nicht festhalten.«

Ich stelle mich an den Rand des Stegs und betrachte Peder, dessen dunkles Haar sich an seinen Hals schmiegt, Peder, dessen Augen leuchtend blau und fast durchscheinend sind.

Er schaut aus dem Wasser zu mir hoch und lacht. Buller schwimmt im Kreis um ihn herum, seine Schlappohren haben Auftrieb, und er sieht ziemlich lächerlich aus.

Ich sehe ein, dass ich den Hund nicht aus dem Wasser kriegen werde, weil er die Eisentreppe am Ende des Stegs nicht hochkommt. Er muss den ganzen Weg zum Ufer schwimmen.

»Komm schon«, sagt Peder. »Es ist nicht kalt heute.«

Ich denke, *fuck it*, und das ist mein erster und letzter Gedanke, bevor ich springe. Ich tue es wirklich.

Es ist unglaublich kalt. Peder hat gelogen. Die Blutgefäße ziehen sich zusammen, die Muskeln verspannen sich, die Kälte dringt überallhin. Wieso ist es nur so eisig? Im Wasser verliere ich jegliche Kontrolle über meinen Körper. Ich japse, klappere mit den Zähnen, bibbere, bekomme keine Luft mehr.

»Hör schon auf, so kalt ist es auch wieder nicht«, sagt Peder, aber es ist verdammt kalt, und er nervt mich. Hätte ich gewusst, dass es so kalt ist, dann …

Buller schwimmt mit seinem nassen Hundekörper an mich heran und leckt mir das Gesicht ab. Seine Zunge ist schön warm, aber unappetitlich.

»Das hat mich jetzt aber überrascht«, meint Peder. »Dass du mit deinem weißen Kleid und allem Drum und Dran ins Wasser gesprungen bist.«

»Tja, es ist einfach wahnsinnig … angenehm«, sage ich, ringe nach Luft und werfe ihm einen wütenden Blick zu. Peder lacht mich aus und lässt sich auf den Rücken fallen, sodass mir gar nichts anderes übrig bleibt, als ihn zu sehen. Vielleicht ist es ihm nicht bewusst, aber ein gewisses Körperteil ragt hoch. Sollte Buller es für einen Stock halten, ist es damit vorbei. Auf diese Idee könnte er glatt kommen. Dann tritt Peder wieder Wasser und schaukelt vor mir herum.

»Aber ein kleines bisschen schön ist es schon, findest du nicht?«, fragt er. »Ein kleines bisschen.«

Ich antworte nicht.

»Du bist doch eine gute Schwimmerin, nicht wahr?«, will er wissen. Eine dumme Frage, schließlich sieht er das ja.

»Klar doch«, erwidere ich.

»Dann schwimm.«

Peder lässt sich wieder auf den Rücken fallen, lässt sich treiben, und ich weiß nicht, ob er das tut, um mich zu provozieren, aber jedenfalls schaue ich weg und Richtung Horizont.

Aus dieser Perspektive wirkt die Welt unendlich. Nur mein Kopf ragt über die Wasseroberfläche, unter meinen Lippen schwappt es, dort beginnt es, das Wasser beginnt bei meinem Gesicht und wird mit allem um mich herum eins und verschmilzt mit einer Aussicht, die nur aus Wasser besteht. Alles ist Wasser, einzig von einem schmalen Streifen diffusem Horizont umgeben. Dann schwimme ich auf diesen Streifen zu. Spüre die Freiheit, mein winziges Ich in diesem riesigen Fjord, mein winziges Ich in der großen Welt. In hundert Jahren sind wir nicht mehr hier, in hundert Jahren ist alles egal.

Das Adrenalin ruft diese Gedanken hervor. Das Adrenalin und das kalte Wasser und ein besonders klares Licht am Fjord, das mir ein Gefühl von Glück, von wahnsinnigem Glück beschert. Die Empfindung, dass ich, egal was kommen mag, egal, ob es blitzt oder donnert, geboren worden bin. Ich bin hier, und alles wird gut. Mama und Großmutter werden sich schon zusammenraufen, das Kondom in Michaels Jackentasche ist einfach nur irgendein Kondom, eine Matheklausur ist nur eine Matheklausur, ein Verstorbener ist einfach Teil des Lebens. Ein natürlicher Teil. Wir sterben alle.

In diesem Augenblick, ein paar flüchtige Sekunden lang, bin ich dieses kleine Mädchen. Das nackte Mädchen am Strand, und obwohl ich ein Kleid trage, mein weißes Sommerkleid, das an meinen Beinen klebt, bin ich nackt, entblößt.

»Schwimm nicht zu weit raus«, höre ich Peders Stimme hinter mir. Ich drehe mich um, und die Unendlichkeit wird durch einen Steg, einen Hund und einen Mann ersetzt.

»Wie heißt du noch gleich?«, fragt Peder, als ich sie wieder erreicht habe.

»Ida«, antworte ich.

Er nickt und lächelt. Ein freundliches, höfliches Lächeln.

»Ich glaube, dein Hund will an Land«, sagt er.

Ich schaue zu Buller hinüber. Er scharrt mit den Pfoten an den Sprossen, bekommt aber sein Hinterteil nicht aus dem Fjord.

»Da kommt er nicht hoch«, sagt Peder. »Er muss am Steg entlang zurückschwimmen.«

»Ja«, antworte ich. »Aber der Hund ist dumm, das rafft er nicht.«

»Mein Bruder spricht von nichts anderem mehr. Er ist vollkommen verrückt nach dem Köter.« Peder lächelt.

»Er kann ja einfach zu uns rüberkommen und mit ihm spielen, wenn er Lust hat«, sage ich. »Stöcke oder … einen Ball werfen. Er war schon zweimal da.«

»Echt?« Peder zieht die Brauen hoch und sieht mich an. »Du musst Bescheid sagen, falls … Wohnst du mit deiner Familie in einem Sommerhaus?«

»Ja. Wir sind vor ein paar Tagen gekommen. An dem Abend, an dem ich Buller gesucht habe. Wir bleiben eine Woche.«

Peder schwimmt auf der Stelle, und ich versuche, das ebenso elegant nachzuahmen, aber ich schlucke Wasser und bin immer noch außer Atem. Sehr kalt ist es außerdem.

»Hast du vielleicht Lust, morgen wieder baden zu gehen?«, fragt er.

Seine direkte Art überrascht mich.

»Willst du nicht lieber alleine baden?«, erkundige ich mich. Ich denke, dass er vielleicht deswegen so früh draußen ist. Wenn noch keine Leute unterwegs sind.

Er zuckt mit den Achseln.

»Es ist nett mit Gesellschaft. Hier wohnen nicht so viele

Leute. Im Winter ist es vollkommen tot. Dann sind nur William und ich hier. Wir wohnen das ganze Jahr über hier.«

»Nur ihr beide?«, frage ich. Peder betrachtet den Horizont.

»Ja, nur wir beide«, sagt er. »Unsere Mutter ist bei der Geburt gestorben und unser Vater vor nicht allzu langer Zeit. Jetzt sind nur William und ich übrig.«

Ich überlege, wie alt die beiden wohl sind. Peder könnte zwanzig, aber auch dreißig sein. Vielleicht sogar noch älter. Seine Augen sind so hell, dass man beinahe glaubt, durch sie hindurchschauen zu können. Wenn man sie länger anschaut, bemerkt man, dass sich das Wasser in ihnen spiegelt. Ich weiß nicht, warum er mir das alles erzählt.

»Das tut mir leid«, sage ich.

»Mach bloß nicht so ein Gesicht«, meint er.

»Ja, wie denn?«

Buller winselt.

»Ich lebe gerne mit meinem Bruder zusammen. Hier geht es uns gut. Es gefällt uns hier am Fjord.«

»Okay«, sage ich nur noch, denn jetzt gilt es, Buller ans Ufer zu lotsen. Er ist vollkommen erschöpft. »Ich sage ja gar nichts.«

»Nein, aber du denkst dir deinen Teil.«

Wir schwimmen zu Buller. Peder vorweg. Das Wasser ist sehr klar, und ich kann es nicht vermeiden, ihm zwischen die Beine zu schauen. Ich versuche, es zu unterlassen. Eigentlich ist das kein schöner Anblick. Es sieht im Wasser alles unnatürlich verschrumpelt aus und passt überhaupt nicht zu seinem athletischen Körper.

»Komm her, Buller«, sage ich, stelle mich auf die unterste Eisensprosse und halte den nassen Hundekörper fest. »Ruhig, ruhig«, ermahne ich ihn, als er sich aus meinen Armen winden will.

»Lass mich mal«, sagt Peder, legt mir eine Hand auf die Schulter und schiebt mich beiseite. Dann presst er Buller an sich, als sei dieser ein Säugling. Buller verzieht sein Hundegesicht zu einer drolligen Grimasse.

Peder schwimmt auf der Seite Richtung Ufer. Seine Shorts hat er auf dem Steg vergessen.

»Oha!«, sagt er auf halber Strecke, als sich der Himmel über uns auftut. Große Regentropfen prallen auf das Wasser, unzählige silberglänzende Prismen. Buller findet das nicht mehr lustig. Wütend kläffend beschwert er sich über seine missliche Lage, und Peder kann ihn kaum noch festhalten.

»Jetzt ist es nicht mehr weit. Gleich wird es seicht«, sagt er, aber ich finde, dass das Ufer noch sehr weit weg wirkt.

»Geht's?«, fragt er, dreht sich zu mir um und versucht, meinen Blick einzufangen. Ich antworte nicht. Absichtlich falle ich ein paar Meter zurück, und die Strömung packt meine Knöchel. Wenn ich jetzt nicht mehr könnte … Wenn ich gerade ertrinken, das Bewusstsein verlieren, unter der Oberfläche versinken und mich in eine Meerjungfrau verwandeln würde. Dann würde er mich umarmen, ein fester Griff um meine Brust, mit mir zum Ufer schwimmen und auf mich aufpassen.

»Geht's?«, fragt er wieder, und es ist Buller, den er im Arm hat.

LOUISE

»Ich muss Magnus holen und Rikke einweisen lassen«, sagt Michael am Morgen. Er sitzt auf der Bettkante und zieht sich mit hastigen Bewegungen seine Hose an.

»Wie bitte?«, erwidere ich und setze mich auf. Ich bin gerade erst aufgewacht. »Was hast du vor?«

»Rikke muss in die Klinik. Sie hat gerade angerufen. Sie hat die ganze Wohnung verwüstet und den Computer aus dem Fenster geworfen. Sie sagt, er sei voller Ungeziefer. Ich muss Magnus abholen.«

»Ja, ja, natürlich«, erwidere ich und versuche rauszukriegen, wie spät es ist.

»Wie spät ist es?«

»Viertel nach sechs. Ich nehme den Wagen. Ich fahre jetzt.«

»Soll ich mitkommen?«

»Nein«, antwortet er. Er hält in der Bewegung inne und seufzt schwer. »Ich glaube, es ist besser, wenn nur ich fahre. Du weißt, wie Rikke ist.«

»Okay«, erwidere ich. Ich weiß, wie Rikke ist, aber dass sie die ganze Wohnung kurz und klein geschlagen hat, klingt unwahrscheinlich. Sie übertreibt. Und jetzt fährt Michael also.

»Ich habe es gewusst«, sagt er und erhebt sich. »Sie ist nicht gesund. Diese Tabletten helfen nicht … vielleicht nimmt sie sie ja auch nicht. Es ist diese viele Arbeit. Sie verkraftet sie noch nicht.«

»Was für eine Arbeit? Hat sie nicht Ferien?«

»Doch. Aber gerade das könnte das Problem sein.«

Ich schaue aus dem einzigen Fenster des Gästehauses. Schon wieder zieht ein Unwetter auf. Eine graue und nasse Morgendämmerung, und ich bin froh, dass ich da nicht rausmuss.

»Tschüs, bis später dann«, sagt Michael. »Ich komme mit Magnus im Laufe des Tages, weiß aber noch nicht genau, wann.« Mit seiner Jacke über dem Kopf verschwindet er ins Unwetter.

Nur sieben Leute haben meinen Status gelikt. Britta hat

einen Kommentar geschrieben: »Hier gibt's Rotwein und Speckkrusten«, dahinter ein halbes Dutzend Smileys. *Speckkrusten.* Begreift sie denn nicht, dass sie zu dick ist und dringend abnehmen muss?

Ich lege die Tarotkarten in einem Halbkreis aufs Bett. Schwerter, Stäbe, Münzen, Kelche. Ich habe mich noch nicht ordentlich mit ihnen beschäftigt und weiß nicht einmal, warum ich sie überhaupt mitgenommen habe. Es sind schöne Karten in leuchtenden Farben. Sonnenschein und Rosen, Engel und Posaunen. Ein Gehängter, eine Gestalt in Kutte.

Ich überlege mir eine Frage. Immerhin erhält man garantiert eine Antwort, anders als bei Mutter.

IDA

Endlich erreichen wir das Ufer. Peder deutet zu einem baufälligen Fischerschuppen am Hang hinauf.

»Da ist man windgeschützt«, sagt er. »In zwei Sekunden bin ich zurück.« Dann rennt er nackt und nass auf den Steg, um Bullers Leine und seine Shorts zu holen.

Auf dem Weg zum Schuppen halte ich inne und betrachte die idyllische Aussicht. Wellen am Strand, rosa Heckenrosen, silberne Regentropfen. Und ein nackter Mann sprintend unter Blitz und Donner.

»Komm, Buller«, sage ich, packe sein Halsband und schleife den trägen, erschöpften Hund den Hang hoch. Ich muss auf Peder warten, denn ich muss die Leine wieder mit nach Hause bringen. Bis nach Hause ist es außerdem ziemlich weit, und es ist besser, Schutz zu suchen, bis der Schauer weitergezogen ist.

Der Schuppen ist klein, und die Dielen sind voller Sand. Es

riecht stark nach Teer, und in weißen Bottichen liegen Reste von irgendwas Undefinierbarem. Tote Fische. Die Bücher wirken deplatziert. Vier Notizbücher sind auf einer Hobelbank ordentlich aufgestapelt, eins, zwei, drei, vier, mit goldgeprägtem Einband und einem Lesezeichen im obersten.

Ich öffne es. Nur vergilbte unlinierte Seiten, die zusammenkleben. Es steht nichts drin.

Buller wälzt sich auf dem Fußboden im Sand. Ich werde einen dreckigen Hund nach Hause schleifen müssen.

Da stelle ich fest, dass nur das oberste Notizbuch leer ist. Die Seiten der anderen sind dicht mit einer fast unleserlichen Handschrift beschrieben. Es ist eine Art Tagebuch.

Dir Tür des Schuppens geht auf. Abrupt weiche ich von der Hobelbank zurück und lasse die Bücher liegen. Es sind ja nicht meine.

»Jetzt ist es direkt über uns«, sagt Peder.

Er beugt sich vor und schaut aus dem einzigen Fenster des Schuppens.

»Die Wahrscheinlichkeit, vom Blitz getroffen zu werden, beträgt eins zu einer Million«, sagt er. »Daran dachte ich, als ich auf den Steg gerannt bin. Warum sollte es nicht ausgerechnet mich erwischen?« Er lacht. »Oder dich am Hang. Wir waren beide ziemlich ausgeliefert.«

Er sagt das ohne besondere Betonung, seine Stimme ist genauso ausdruckslos wie sein Blick.

»Liest du etwa meine Tagebücher?«, fragt er dann. Er dreht sich um und sieht mich an. Ich laufe rot an.

»Ich wusste nicht, dass sie dir gehören«, sage ich. Ich knie mich neben Buller, um seinem Blick auszuweichen, und versuche, Bullers Fell zu säubern, aber das ist nass, und bald sind meine nassen Arme voller Hundehaare und Sand.

»Das ist mein Schuppen«, sagt er. »Das sind meine Sachen.«

Er rückt den Stapel zurecht und legt das Buch mit dem Lesezeichen obenauf.

»Entschuldige«, sage ich und schaue zu ihm hoch. Er betrachtet mich unverwandt. Im Dunkeln wirkt er älter. Ich wüsste wirklich gerne, wie alt er ist. Schließlich ist er erwachsen.

»Ist das hier dein Zufluchtsort?«, frage ich. »Ich meine, du willst doch sicher hin und wieder mal für dich sein?«

»Ich gehe zusammen mit William fischen, das ist unser Schuppen.« Er klappert mit irgendwelchen Gegenständen, schüttelt ein Netz aus, und tote Fliegen fallen zu Boden. »Das ist nicht *mein* Zufluchtsort, das ist *unser* Zufluchtsort«, sagt er.

»So habe ich das nicht gemeint. Ich meinte nur, weil deine Tagebücher hier liegen«, sage ich. Ich stehe auf. Er ärgert sich. Ich glaube nicht, dass er mich mag.

»Warum fragst du? Warum interessiert dich das?«, will er wissen.

»Das weiß ich nicht«, erwidere ich, aber eigentlich nur, um überhaupt irgendetwas zu sagen.

»Das ist einfach nur ein Fischerschuppen.«

Ein Schlabbern ist zu vernehmen. Bullers Kopf steckt in einem weißen Eimer mit Innereien und verrottetem Fisch.

»Nein. Pfui!«, sage ich, packe ihn und zerre einen äußerst unappetitlichen Hund mit klebriger Schnauze und tropfenden Ohren vom Eimer weg.

»Pfui!«

Er sieht mich so geknickt an, als hätte ich ihn geprügelt.

Peder lacht. »Du hast es nicht leicht, oder?«, sagt er. »Überlass ihn William. Der kann mit Hunden umgehen. Ich weiß nicht, wie er es macht, aber sie hören ihm zu.«

»Sie hören ihm zu?«

»Ja, ich weiß nicht … jedenfalls tun sie, was er sagt.«

»Vielleicht sehen wir uns ja wieder«, sage ich, als es nicht mehr regnet und das Gewitter weitergezogen ist.

Er nickt. Lächelt.

»Ja, vielleicht«, meint er. »Falls dein Hund wieder mal abhaut.«

Er zwinkert mir zu, und ich breche wortlos auf. Ich weiß nicht, was ich von ihm halten soll. Ich weiß auch nicht, wie alt er ist und was er eigentlich will.

10

KAREN

Der Seeigel liegt immer noch auf dem Nachttisch. Morgens um diese Zeit muss ich immer weinen. Es gibt für mich keinen Grund, aufzustehen. Mir fehlt das Frühstück. Ich verstehe nicht, warum sie nicht mit mir frühstücken wollen, aber Louise hat gestern zu mir gesagt, dass sie nur einen raschen Kaffee mit Milch braucht, und Milch gibt es keine.

Wenn Kristian noch hier wäre, hätten wir jetzt unten in der Küche gesessen, und er hätte sicher etwas über die vielen Vögel im Garten gesagt. Er hätte etwas über die gefräßigen, Nester plündernden Nebelkrähen gesagt, über die lockenden Flötentöne der Buchfinken, über die Dohlen, die sich überall vermehren, in Kirchtürmen, in Schornsteinen, in allen erdenklichen Löchern. Er würde von der Amsel erzählen, deren schwarze Farbe und sonniger Gesang den Gang des Lebens symbolisieren. Dämonische schwarze Federn und sonnige Stimmen. Ich habe das natürlich unzählige Male gehört, aber das Einzige, was ich mir wünsche, ist, sie wieder zu hören – seine Stimme.

Ich stehe trotzdem auf. Zeit zu vergeuden kommt nicht infrage.

Mit meiner Kulturtasche begebe ich mich ins Badezimmer. Es ist besetzt.

»Louise?«

»Besetzt!«, ruft sie entrüstet. Sie betätigt die Spülung, und ich höre, wie sie sich erbricht.

»Musst du dich übergeben?«, frage ich und öffne. Man kann nicht abschließen.

»Mama, geh!«, faucht sie, aber dann beugt sie sich schon wieder über die Kloschüssel.

»Aber Louise«, sage ich. Ich stelle die Kulturtasche beiseite und streiche ihr langes, feines Haar nach hinten. Es ist genauso weich und glänzend wie damals, als sie noch ein kleines Mädchen war.

»Das ist ja jetzt richtig blöd«, sage ich, als sie mit Tränen in den Augen das letzte Stück Klopapier abreißt, um sich den Mund abzuwischen. Dann übergibt sie sich erneut, und ich hole Servietten aus der Küche, die für die Geburtstage mit der dänischen Fahne, und sie sieht mich wütend an.

»Das Klopapier ist alle«, sage ich und kann mir kaum ein Lachen verkneifen, als sie die Geburtstagsservietten ins Klo schmeißt. »Ist ja auch kein Wunder … wenn du so damit umgehst.«

»Sonst spritzt mir meine eigene Kotze noch ins Gesicht«, sagt sie. »Davon kriegt man Pickel.«

»Ach«, sage ich. Darüber habe ich bislang noch nie nachgedacht.

Nachdem ich ihr Haar gehalten und ihr über den Rücken gestrichen habe und sie sich schließlich nicht mehr übergeben muss, bittet sie mich rauszugehen. Mit meiner Kulturtasche in den Armen warte ich in der Diele darauf, dass das Bad frei wird.

»Wieso musst du dich übergeben?«, frage ich durch die Tür.

»Mir ist übel«, sagt sie. »Das hat mit Rikke zu tun. Also, Michaels Ex.«

»Mit der Mutter von Magnus?«

»Ja.« Sie öffnet die Tür. »Michael ist weggefahren. Er muss Rikke einweisen lassen. Sie ist wieder krank. Offenbar weil sie Urlaub hat. Sie begreift nicht den Sinn und Zweck von Ferien.«

»Nein. Damit haben wir ja auch ein Problem«, sage ich, weil ja bei uns in den letzten Tagen auch nicht unbedingt Ferienstimmung herrschte.

»Michael bringt Magnus mit, dann muss der Urlaub endlich anfangen«, sagt sie.

»Und siebenjährige Jungs brauchen ein Frühstück«, meine ich. »Dir könnte ein bisschen Brot auch nicht schaden. Einfach ein Stück trockenes Toastbrot.«

Sie zuckt mit den Schultern und schaut mich immer noch nicht an.

»Wir können ja nachher auf dem Speicher aufräumen«, sage ich. »Vielleicht liegt da ja was.«

»Und zwar was?«

»Woher soll ich das wissen?«

Als wir uns gerade mit einer Tasse Kaffee an den Küchentisch gesetzt haben, sehe ich Ida ebenso tropfnass wie neulich um die Ecke kommen. Der Hund jagt ihr um die Beine. Sie will ungesehen ins Haus gelangen, aber dann sieht sie mich durchs Fenster. Ich winke ihr zu und Louise ebenfalls.

»Was macht sie?«, frage ich. »War sie wieder im Fjord?«

Ida kommt durch die Diele in die Küche, und der Hund rast aufgeregt herum.

»Platz!«, kommandiert Louise und deutet in die Ecke.

»Er muss einen Knochen kriegen«, sagt Ida.

Mir ist schleierhaft, wie man so herumlaufen kann. Durch den Stoff ist die Unterwäsche zu sehen.

»Wo kommst du denn her?«, frage ich.

»Ich habe ein Morgenbad im Fjord genommen«, sagt sie und nimmt am Tisch Platz.

Ich schaue von Louise zu Ida. Louise schweigt.

»Bei diesem Wetter? Und eine Jacke hast du auch nicht mitgenommen? Und die Badesachen?«

Sie zuckt mit den Achseln und lächelt vor sich hin. »Die brauche ich nicht«, sagt sie.

»Michael ist weg, um Magnus zu holen. Rikke muss ins Krankenhaus«, teilt Louise mit.

Ida sieht verwirrt aus. »Wirklich, kommt sie ins Krankenhaus?«

Louise nickt.

»Aber wollten sie nicht verreisen? In die Türkei? Magnus hat doch von nichts anderem mehr geredet.«

»Offenbar fahren sie doch nicht. Wahrscheinlich ist er ziemlich traurig. Wir müssen ihn also heute Abend ein bisschen verwöhnen.«

»Da ist ja auch noch das Johannisfest«, sage ich. »Das gefällt ihm bestimmt, das ist genau das Richtige für einen Siebenjährigen.«

Ida nickt.

Louise steht auf. »Jetzt müssen wir uns auf den Grund unseres Aufenthaltes besinnen. Du hast es ja selbst gesagt, Mama. Vielleicht liegt ja was auf dem Speicher.«

LOUISE

Am Nachmittag werden die Schatten länger und werfen Muster auf Michaels Hindernisparcours.

Ein geknickter Junge steigt mit vor Aufregung geröteten

Wangen aus dem Auto. Seine Schnürsenkel sind nicht zugebunden und die Hände zu Fäusten geballt.

Michael bedeutet uns mit einem Blick, dass wir ihn in Ruhe lassen sollen.

»Hallo«, sage ich und gebe ihm einen Kuss, den er nur flüchtig erwidert.

»Magnus durfte sich beim Bäcker eine Torte aussuchen. Er wollte die hier«, sagt Michael. Er hält eine große Schokoladenbuttercremetorte in den Händen.

»Ich kann die selbst tragen. Das ist *meine*«, sagt Magnus.

»Hör mal … wir dürfen doch wohl auch probieren? Wenn du dir schon so eine große Torte ausgesucht hast«, sagt Michael. Magnus geht zum Sandkasten. Der Sand ist schmutzig, sicher haben da irgendwelche Tiere reingeschissen, aber meinetwegen soll er sich da hinsetzen.

»Und wie läuft's? Redet ihr?«, fragt Michael und setzt sich neben mich auf die Bettkante. Als müsse er seine Abwesenheit wettmachen, massiert er mir den Nacken. Vielleicht glaubt er ja, alles hätte sich in der Zwischenzeit eingerenkt.

»Ich weiß nicht«, sage ich. »Heute haben wir zusammen gefrühstückt. Ida hat im Fjord gebadet. Allein. Sie traut sich wirklich was. Noch dazu bei Gewitter.«

Er seufzt. »Sie verhält sich wirklich nicht wie andere Jugendliche. Ich habe doch gesagt, dass wir ein Auge auf sie haben müssen«, meint er.

Jetzt fängt er schon wieder damit an. Ich unterbreche ihn, das ist etwa so wie mit dem goldenen Schnitt, ich weiß immer genau, wann das nötig ist.

»Meine Mutter will, dass wir den Speicher aufräumen«, sage ich. »Vielleicht finden wir ja dort was.«

»Und was sollte das sein?«

»Keine Ahnung. Aber wozu hatte er dieses Haus? Doch wohl nicht, um Gedichte und Bücher über Vögel zu schreiben.«

»Nein …« Michael starrt vor sich hin. Ausnahmsweise ist er rasiert.

»Vielleicht hat er das Haus ja geerbt. Vielleicht gibt es ja eine einfache Erklärung. Er sehnte sich nach Freiheit und wollte sich nicht von Frau und Kind einschränken lassen. Du sagst, er hätte über Vögel geschrieben … Vielleicht wollte er ja einfach nur frei wie ein Vogel sein?«

Mit hochgezogenen Brauen sieht er mich an.

»Nein, so ist es nicht«, sage ich. »Da ist noch irgendwas anderes.«

»Vielleicht finden wir es ja nie heraus. Man kann nicht alles wissen, Louise.«

Er lächelt und streicht mir mit der Hand über die Wange. Ich fahre ihm durchs Haar und stupse ihn an, sodass er beinahe an die Wand kippt.

»Aber hallo«, sagt er und packt meine Handgelenke. Wir hatten ein in Vergessenheit geratenes Spiel, das immer mit Anstupsen und »Aber hallo« anfing, doch daraus wird dieses Mal nichts.

»Ich darf die Hexe basteln!«

Magnus reißt die Tür auf. Mit großen Augen erzählt er uns vom Fest am Strand. Sein ganzer kleiner Körper vibriert geradezu, und er fuchtelt wild mit den Händen in der Luft.

»Ich darf alles selbst entscheiden. Und dann verbrennen wir sie auf dem großen Feuer. Sie soll richtig brennen, Papa!«

»Das wird sicher nett«, sagt Michael. Wir sind beide enttäuscht. Irgendwie bietet sich in letzter Zeit keine Gelegenheit für gewisse Dinge.

»Das glaube ich auch. Jetzt beeile ich mich.«

Er verschwindet, ist aber rasch zurück. »Karen will was«, sagt er atemlos. »Sie kann irgendeinen Stecker nicht finden.«

Dieser befindet sich auf der Außenseite der Speicherklappe.

»Gut, dass wir dich haben, Michael«, sagt Mutter, als der gelbliche Lichtschein endlich die Dunkelheit erhellt.

»Und es ward Licht!«, ruft Magnus und hebt feierlich die Arme. »Halleluja!«

»Habt ihr das auch gehört?« Ida weicht ein paar Schritte zurück. »Da oben bewegt sich was.«

»Papperlapapp«, sagt Michael und zieht die Leiter nach unten.

»Dort oben gibt's bestimmt Mäuse«, fährt sie fort. »Oder einen Marder.« Jetzt ist uns allen die Lust vergangen, den Dachboden zu erforschen.

»Komm, Magnus, wir gehen zusammen«, sagt Mutter und nimmt ihn an der Hand.

»Seid ihr euch sicher, dass die Leiter hält?«, fragt Michael, und es ärgert mich, dass er nicht als Erster nach oben geht. Schließlich ist er der einzige Mann im Haus.

»Die hält schon, Papa«, sagt Magnus, und dann sind sie oben.

Sie verschwinden durch die viereckige Öffnung aus unserer Sicht.

»Und?«, ruft Michael. »Habt ihr Idas Leiche gefunden?«

Ida grinst. Erst ein dämliches, schiefes Lächeln für Michael, dann eine finstere Miene, als sie meinen Blick bemerkt.

»Was?«, fragt sie.

»Nichts«, erwidere ich.

Ich schaue hinauf, und plötzlich weiß ich nicht, ob ich Lust habe, den anderen zu folgen. Nicht etwa, weil ich mich vor eventuellen Entdeckungen fürchte, sondern weil ich Angst habe, dass wir nichts finden. Schließlich ist das hier nur ein altes Sommerhaus.

»Komm schon hoch«, lässt sich Mutters von der Akustik des Speichers seltsam verzerrte Stimme vernehmen.

Das gelbliche Licht breitet sich wie ein armseliger, kreisförmiger Fleck in der Mitte aus und reicht nicht bis in die Ecken.

»Mama, wo seid ihr?«, flüstere ich in das fast nächtliche Dunkel.

»Hier. Wir sind hier«, antwortet Magnus, der sich mit Mutter über eine aufgeklappte Klavierbank beugt.

»Was habt ihr da?«, frage ich und versuche, etwas zu sehen, ohne ihnen im Licht zu stehen.

»Alte Notizbücher. Ganz schöne. Ich glaube, er hat seine Gedichte darin aufgeschrieben«, sagt Mutter. »Mal sehen … Alles ist durchgestrichen. Wie schade. Welch eine Vergeudung.«

»Willst du sie nicht lesen? Willst du seine Gedichte nicht lesen?«, frage ich, als sie sie wieder in der Klavierbank verstaut. Damit hätte man doch eigentlich rechnen müssen, jetzt, wo er tot ist.

»Nein. Aus seinen Gedichten habe ich mir nie was gemacht«, sagt sie. »Seine Bücher über Vögel haben mir immer besser gefallen. Die stehen zu Hause.«

Ida gesellt sich zu uns.

»Wenn das Gedichte sind, will ich sie gerne lesen«, sagt sie, aber Mutter knallt die Klappe zu.

»Das ist nichts für dich.«

»Schaut mal, was ich gefunden habe.« Magnus' Stimme dringt aus einer Ecke zu uns herüber. Aus der Dunkelheit schleppt er eine Art lebensgroße Puppe hinter sich her.

Ich bekomme eine Gänsehaut, und Mutter gerät ins Wanken, ist nahe daran, in die gelbe Glaswolle zu fallen, aber dann gewinnt sie ihr Gleichgewicht wieder und hält sich an Ida fest.

Es ist eine Hexe. Eine Mittsommerhexe trägt Vaters Kleider. Eine zerrissene grüne Jacke, dasselbe Modell, das bei mir zu Hause liegt, zerlumpte Leinenhosen und Pantoffeln mit Schottenmuster. Ein unförmiger Kopf aus einem Sack, eine Schnur, die Kopf vom Körper trennt, und leere Augen, mit schwarzem Faden nachlässig gestickt. Sie schauen blicklos.

»Das war doch ein guter Fund?«, fragt Magnus. Ungeschickt versucht er, die Hexe aufzurichten.

»Wieso eine Mittsommerhexe? Warum trägt sie Papas Kleider?«, frage ich.

Michael tastet sich zu Magnus vor und betrachtet die staubige Hexe.

»Er hat mehr oder weniger am Strand gewohnt«, murmelt er. »Sagt ihr nicht, er hätte Bücher über Vögel geschrieben? Wieso sollte er nicht auch das traditionelle Johannisfest feiern?«

»Da kann natürlich was dran sein«, meint Mutter. Die Glühbirne an der Decke beginnt zu flackern. »Hier liegt einfach wahnsinnig viel Gerümpel herum«, stöhnt sie. »Da ist ja nicht mal ein grober Überblick möglich.« Sie stapelt ein paar Kisten aufeinander. »Sind das wirklich alles Bücher?«

»Nein«, meint Michael und betrachtet einen Gegenstand in der Ecke.

»Ganz allein hat er hier wohl doch nicht gelebt. Er hatte immerhin einen Hund«, sagt er. »Zumindest besaß er einen Hundekorb.«

Mutter dreht sich auf dem Absatz um. »Sieht ihm ähnlich. Vermutlich hieß der Hund Troll. Alle seine Hunde hießen Troll. Jetzt sollten wir wieder nach unten gehen, finde ich, wenn wir noch was essen wollen, bevor das große Feuer angezündet wird.«

Vermutlich denkt sie, niemand sähe, wie sie die Klavierbank öffnet und eines der Bücher herausnimmt.

»Soll ich den Kohl einfrieren, oder will ihn morgen noch jemand essen?«

Mutters Frage stößt auf einstimmiges Schweigen.

»Dann kommt er in die Tiefkühltruhe«, sagt sie.

Lotte hat mir eine Nachricht an meine Pinnwand gepostet. Sie hat keinen Nerv mehr für dieses Tarok. Sie glaubt, dass es mit K geschrieben wird. Sie hat nicht die Kraft, hat zu viel um die Ohren, kann die Konsequenzen nicht überschauen. Die *Konsequenzen*? Für wen hält sie mich eigentlich?

»Jetzt ist es wieder ganz schlimm«, sagt Michael.

»Mit Lise?«, erkundigt sich Ida, noch ehe ich diese Frage stellen kann. Wie eine Trophäe hält Michael sein Handy in die Höhe.

»Michael. Er ist wieder da. Ich habe sein Auto gesehen. Er kommt und holt mich. Ich weiß nicht, was ich tun soll. Ich habe Angst.«

»Das ist doch Wahnsinn«, sagt Mutter.

»Warum hat sie überhaupt deine Handynummer?«, frage ich, und mir fällt ein Zucken in Michaels Gesicht auf.

»Hab ich doch gesagt. Mir vertraut sie als Einzigem.«

»Dann bleibt das jetzt also an dir hängen«, sage ich.

»Du kannst diese SMS doch auch an deine Kollegen weiterleiten«, meint Mutter.

»Genau«, pflichte ich ihr bei, lese aber in Michaels Gesicht, dass das nicht so einfach ist. Es ist wieder einmal viel komplizierter.

»Darf ich weiterspielen, wenn du Lise die SMS geschrieben hast?«, fragt Magnus. Zusammen mit der Hexe sitzt er am Tischende.

Am Herd klappert es. Mutter dreht sich um. »Du kannst doch im Garten spielen. Und heute Abend gehen wir zum Johannisfest. Diese Handys.« Ihre Miene ist missbilligend. »Wenn ihr nur auf eure Handys starren wollt, könnt ihr auch in eure Zimmer gehen.«

»Ja, ja«, sagt Michael.

»Das ist mein Ernst«, entgegnet Mutter. »Ich ertrage es nicht, mit euch zusammen zu sein und doch nicht zusammen zu sein.«

Kaum habe ich die Tür geschlossen, geht es wieder los. Ich klappe die Brille hoch, lasse mich auf die Knie sinken und übergebe mich lautstark. Dann werfe ich eine Handvoll Servietten in die Schüssel. Diese Prozedur wiederhole ich, bis nichts mehr kommt. Mein Hals ist wund. Ich klappe die Klobrille herunter, setze mich eine Weile darauf und versuche, nicht zu weinen. So kann das nicht weitergehen. Ich kann es nicht länger vor mir herschieben. Vielleicht sieht man ja auch schon was. Ich meine jedenfalls, bereits eine kleine Rundung zu erkennen. Aber vielleicht habe ich auch nur zugenommen.

Lotte hat ein Foto auf Facebook gepostet. Selbst gemachtes Sushi. Offenbar hat sie dafür Zeit. Eine Freundin zu besuchen und auf eine Karte zu deuten ist offenbar zu viel verlangt, klebrigen Reis in Tang einrollen kann sie aber.

Ich höre Michael im Garten. Ich habe ihn gefragt, ob wir mit Buller am Strand spazieren gehen wollen, aber er baut jetzt erst einmal seinen Hindernisparcours fertig. Nur weil Mutter die Stimme erhebt, als seien Handys an allem schuld.

»Louise?«

Eine leise, flüsternde Kinderstimme auf der anderen Seite der Tür. Vorsichtig wird die Klinke heruntergedrückt.

»Louise?«

»Was ist, Magnus?«, frage ich und stecke mein Handy weg.

Leise schluchzend und mit ausgestreckter Hand tritt er ein.

»Hast du einen Splitter im Finger?«, frage ich, aber das ist es nicht.

»Was ist das?!«, fragt er, und da erst sehe ich, dass ihm die Unterhose um die Knöchel schlottert. Sein rundes Gesicht ist ganz geschwollen, und sein Hals hat nervöse Flecken.

Ein kleiner bleicher Wurm windet sich zwischen seinen Fingern. Ein kaum erkennbarer weißer Madenwurm.

»Wo kommt der her, Magnus?«, frage ich, weil ich nicht weiß, was ich sonst sagen soll.

»Ich hab ihn rausgepult!«, heult er mit einem vor Angst und Tränen verzerrten Gesicht.

»Magnus«, sage ich und nehme den Wurm mit einem Stück Klopapier und spüle ihn runter.

»Wasch dir die Hände«, sage ich dann und schiebe ihn zum Waschbecken. Er weint, und es ist unglaublich, dass Michael nichts mitbekommt, obwohl ich ihn ganz deutlich vor dem Fenster höre.

»Komm her«, sage ich und nehme Magnus in die Arme. »Komm her, mein Schatz.«

Ich habe vollkommen vergessen, dass der Madenwurm gar nicht das Schlimmste ist, was Magnus heute zugestoßen ist.

II

KAREN

»Schau mal, jetzt setzen sie die Hexe auf den Scheiterhaufen. Hast du das gesehen, Magnus?«, fragt Michael. Er redet die ganze Zeit auf den Jungen ein, fragt nach diesem und jenem, versucht, ihm Antworten zu entlocken, aber das Kind ist traurig, und diese Trauer ist berechtigt. Das dürfte Michael eigentlich nicht entgehen, aber er ist in sein Handy vertieft. Sagt, es sei wichtig, er müsse nur rasch Lises SMS beantworten.

Louise betrachtet ihn mit derselben Miene wie mich, wenn ich etwas Falsches gesagt habe oder wenn sie nicht die Antwort bekommt, die sie hören will.

Damals hat sie unablässig gefragt, um die Dinge besser zu verstehen, aber ich verstand sie ja nicht einmal selbst. Und dann hörte sie auf, Fragen zu stellen, und akzeptierte, dass ich die Antworten auch nicht wusste.

Jetzt hat sie wieder angefangen zu fragen. Es sind aber nicht dieselben Fragen, denn jetzt ist sie erwachsen.

Sie wohnt mit Michael und Magnus zusammen und führt ihr eigenes Leben. Sie ist nicht die Einzige, die etwas Schreckliches erlebt hat. Es gibt Kinder, die keinen Vater haben, wie Ida, die ihren verlor, noch ehe sie ihn kennenlernen konnte. Es gibt Kinder, deren Eltern anwesend und doch abwesend sind, weil sie ständig auf ihre Handys starren.

»Offenbar hat sie Solhøj mit dem Taxi verlassen«, sagt

Michael. »Niemand weiß, wohin.« Er drückt seine Fingerspitzen an die Schläfen, so als hätte er Kopfschmerzen. »Vielleicht kehrt sie zu ihm zurück.«

»Da wäre sie ganz schön dumm«, meint Louise. »Wenn sie zu einem Mann zurückkehren würde, der sie fast totgeschlagen hat.«

»Sie weiß nicht, was richtig und was falsch ist. Sie glaubt, dass sie es verdient hat.« Michael hält inne. »Jetzt ruft sie an«, sagt er. Er läuft eine Böschung hinauf und bedeutet uns, dass wir weitergehen sollen.

»Wer ist Lise?«, fragt Magnus.

»Niemand«, antwortet Louise, aber das ist keine Erklärung, und Magnus sieht sie durchdringend an.

»Das ist eine Frau, der dein Vater hilft. Es geht ihr nicht so gut. Deswegen hat sie ihn angerufen«, sage ich.

»Wie Mama. Ihr ging es auch nicht gut. Sie hat die Tasten aus dem Computer rausgerissen, und jetzt geht er nicht mehr an.«

Louise lächelt Magnus zu und drückt seine Hand.

»Wir müssen zum Feuer, bevor es runterbrennt«, sagt sie. »Schließlich ist das *deine* Hexe.«

»Das ist nicht meine Hexe«, erwidert er. »Ich habe sie bloß gefunden.«

»Mit Großvaters Kleidern«, sagt Ida, und jetzt verstehe ich, warum sie schmollt.

»Bist du *deswegen* traurig?«, frage ich. »Das sind doch nur Lumpen. Die Hexe hat er sicher selbst gebastelt.«

»Das sind aber Großvaters Klamotten«, sagt sie. Manchmal habe ich das Gefühl, dass Ida absichtlich dick aufträgt.

»Ich gehe zum Wasser runter«, sagt sie und verschwindet mit dem Hund.

»Ständig ist sie unterwegs«, sagt Louise.

Die Flammen haben die Hexe noch nicht erreicht, und es ist mehr Rauch zu sehen als Flammen. Es weht ein so starker Wind, dass nichts richtig Feuer fängt.

»Super«, sagt Magnus, als eine dichte Rauchwolke auf die Volksmenge zutreibt und alle auf die andere Seite des Feuers eilen.

»Ein richtig zünftiges Johannisfeuer«, sage ich.

»Ja, sehr schön«, erwidert Louise geistesabwesend. Sie ist in Gedanken woanders.

»Woran denkst du?«, frage ich.

»Magnus, kannst du Ida holen?«, bittet sie. »Sie wollte doch mitsingen.«

Magnus salutiert und rennt runter ans Wasser.

»Magnus hat Madenwürmer«, sagt sie und rümpft die Nase. »Das ist wahnsinnig ekelhaft. Was macht man dagegen?«

Madenwürmer. Schon bei dem Wort dreht sich mir der Magen um. Schon seit Jahren hatte ich mit solchen Dingen nicht mehr zu tun.

»Die hattest du doch auch mal. Erinnerst du dich nicht? Da warst du schon etwas älter, neun oder zehn, glaube ich.«

»Hatte *ich* Madenwürmer, wirklich?«

»Doch, doch …«

Ich muss lächeln, weil ich mich so deutlich erinnere. Mit nacktem Po kam sie mitten in der Nacht ins Schlafzimmer gelaufen und zerrte mich ins Bad.

»Was macht man dagegen?«, fragt sie erneut.

»Ich glaube, es gibt ein rezeptfreies Mittel.«

»Das müssen wir morgen besorgen.«

»Er muss mit Handschuhen schlafen, damit er sich nicht am Po kratzt.«

Sie sieht ganz verzagt aus.

»Hast du es Michael schon gesagt?«

»Ich darf es niemandem erzählen. Magnus ist es peinlich.«

»Magnus braucht ja nicht zu erfahren, dass du was gesagt hast.«

»Stimmt. Aber ich habe momentan nicht den Nerv, mit ihm zu reden, Mutter. Du siehst doch selbst, dass alles drunter und drüber geht. Er redet nur von Lise. Und von Rikke. Und dauernd über dieses Teambuilding, das überhaupt nichts für uns ist. Diese beschissene Hindernisbahn, die er im Garten aufgebaut hat.«

»Und worauf soll dieses Teambuilding hinauslaufen?«

»Ist doch scheißegal, Mama.«

»Was ist das denn für eine Ausdrucksweise, die du dir angewöhnt hast? Redest du mit den Alten im Pflegeheim auch so?«

Sie antwortet nicht. Jetzt haben die Flammen Kristians Jacke und Hose erfasst. Die leeren Augen der Hexe werden vom Feuer verzehrt. Ida und Magnus drängen sich neben uns, und der Hund bellt das Feuer an. Louise fängt wieder an.

»Er haut einfach ab«, sagt sie. »Sein Sohn und sein Hund sind ihm egal.«

Ein Pritschenwagen mit einem Orchester fährt von links an das Feuer heran. Feierliche Männer in Anzügen bestreiten die Unterhaltung. Mit todernsten Mienen halten sie sich an ihren Instrumenten fest und spielen die ersten Töne. Das *Mittsommerlied* klingt ein wenig schief, aber die Wellen übertönen es beinahe.

Sie singen die Strophe über die Hexen und die Trolle, aber Louise singt nicht mit. Ihr stehen die Tränen in den Augen, und das Feuer spiegelt sich in ihnen. Wütend blinzelt sie sie weg. Ich lege ihr meinen Arm um die Schultern, aber sie sucht die Umgebung mit dem Blick ab, mein Arm bedeutet ihr nichts.

Auch ich halte nach Michael Ausschau, aber er ist außer Sichtweite. Ich gehe los, um ihn zu holen, denn die beiden sollen nicht denselben Fehler begehen.

»Mama!«, höre ich Louise rufen, aber ich tue so, als würde ich sie nicht hören. Sie ruft wieder, aber das *Mittsommerlied* übertönt ihre Stimme.

Erst finde ich ihn nicht, weil er nicht auf dem Abhang ist. Aber dann sehe ich ihn, ein Taxi hat links vom Sandweg gehalten. Lise sehe ich auch. Es kann niemand anderes sein. Wie ein Kind schmiegt sie sich in Michaels Arme. Ihre Haare sind blondiert, und sie ist mager. Ihre Nylonstrümpfe haben große Löcher, und ihr Rock ist hochgerutscht. Einen knackigen Po hat sie nicht gerade, alles hängt, sie kippt nach hinten, ihre Knie tragen sie nicht, sodass Michael sie ständig hochziehen und stützen muss. Ob das daran liegt, dass sie verängstigt oder betrunken ist, kann ich nicht entscheiden.

Ich betrachte sie. Michael fährt ihr mit seiner großen Hand über die Stirn und flüstert ihr beruhigende Worte zu. »Nur ruhig, das wird schon wieder.«

Als ich schon glaube, dass es nur *das* ist, dass sich Lise an Michael klammert, weil sie Angst hat, küsst er sie innig. Was fällt ihm eigentlich ein? Meine arme Louise, meine schöne, kluge Louise. Was fällt ihm ein!

LOUISE

»Wo ist Oma?«, fragt Ida.

Mit Magnus an der Hand und Buller an der Leine kommt sie auf mich zu.

»Sie kommt sicher gleich«, sage ich. Mir ist wieder übel. Bislang war mir immer morgens schlecht, aber jetzt quält mich die Übelkeit ununterbrochen. Ich möchte nach Hause fahren.

»Mama …«

Ida kommt näher und lässt Magnus los. »Könnt ihr euch nicht wieder vertragen? Du und Oma. Das ist doch alles so lange her. Und Oma sagt, dass Großvater es nicht böse gemeint hat.«

Langsam drehe ich mich zu ihr um.

»Hat Oma mit dir über Großvater und mich gesprochen?«

Sie schaut über das Wasser und sieht mich dann trotzig an.

»Das ist lange her. Das war, bevor er gestorben ist. Du hast sie schließlich auch nie angerufen.«

»Was hat sie denn zu dir gesagt? Dass alles meine Schuld ist? Vergiss es. Großvater hat uns verlassen und ist nicht wieder zurückgekehrt.«

»Aber er ist doch zurückgekommen.«

»Ja. Aber da war es zu spät. Im Übrigen hast du mit Oma nicht über mich zu reden. Schließlich ist es nicht deine Aufgabe, in dieser Familie Frieden zu stiften!«

Ich betrachte Ida, sie friert im Wind und umarmt sich selbst.

»Nein!«, erwidert sie. »Aber außer mir kümmert sich ja niemand.«

Dann geht sie. Das tut sie immer. Ich folge ihr mit dem Blick und habe bereits ein schlechtes Gewissen, aber diese Angelegenheit geht sie einfach nichts an.

»Ida! Warte doch«, rufe ich, aber sie kommt nicht zurück.

Dann sehe ich Mutter den Abhang herunterkommen. Von Michael keine Spur.

»Die Hexe ist weggeflogen!«, ruft Magnus. »Sie ist auf den Blocksberg geflogen!«

Mutter tut so, als würde sie sich ärgern.

»Nein! Jetzt habe ich sie nicht gesehen! Hat sie geschrien?«

Magnus nickt mit großen ernsten Augen.

»Wo ist Michael?«, frage ich. Mutter schaut den Abhang hoch, berührt ihre Lippen mit den Fingern. Dann nimmt sie meinen Arm und zieht mich zur Seite.

IDA

Ich weine noch, als ich ihn entdecke. Er steht neben seinem Bruder. Sie unterhalten sich. William ergänzt seine Worte mit Gesten. Alle Glieder sind in eifriger Bewegung. Peder lacht. Er wirft den Kopf in den Nacken und gibt ein dröhnendes Lachen von sich. Er sieht immer so ernst und nachdenklich aus, aber wenn er lacht …

Ich wage nicht, auf sie zuzugehen. Sie bemerken mich auch nicht. Vielleicht wäre es besser, wenn ich Buller dabeihätte.

Ich entferne mich vom Feuer und von der Menge und gehe den Strand entlang. Dann setze ich mich in den Windschatten der Dünen, schaue auf den Fjord und erinnere mich, wie kalt das Wasser war. Im Wasser war ich einen kurzen Augenblick lang glücklich.

Ich lege mich hin und bin flach wie die Landschaft um mich herum. Auch buchstäblich. Fast nichts ist da, wenn ich mich hinlege.

»Ida.«

Abrupt setze ich mich auf.

»Peder?«

Ich werde rot und bekomme einen ganz heißen Kopf. Wieso habe ich mich nur hingelegt …

»Hey.« Er lächelt und sieht dabei etwas verlegen aus. »Was machst du?«

Ich stehe auf und klopfe den Sand von meinem Kleid. »Ich lag einfach da und …«

»Wurdest eins mit dem Strand?«, fragt er. Er macht sich über mich lustig.

»Kannst du mich nicht in Ruhe lassen? Ich will gerne allein sein«, sage ich. Er soll mich nicht anschauen.

»Tut mir leid, wenn ich dich erschreckt habe«, meint er und tritt ein paar Schritte zurück. Wo ist eigentlich William?

»Ich hab dich am Feuer gesehen. Du hast zu uns rübergestarrt.«

Peder lächelt, und ich werde noch verlegener. Ich bekomme einen ganz trockenen Mund und weiß nicht, was ich sagen soll.

»Das macht nichts«, sagt er. »Aber du hättest einfach rüberkommen können. Wir beißen nicht.«

Er wühlt mit seinem Fuß im Sand und vergräbt mit seiner Schuhspitze eine Muschel. Ich schweige.

»Du willst vielleicht gerne allein sein?«, fragt er. Genau das habe ich doch gerade gesagt.

»Nein. Ich will nur gerne …« Ich seufze. »Ich will nur gerne …«

Ich weiß nicht, was ich will. Ich lasse mich wieder in den Sand fallen. Mir stehen die Tränen in den Augen. Er soll weggehen. Er soll mich in Ruhe lassen, damit ich hier sitzen und mich selbst bemitleiden kann.

»Bist du traurig?«, erkundigt er sich auf einmal ganz ernst. Wie damals, als ich ihn am Steilhang getroffen habe.

Ich antworte nicht. Großvater ist tot, Mama und Großmutter reden nicht miteinander, Michael hat ein Kondom in der Jackentasche, und Peder steht in seiner schwachsinnigen Jacke da und glotzt. Für eine Jacke ist es zu warm.

»Komm«, sagt er. Er nickt Richtung Wasser und murmelt irgendetwas.

Er zieht mich hoch und ans Ufer. Wir stiefeln direkt ins Wasser, und ich weine und komme erst zu mir, als ich bis zum Nabel im Wasser stehe.

»So kannst du auch mit dem Wasser eins werden.«

»Das Wasser ist so ruhig«, sagt Peder, und jetzt bin ich ebenfalls ruhig. Direkt am Wasser liegen große Felsbrocken, und die Wellen schwappen und glucksen.

»Wollen wir wieder ans Ufer?«, fragt er, und ich nicke. Schweigend begeben wir uns an Land.

»Jetzt sind wir nass«, sage ich und schaue an mir herunter. Es ist das dritte Mal in einer Woche, dass ich unabsichtlich nass geworden bin.

»Wir gehen in den Dünen spazieren, dann bist du schnell wieder trocken«, schlägt Peder vor, und das machen wir.

Ein schmaler Pfad führt zu einer Weggabelung. Der Sand unter unseren Füßen ist glatt.

»Wieso bist du traurig?«, fragt Peder, als wir oben sind, und ich weiß nicht, was ich antworten soll. Jetzt bin ich auch gar nicht mehr traurig. Jetzt ist es mir peinlich.

»Das ist einfach manchmal so. Ich habe mich mit meiner Mutter gestritten, aber es ist eigentlich nicht … Es ist eigentlich nicht so sehr deswegen. Es ist irgendwie alles.«

Ich fühle mich erbärmlich.

Peder lächelt mich an.

»Manchmal ist die Welt eben einfach gemein. Und dann will man sich nur noch verkriechen.«

Ich nicke. Peder nickt.

»Wo ist dein Bruder?«, frage ich.

»Beim Feuer. Die Leute haben ein Auge auf ihn. Hier kennen sich alle.«

»Aber mich kennst du nicht.«

Peder sieht mich an. Dann lächelt er.

»Nein, vielleicht nicht. Aber jetzt treffen wir uns zum dritten Mal. Und ein paar Sachen weiß ich schon von dir. Du hast einen Hund. Du hast dich mit deiner Mutter zerstritten, und du bist verlegen. Ein bisschen jedenfalls.«

Er setzt sich an den Rand des Steilhangs. Seine Jacke liegt auf dem Gras. Seine schwarze Jacke, die er immer offen trägt, hängt lose wie ein Schatten an ihm herab.

»Was ist das?«, frage ich. Ein Stück Papier ist ihm aus der Tasche gefallen.

Peder hebt es auf und faltet es auseinander. Ich kenne die Schrift aus den Notizbüchern im Schuppen.

»Das ist ein Gedicht«, sagt er.

»Wovon handelt es?«, frage ich, weil es von allem handeln könnte. Peder lächelt.

»Das erzähle ich dir das nächste Mal«, antwortet er.

»Das nächste Mal?«

Er faltet das Papier wieder zusammen und reicht es mir. »Ich schenke es dir«, sagt er.

»Wirklich?«, frage ich verblüfft. Er nickt.

»Denk darüber nach«, sagt er. »Vielleicht brauche ich dir dann nicht zu erzählen, wovon es handelt.«

»Peder! Peder! Es ist so weit, Peder!«, lässt sich eine Stimme von unten vom Strand vernehmen. William. Er fuchtelt mit den Armen. Er ist groß und kräftig, wirkt aber aus dieser Höhe klein. Er sieht aus wie ein Kind, das man am Strand vergessen hat.

»Es ist so weit! Gleich ist Schlafenszeit, Peder! Noch zwölf Minuten«, ruft er. Seine Gesichtszüge sind verzerrt.

»Ich komme gleich, William. Geh schon vor, ich komme!«, ruft Peder.

»Zwölf Minuten … elf Minuten, Peder. Es ist Zeit!«, ist wieder von unten zu hören.

»Ja. Geh nur.«

»Ich gehe! Ich gehe jetzt, Peder.«

William macht kehrt. Während er am Wasser entlang zurückgeht, schaut er immer wieder über die Schulter.

»Schlafenszeit?«, frage ich und betrachte die Sonne, die noch hoch über dem Fjord steht.

»Ja.« Peder steht auf. »Wir gehen um halb zehn ins Bett. William braucht viel Schlaf und will nicht allein einschlafen, also gehen wir zusammen zu Bett. Um halb zehn. Oder …«, Peder hält inne, »ich tue zumindest so, als würde ich schlafen, dann stehe ich wieder auf.«

»Du gehst also zweimal ins Bett?«

»Ja.« Peder lächelt. »So war es immer. Außerdem gefällt es mir, abends noch mal aufzustehen. Dann kommt es mir ein bisschen so vor, als wäre …« Er klopft sich den Sand von der Hose, folgt William mit dem Blick und beendet den Satz nicht.

»Als wäre was?«

»Ein neuer Tag.«

Dann geht er, und ich folge ihm mit dem Blick. Am großen Strand wird er immer kleiner, bis er ebenfalls an ein vergessenes Kind erinnert.

Es sind immer noch Leute am Strand. Sie waten im seichten Wasser und entfernen sich in Grüppchen vom Feuer. Ich fühle mich klein und allein.

Ich nehme eine Abkürzung durch die Dünen, und es dämmert bereits. Dann höre ich weiter vorne auf dem Weg Mamas Stimme. Ich dachte, sie wären schon längst zu Hause.

»Hättest du nicht einfach die Klappe halten können, Mama? Das musste ich jetzt wirklich nicht wissen. Du hast keine Ahnung! Du kennst uns überhaupt nicht.«

»Louise.«

»Nein, Mama. Du hättest mir das nicht erzählen dürfen!«

Ich gehe in die Hocke, weil ich Angst habe, dass sie mich bemerken könnten. Ich sollte nicht lauschen, aber irgendwas ist nicht in Ordnung. Vielleicht sprechen sie endlich über Großvater.

Ich höre, dass Mama weint, und ich habe sie noch nie auf diese Art weinen hören, nicht einmal, als Großvater gestorben ist. Ich habe ein schlechtes Gewissen. Vielleicht hat Mama recht. Das geht mich alles nichts an.

»Louise, komm her«, sagt Großmutter, und ich sehe, dass sie Mama in die Arme nimmt, und bekomme Angst. Irgendetwas Schlimmes muss passiert sein.

»Ich verstehe das nicht … Ausgerechnet Lise!«, ruft Mama und tritt einen Schritt zurück. »Lise!«

»Nein. Sie war wirklich kein schöner Anblick, das war sie nicht«, sagt Großmutter.

Lise.

Das Kondom in der Jackentasche. Im Grunde hab ich's doch gewusst.

»Sie sah fürchterlich aus, erinnerte an ein verhungertes Vögelchen. Genau das.«

»Und wie sah Michael aus? Gefiel es ihm? Hat er es genossen?«

Mamas Stimme ist schrill.

»Louise, das weiß ich nicht. Ich weiß nicht, wieso er …«

»Ich gehe runter und frage ihn«, sagt sie, aber Großmutter hält sie zurück.

»Er sitzt da unten zusammen mit Magnus«, sagt sie. »Was wird jetzt aus Magnus?«

»Das hätte er sich vorher überlegen sollen.«

»Ja.«

»Ja.«

Mama geht.

Großmutter ruft hinter ihr her: »Denk doch an Magnus!«

LOUISE

Da sitzt er. Er hält Magnus auf dem Schoß wie einen Schutzschild. Ich blinzle die Tränen weg und gehe auf sie zu, obwohl ich am liebsten kehrtgemacht hätte. Mein Herz pocht wild in meiner Brust.

Ich bleibe vor ihnen stehen. Das große Feuer ist fast ganz niedergebrannt.

Er sagt Hallo.

»Papa, sieh mal, was Buller macht«, sagt Magnus, und wir betrachten den Hund, der anderthalb Meter vor uns einen Haufen macht. Die anderen haben das auch bemerkt, Buller hat stinkenden Durchfall.

»Das ist dein Hund«, sage ich zu Michael. Er antwortet nicht.

»Also wirklich!«, sagt ein Mann und nähert sich entrüstet. Ein gefundenes Fressen für so einen alten Stänkerer. Man sieht ihm an, dass er hofft, dass keiner von uns eine Tüte dabeihat. Und natürlich ist es auch so.

»Das stinkt«, sagt Magnus.

»Ich gehe davon aus, dass das Ihr Hund ist«, sagt der Mann und schaut missbilligend auf den Haufen.

»Das ist sein Hund«, erwidere ich, deute auf Michael und halte dann Magnus die Hand hin: »Komm, wir gehen nach Hause.«

Er nimmt meine Hand, und wir gehen auf den Abhang zu. Ich schaue zurück und betrachte Michael, der unbeholfen versucht, den Haufen im Sand zu vergraben. Der alte Mann regt sich immer mehr auf und brüllt irgendwas von Rücksichtslosigkeit und kleinen Kinderfüßen. Er hat vollkommen recht. Michael denkt nur an sich.

»Louise!«, ruft er, und ich beschleunige meine Schritte. Jetzt folgt er uns. Magnus ist verwirrt. Magnus kann einem leidtun.

Michael holt uns ein und versucht, mich festzuhalten.

»Du bist widerlich«, sage ich. »Was hast du bloß angerichtet?«

»Können wir nicht …« Er schaut auf Magnus und wirft mir einen vielsagenden Blick zu.

»Jetzt fällt dir auf einmal Magnus ein! Du bist ja so ungemein rücksichtsvoll. Ja, wir müssen natürlich an Magnus denken!«

»Magnus«, sagt Michael und streckt die Hand nach dem Jungen aus. Dieser versteckt sich hinter Michaels Beinen, und nur sein blonder Schopf ist zu sehen. Ich bekomme ein schlechtes Gewissen. *Ich* habe das schlechte Gewissen. Es ist Michael also wieder gelungen, die Rollen zu vertauschen.

»Magnus kann hierbleiben«, sage ich. »Es gefällt ihm in Lykkebo. Buller auch. Buller und Magnus können hierbleiben, und du packst deine Sachen und fährst nach Hause.«

Er nickt und geht neben Magnus in die Hocke.

»Papa fährt nach Hause und arbeitet. Und du bleibst hier bei Louise. Das willst du doch, oder?«

Der blonde Schopf nickt, aber seine Augen blicken skeptisch.

»Ja«, sagt er und schnieft. Ein Kind lässt sich nicht betrügen.

IDA

Peder steht an der Ecke Fasanvej/Drosselvej und scheint auf mich zu warten.

»Was machst du hier?«, frage ich.

Er lacht leise, dann schüttelt er den Kopf.

»Weiß ich nicht«, antwortet er.

Er vergräbt seine Hände in den Jackentaschen und scharrt mit den Füßen im Sand. Es ärgert mich, dass ich immer noch nicht sein Alter weiß.

»William ist eingeschlafen, und ... ich kann einfach nicht so früh schlafen.«

»Nein, ich auch nicht«, erwidere ich. Mehr fällt mir dazu nicht ein.

»Soll ich dich nach Hause begleiten?«, fragt er. »Wo wohnst du eigentlich?«

»In einem der Sommerhäuser«, antworte ich. »Ich zeig' es dir.«

Mit in den Hosentaschen vergrabenen Händen und gesenktem Blick geht er neben mir her. Plötzlich ist mir ein kleines bisschen mulmig zumute. Schließlich kenne ich ihn nicht. Außerdem finde ich es etwas merkwürdig, dass er auf mich gewartet hat.

»Wie alt bist du eigentlich?«, frage ich und bleibe stehen. Jetzt will ich es wissen.

Peder zuckt mit den Schultern.

»Alter spielt doch keine Rolle«, antwortet er. »Es besagt nicht viel.«
»Doch«, entgegne ich. »Tut es.«
»Warum?«
»Weil …« Ich breite die Arme aus. »Weil ich glaube, dass du ziemlich alt bist. Wie alt bist du denn?«
Peder hält inne.
»Siebenundzwanzig«, sagt er. »Wir sind siebenundzwanzig. Ist das wirklich so wichtig?«
Ich zucke mit den Schultern.
»Du bist neun Jahre älter als ich«, erwidere ich. »Wohnt ihr schon siebenundzwanzig Jahre lang hier? Was habt ihr in all den Jahren gemacht?«
»Wir fühlen uns hier einfach wohl. Das habe ich doch schon erzählt.«
»Ja. Aber trotzdem. Hier müssen wir nach rechts.«
»Ida.« Peder hält mich an der Schulter fest. »Warte einen Moment.«
»Was ist?«
»Kann ich dich was fragen?«
»Meinetwegen.«
Peders Nase ist recht groß, wie mir auffällt, aber nicht auf eine hässliche Art. Er hat eine schöne Nase.
»Du hast da sehr lange am Steilhang gestanden. Es sah aus, als wolltest du …«
»Hör auf«, falle ich ihm ins Wort, weil ich weiß, was er sagen will. Dass es aussah, als hätte ich Selbstmord begehen wollen. Aber das wäre mir nie eingefallen.
»Ich habe etwas in den Fjord geworfen.«
»Und was?«
»Nichts. Das spielt keine Rolle.«
Ich lächele, ziehe meinen Pullover enger um mich herum

und versuche ihm zu vermitteln, dass ich friere und es langweilig finde, hier rumzustehen. Er traut mir Selbstmordgedanken zu. Er kennt mich nicht.

»Frierst du?«

»Nein. Aber ich muss nach Hause.«

Wir gehen den Drosselvej weiter. Peder schweigt und betrachtet mich unverwandt, was mich verlegen macht. Ich streiche eine Haarsträhne hinters Ohr und ziehe meinen Rock nach unten. Er ist neun Jahre älter als ich. Er ist 27. Er ist erwachsen, ich komme mir vor wie ein kleines Mädchen.

»Dort unten«, sage ich, und wir betreten den Pfad mit den Heckenrosen.

Peder verlangsamt seine Schritte. Mitten auf dem Weg hält er inne und schaut zurück. Er sieht mich nicht mehr an.

»Was ist?«, frage ich.

»Nichts«, entgegnet er.

»Hier ist es«, sage ich und sehe, dass Michaels Auto weg ist. In der Einfahrt steht nur noch Großmutters Fiat.

»Das Haus heißt Lykkebo«, sage ich. »Eine ziemliche Ironie, denn meine Familie ist im Augenblick nicht sonderlich glücklich.«

Peder betrachtet mich mit einem befremdeten, fast abschätzigen Blick.

»Wollen wir morgen wieder baden?«, frage ich, weil ich nervös werde.

»Nein«, erwidert Peder. Dann macht er auf dem Absatz kehrt und geht davon.

»Peder?«, rufe ich. Ich folge der Gestalt in der schwarzen Jacke mit den Augen, bis nur noch eine Silhouette zu erkennen ist. Kein einziges Mal dreht er sich um.

12

KAREN

Ich breite die Decken auf der Fensterbank aus und lasse sie im Wind hängen. Es ist ein schöner Morgen. Ich kann gut verstehen, dass es Kristian hier gefallen hat. Die Vögel. Die Stille.

Michaels Auto ist weg, und das ist meine Schuld. Ich hätte einfach so tun können, als sei nichts geschehen, aber das hat Louise nicht verdient. Früher oder später hätte sie es ohnehin herausgefunden. Man glaubt, so etwas unauffällig durchziehen zu können, aber das ist eine Illusion. Früher oder später kommt sowieso alles raus.

Ich gebe mir Mühe, organisiere Ausflüge zum Friedhof und an den Strand und koche.

Kristian hat es gar nicht erst versucht, sondern gleich diesen Ausweg gewählt. Die Vögel und die Stille. Ein neues Leben.

Ich gehe in die Küche und mache Frühstück. Tomaten mit Schnittlauch und Omelette mit Champignons. Magnus muss was Ordentliches essen. Als ich den Kühlschrank öffne, fällt mir auf, dass er heute Nacht einiges von der Torte stibitzt hat. Den Rest werfe ich weg.

Der Hund liegt in der Ecke in seinem Körbchen und wedelt mit dem Schwanz.

»Sollen wir frühstücken?«, sage ich, da kommt Louise in Kristians Froschpantoffeln angeschlurft. Sie trägt sie also doch.

»Magnus schläft noch«, sagt sie und bleibt in der Küche stehen. »Der ganze Aufruhr hat ihn ganz schön geschlaucht.«

»Er kann einem leidtun«, sage ich. »Er hat heute Nacht an der Torte geknabbert. Das ganze Marzipan ist weg.«

»Das war ich, Mama«, sagt Louise.

»Du?«

Jetzt bin ich sehr erstaunt.

»Ich werde ja wohl noch ein wenig Torte essen dürfen.«

Sie lässt sich in den bedrohlich knarrenden Korbstuhl fallen. Dieser alte Plunder!

»Es tut mir wirklich leid.«

»Aber das war Magnus' Torte!«

»Daran hätte Michael denken sollen, bevor er Lise gebumst hat«, sagt sie.

»Ich habe gesehen, wie sie sich küssten, mehr nicht.«

»Mama, hör mal!«

Louise setzt sich auf und wirft mir wieder diesen vorwurfsvollen Blick zu. Unter ihren Augen sind blauschwarze Schatten zu sehen. »Natürlich hat er mit Lise geschlafen«, sagt sie. »Du kannst dir gar nicht vorstellen, wie häufig er über sie spricht. Immer geht es nur um Lise. Um Lise und um Solhøj, um irgendwelche Wohnwagen und um Teambuilding. Um mich geht es nie. Nie. Und wenn ich mal ein hübsches Kleid anziehe und mich schön mache, kommst du mit deinen Sommerhausplänen angetrampelt. Ich hab's wirklich nicht leicht, Mama!«

»Das ist nicht *mein* Sommerhaus.«

»Doch, jetzt schon.«

Der Hund dreht vor der Tür Pirouetten und muss raus.

»Und dann noch dieser verdammte Hund«, fährt Louise fort. »Für einen Hund haben wir wirklich keine Zeit! Wir haben nicht mal Zeit füreinander.«

»Und auch nicht für dich selbst?«, sage ich. »Du hast gerade mal Zeit für eine schnelle Tasse Kaffee. Aber jetzt mache ich Frühstück und will von Michael und dieser Lise nichts mehr hören.«

»Michael und Lise, wie hässlich das klingt«, sagt sie.

Ida kommt mit Magnus in die Küche. Wie Louise hat sie dunkle Schatten unter den Augen. Beide haben heute Nacht nicht geschlafen. So sieht man nur aus, wenn man kein Auge zugetan hat. Vielleicht sehe ich ja auch so aus. Abgenommen habe ich auch, was aber niemandem auffällt.

»Ich will meine Torte zum Frühstück«, sagt Magnus.

»Das geht leider nicht«, sage ich. »Die hat der Hund gefressen.«

Magnus stutzt.

»Hat Buller meine Torte gefressen?«

»Ja. Er hat heute Nacht Hunger bekommen. Und mit einem großen Happs war die Torte weg.«

»Wann kommt Papa?«, erkundigt sich Magnus.

»Er ist nach Hause gefahren, um ein bisschen zu arbeiten«, sagt Louise.

»Und wann kommt er zurück?«

»Mal sehen.«

»Willst du nicht mit Buller in den Garten?«, fragt Ida, und das will er gerne.

Er verschwindet ins Freie, und im nächsten Augenblick bricht Louise in Tränen aus.

»Entschuldigung«, sagt sie und sieht dabei Ida an. Offenbar geht es um etwas, das ich nicht mitgekriegt habe. Jedenfalls entschuldigt sie sich nicht bei mir.

»Entschuldige, dass ich dich angeschnauzt habe, aber mir geht es im Moment nicht so gut.«

Sie sieht mich an, als sei ich daran schuld, dass es ihr im Augenblick nicht gut geht, aber schließlich ist es Michael, der sie betrogen hat.

Ida beginnt ebenfalls zu weinen. Sie schluchzt.

»Ich hatte mich so gefreut«, sagt sie. »Es ist so lange her, dass wir zusammen etwas unternommen haben. Ich dachte, wir würden es nett haben, und dass ihr euch vertragen würdet.«

Sie vergräbt ihr Gesicht in den Händen. Ich glaube, dass noch andere Dinge im Argen sind. Sie ist eigentlich zu groß für eine solche Art von Zusammenbrüchen. Zwar war sie schon immer ziemlich sensibel, aber immerhin ist sie schon achtzehn. In dem Alter habe ich bereits gearbeitet. Doch das waren andere Zeiten. Wenige Jahre später habe ich dann Kristian kennengelernt.

Louise streicht Ida das Haar aus der Stirn. »Sei nicht traurig. Das ist kein Grund, traurig zu sein.«

»Großvater fehlt mir«, sagt sie, und Louise wirft mir einen Blick zu.

»Ja natürlich«, erwidert sie.

»Diese Teambuilding-Sache«, sage ich und weiß, dass Louise das nicht hören will. »Sollen wir das nicht mal ausprobieren? Nur zum Spaß?«

Weder Louise noch Ida antworten, und als Magnus mit dem Hund zurückkommt, frage ich erneut. Magnus ist begeistert.

»Ja, das machen wir! Buller und ich freuen uns schon!«, ruft er.

»Mama«, seufzt Louise und wirft mir einen vorwurfsvollen Blick zu.

»Du musst dich doch ein wenig damit auskennen«, meine ich. »Wenn Michael von nichts anderem spricht. Was ist dann der Sinn und Zweck?«

»Das weiß ich auch nicht.«

»Mach halt mit. Magnus' wegen.«

Ich schäme mich wegen des Gartens. Das kann wirklich nicht in Kristians Sinn sein, und ich verstehe nicht, warum er keinen Gärtner angestellt hat. Zumindest zum Rasenmähen. Dieser Garten könnte sehr schön sein.

Louise hat eine Decke geholt, das geblümte Plaid aus dem Wohnzimmer, und Magnus und Ida breiten es auf dem Rasen aus.

»Da stellen wir uns drauf«, sagt Louise. Wir ziehen die Schuhe aus. Es ist noch früher Morgen, der Tau dringt durch die Decke, und wir bekommen nasse Füße.

»Buller muss auch mitmachen. Buller, komm her«, sagt Magnus, und der Hund drängt sich zwischen uns. Wir haben alle nur knapp Platz.

»Was jetzt?«, fragt Ida. Sie wirkt genauso lustlos wie Louise. Im Licht des frühen Morgens sieht sie bleich und müde aus.

»Jetzt drehen wir die Decke um«, sagt Louise, »Während wir auf ihr stehen bleiben.«

»Das geht nicht«, sagt Ida. »Wir können doch jetzt die Decke nicht umdrehen.«

»Nein, das geht nicht«, pflichtet Magnus ihr bei.

»Doch, das schaffen wir«, sage ich. Natürlich schaffen wir das. Eine Aufgabe, bei der es um einfache Logik und Zusammenarbeit geht, lässt sich natürlich bewältigen.

»Erst einmal gehen wir alle in eine Ecke«, sage ich, aber sie missverstehen mich und gehen jeder in eine andere Ecke der Decke.

»Das geht ganz einfach nicht«, sagt Louise, aber jetzt bin ich stur.

»Doch, das geht«, erwidere ich.

»Doch, wir können das«, meint Magnus.

»Jetzt machen wir Folgendes«, sage ich und gebe Anweisungen und kommandiere, und plötzlich sind alle Feuer und Flamme. Und gerade als wir glauben, dass wir es geschafft haben, dass wir die Decke jetzt umdrehen können, schreit Ida:

»Igitt! Buller! Pfui!«

»Was ist?«, frage ich, aber Ida antwortet nicht. Sie macht einen unsicheren Schritt auf die Wiese und zieht sich die Hose aus. Magnus lacht sich kaputt.

»Buller hat gepinkelt! Buller hat sie angepinkelt!«, kreischt er.

»Das ist einfach zu ekelhaft«, sagt Ida, und Louise pflichtet ihr bei: »Mit diesem Hund gibt es wirklich nur Ärger.«

Offenbar bringt dieser Tropfen das Fass zum Überlaufen, denn Ida geht einfach. Sie lässt die Hose im Gras liegen, geht den Plattenweg hinunter und verlässt den Garten. Wir hören ihre Schritte auf der anderen Seite der Rosenhecke, dann ist sie weg.

»Buller hat das doch nicht absichtlich gemacht«, sagt Magnus. »Er ist doch nur ein Hund.«

LOUISE

Ich übergebe mich, spüre die Schwangerschaft und dass sie meinen Körper verändert, ich betätige die Spülung und klappe den Sitz runter. Die Toilette ist mein Rückzugsort.

Lottes neuer Status ist siebenundzwanzigmal gelikt worden. Griechenland sei super, Pool und Drinks, Sonnenaufgang und Sonnenuntergang. Frank kommentiert, dass der Himmel auch in Dänemark blau sei.

Michael hätte nicht nach Hause fahren dürfen. Er hätte um Verzeihung bitten und alles erklären sollen, hat aber den bequemsten Weg gewählt. Er lässt mich mit seinem Hund und seinem Kind allein. Und mit Mutter.

Ich höre sie auf der anderen Seite der Tür. Sie lauscht, und vielleicht hegt sie ja einen Verdacht. Sie hat mir geholfen, als ich mit Ida schwanger war, damals hat meine Schwangerschaft uns einander nähergebracht. Ich dachte, dass es immer so bleiben würde. Aber dann kam er zurück.

KAREN

Wenn ich Louise anschaue, bekomme ich ein schlechtes Gewissen. Gleichzeitig ärgere ich mich aber auch. Schließlich habe ich sie mehrere Male gefragt. Willst du nicht mit Papa reden? Ihr könntet einen Spaziergang über die Wiesen machen. Ihr könntet angeln gehen. Papa will gerne mit dir reden. Ich habe gebettelt. Papa will sich gerne entschuldigen.

Aber sie kam nie, und zu guter Letzt habe ich sie nicht mehr gefragt.

Ich will Idas Hose gerade in die Waschmaschine werfen, als ich etwas in der Tasche entdecke. Ein Stück Papier, ein Gedicht.

Wieso steckt Kristians Gedicht in ihrer Hosentasche? Das ist Kristians Gedicht. Das ist *mein* Gedicht. *Meine liebe Karen*, schrieb er in dem Brief. Es ist nicht an Ida, es ist an mich.

Aber ich kenne diese Schrift nicht. Die Schwünge des g sehen anders aus, die i's sind falsch.

Das ist nicht Kristians Handschrift.

Ich erkenne ihn an der Jacke. Er holt mich auf dem Weg ein, und erst glaube ich, dass er nach mir Ausschau gehalten hat.

»Hast du William gesehen?«, fragt er ganz außer Atem, beugt sich vor und stützt sich auf den Knien ab, während er nach Luft ringt.

»Nein«, antworte ich.

Ich habe William nicht gesehen. Ich war allein.

»Er ist abgehauen. Wir haben uns gestritten. Ich habe keine Ahnung, wo er ist.«

Peder richtet sich auf. Er sieht mich nicht an.

»Ich helfe dir suchen«, sage ich, und er hat sich bereits wieder in Bewegung gesetzt.

»Er hat sich sicher irgendwo versteckt. Von allein kommt er nicht zurück. Ich muss ihn finden.«

Peder kneift die Augen zusammen und schaut mit gerunzelter Stirn auf den Fjord. Diese Falten lassen ihn älter erscheinen. Sonst hat er immer etwas Jungenhaftes.

»Wo warst du denn gestern überall?«, erkundige ich mich, aber diese Frage will er nicht beantworten, sondern schüttelt nur den Kopf und schaut weiter auf den Fjord.

»Worüber habt ihr gestritten?«, will ich wissen, weil ich nicht weiß, wie man überhaupt mit einem Down-Syndrom-Typen in Streit geraten kann. Ich kann mir das einfach nicht vorstellen.

»Wir haben uns einfach nur gestritten«, antwortet Peder.

»Worüber denn?«, hake ich nach.

Peder schüttelt den Kopf, und vielleicht sollte ich ja wirklich nicht weiterfragen.

Wir gehen Richtung Wald. Schwere Wolken ziehen vom Fjord her über den Himmel.

Wir folgen dem Weg zwischen die ersten Bäume, und er sieht mich an. Er ist nicht derselbe wie gestern, sondern wirkt in sich gekehrt. Sein Blick ist nach innen gerichtet.

»So kann das nicht weitergehen«, sagt er.

»Was meinst du?«

»Wir sind 27, wir haben keine Ausbildung, ich habe keine Freundin. Ich habe außer William keine Familie, und William hat außer mir keine Familie. Und wenn ich jetzt plötzlich sterbe?« Er bleibt stehen. »So was kann passieren. Dann ist William allein, und allein kommt er nicht zurecht.«

»Warum solltest du plötzlich sterben?«, erwidere ich.

»Man kann nie wissen«, sagt er. Seine Stimme ist schwach, und er beginnt schneller zu gehen. »Wer weiß, vielleicht hört mein Herz plötzlich auf zu schlagen oder ein Auto überfährt mich. Ich könnte auch den Steilhang runterstürzen.«

»Das passiert einfach nicht so ohne Weiteres«, sage ich.

»Das Risiko besteht immer«, sagt Peder. »Die Welt ist ungerecht.«

»Aber worüber habt ihr überhaupt gestritten?«, frage ich wieder. Er hat mir diese Frage immer noch nicht beantwortet.

Peder seufzt.

»William will nicht in ein Heim«, antwortet er. »Aber es wird ihm nichts anderes übrig bleiben.«

»Heim?«

»Wir haben uns letztes Jahr eines angesehen. Dort hätte er ein eigenes Zimmer. Dreißig Quadratmeter. Die Zimmer haben Namen. Milchstraße und Sternenwiese, Planetennamen, so was in der Art. Er könnte in der Sternenwiese wohnen.«

»Aber er will nicht?«

»Nein. Er hat Angst. Er will nicht weg aus dem Haus, und er will nicht weg von mir.«

Peder starrt ins Dickicht.

»Aber es muss doch noch andere Möglichkeiten geben?«, sage ich.

Ich sehe Peder an. Er wirkt verärgert und beschleunigt seine Schritte.

»Es gibt keine anderen Möglichkeiten. Es gibt die Möglichkeit, dass William und ich weiterhin zusammenwohnen. Dass wir hier unser Leben verbringen. Dann tun wir jeden Tag dasselbe. Wir stehen auf und gehen ins Bett, und William ist froh.«

»Aber du willst das nicht?«

Schweigend setzen wir unseren Weg fort. Unter den Baumkronen senkt sich die Dunkelheit und vereint sich mit der Dunkelheit des Waldes. In einem Wald ist es immer dunkel.

»Gibt es denn niemanden, der euch helfen könnte? Habt ihr überhaupt keine Familie?«

»Ich bin jetzt für William verantwortlich. Ich finde ja auch nicht, dass er in ein Heim gehört. So heißt das nicht einmal, sondern betreutes Wohnen. Aber William ist gerne allein. Er will hier am Fjord wohnen. Ich kann mir ein ganzes Leben hier aber nicht vorstellen. Ich habe mich an der Schriftstellerschule beworben. Die ist in Kopenhagen.«

13

LOUISE

Wir sitzen im Wintergarten. Mama findet es kalt, schließlich sei nicht Sommer, aber Papa hielt das für Gerede. Es sei angenehm warm, meint er.

Beinahe schlafe ich in Papas Armen ein. Er sei ebenfalls müde, sagt er, er würde alt. Es ist lustig, dass er das sagt. Papa ist erwachsen, aber er ist nicht alt.

»Du bist nicht alt«, sage ich. »Du bist erwachsen.«

Ich schaue in den Garten. Es ist dunkel, der Rasen ist dunkelblau und die Schaukel schwarz, und im Wintergarten gibt es keine Lampen, sodass wir kein Licht machen können.

»Es ist gleich dunkel, Papa«, bemerke ich.

»Ja«, sagt er. »Aber die Dunkelheit ist nichts Schlechtes. Die Dunkelheit kann dich dazu zwingen, das Licht zu suchen, auch wenn du keine Lust dazu hast.«

Ich frage, was er meint.

»Du wirst auch eines Tages die Dunkelheit sehen«, entgegnet er.

Ich verstehe ihn nicht.

»Ich habe Angst«, sage ich. »Das mag ich nicht.«

»Du brauchst vor der Dunkelheit keine Angst zu haben. Die Dunkelheit ist gut. Trollen gefällt die Dunkelheit auch. Sie veranstalten sogar ein großes Fest zu Ehren der Dunkelheit. Ein Fest der Finsternis.«

»Jetzt?«

»Ja. Jetzt gerade.«

Ich spähe angestrengt in den Garten.

»Ich kann sie aber nicht sehen«, sage ich.

Ich sehe Papa an, aber er sieht mich nicht. Er spricht immer von den Trollen und von der Dunkelheit, und dann geht er in sein Zimmer und schreibt. So wie jetzt.

»Jetzt kommt Karen! Ich kann das Auto schon sehen!«, ruft Magnus. Buller bellt.

Sie hat in der Apotheke eine Wurmkur gekauft, aber auch eine Menge anderes Zeug. Sie schleppt und wuchtet Tüten und Möbel von der Rückbank.

»Ich war auf dem Flohmarkt«, ruft sie.

»Hast du das Wurmmittel gekauft?«, frage ich. Mutter wischt sich den Schweiß von der Stirn und lächelt.

»Ja, ja, ja. Hier.« Sie tastet nach etwas unter dem Sitz und wirft mir eine Tüte zu. »Er muss nur eine Tablette schlucken, dann sterben die Würmer binnen weniger Tage. In zwei Wochen muss er dann noch einmal eine Tablette nehmen.«

»Danke, Mama.«

Ich schaue in die Tüte und sehe anschließend Magnus an. Er ist rot geworden.

»Du solltest es doch niemandem erzählen«, flüstert er.

»Aber ich habe es doch nur Karen erzählt. Sie hat damit kein Problem. Das braucht dir nicht peinlich zu sein.«

»Das war ein richtiger Coup«, sagt Mutter. »Unglaublich, was man für einen Tausender alles bekommt.«

»Du hast tausend Kronen für dieses Gerümpel ausgegeben?«

Sie bugsiert zwei Stühle aus dem Auto, aber nicht die seien das Interessante, sagt sie. »Jetzt passt mal auf.«

Sie stellt etwas in den Sand. Einen Käfig mit einem Tuch darüber.

»Was ist das?«, fragt Magnus, und Mutter erlaubt ihm, das Tuch zu entfernen.

Es ist eine ausgestopfte Krähe.

Ich weiß nicht, was ich sagen soll. Wieso hat sie eine tote Krähe gekauft?

»Was willst du damit?«, frage ich. Entzückt betrachtet sie die Krähe mit zur Seite geneigtem Kopf und verschränkten Armen.

»Ist sie nicht schön?«

»Sie ist tot«, erwidere ich.

»Ja, natürlich ist sie tot. Aber sie war eine gute Krähe, das sieht man.«

»Aber wozu brauchst du sie?«

»Ich dachte, dass sie ein gutes Maskottchen abgibt.«

»Ein Maskottchen?«

»Ja. Eine Glückskrähe.«

Mutter geht in die Hocke, öffnet den Käfig und streicht mit den Fingern über die schwarzen Krähenfedern. Ich weiß nicht, was sie sich denkt. *Eine Glückskrähe*?

»Darf ich bestimmen, wie sie heißen soll?«, fragt Magnus.

»Nein«, antwortet Mutter.

Ich will schon fragen, wieso Magnus das nicht bestimmen darf, aber sie fährt bereits fort: »Das ist schon entschieden. Die Krähe heißt Krähe, und daran gibt's nichts zu rütteln. So einfach ist das. Und die Krähe ist unser Maskottchen.«

»Und was bedeutet das?«

»Dass wir uns ordentlich benehmen und von jetzt an gute Stimmung herrscht. Das haben wir so festgelegt, Krähe und ich. Sonst wird man nach Hause geschickt.«

»Das ist im Schullandheim auch so«, sagt Magnus. »Wenn man sich nicht ordentlich benimmt, wird man nach Hause geschickt. Aber zuerst gibt's einen Verweis.«

»Er kann schon sehr weit weg sein«, sagt Peder.

Ich kann mir nicht vorstellen, dass William sonderlich schnell läuft und dass er sich nach so kurzer Zeit so weit weg versteckt hat, dass wir ihn nicht finden können.

»Ist er schon öfter abgehauen?«, frage ich, und Peder reibt sich die Stirn.

»Wenn er Angst bekommt. Ich habe ihn angeschrien.«

Er schiebt Äste und Büsche beiseite, verlässt den Weg, und wir bewegen uns so schnell, wie es der Wald nur zulässt. Zweige und Blätter bleiben an Peders flatternder Jacke hängen, und die zurückschnellenden Zweige schlagen mir ins Gesicht.

»Hier hat er sich letztes Mal versteckt. Er benutzt häufig dieselben Verstecke«, sagt er.

Im Moor steht jemand.

»William, bist du das?«, ruft Peder, aber eine richtige Antwort ist nicht zu hören. Nur ein Wimmern. Eine weinende, schluchzende Gestalt im Moor, die ihre Arme ergeben hängen lässt.

»William, ich bin da!«, ruft Peder.

Da reagiert die Gestalt.

»Peder! Peder! Peder! Peder!«, ruft sie.

Vorsichtig tritt Peder an ihn heran.

»Bleib stehen«, sagt er, und William gehorcht. Seine großen Augen blicken verängstigt, und er ist im Morast versunken, der ihm bis über die Knie reicht.

»Kann ich irgendwie helfen?«, frage ich, aber niemand antwortet. Sie sind es gewohnt, alleine klarzukommen.

»Komm«, sagt Peder, der nun William erreicht hat. Es sieht vollkommen irrsinnig aus. Wie eine Szene aus einem Film.

»Ich stecke fest! Ich stecke fest«, sagt William, und das ist nicht zu übersehen.

»Du musst dich ganz still verhalten«, sagt Peder.

»Ich stecke fest! Ich stecke fest!«

Peder beugt sich vor und versucht, den Morast beiseitezuschieben, um einen besseren Überblick zu gewinnen, aber dieser verschluckt unverzüglich wieder Williams Füße, dick, klebrig und undurchsichtig.

»Jetzt will ich gerne nach Hause, Peder. Ich will jetzt gerne nach Hause.«

»Ja, aber das geht nicht! Du steckst fest, verdammt!«, ruft Peder.

»Immer mit der Ruhe, wir bekommen ihn da schon raus. Lass mich mal versuchen«, sage ich. Jetzt stehen sie beide da und lassen kläglich die Arme hängen.

Peder behält mich im Auge, während ich näher komme. Er hat sich die Haare aus der Stirn gestrichen und tritt zurück.

»Hallo, William«, sage ich.

»Wo ist dein Hund?«, fragt er. »Wo ist dein Hund? Er heißt Buller. Der Hund heißt Buller.«

»Buller ist zu Hause im Garten«, sage ich. »Wir hätten ihn beinahe geholt, damit er deine Witterung aufnimmt. Wir konnten dich nicht finden.«

»Ihr konntet mich nicht finden. Nein, das konntet ihr nicht. Weil ich weggegangen bin. Ich bin – ich bin weggegangen!«

»Das war nicht so gut«, sage ich.

»Nein, stimmt.«

Ich sehe Peder an. Entmutigt und erschöpft steht er am Rand des Moors.

»Soll ich dir da raushelfen? Willst du gerne nach Hause?«, frage ich William.

Seine Zähne klappern. Im Wald ist es ziemlich kalt, und die Sonne dringt nicht zu uns durch.

»Darf ich jetzt nach Hause?«, fragt er.

Barfuß versinkt man nicht so leicht. Ich gehe in die Hocke, streiche mein langes Haar über die Schultern zurück und bewege Williams Beine vor und zurück.

»Hast du Stiefel an?«, frage ich.

»Flip-Flops«, sagt Peder. Er kommt näher und stellt sich neben mich.

»Das sind H_2O-Flip-Flops. H_2O bedeutet Wasser«, sagt William.

»Das sind seine Lieblings-Flip-Flops«, sagt Peder.

»Es wird ihm nichts anderes übrig bleiben, als sie zurückzulassen«, sage ich. »Er muss sie abstreifen, sonst kommt er da nie raus.« Ich sehe Peder in die Augen, aber er sagt nichts, sondern reibt sich nur müde die Augen.

»William, siehst du, ich hab auch keine Schuhe an«, sage ich. »Ich bin barfuß.«

Ich bewege meinen großen Zeh. Er sagt nichts, und ich grabe mit der Hand im Schlamm, stecke bald bis zum Ellbogen im Morast. William hat große Füße.

»Du musst mithelfen, William«, sage ich, und er beginnt, vorsichtig sein Bein anzuheben. Der Flip-Flop gibt nach, sodass die Ferse frei ist, und ich schiebe einen Finger unter den Gummiriemen, schaffe es, ihn von den Zehen zu streifen. Damit ist Williams eines Bein frei. Mit dem anderen geht es nicht so leicht. William steht wackelig auf nur einem Bein, was die Situation noch verschlimmert. Er muss sich auf Peder stützen, und als der Flip-Flop nachgibt und seine Ferse sich von der Sohle löst, fängt William plötzlich an zu brüllen: »Au-au-au-au!«

»Was ist los?«, fragt Peder. »Was ist los, William?«

Ich fühle mit der Hand im Schlamm. Der Flip-Flop hat sich verdreht und Williams großer Fuß auch. Mit einer gewaltigen Kraftanstrengung zieht Peder das Bein seines Bruders aus dem Schlamm, und gemeinsam bugsieren wir William auf festen Grund.

Er lässt sich fallen und hält seinen schmerzenden Fuß mit beiden Händen.

»Kann ich mal sehen?«, fragt Peder, aber das erlaubt William nicht.

»Ich glaube nicht, dass es sehr schlimm ist«, sage ich, denn der Fuß ist weder blau noch geschwollen. Vermutlich ist es mehr der Schreck.

»Ich habe zu Hause eine Überraschung für dich«, sagt Peder, und William lächelt. Seine Augen sehen dadurch noch schräger aus.

»Was denn, Peder?«

»Das siehst du, wenn wir nach Hause kommen. Bist du jetzt genug abgehauen?«

»Ja, das bin ich, Peder. Ich bin jetzt genug abgehauen.«

»Kannst du mit dem Fuß auftreten?«

William versucht aufzustehen, aber irgendwas ist mit dem Fuß tatsächlich nicht in Ordnung. Er beißt sich auf die Unterlippe und sieht starr in die Luft, während Peder den Fuß untersucht, rüttelt, ihn hin und her dreht und an den Zehen zieht.

»Findest du was?«, frage ich.

»Ich glaube, er hat sich den Knöchel einfach etwas verrenkt«, meint er und richtet sich auf.

»Ist es weit bis zu euch nach Hause?«, frage ich.

Peder sieht erst aus, als wolle er nicht antworten, aber dann schüttelt er den Kopf. »Wir wohnen auf der anderen Seite des Waldes, gleich am Waldrand.«

Mutter hat Krähe in die Küche neben die Mikrowelle gestellt. Krähe hat schwarze Stecknadelaugen und starrt. Krähe hat einen Schnabel, der sehr spitz ist, Krähe hat Krallen. Ich mag Krähe nicht, und jetzt ist Krähe als Maskottchen in Lykkebo eingezogen.

»Was ist mit Ida los?«, fragt Mutter. Sie steht am Fenster und poliert Gläser. Es gibt keine Spülmaschine. »Benimmt sie sich nicht seltsam?«

Ich lehne mich auf dem Küchenstuhl zurück. Die Korbstühle sind bequem, aber bald fliegen sie raus.

»Sie wirkt etwas abwesend. Vielleicht langweilt sie sich«, meine ich. »Fang jetzt bloß nicht an wie Michael. Er glaubt, sie hat Anorexie.«

»Ida?« Mutter dreht sich um und sieht mich ungläubig an. »Nein, das ist unmöglich.«

»Aber das ist typisch Michael«, sage ich. »Alle brauchen wir eine Diagnose. Selbst wenn man perfekt ist, muss eine Diagnose her.«

»Und er selbst, was hat er für eine Diagnose?«, will Mutter wissen.

Daran habe ich noch nie gedacht. Michael fehlt überhaupt nichts, er ist einfach nur ein Idiot. Ein selbstverliebter Idiot, der nur an sich denkt. Und an Lise.

»Vielleicht ist ja gerade das seine Störung, also, dass er allen Leuten zwanghaft einen Psychodefekt zuteilen muss.«

Zum ersten Mal seit Langem kann ich Mutter nicht widersprechen. Vielleicht hat sie recht. Ich bin gar nicht auf die Idee gekommen, dass es um Michael selbst geht, wenn er allen Leuten eine Diagnose verpasst.

Mutter schenkt Magnus Wasser ein. Mit einer Tablette in

der Hand steht er am Küchentisch und sieht unglücklich aus. Es hat lange gedauert, ihn dazu zu überreden, mit der Wurmkur zu beginnen, und die Tablette hat er noch nicht geschluckt.

»Habt ihr's gemerkt?«, sagt Mutter. »Die Stimmung ist schon besser.«

»Etwa wegen der Krähe?«, frage ich.

»Ja. Die gibt Energie. Kristian mochte Krähen. Ansonsten war die Amsel sein Lieblingsvogel.«

»Eine Krähe ist okay«, sage ich. »Kannst du jetzt nicht diese Tablette schlucken, Magnus? Wir haben keine Lust, sie noch länger anzuschauen.«

»Aber ich weiß nicht, wie das geht«, erwidert er.

Mutter geht neben ihm in die Hocke.

»Du legst sie auf die Zunge und trinkst dann einen Schluck Wasser«, sagt sie. So einfach ist das. Magnus befolgt ihre Anweisung, und die Pille ist weg.

»Das hab ich doch toll gemacht«, meint Magnus.

»Ja, ganz wunderbar«, pflichte ich ihm bei.

Mutter öffnet die Tür zur Diele und beginnt, die Stühle nach draußen zu schleppen.

»Du könntest ruhig mit anfassen«, sagt sie. »Den Stuhl, auf dem du sitzt, brauche ich auch.«

Sie versucht, die Stühle aufeinanderzustapeln, aber bei Korbstühlen geht das nicht.

»Das geht nicht, Mama.«

Sie hält inne. Ich weiß nicht, was sie will. Sie geht auf den Flohmarkt, kauft eine Krähe und räumt auf, aber darum geht es nicht. Dann können wir genauso gut nach Hause fahren.

»Ich kann einfach nicht verstehen, warum Kristian solche Stühle gekauft hat. Das ist überhaupt nicht sein Stil. Ganz und gar nicht. Korbstühle und … Schau dir nur mal diese

Anrichte an. Was soll denn das? Und dann ist sie auch noch blau angestrichen. Und dieser ganze Nippes hier.«

»Er hat Steine gemocht. Und Seeigel«, sage ich. Die wenigen Male, die wir am Strand waren, sammelte er Seeigel. Muscheln, Seeigel und glatt polierte Glasscherben.

»Ja, aber diese Vasen da? Die sind doch hässlich.«

»Vielleicht hat er das ja nicht alles selbst gesammelt«, meine ich. »Du weißt schließlich nicht, ob er alleine hier gewohnt hat.«

»Doch, hat er«, erwidert sie.

Sie geht nach oben. Dann kehrt sie mit einem Wäschekorb zurück und knallt alle Gegenstände auf dem Fensterbrett mit raschen Bewegungen in den Korb. Flaschen, Kerzenhalter, Aschenbecher.

»Was willst du damit?«, frage ich.

»Das soll weg«, sagt sie.

»Was machst du?«, frage ich Mama, denn sie packt Papas Bücher in Kartons.

»Die sollen weg«, antwortet sie.

»Warum?«

»Darum«, sagt sie, aber darum ist keine Antwort, das sagt Dorthe, meine Lehrerin.

»Darum ist keine Antwort«, sage ich, aber Mama ist das egal.

»Dorthe sagt, dass darum keine Antwort ist«, sage ich, und gleich ist Mama sauer. Das sehe ich.

»Soll das hier auch weg?«, frage ich. Das ist eines von Vaters Lieblingsbüchern. Der alte Mann und das Meer.

»Ja, das soll auch weg.«

»Wenn ich das haben will, bekomme ich es dann?«, frage ich.

Sie dreht sich um. Schaut das Buch an und schaut dann mich an.

»Warum willst du das haben?«

»Ich will es lesen.«

»Das ist ein lächerliches Buch.«

»Aber kann ich das haben?«

»Nimm es halt, wenn es dich so interessiert.«

Mama dreht sich um, und ich gehe in den Garten zum Löwenzahn. Mit dem Daumen breche ich die Blüten ab, und der weiße Saft tropft auf meine Kleider. Das geht nie weg, sagt Mama, aber das ist mir egal.

14

IDA

Das Haus liegt am Waldrand. Von den grünen Fensterläden blättert die Farbe ab, die Vorhänge sind zugezogen. Efeu wächst an den Mauern hinauf und durch die Bretter der Veranda. Der Wintergarten ist moosbedeckt.

In der Einfahrt sind Nistkästen, Vogelhäuschen und Vogelbäder zu sehen.

»Ihr mögt wohl Vögel?«, meine ich, und Peder verdreht die Augen.

»William«, sagt er.

»Ich bin ganz wild auf Vögel!«, sagt William. »Vögel und Hunde, vor allem Golden Retriever, aber auch Cockerspaniel und Springerspaniel.« Er zählt an den Fingern ab, während er spricht. »Und Rauhaardackel und Kohlmeisen und Rotkehlchen und …«

»Schließt ihr nie ab?«, frage ich, als Peder die angelehnte Tür aufstößt.

»Wir haben letztes Jahr den Schlüssel verloren und keinen neuen machen lassen«, antwortet er.

»Habt ihr keinen Reserveschlüssel?«

»Ich weiß nicht, wo der ist.«

Es riecht sehr muffig, und ich glaube, dass das an den Teppichen liegt. Schon im Eingangsbereich liegt ein Teppich.

»Hier wohnen wir also«, sagt Peder.

»Wo ist meine Überraschung?«, fragt William. Mit großen, raschen Schritten geht er durch die Diele und eine Tür linker Hand, dann kehrt er in den Flur zurück. Mit seinen verschmierten Kleidern, Zweigen im Haar und aus dem Mund hängender Zunge sieht er vollkommen schwachsinnig aus. Offenbar streckt er die Zunge aus dem Mund, wenn er besonders ausgelassen ist. Oder er vergisst dann, sie im Mund zu behalten.

»Wo ist sie, Peder?«

»Geh ins Bad, William, dann sage ich es dir«, sagt Peder, und William befolgt diese Anweisung. Er respektiert Peder offensichtlich.

»Gemütlich habt ihr's hier«, sage ich. Aber es ist nicht gemütlich. Es ist düster.

»Das Haus ist alt und nie renoviert worden.«

Peder lässt die Rollos hochschnellen, und ein flimmernder Sonnenfächer breitet sich in der Küche aus. Die Möbel sind schwer und solide und für die kleine Küche zu groß. Auch die Flickenteppiche tragen wenig zur Gemütlichkeit bei, sondern liegen nur unordentlich herum.

»Hier müsste sich mal jemand ein bisschen kümmern«, schlage ich vor, und Peder legt den Kopf auf die Seite. »Vielleicht«, entgegnet er ohne Überzeugung. Es gefällt ihnen wahrscheinlich, so wie es ist.

Er führt mich durch ein Wohnzimmer mit dickem Teppich und offenem Kamin. Eine Glastür geht auf den Wintergarten. Dort steht eine Liege mit bestickten Kissen am Fußende.

»Du darfst sie gerne ausprobieren. Man liegt da gut. Manchmal schlafe ich auch hier draußen.«

Der Wintergarten besteht nur aus Fenstern, und ich stelle mir vor, wie dunkel es hier nachts wird.

Die Liege gibt weich unter mir nach, und ich bin plötzlich ganz müde.

»Du kannst hier liegen bleiben«, sagt Peder, und ich widerspreche nicht. Es ist lange her, dass ich richtig gut geschlafen habe, weil ich in dem Etagenbett nicht bequem liege.

Peder schaut in den Garten, öffnet das Fenster, und die Brise lässt ein Windspiel erklingen.

»Das ist aus China«, sagt er, »es fängt den Wind.«

Es ist dunkel, als ich aufwache. Jemand hat mich zugedeckt. Die Häkeldecke hat große Löcher, durch die ich meine Finger stecken kann. Vermutlich war das Peder. Ich höre Stimmen aus dem Wohnzimmer.

»Darf ich?«

»Ja … geh raus und weck sie.«

Die Tür geht auf. William hält inne, als er sieht, dass ich wach bin.

»Sie ist wach, Peder! Sie ist wach!«

»Hallo, William«, sage ich und recke mich. Ich bin ganz groggy. Es ist mir noch nie passiert, dass ich einen ganzen Tag verschlafen habe.

William setzt sich neben mich auf die Liege und lächelt im Dunkeln.

»Du hast geschlafen, bevor Schlafenszeit war«, sagt er. »Das darf man nicht. Man soll schlafen, wenn Zeit dafür ist! Und das ist um halb zehn. Das sagt Peder.«

»Wie spät ist es?«, frage ich.

»Schlafenszeit ist schon vorbei. Du musst jetzt nach Hause. Peder kann nicht schlafen. Du musst jetzt nach Hause gehen.«

»William!«, ertönt es aus dem Wohnzimmer.

»Aber das stimmt doch, Peder«, sagt William. »Die Schlafenszeit ist schon vorbei. Die Schlafenszeit ist schon lange vorbei!«

Peder kommt in den Wintergarten und knipst eine kleine Wandlampe an.

»Manchmal spielt es keine Rolle, dass die Schlafenszeit schon vorbei ist«, sagt er. »Morgen können wir ja einfach länger schlafen.«

»Das können wir nicht, Peder«, wendet William ein. »Frühstück ist um halb acht. Das weißt du doch.«

Peder lacht, als er mich sieht, und schüttelt den Kopf.

»Du musst echt müde gewesen sein«, sagt er. »Du hast fast neun Stunden geschlafen!«

Bei Peders Anblick befällt mich plötzlich wieder Verlegenheit.

»Wie spät ist es?«

»Gleich Mitternacht.«

Ich schaue hinaus. Der große Wald ist dunkel.

William faltet eine Broschüre auseinander, die er in der Hand hatte, und hält sie mir vors Gesicht.

»Was ist das?«, frage ich.

»Das ist der Zirkus«, antwortet er.

»Zirkus?«

»Am Freitag kommt ein Zirkus«, sagt Peder. »William mag den Zirkus.«

William macht große Augen und nickt zustimmend.

»Die haben auch einen Elefanten«, flüstert er mir ins Ohr. »Und Hunde. Pudel, schwarze und weiße … und ein Mädchen. Ein Mädchen wie dich, Ida. Mit Anziehsachen an.«

»Natürlich hat sie etwas an, William«, sagt Peder.

»Nicht alle Mädchen haben Anziehsachen an«, sagt William. »Manchmal haben sie auch keine an. Dann sind sie nackt, wenn sie keine anhaben.«

William betrachtet mich mit einem aufmerksamen Blick.

»Du bist auch nackt, wenn du deine Anziehsachen ausziehst«, sagt er.

»William!«, sagt Peder. »Hast du Hunger?«, fragt er mich.

»Ja, und wie. Ich muss nur schnell meiner Mutter eine SMS schicken. Die macht sich bestimmt schon Sorgen.«

Peder nickt.

»Geht das Mädchen mit in den Zirkus?«, fragt William.

»Wenn sie das will«, antwortet Peder. Er schließt das Fenster, und das Windspiel ist nicht mehr zu hören.

»Habt ihr keinen Fernseher?«, frage ich, als wir ins Wohnzimmer gehen.

»Peder will keinen«, erwidert William.

»Unglaublich«, sage ich. »Ihr lebt wirklich in einer anderen Zeit.«

Peder grinst.

»Ich halte nicht so viel von dieser Zeit«, meint er. »Wenn wir gerne einen Fernseher hätten, würden wir einen kaufen, es ist nicht, weil ...«

»Ich hätte gerne einen Fernseher!«, sagt William.

Peder seufzt.

»Ja, dann kauf dir doch einen Fernseher, William! Wenn du so viel Geld hast.«

»Die Schlafenszeit ist lange vorbei, Peder. Die Schlafenszeit ist jetzt lange vorbei.«

»Jetzt essen wir eine Kleinigkeit, einen kleinen nächtlichen Imbiss.«

Peder macht im ganzen Haus kleine Lampen an, schaltet das Radio ein, der Empfang ist schlecht, es rauscht. Dann bestreicht er einige Scheiben Schwarzbrot. Ich schreibe Mama, dass ich im Gasthaus im Ort bin, dass ich eine Freundin aus der Klasse getroffen habe. Peder schneidet die Brote in der Mitte durch und legt sie auf eine Platte, Presswurst, Leberpastete und Roastbeef. William sitzt da und betrachtet mich. Ich will nach ihren Eltern fragen, fragen, wie das geht, wie man so leben kann. Mama antwortet ironisch: »Nett, das endlich zu erfahren.«

»Magst du Senfgurken?«, fragt Peder, und ich schüttele den Kopf. Ich muss lachen. Das Ganze ist ein wenig absurd.

»Aber ich mag Rote Bete«, erwidere ich. »Wenn ihr habt.«

Dann sitzen wir am Küchentisch, auf dem Platzdeckchen liegen. William hat dreimal darauf hingewiesen, dass Schlafenszeit ist. Er hat die Broschüre vor sich auf seinem Teller liegen.

»Noch eins mit Roastbeef?«, fragt Peder.

Im Radio läuft Bob Dylan, *The Times They are A-Changing.*

»Wie ist euer Vater gestorben?«, frage ich, und Peder steht auf und nimmt ein Bier aus dem Kühlschrank.

»Er ist gestorben!«, sagt William.

Ich habe ganz vergessen, Rücksicht auf William zu nehmen. Vielleicht will Peder nicht darüber sprechen, wenn William dabei ist. Aber William will gerne darüber sprechen.

»Er ist am Morgen gestorben! Peder hat ihn gefunden. Und dann war Papa weg und der Fisch auch.«

»Der Fisch?«

William nickt. »Es lag ein toter Fisch auf dem Weg, aber Papa ist kein Fisch.«

»Nein«, sage ich.

»Nein«, pflichtet mir William bei, und damit ist diese Unterhaltung beendet.

»Na also.« Peder steht auf. »Alles aufgegessen«, sagt er. Und das stimmt, weil ich neun halbe Brote gegessen habe.

»Willst du im Wintergarten übernachten?«, fragt er, aber ich will nicht schlafen und schon gar nicht im Wintergarten, wo es kalt und dunkel ist.

»Können wir nicht noch ein wenig im Wohnzimmer sitzen?«, frage ich, aber das können wir bestimmt nicht.

»Die Schlafenszeit ist vorbei. Die Schlafenszeit ist schon lange vorbei«, sagt William. »Wir gehen jetzt schlafen.«

»Ja, okay«, antworte ich.

»Geh schon mal ins Bett, ich komme gleich«, sagt Peder, und William tut, was man ihm sagt.

»Trinkst du Rotwein?«, fragt Peder.

»Ja«, antworte ich.

»Dann mache ich eine Flasche auf.«

»Ich dachte, es ist längst Schlafenszeit?«, sage ich.

»Schon, aber … Wir warten einfach, bis William schläft, und gehen anschließend wieder ins Wohnzimmer.«

»Okay«, sage ich und gehorche.

Ich muss auf die Toilette. Das Badezimmer ist fast leer. Duschgel, zwei Zahnbürsten in einem Becher, ein Stück Seife, ein Rasierapparat, Handtücher. Das ist alles.

Ich sehe etwas schläfrig aus, aber das ist nicht so schlimm. Vielleicht liegt es an dem schummrigen Licht der Lampe, aber ich sehe wirklich sehr hübsch aus.

»Komm«, sagt Peder und zieht mich in ein Zimmer, in dem sich zwei Betten gegenüberstehen. An der Decke kleben fluoreszierende Sterne. William liegt mit der Zirkusbroschüre in der Hand auf dem einen Bett.

»Im Zirkus ist die Bühne eine Manege«, sagt er.

»Ja, aber jetzt wollen wir schlafen«, sagt Peder. Er legt sich in Kleidern auf die Decke des anderen Bettes, aber das fällt William gar nicht auf.

»Du kannst dich auf den Sessel setzen«, sagt Peder, und das tue ich. Mit übergeschlagenen Beinen setze ich mich auf den Sessel, das Licht geht aus, eine Decke wird bis ans Kinn gezogen.

»Gute Nacht, Peder«, sagt William.

»Gute Nacht, William«, sagt Peder.

»Gute Nacht«, sage ich.

Es wird still. Ich höre meine eigenen Atemzüge und versuche leiser zu atmen. Peder hat seine Augen geschlossen, glaube ich, aber vielleicht betrachtet er mich auch. Ich habe das Gefühl, dass mich jemand anschaut.

Vielleicht sind das aber auch nur die Sterne an der Decke. Dreizehn Sterne willkürlich an die Decke geklebt. Man sollte einen runternehmen.

»Jetzt schläft er«, sagt Peder, und ich schrecke bei dem Geräusch seiner Stimme auf. Ich schaue auf Williams Bett. Schwere Atemzüge heben die Decke.

Peder setzt sich auf.

»Jetzt können wir wieder ins Wohnzimmer gehen«, flüstert er, aber ich habe keine Lust, mich zu bewegen. Ich würde gern sitzen bleiben und die Sterne und Peder auf seinem Bett betrachten.

Das Radio schickt noch immer sein leises Rauschen in die Nacht, und Peder schenkt Rotwein ein.

»Ich liebe Wein«, sage ich. »Mit Wein wird es so gemütlich.«

»Ja«, meint Peder. »Wein verändert die Stimmung. Außerdem ist das hier ein Amarone. Gar nicht übel.«

»Nein, das ist ein guter Rotwein«, meine ich. Ich schwenke mein Glas, sodass der Wein von den Seiten des Glases herunterläuft. In Wahrheit verstehe ich nichts von Wein.

»Als ich klein war, trank ich, wenn Mama Besuch gehabt hatte, morgens manchmal, was noch in den Gläsern war. Es kam schon mal vor, dass da eine Zigarettenkippe drin schwamm.«

»Echt?«

»Ja.«

Peder lacht. Wir stoßen an.

»Warum willst du nicht von deinen Eltern erzählen?«, frage ich, aber er schüttelt den Kopf. »Jetzt nicht«, sagt er.

Dann sagen wir beide nichts mehr und sitzen einfach da.

Wir hören Radio und trinken Wein, und ich werde trotzdem schläfrig. Die Wärme des Wohnzimmers und der Wein. Peder legt mir seinen Arm um die Schultern und kitzelt mich am Hals. Er duftet nach Salz, Sägespänen und frischer Luft.

Ich bin Jungfrau, und meine Sinne sind wach. Etwas ist im Begriff zu geschehen, und ich lasse es zu.

Peder fährt mir zärtlich mit der Hand über die Wange, küsst mich, kitzelt mich im Nacken. Ich schiebe meine Hände unter seinen Pullover und fahre mit meinen Fingerspitzen über seinen Rücken.

Er zieht mir mein Kleid über den Kopf, und ich bin gar nicht so verklemmt, wie ich immer geglaubt hatte.

Er gibt mir einen Stups, und ich liege, und alles ist auf einmal irgendwie hemmungslos. Peder ist hemmungslos, und ich bin hemmungslos, aber ich bin Jungfrau, und das muss ich Peder sagen.

Sein Mund an meinem Hals ist nass. Ich ziehe seinen Kopf mit meinen Händen hoch.

»Ich bin noch Jungfrau«, sage ich, und etwas von der Hemmungslosigkeit wird gebändigt.

»Okay«, flüstert er, und es gefällt mir, dass er flüstert.

Und wieder spüre ich seine nassen Küsse am Hals. Er schiebt mich gegen die Armlehne des Sofas, mein BH fällt zu Boden. Jetzt bin ich fast ganz nackt. Peder ist nackt. Seine Haut ist warm auf meiner kalten Haut, seine Hände sind groß, und meine kleinen fühlen sich in seinen geborgen, die gleichzeitig behutsam und hart sind, wenn sie mich berühren und meine Arme festhalten und nach unten drücken.

Jetzt bin ich keine Jungfrau mehr, was ein seltsames Gefühl

ist. Da geschieht etwas, als sei es nicht so gedacht, er dringt in mich ein. Peders Schwanz ist in mir, und ich sehe ihn vor mir, wie er im Fjord im Wasser schaukelt. Das ist das Letzte, was ich denke, bevor ich loslasse.

Peder stöhnt nicht mehr im Takt, er bewegt sich heftiger, ist nicht mehr vorsichtig. Es tut weh. Eine fremde, schmerzende Empfindung.

Seine langen Haare fallen mir ins Gesicht, sein Brustkorb ragt über mir auf. Ich fühle mich klein. Dann breitet sich eine Wärme in mir aus, ein Zittern.

»Peder, das darfst du nicht! Peder, es ist Schlafenszeit!«

Plötzlich steht William in der Tür, alles Mögliche geht mir gleichzeitig durch den Kopf, und ich weiß nicht, wie ich mich verhalten soll. Abrupt zieht Peder sich aus mir heraus. Ich ärgere mich und bin gleichzeitig erleichtert und verlegen. Nackt liege ich auf dem Sofa, und Willam steht mitten im Zimmer. Ich halte ein Kissen mit Spitzen und Blumenbildern vor meine Brüste, sie berühren den Bezug. Peder muss sie zu fest angefasst haben, denn sie sind ganz empfindlich.

»William«, sagt Peder nur. Er hat seine Hose schon wieder an, fingert am Gürtel herum und schließt ihn rasch.

»Was macht ihr? Was macht ihr da?«, fragt William. Er hält die Zirkusbroschüre in der Hand. »Darf ich mitmachen?«, bittet er. »Darf ich nicht auch mitmachen, Peder?«

»Nein. Es ist Schlafenszeit.«

»Was spielt ihr?«

»Wir spielen nicht, Peder. Geh ins Bett.«

»Aber dann müsst ihr auch ins Bett gehen.«

William ist unnachgiebig, trotzig. Er starrt mich unbeirrt mit großen Augen an, obwohl ich nackt bin und mich nur hinter einem Kissen mit Spitzenbezug verstecke.

Peder steht auf.

»Komm, William. Jetzt gehen wir nach nebenan und schlafen«, sagt er.

»Weißt du was, Peder? Da gibt es auch einen Schwertschlucker. Und ein Todesrad. Das steht hier. Todesrad, Peder!«

Ich gehe ins Bad duschen. An dem weißen Stück Seife klebt ein Haar. Ein krauses, schwarzes Haar.

Jetzt bin ich keine Jungfrau mehr.

Ich bin keine Jungfrau mehr.

Dieses Mal weckt mich Peder. Es ist Morgen. Mit dem Rücken zu mir sitzt er auf der Sofakante und stützt seinen Kopf in die Hände.

»Was ist?«, frage ich und setze mich auf. Sogleich befürchte ich, etwas falsch gemacht zu haben, dass irgendwas schiefgegangen ist.

»Ich hätte das nicht tun dürfen«, sagt er.

»Was hättest du nicht tun dürfen?«, frage ich. Ich flüstere, und er schaut mir über die Schulter in die Augen.

»Das ist keine gute Idee, Ida, das hier. Es geht nicht, Ida.«

Ich verstehe nicht, was er meint.

»Aber was ist denn los?«, frage ich, weil er sich so sonderbar benimmt. Er sieht aus, als würde er gleich in Tränen ausbrechen.

»Es geht einfach nicht.«

Ich ziehe mir die Häkeldecke bis unters Kinn und schaue über die Sofalehne aus dem Fenster ins Gebüsch. Noch nie habe ich so viele Vögel gehört. Sie zwitschern ohrenbetäubend laut und chaotisch, was weder schön noch beruhigend ist.

»Wir brauchen es nicht wieder zu tun … wenn du nicht willst«, sage ich, aber das ist es nicht, was er hören will. Ich weiß nicht, was er will.

Mit gerunzelter Stirn tigert er im Wohnzimmer herum, und ich merke, dass sich etwas in mir zusammenschnürt. Er mag mich nicht.

»Was ist los?«, frage ich. Ich flüstere ganz leise. Und die Vögel lärmen.

»Nichts«, erwidert er.

Ich ziehe die Decke noch höher und gehe die Ereignisse der Nacht noch einmal in Gedanken durch, überlege, ob ich irgendetwas missverstanden habe.

»Bist du dir sicher, dass ich nichts falsch gemacht habe?«, frage ich.

Da dreht er sich zu mir um.

»Du hast nichts falsch gemacht«, sagt er. »Ganz und gar nicht.«

KAREN

Das ist der erste Gedanke jeden Morgen. Noch ein Tag ohne Kristian.

Nur um etwas zu unternehmen, gehe ich mit dem Hund raus. Kristian liebte Hunde und hatte offenbar auch hier einen, denn auf dem Speicher liegt ein Hundekorb. Aber einen Hund hat er nie erwähnt. Ein Sommerhaus allerdings auch nicht.

Ich bekomme in diesem Haus keine Luft. Das wird mit der Zeit schlimmer. Vielleicht werde ich Kristian hier nie finden. Ich hatte gehofft, noch einen Rest von ihm vorzufinden. Einen weiteren Brief. Aber hier gab es ein ganzes Leben, über das ich nichts weiß.

Louise versteht es nicht, sie hat es nicht durchschaut. Was

damals geschah, war meine Schuld. Sie macht ihrem Vater Vorwürfe, die er nicht verdient hat. Gott sei Dank hat sie ihm vergeben. Zumindest glaubte er das.

Ich habe die Leine vergessen, und der Hund ist schon recht lange weg. Als er bellend vom Waldrand zurückkehrt, ist er nicht mehr allein.

Ida kommt auf mich zu.

»Oma!«, ruft sie und winkt. Sie sei im Gasthaus im Ort, hat Louise doch gesagt, aber danach sieht es nicht aus. Sie ist munter und lächelt. Außerdem ist sie barfuß.

»Wer kommt denn da? Ist das Ida?«, sage ich zu dem Hund, und der ist außer sich vor Glück.

Ich umarme sie, und sie ist ganz kalt, weil sie wie immer nicht genug anhat.

»Hallo, meine Kleine. War es nett im Ort?«

»Wie bitte?«, fragt sie und bestätigt damit meinen Verdacht.

»Im Ort? War es dort nett?«

»Ja, ja«, antwortet sie und nickt. »War es.«

Sie lügt. Sie war nicht im Ort.

»Ich habe bei einer Schulfreundin übernachtet«, sagt sie dann.

Ich nicke. Wir gehen weiter.

»Wie nett, dass du einen schönen Abend hattest«, meine ich. »Den konntest du sicher gut gebrauchen.«

»Ja, es war schön, mal ein wenig wegzukommen.«

Ich deute auf ihre nackten Füße.

»Hättest du dir nicht ein Paar Schuhe leihen können?«

Sie zuckt mit den Achseln und wird rot.

»Daran habe ich gar nicht gedacht«, antwortet sie und verhält sich wie immer, wenn sie lügt. Sie lenkt dann stets mit etwas ab, reibt sich den Schlaf aus den Augen, krempelt sich die Ärmel hoch, streicht sich die Haare hinter die Ohren, aber als ich die nächste Frage stelle, tut sie nichts dergleichen.

»Wo hattest du eigentlich das Gedicht her, das ich in deiner Hosentasche gefunden habe?«

»Was?«, fragt sie und hält ratlos inne. Dann besinnt sie sich. »Ach das. Das war von einem Freund.«

»Einem Freund?«

»Ja.«

»Du hast das nicht zufällig auf dem Speicher gefunden? In dieser Klavierbank?«

Sie schüttelt den Kopf.

»Nein.«

»Was ist denn das für ein Freund?«

»Einfach nur so ein Freund.«

Sie geht weiter. Der Hund überholt uns. Er hat eine Witterung aufgenommen.

Ich sehe die Männer vom Waldrand kommen, Johannes allerdings nicht. Er wollte mich am Parkplatz abholen, ist aber nicht da, und ich bereue es bereits. Ich habe das Gefühl, nicht willkommen zu sein. Es sind gar keine anderen Frauen da, und ich glaube allmählich, dass ich die einzige bin.

Dann sehe ich ihn doch. Er trägt die komplette Ausrüstung, deren Farben mit dem Waldrand verschwimmen.

Ich winke ihm von der Autotür zu, weil ich keine Lust habe, in langem Kleid allein über den Parkplatz zu gehen.

»Karen!« Er breitet die Arme aus und umarmt mich.

Die Männer schauen zu uns herüber.

»Johannes«, sage ich.

Er lässt mich los und betrachtet mein Kleid.

»Ist das zu fein?«, frage ich.

»Du bist sehr hübsch, Karen«, entgegnet er.

Ich schlage die Autotür zu, und er führt mich zu den anderen. Ich bin die einzige Frau.

»Wann kommen eure Frauen? Ich bin doch wohl nicht die einzige?«, frage ich.

»Es kommen noch ein paar«, antwortet Johannes, und er meint buchstäblich ein Paar, denn im Keller an der langen Tafel sitzen später außer mir nur noch zwei weitere Frauen, unter anderem die Ehefrau des Gastgebers, der das Haus gehört.

»Du hättest mich nicht einladen müssen«, sage ich, aber er zwinkert mir lächelnd zu.

»Wie viele Schüsse wurden abgefeuert?«, fragt Hans-Henrik, offenbar haben sie vor der Jagd gewettet, was ich schade finde.

»Was gibt es zu essen?«, frage ich, denn das ist das einzige Thema, mit dem ich mich auskenne.

Es gibt Erbsensuppe.

»Das ist Tradition«, meint Hans-Henrik.

»Ich dachte, es gäbe Rehrücken«, erwidere ich. »Das ist sehr gutes Fleisch.«

»Wir essen gelbe Erbsen mit Speck und Wurst.«

Das klingt nicht sonderlich appetitlich, und ich lächele gezwungen. Ich glaube, sie ziehen mich auf. Aber dann wird aufgetragen, und ich betrachte mein Gegenüber, einen Mann, den ich nicht kenne. Er lächelt mich an und spürt offenbar das Unbehagen, das mich beim Anblick des grauen, gekochten Specks überkommt.

»Mein guter Freund Kristian«, sagt Johannes und nickt dem Mann zu. »Das ist seine erste Jagd.«

Ich nicke Kristian zu, und er hebt sein Glas.

Während des Essens wechseln wir einige Blicke, aber wir sprechen nicht miteinander, weil die anderen uns nicht zu Wort kommen lassen.

»Nach dem Hauptgang wird Beineraten gespielt«, sagt Johannes.

»Beineraten?«, frage ich. Am Tisch wird bereits Papier verteilt.

»Du musst raten, wie viele Beine erlegt worden sind«, sagt Hans-Henrik. »Zwanzig Kronen pro Tipp.«

»Frauen werden nicht gezählt«, ruft ein Mann, dessen Namen ich nicht weiß. Alles ist voller gelber Erbsen und Zettel, und ich begreife nicht, warum Johannes mich partout mitnehmen wollte. Er scheint sich nur dafür zu interessieren, ob bei einer Schnepfe zwei oder drei Beine gezählt werden.

»Ich gehe ein wenig nach draußen«, sage ich, und Johannes nickt und folgt mir mit dem Blick.

»Ich begleite dich«, sagt Kristian, der Mann, der mir gegenübersitzt.

Auf dem Parkplatz ist es dunkel. Einzig aus den großen Fenstern fällt Licht. Nur die Umrisse der Autos und der Wald sind zu erkennen.

»Das war also deine erste Jagd?«, frage ich. Er zündet sich eine Zigarette an und inhaliert tief, bevor er antwortet. Er hat blaue Augen, ist blond und sieht jünger aus als die anderen Männer, aber im Gegenlicht wirkt seine aufrechte Gestalt dunkel.

»Jagen ist nicht mein Ding«, meint er.

»Wieso bist du dann mitgekommen?«

»Johannes hat mich gezwungen. Er sagt, die Jagd diene dazu, den Bestand niedrig zu halten. Aber es erfüllt sie auch sehr mit Stolz, denn es ist gar nicht so einfach, einen Treffer zu erzielen.«

»Ich kann mich auch nicht dafür begeistern«, entgegne ich. »Die Tiere sind so schön.«

Kristian sieht mich an.

»Wenn die Jagd dazu dient, den Bestand niedrig zu halten«, meint er, »sollte man die Methode auch bei den Menschen anwenden.«

Er zwinkert mir zu. »In der Theorie zumindest.«

Darauf fällt mir keine Antwort ein. Er wartet auf meine Erwiderung. Ich sage, es sei kühl.

»Du hast ja auch nicht viel an«, sagt er, unterlässt es aber, mir seine Jacke anzubieten.

»Woher kennst du Johannes?«, frage ich.

»Wir kennen uns schon ewig. Wir sind seit unserer Kindheit befreundet und immer noch sehr vertraut.«

Johannes hat mich vergessen, er ist in das Ratespiel vertieft und spricht dem Gammel Dansk zu. Ich setze mich neben Kristian.

»Das ist Mads-Stage-Porzellan«, sagt er und schiebt seinen Teller in meine Richtung. »Die Vogelserie.«

»Interessierst du dich für Porzellan?«, frage ich, aber er schüttelt den Kopf.

»Ich schreibe«, erwidert er. »Auch über Vögel. Das hier ist eine Amsel.«

»Ja, das sehe ich.«

Ich schaue zu Johannes hinüber, der mich nicht bemerkt. Wozu hat er mich eigentlich mitgenommen?

»Hier sieht man auch den feinen orangenen Ring, den sie ums Auge haben, schau mal«, sagt Kristian.

»Das ist mir noch nie aufgefallen«, entgegne ich und lächle.

»Aber das ist so«, sagt er. »Und du siehst wunderbar aus, dein Lächeln ist richtig strahlend. Du könntest auch so eine Amsel mit strahlenden Augen sein.« Ich muss lachen. Er ist anders als die anderen Männer. Er schießt nicht auf Vögel. Er spricht über sie. Sieht sie.

Magnus empfängt uns in Lykkebo. Er steht in der Diele, große grüne Gartenhandschuhe an den Händen.

»Trägst du die immer noch beim Schlafen?«, frage ich verblüfft, denn dafür gibt es keinen Grund mehr.

Er nickt kleinlaut, und ich versichere ihm, dass das nicht mehr nötig ist.

»Ich muss mal«, sagt er.

»Dann geh aufs Klo. Es ist ungesund, zu lange einzuhalten.«

»Aber ich komme da nicht rein. Es ist besetzt. Ständig ist besetzt!«

Der Hund scharrt mit den Pfoten an der Badezimmertür. Das kann nur Louise sein.

Jetzt meldet sich auch noch Ida. Sie will aufs Klo und ins Bad, und zwar sofort.

»Aber ich war zuerst da«, sagt Magnus.

»Louise, was machst du?«, rufe ich.

Im Bad ist es vollkommen still.

»Bist du krank?«, frage ich. Da wird die Tür aufgerissen. Louise steht bleich und mit wirrem Haar vor uns und starrt uns an. Vor Schreck lässt Magnus seine Gartenhandschuhe fallen.

»Fängst du jetzt auch noch an?«, fragt sie. Sie ist nicht wiederzuerkennen und sieht mich wütend an. Irgendwas klebt in ihren Haaren. Erbrochenes.

»Unglaublich. Du bist genau wie Michael«, sagt sie. »Ganz genau wie er. Alle sind krank, alle brauchen eine Diagnose. Dann ist alles einfacher. Wenn wir wissen, was uns fehlt, können wir uns gegenseitig akzeptieren und wissen, wie wir uns zueinander zu verhalten haben. Wir verstehen die Situation.« Sie nickt. »So ist es doch, nicht wahr?«

»Mama!«

Ida versucht, sich ins Bad zu drängen. Sie tritt einen Schritt vor, aber Louise ist nicht zu bremsen. Zitternd vor Wut steht sie auf der Schwelle. Mit starrem Blick und zusammengekniffenen Lippen nickt sie vor sich hin.

»Dann ist alles greifbarer. Lise hat Angst, Lise fürchtet sich!«

»Louise, hör auf. Du benimmst dich ja vollkommen abartig«, sage ich.

»Abartig«, erwidert sie. »Dann bin ich eben schwanger und wahnsinnig. Ich kann ja auch eine Schwangerschaftsdepression bekommen. Dann kann Michael sich um mich kümmern.«

Sie keucht und seufzt. Langsam geht mir auf, was sie da gesagt hat. *Schwangerschaftsdepression.*

»Er kann sich nicht einmal um sein eigenes Kind kümmern. Und um seinen Hund auch nicht.«

Sie fährt sich über den Mund. Ihre Lippen sind von der Magensäure rau. Das war auch schon damals so, als sie mit Ida schwanger war.

Es wird still. Wir betrachten den Hund, Michaels Hund. Er hechelt. Aber er ist nicht nur Michaels Hund, ein Familienhund. Er gehört uns allen.

»Ich habe keine Zeit für ein Kind, Mama«, sagt Louise, und die Tränen quellen aus ihren Augenwinkeln. Da bemerkt sie Magnus. Sie war so sehr auf ihre eigene Wut konzentriert, dass sie auf den Jungen keine Rücksicht genommen hat. Magnus fühlt sich angegriffen, schiebt die Unterlippe vor und vergräbt seine Hand im Hundefell.

»Sorry, ich bin nur ein bisschen ausgerastet, Magnus«, sagt sie.

Magnus nickt.

»Bist du schwanger, Mama?«, fragt Ida. Sie kann es nicht fassen, und mir geht es genauso.

»Das geht nicht«, sagt Louise. »Ich will nicht noch ein Kind haben. Das passt nicht in unser Leben. Michael arbeitet die ganze Zeit, und wir haben schließlich Magnus. Ich weiß nicht, wie das alles weitergehen soll. Michael ist mir untreu! Und Rikke ist in der Klinik. Wir haben schließlich schon Magnus.«

Sie reißt Holzspäne aus dem Türrahmen, während sie spricht. »Jetzt bin ich auch mal an der Reihe«, sagt sie. »Jetzt geht es um mich. Um mein Leben. Und wir haben Buller, und …« Ihre Stimme wird schrill und ebbt dann in einem Schluchzen aus. »… eine beschissene Krähe!«

»Ich muss mal«, sagt Magnus, und Louise tätschelt ihm den

Kopf, als er sich vorsichtig über die Schwelle schleicht. »Entschuldigung, Magnus«, schnieft sie.

»Bist du sicher?«, frage ich.

»Natürlich bin ich sicher«, faucht sie mich an. »Spar dir deine guten Ratschläge.«

»Dann klären wir das anschließend«, sage ich, aber ich sehe ihr an, dass sie vollkommen neben der Spur ist.

»Wie wär's mit einer Tasse Kaffee in der Küche«, schlage ich vor.

»Schaff vorher diese Krähe weg«, sagt Louise. »Die bringt Unglück.«

15

LOUISE

Die Krähe starrt. Ich sitze mit dem Rücken zur Mikrowelle und dem Gesicht zum Fenster. Die Sonne dringt bereits heiß durch den Morgennebel. Sie ist ein blendendes Auge am Himmel.

In der Küche herrscht Schweigen. Magnus blubbert Blasen in seine Milch, und Ida hat Michaels Rolle übernommen und starrt auf ihr Handy. Mutter braucht zum Kaffeekochen ewig viel Zeit. Mehr als nötig. Sie versucht, die Schwangerschaft zu verharmlosen. Gleich wird sie die nächste Frage stellen. Ich kenne sie. Entweder sagt sie, *wir lassen das einfach auf uns zukommen*, oder sie erkundigt sich nüchtern: *In welchem Monat bist du denn.*

»Am Samstag ist Zirkus«, sagt sie aber dann und deutet auf eine Broschüre auf dem Fensterbrett.

Magnus wird munter und streckt die Hand nach der Broschüre aus. Mutter zeigt ihm die richtige Seite.

»Der kommt jedes Jahr«, sagt sie. »Da gehen bestimmt viele Leute aus dem Ort hin.«

Sie sieht mich an.

»Ja und?«, frage ich.

»Ich dachte nur … irgendjemand muss doch Kristian gekannt haben.«

Zum ersten Mal ergreift sie die Initiative und denkt dann

gleich, es sei so einfach. In den Zirkus gehen, Leute fragen, ob sie Vater und ein Haus namens Lykkebo kennen.

»Da könnten wir genauso gut bei den Nachbarn klopfen«, sage ich. Es sollte doch wirklich nicht nötig sein, wildfremde Menschen anzuquatschen. Schließlich geht es um ihren Mann, verdammt noch mal. »Eigentlich willst du das doch gar nicht.«

»Das sind Sommerhäuser, Louise. Da wohnen nur Touristen, die Papa gar nicht gekannt haben«, erwidert sie und stellt den tropfenden Kaffeefilter in die Spüle.

»Wie viele Tage sind es noch bis zu diesem Zirkus?«, fragt Magnus, denn er will jetzt dahin.

»Der ist erst am Samstag, das ist also noch eine Weile bis dahin. Also immer mit der Ruhe«, sage ich, denn er zappelt schon wieder herum. Erst im Schneidersitz auf seinem Stuhl, dann in der Hocke und schließlich über den Tisch gebeugt. Dieser Junge ist ständig in Bewegung.

Ich ertappe mich dabei, dass ich mir über den Bauch fahre. Zu sehen ist nichts. Das Leben dort drinnen hat noch nicht wirklich begonnen, und ich kann entscheiden, ob es überhaupt beginnen darf. Ob es ein Leben zu erwarten hat. Ich sehe ein Baby vor mir. Einen hellroten Mund, kleine Fingernägel. Der Embryo in meinem Bauch ist kein Baby.

»Ich finde, wir sollten heute einen Ausflug unternehmen«, sagt Mutter.

»Wieder auf den Friedhof etwa?«, frage ich, aber sie schüttelt den Kopf.

»Du musst mit Michael sprechen und mit einem Arzt. Nur ein Arzt kann dir bestätigen, dass du schwanger bist.«

»Wie? Aber daran besteht überhaupt kein Zweifel, Mutter. Ich bin schwanger.«

Ein Streifen Gelb und Blau folgt uns auf beiden Seiten der Landstraße. Rapsfelder und Himmel. Diese klaren Farben erwecken etwas in mir. Die Erinnerung an Sommer und Kindheit.

»Idyllisch«, sagt Mutter. »Wir hätten einen Picknickkorb mitnehmen sollen. Und eine Thermosflasche. Dann hätten wir irgendwo am Straßenrand Kaffee trinken können.« Sie fährt sehr langsam.

»Gibt es keine Klimaanlage?«, frage ich, aber so einen vornehmen Unsinn braucht sie natürlich nicht, Gott bewahre. Außerdem bekomme man von diesem Airconditioning eine Erkältung.

»Kannst du nicht etwas schneller fahren? So angenehm ist es hier drin auch wieder nicht.«

»Jetzt sitze nun einmal ich am Steuer, und hier am Steilhang ist Vorsicht geboten.«

»Soll nicht lieber ich fahren?«

»Nein.«

Das Kind, das ich erwarte, erwähnt sie mit keinem Wort. Dabei hat sie gerade erst erfahren, dass ich schwanger bin. Nicht mal Michael weiß davon.

»Also, diese Tarotkarten«, meint sie, vermutlich um überhaupt etwas zu sagen. Das interessiert sie doch überhaupt nicht. Schon lange interessiert sie nichts mehr. Sie überlässt die anderen einfach ihrem Leben.

»Was ist damit?«

»Für solche Dinge hast du dich doch noch nie interessiert, oder?«

»Das kannst du doch gar nicht wissen, Mama. Habe ich durchaus. Ich habe viele Interessen, von denen du nichts weißt.«

»Und was ist der Sinn und Zweck? Ist das nicht alles Unsinn?«

»Nein.«

»Und was ist mit deiner Arbeit? Macht sie dir keinen Spaß mehr?«

»Warum sollte sie mir keinen Spaß machen?«

»Weiß ich nicht. Ich dachte nur, weil du alles Mögliche andere machst.«

»Alles Mögliche andere? Was meinst du damit?«

Sie schüttelt den Kopf.

Auch ich schüttele den Kopf, und zwar über sie. Dann konzentriere ich mich auf die Straße. Ich halte es fast nicht aus, mit ihr in einem Auto zu sitzen.

»Sollen wir eine Kassette hören?«, fragt sie.

»Eine Kassette?«

»Ja … oder, jetzt heißt das ja wohl CD. Hier, Hansi Hinterseer.«

»Mama, also bitte.«

»Warum nicht?« Sie legt eine CD ein und beginnt, einen fürchterlichen deutschen Schlager mitzuträllern.

»Mama, hör schon auf«, sage ich. Und ich glaube tatsächlich, dass ihr dieses Lied gefällt, denn sie sieht etwas pikiert aus.

»Was soll ich Michael sagen?«, frage ich. »Ich weiß nicht, was ich ihm sagen soll.«

»Du kannst ihn ja fragen, wie es Lise geht.«

Ich schnaube verächtlich. »Ich kann ihn ja fragen, ob Lise nicht eine Woche in Lykkebo gebrauchen könnte. Ein wenig frische Luft, ein wenig Blitz und Donner und ein wenig Teambuilding.«

»Prima, dann könnt ihr alle drei im Gästehaus wohnen.« Mutter lacht, und ich betrachte sie von der Seite. Sie hat sich richtig aufgebrezelt: lila Lidschatten, elegante Bluse und Perlenohrringe. Es ist gar nicht ihre Art, sich so herauszuputzen.

»Ist das eigentlich mein Lidschatten?«, frage ich, und sie sieht ertappt aus.

»Das ist Zufall. Ich war in Gedanken.«

»Warum hast du dich eigentlich so in Schale geworfen?«

KAREN

Wir biegen in die Slotsallé ein. Die Häuser hier sind prächtig. Villen, die aussehen wie Schlösschen ohne Turm. Auf einem Schild am Straßenrand ist ein Mädchen mit einem roten Ballon abgebildet. »Pass auf mich auf«, steht darauf, aber auf der Straße spielen keine Kinder, auf die achtgegeben werden müsste. Die sitzen geborgen zu Hause, und ich denke, dass ich langsam alt werde.

»Wo sind denn die spielenden Kinder?«, frage ich Louise, aber sie antwortet nicht.

»Kannst du hier halten? Ich will nicht, dass Michael das Auto sieht«, sagt sie, und ich parke.

»Was machst du in der Zwischenzeit?«, fragt sie, aber ich will ihr nicht verraten, was ich vorhabe.

»Ich gehe in irgendein Café«, sage ich ausweichend. »Schick mir einfach eine SMS, wenn du abgeholt werden möchtest.«

Louise nickt und geht den Bürgersteig entlang. Sie schaut zu Boden, und ich überlege mir, ob sie immer noch die Ritzen zwischen den Platten zählt wie früher als Kind. Aber sie ist natürlich kein Kind mehr.

Ich fahre wieder auf die Hauptstraße und auf mein eigentliches Ziel zu. Der Lidschatten sieht ganz verkehrt aus, ich erkenne mich kaum wieder.

Die Glaskaraffe mit dem Verschluss, der aussieht wie ein Prisma, ist eine Antiquität und stand im Glasschrank im Wohnzimmer. Mir gefällt der Gedanke, dass das Großvaters Portwein war.

Der Geschmack, Tabak und Pflaume, ist süßlich und alt. Er liegt mir noch lange auf der Zunge, und ich lehne mich auf dem Gartenstuhl zurück.

Mamas Schwangerschaft ist total absurd. Deswegen war sie auch so geistesabwesend. Wie auch als Großvater starb. Ich überlege, im wievielten Monat sie ist und ob überhaupt noch ein Abbruch möglich ist.

Magnus kommt mit Buller auf den Fersen angerannt. »Wollen wir nicht spielen, dass ich der Zirkusleiter bin?« sagt er.

»So heißt das nicht«, sage ich.

»Ja, aber ich bin der, der den Zirkus leitet.«

»Zirkusdirektor.«

»Meinetwegen, dann will ich eben Zirkusdirektor sein, und du bist die Seiltänzerin.«

»Okay, dann bin ich die Seiltänzerin«, sage ich, und er kehrt in die »Manege«, Michaels Hindernisbahn, zurück.

Bald gibt es vielleicht einen kleinen Kindermund, der zum ersten Mal Mama und Papa sagt. Und Ida.

Mutter sagt immer, dass ich die Sachen unnötig dramatisiere, aber ich glaube, dass sie diese Sache mit Michael dramatisiert. Ich glaube nicht, dass es so schlimm ist. So ist Michael nicht.

Aber dann erinnere ich mich an das Kondom in der Jackentasche. Michael hatte Sex mit Lise, so viel ist sicher.

»Ida!«, höre ich jemanden rufen. Das kann nur William sein. Er taucht auf der anderen Seite der Rosenbüsche auf.

»Ich muss mal, ich beeile mich, ich muss mal, ich beeile mich«, sagt er atemlos und quetscht sich hastig durch die Tür in die Diele. Ich stehe auf, um ihm zu sagen, dass die Toilette links von der Küche ist, aber das weiß er offenbar bereits, denn ich höre die Tür zuschlagen.

LOUISE

Auf den Gedanken, dass Michael nicht da sein könnte, bin ich gar nicht gekommen. Jetzt, wo ich mich endlich aufgerafft habe. Ich habe mir vorgenommen, ihm von der Schwangerschaft zu erzählen, ihm zu erzählen, wie es mir damit geht, ihn zu fragen, wie es so weit kommen konnte, und jetzt sitze ich im Garten, auf einem blauen Plastikstuhl mit Vogeldreck, und er ist nicht zu Hause.

Ich habe vergessen, den Schlüssel mitzunehmen, und bin den Tränen nahe. Ich würde jetzt gern ein Bad nehmen oder ewig unter der Dusche stehen, aber jetzt sitze ich hier.

Ich kann mir vorstellen, wo Michael gerade steckt. Zu Hause bei Lise, im Wald mit Lise, *in* Lise.

»Louise! Meine Güte! Hallo, Louise.«

Ich stehe gerade wieder auf dem Bürgersteig, als ich Lotte höre und auf der anderen Straßenseite erblicke. Dafür habe ich jetzt wirklich keine Nerven übrig. Ich drehe mich zum Briefkasten um, schiebe die Finger durch den Schlitz und überlege, welche Möglichkeiten ich habe. Ich kann sie ignorieren, mich in der Garage verstecken oder in den Garten zurückrennen.

»Hey!«

»Hey, Lotte«, sage ich, und es lässt sich nicht ändern. Sie ist hübsch und fröhlich. Ihre Haut ist braun gebrannt, und ihre Locken sind von der Sonne gebleicht. Sie trägt enge Shorts und ein durchsichtiges Top, muskulöse Waden vom ständigen Joggen hat sie auch. Ich weiß, wie ich selbst aussehe. Ich bin sommerhausverknautscht und habe Ringe unter den Augen.

»Geht's gut?«, frage ich, und sie gibt mir Küsschen. Ihre großen Locken sind wirklich überall.

»Alles ist ganz wunderbar«, antwortet sie und seufzt zufrieden. »Manchmal muss man einfach positiv sein und zugeben, dass es einem gut geht. Wir sind gerade aus Griechenland zurückgekommen. Ich muss dir sagen, Louise, so etwas habe ich noch nie erlebt. Dieses Wasser … so unfassbar blau. Außerdem war es ein Hotel nur für Erwachsene. Kannst du dir das vorstellen? Ich glaube, dass das Hotel deswegen auch noch den letzten Stern bekommen hat. Und es gab nicht nur ein Büfett, sondern ein ganzes Dutzend. Obst, Gemüse, Fisch, Käse, Eier. Ein ganzes Büfett nur für Eier. Weich und hart gekochte, Spiegelei, Rührei, Eierpfannkuchen, alles! Das war ganz …« Sie lächelt und schüttelt den Kopf, als könne sie es nicht fassen, dass sich Eier auf so viele Arten zubereiten lassen.

»Das klingt ja super«, sage ich.

»Ja, war es auch«, entgegnet sie. »Und bei dir? Ist das Sommerhaus schön? Auf Facebook habe ich gesehen, dass Lis und Ivan ihres verkaufen. Es hat allerdings weder Meerblick, noch ist es in sonderlich gutem Zustand. Eher rustikal, aber das hat ja auch seinen Charme. Ich glaube aber, eures wäre mir lieber.«

»Es ist aber nur ein alter Schuppen«, sage ich, »mit durchgelegenen Matratzen und einem verwilderten Garten.«

»Aber weißt du was?« Lotte stützt sich mit den Armen auf unseren Briefkasten und nickt nachdenklich. »Manchmal ist es einfach nett, ein wenig von allem wegzukommen. Du weißt, was ich meine. Frische Luft und ein freier Himmel. Das brauchen wir alle.«

Ich nicke.

Lotte lächelt. Sie hat strahlend weiße Zähne. Sie hat sie sich bleichen lassen. Zwei Monate lang musste sie Kaffee durch einen Strohhalm trinken, um nichts zu verderben.

»Was machst du hier? Ist dir deine Mutter auf die Nerven gegangen?«, fragt sie.

»Michael musste arbeiten, und ich will ihn abholen.«

»Ihn abholen?«

»Ja. Ich muss mich bewegen. Wir arbeiten an unserer Fitness. Lange Spaziergänge, Radfahren. Wir überlegen, ob wir nicht für Team Rynkeby trainieren und mit dem Rad nach Paris fahren sollen.«

»Alle Achtung! Dann musst du aber auch an meiner Zumba-Gruppe teilnehmen! Weißt du was, das wird dir liegen, Louise.«

»Ich habe leider keine Zeit …«

»Natürlich hast du Zeit, das ist doch bloß eine Stunde in der Woche im Fitnesscenter.«

Ich gehe los.

»Ich muss weiter«, sage ich. »Michael wartet.«

»Wir haben den gleichen Weg«, erwidert Lotte. »Ich muss kurz zum Arzt.« Sie lächelt. »Hab da so einen übel riechenden Ausfluss. Mit so was soll man nicht warten«, meint sie, um sich dann wieder dem Thema Griechenland zuzuwenden. Sie fährt fort, die übrigen Büfetts zu beschreiben, und ich denke an Michael und überlege, ob ich ihm wirklich von der Schwangerschaft erzählen soll. Plötzlich kommen mir leise Zweifel.

»… Man konnte die ganze Nacht draußen sitzen, wenn

man Lust hatte. Richtig laue Nächte, und alle Blumen duften total toll. So ein exotischer Duft. Das ist was ganz anderes als die Nächte in Dänemark. Hier duftet überhaupt nichts.«

»Sie duften nach Heckenrosen«, wende ich ein. »Jedenfalls in Lykkebo. Die Nächte duften nach Heckenrosen.«

16

KAREN

Ich mache mir nichts aus großen Tieren, vor allem Pferde haben mir immer Angst eingejagt. Als wir zuletzt hier waren, zwang mich Kristian, einen schwarzen Hengst zu füttern. Die Möhre war klein und krumm und meine Hand winzig. Die Unterlippe hing vom riesigen Maul des Pferdes herab. Grashalme steckten zwischen seinen Zähnen. Ich wollte ihm über seine weichen Nüstern streichen, aber er schnappte nach mir und hätte fast meinen Finger erwischt. Ich ärgerte mich über Kristian, der sich kaputtlachte und sagte, ich sei albern und sollte dem Pferd die Möhre auf meiner ausgestreckten Hand hinhalten.

Mein Blick sucht nach dem Hengst, aber die Boxen sind leer. Nur ein scheckiges Pony steht einsam am hintersten Ende des langen Stallgebäudes. Es sieht mich neugierig an und schmatzt laut.

»Gutes Pony«, sage ich und nicke ihm zu. Sicher hätte es gerne eine Mohrrübe, aber ich habe keine. Pferde spüren, wenn man nervös ist. Ich versuche also, mich dem Pony ohne Nervosität zu nähern und ihm das Maul zu streicheln.

Reitschulen sind immer so schmutzig. Ich überlege, ob das bisschen Lidschatten bereits zu viel ist, Louise ist er ja auch aufgefallen. Ich wische das meiste weg. Ich lege an sich keinen Wert darauf, um jeden Preis gut auszusehen, aber Oluf ist Aussehen sehr wichtig. So ist das bei alten Männern. Sie schauen sich gerne schöne Frauen an. Das wollte Kristian auch.

Oluf bedeutet mir nicht viel, aber trotzdem soll er mich attraktiv finden. Ich will nicht aussehen wie eine verknöcherte Witwe, eine traurige alte Frau.

Er steht hinter einer halbhohen Betonmauer im Gang zwischen den Boxen und spritzt eine lebhafte Stute mit einem Schlauch ab. Er bemerkt mich nicht, das Wasser rauscht laut, und das Pferd scharrt mit den Hufen.

Unglaublich, wie gut er sich gehalten hat. Vielleicht hatte Kristian recht, vielleicht hat er wirklich mit dem Trinken aufgehört.

Er hebt die Hufe der Stute an und reinigt sie mit geübten Bewegungen. Dann gibt er ihr einen Klaps, schnalzt mit der Zunge und ist mit dem Abspritzen fertig. Er rollt den Schlauch auf und hängt ihn an eine Halterung an der Mauer.

»Oluf«, sage ich und hebe meine Hand. Dann mache ich einer Gruppe Mädchen mit Reithelmen Platz.

Er hakt am Halfter der Stute eine Leine ein und schaut mich von der Seite an.

»Was willst du, Karen?«, fragt er.

Genau diese Reaktion hatte ich befürchtet.

»Nur mit dir reden, Oluf.«

»Kann ich mir denken, aber ich will nicht mit dir reden«, entgegnet er. Mit großen Schritten zieht er das Pferd hinter sich her, ich eile in gebührendem Abstand hinterher, denn ich will es nicht riskieren, den Hufen der Stute zu nahe zu kommen.

»Es dauert nicht lang«, rufe ich. »Oluf. Es geht um Kristian.«

Er antwortet nicht, und ich warte, bis er mit der Stute fertig ist.

»Also, was willst du?«, fragt er schließlich. Er kaut Tabak, und seine Zähne sind schwarz, aber im Übrigen ist er ein schöner Mann, groß und schlank.

»Können wir zu dir hinaufgehen?«, frage ich.

»Willst du auch noch Kaffee haben?«, erkundigt er sich.

»Wenn du einen hast«, erwidere ich, und er brummt etwas fast Unhörbares wie »Verdammte Weiber« oder so.

Vor vielen Jahren war ich einige Male hier. Ich erinnere mich, dass man Olufs Zweizimmerwohnung mit ihren Dachschrägen, die nicht größer als 40 Quadratmeter sein kann, über eine Treppe vom Mittelgang des großen Stalles aus erreicht.

Es riecht nach Pferd. Klitschnasse Reithosen hängen zum Trocknen auf einem kalten Heizkörper. Er ist in diesen Dingen genauso unbegabt wie sein Bruder.

»Du musst sie raus in die Sonne hängen«, sage ich, aber er gibt nur ein Brummen von sich.

»Die hängen gut da«, meint er dann.

Er stellt eine Thermoskanne auf den kleinen Esstisch an der Wand. Es gibt nur einen Stuhl, und er zieht unter der Spüle einen Hocker hervor. Dann nimmt er eine Rolle Plätzchen aus dem Schrank, lässt sich schwer auf den Stuhl fallen und gießt den lauwarmen Kaffee ein.

»Der ist von heute Morgen«, sagt er.

»Bestens«, erwidere ich.

Wir schweigen eine Weile, und die Geräusche aus dem Stall dringen zu uns herauf. Hufe und kreischende Mädchen. Man hört alles.

Oluf betrachtet mich, und ich nippe an meiner Tasse.

»Jetzt ist Kristian tot«, sagt er.

Ich nicke. In der stickigen Luft wird mir unwohl und schwindlig. Oluf erinnert mich an damals. Es ist so lange her und trotzdem so nahe. Er sieht immer noch aus wie früher. Und wie Kristian.

»Ja«, erwidere ich. »Wer hätte das gedacht. Dass es so kommen würde.«

Er räuspert sich. »Hat er was gesagt?«

»Was hätte er sagen sollen?«

»Er wusste schließlich, dass er sterben würde. Da muss er doch etwas gesagt haben?«

»Es ging so schnell. Er ist einfach hinübergeglitten.«

»Aber gesagt hat er nichts?«

»Nein.«

Oluf reibt sich das Kinn.

»So ist das Leben. Er war eben als Erster dran. Er war uns immer einen Schritt voraus«, sagt er, als spräche er mit sich selbst. »Kristian war in Ordnung, das muss man schon sagen.«

Er nimmt ein Plätzchen aus der Packung und tunkt es in seinen Kaffee.

»Das hat Kristian auch immer gemacht«, sage ich.

»Das haben wir immer so gemacht. Willst du mir jetzt vielleicht verraten, warum du hier bist?«

Ich nicke. Oluf zieht seine Reitstiefel aus. Anscheinend ist er mittlerweile ein wenig steif in den Gelenken. Dann lehnt er sich mit den Ellbogen auf den Tisch und faltet die Hände, weil er nicht weiß, was er sonst mit ihnen anfangen soll. Er schaut mich nicht mehr an.

»Du weißt, was Kristian in diesem Sommerhaus, in Lykkebo, gemacht hat.«

»Ich weiß überhaupt nichts«, antwortet Oluf und krümelt dabei auf den Tisch. »Ich weiß, dass er ein Sommerhaus gekauft hat. Ich weiß aber nicht, was er dort gemacht hat, und wenn ich es wüsste, wärst du die Letzte, der ich es erzählen würde.«

»Kristian war mein Mann. Ich habe ein Recht darauf, es zu erfahren, Oluf.«

»Von wegen. Du hast überhaupt kein Recht auf irgendwas. Du hättest gar nicht herkommen dürfen. Du solltest jetzt besser gehen.«

Abrupt steht er auf. Seine Hände zittern. Er gießt etwas in ein Glas, eine klare Flüssigkeit, und trinkt das Glas in einem Zug leer.

»Das kannst du gar nicht beurteilen«, sage ich und merke, dass auch meine Hände zittern. Oluf weiß Bescheid. Er weiß, was Kristian in Lykkebo getan hat.

Ich seufze.

»Das ist so lange her«, sage ich. »Wir haben einander vergeben. Das weißt du. Was damals geschah … bedeutet nichts.«

Oluf kehrt zum Tisch zurück und beginnt, irgendwelche Papiere zu ordnen. Er sieht mich von der Seite an, als wäre er erstaunt, dass ich immer noch nicht gegangen bin.

»Kristian hat in der Zeit danach bei mir gewohnt, ich weiß alles«, sagt er.

»Dann weißt du auch, was er in diesem Sommerhaus gemacht hat.«

»Ja, das weiß ich, Karen. Aber von mir erfährst du nichts.«

Es gehört viel dazu, bis ich wütend werde, nur ein großer Tropfen bringt das Fass bei mir zum Überlaufen, aber dass sich Oluf regelrecht über meine Machtlosigkeit freut …

»Jetzt hör mir mal gut zu«, beginne ich, und meine Stimme zittert. »Kristian und ich haben einander geliebt. Nur das bedeutet etwas. Alles andere, *du* weißt schon, ist egal. Das geht nur mich etwas an. Aber Kristian muss sich einer Tochter und einer Enkelin gegenüber verantworten, und die haben ein Recht darauf, die Wahrheit zu erfahren.«

Lotte redet immer noch, und ich bin erleichtert, als wir die Kirche umrundet haben. Denn jetzt trennen sich unsere Wege.

»Dabei gibt es noch so viel zu erzählen«, meint sie.

»Stimmt«, sage ich.

»Hast du übrigens gesehen, dass Lone schon wieder schwanger ist?«, plappert Lotte weiter. »Dabei werden einem schon jetzt ihre ewigen Babyfotos zu viel. Jetzt hat sie auch noch mit Videos angefangen. Man könnte fast kotzen. Ich glaube, ich blockiere sie jetzt. Ich überlege schon seit Längerem, ob ich nicht alle Leute löschen soll, mit denen mich ohnehin nichts verbindet. Sie posten ja selbst nichts, sondern schmarotzen nur bei uns.«

»Lotte, ich muss weiter«, unterbreche ich sie. »Michael wartet.«

»Ja, ich weiß, ich rede zu viel, aber wozu hat man sonst seinen Mund? Wir haben schon so lange nichts mehr zusammen unternommen. Sollten wir nicht bald …«

»Bis bald, Lotte«, sage ich und gehe weiter.

»Tschüs, Süße!«, ruft sie.

Ich bleibe vor der Kirche stehen und betrachte Rheas Balkon auf der gegenüberliegenden Straßenseite, noch eine Gelegenheit, die Dinge hinauszuzögern. Der Gedanke an Michael und seine Entschuldigungen ist unerträglich. Falls er überhaupt vorhat, sich zu entschuldigen.

Sie versucht sich die Nägel zu lackieren, aber die Zehen kriegen das meiste ab.

»Hallo, Rhea. Soll ich das vielleicht übernehmen?«, frage ich von der Balkontür aus, und sie lächelt.

»Louise, wie schön!«, sagt sie und streckt mir die Arme entgegen. »Komm, setz dich.«

Ich nehme auf einem mit Blütenstaub bedeckten Gartenstuhl Platz und rücke damit neben den Hocker, auf dem Rheas knorrige Füße liegen.

»Bist du nicht im Sommerhaus? Bist du nicht bei deiner Familie? Hier hast du doch gar nichts verloren«, sagt sie.

Ich fange an zu weinen.

»Doch«, sage ich. »Ich wollte herkommen. Weil Michael mit einer anderen im Bett war und … weil ich schwanger bin.«

»Aber, aber«, sagt Rhea. Sie rappelt sich mühsam hoch, tätschelt mir den Kopf und streichelt mir die Wange.

»Der ist doch nicht ganz bei Trost«, sagt sie, beginnt auf Griechisch zu schimpfen, und ihre Stimme ist sicher im ganzen Pflegeheim zu hören.

Als sie fertig ist, legt sie mir eine Hand auf den Bauch. Rhea macht keine Umstände. Es gibt keine Moralpredigten und keine guten Ratschläge. Sie legt einfach ihre Hand auf meinen Bauch. Eine altersfleckige Hand mit blaulila Adern. Eine fast hundert Jahre alte Hand auf meinem Bauch mit dem Embryo, der sein Leben noch nicht begonnen hat und gleichermaßen tot und lebendig ist.

Ich entdecke Michael sofort. Er sitzt rauchend auf der Bank vor dem Haupteingang und springt auf eine lächerliche Art auf, sobald er mich erblickt.

»Louise«, sagt er nur. Er weiß, dass er seinen Fehler nicht rechtfertigen kann, und sagt deswegen nichts.

»Wie lange geht das schon?«, frage ich.

»Nicht lange. Ein paar Monate«, antwortet er und zieht an seiner Zigarette. Es ist abstoßend, wenn er raucht.

»Wie oft wart ihr im Bett?«

»Das weiß ich nicht.«

Ich lehne den Kopf zurück und seufze tief. Nimm dich zusammen, denke ich. Ich habe große Lust, die Sache in die Länge zu ziehen, ihn zu quälen, aber ich bin so müde und sehne mich nach seinen Armen. Und Lotte stiefelt einfach ganz fröhlich durch die Gegend.

»Das hat nichts mit dir zu tun. Lise ist nicht …«

»Ich will das gar nicht hören«, sage ich. Er drückt seine Zigarette aus, richtet sich wieder auf und sieht mich an. »Ich weiß nicht, warum«, sagt er. »Lise kann sich nicht mit dir messen, natürlich kann sie das nicht, glaub mir, aber …«

»Aber was?«

Offenbar muss er lange über seine Antwort nachdenken.

»Sie ist so verletzlich. Sie …«

Wie eine alles überwältigende Flut des Unbehagens steigt die Übelkeit in mir auf. Ich kann mich gerade noch nach hinten über die Rückenlehne beugen, da muss ich mich auch schon übergeben.

Das liegt an Rheas Parfüm, am Zigarettenrauch und an Lises armem ungepflegtem Körper in Michaels Armen vor meinem inneren Auge.

Er hält mir das Haar aus dem Gesicht, mit seinen sanften Händen, die auch Lise berührt haben.

»Ist es so schlimm?«, fragt er. »Hast du irgendwas Falsches gegessen?«

»Ich bin schwanger«, sage ich und krümme mich, weil sich mein Magen verkrampft. Mein Haar gleitet aus seinen Händen.

Jetzt habe ich alles erbrochen, und Michael fällt nichts mehr ein.

Ein junges Mädchen geht durch die automatische Schiebetür und wirft uns über die Schulter einen Blick zu.

»Aber das geht doch nicht«, sagt er. Er schaut in die Luft.

»Ich bin dir untreu gewesen. Ich war mit Lise zusammen. Das ist eine Krise. Wir befinden uns in einer Krise«, sagt er.

»Ja.«

»Ich war dir untreu.«

»Ja.«

Er schämt sich sichtlich, und ich wünsche mir, dass er sich nicht schämen würde. Dann könnte ich ihn ausschimpfen.

»Du schläfst im Gästehaus und ich schlafe im Wohnzimmer«, sage ich.

Er will meinen Bauch anfassen, aber er soll sich bloß nicht einbilden, dass ihm das zusteht. Ich schiebe seine Hand weg.

»Das ist noch kein Kind, so weit bin ich noch nicht, das ist nur ein Embryo. Vielleicht wird es ja nie ein Kind. Das geht sowieso nicht. Wir haben keine Zeit dafür.«

»Warum nicht? Haben wir doch.« Voller Unverständnis sieht er mich an.

»Nein, haben wir nicht.«

Die Tür öffnet sich, und zwei von Michaels Kollegen treten ins Freie. Eine dunkelhäutige Frau mit Afrolocken und ein dünnes Bürschchen, wie Vater so einen Mann genannt hätte. Er heißt Jesper und ist ein guter Freund von Michael.

»Hallo, Louise, bist du hier?«, sagt er und nickt mir zu.

»Ja, ich bin hier.«

»Seid ihr nicht in eurem Sommerhaus?«

»Wir fahren gleich«, sagt Michael.

»Dann viel Spaß! Grüße an die Familie.«

Die Frau mit der Afrofrisur hat das Erbrochene bemerkt, sagt aber nichts.

»Mache ich«, sagt Michael. Er winkt, dann sind wir wieder allein.

»Sollen wir gehen?«, frage ich und stehe auf, ohne die Antwort abzuwarten.

»Ich hole nur rasch mein Handy«, sagt er.

»Kannst du das nicht einfach hierlassen?«, frage ich. Ich habe Michaels Handy satt. Aber das kommt natürlich nicht infrage, er kann es nicht hierlassen.

Das wird nicht gut gehen. Es gibt keine Hoffnung.

17

KAREN

Ich stelle den Rückspiegel ein, suche im Handschuhfach nach Bonbons und denke an das letzte Mal, als ich dort herumgewühlt habe. Da war Kristian noch am Leben.

Oluf war immer sehr eigen. Seine Pferde waren ihm immer genug. Kristian und er waren Brüder und hielten zusammen. Kristian, Oluf und Johannes.

»Verspätet euch nicht wieder, Kristian. Mittagessen ist Punkt zwölf.«

Kristian küsst mich in den Nacken, aber ich bin sauer, weil ich gestern ihretwegen den ganzen Tag lang in der Küche gestanden habe, und jetzt wollen sie auch noch Pastetchen. Als wären Kohlgemüse, Frikadellen, Presswurst, Leberpastete und Sülze nicht genug.

»Du kannst einem wirklich leidtun, dass es hier keine Frauen gibt, mit denen du schwatzen könntest«, meint Kristian. Er zieht mich an sich, aber ich darf die Pfanne nicht aus den Augen lassen.

»Geh schon auf die Jagd«, sage ich und muss lachen, weil Kristian so unschuldig tut. Er hat sich gerade eine Frikadelle in den Mund geschoben. »Verschwinde!«

Johannes und Oluf betreten die Küche.

»Schlägt er wieder über die Stränge, Karen?«, fragt Oluf.

»Ja, ihr könnt ihn ruhig dort auf den Wiesen zurücklassen. Dann reichen die Frikadellen vielleicht.«

»Wir freuen uns schon, hübsche Karen.« Johannes reibt sich die Hände.

»Schon gut«, erwidere ich und schiebe sie und den Hund aus der Küche.

Ich sehe sie in der Einfahrt auftauchen. Drei Männer im Spätsommer, Enten in den Händen, und ich finde, dass einem diese armen Vögel leidtun können. Eben noch fliegen sie pfeilschnell am Himmel, und dann schießen Oluf und Johannes sie ab.

»Hier kommen die Quietscheenten für Muttern«, sagt Oluf und schwenkt die toten Tiere.

»Die könnt ihr gerne draußen lassen«, sage ich. »Kristian!«

»Keine Sorge, wir wollten dir nur die Beute zeigen.«

»Mir tun sie leid.«

Sie lachen auf dem Weg in die Garage, und niemand bietet an, mir beim Tischdecken zu helfen. Das ist immer so, aber ich habe ohnehin schon gedeckt.

»Hervorragendes Essen, Karen. Hervorragend«, sagt Johannes.

»Jetzt hast du Enten, dass es bis Weihnachten reicht«, meint Oluf. »Die ganz fette habe ich geschossen.«

»Dann können wir nur hoffen, dass du auch eingeladen wirst«, erwidere ich.

Sie holen Schnaps, Bier und Gammel Dansk.

»Willst du nicht probieren, Karen?«, fragt Kristian, und ich nehme das Schnapsglas, obwohl ich eigentlich nichts trinken wollte.

Dann hören wir Musik. Ein Lied von John Mogensen, eine richtige Schnulze. Johannes singt mit, er johlt mir den Text ins Ohr.

Kristian und Oluf sind weg, der Hund ebenso.

»Johannes, du bist betrunken!«, sage ich, als er mich plötzlich

hochhebt. »Lass mich runter, Johannes«, sage ich, aber er trägt mich ins Südzimmer, und ich lache, weil die Situation so abwegig ist. Die Männer wollten nur auf die Jagd, wir wollten nur eine Kleinigkeit zu Mittag essen, aber jetzt läuft das Ganze aus dem Ruder.

Und John Mogensen besingt weiter die ganz große Liebe.

IDA

»Jetzt kommen sie!«, ruft Magnus. William ist noch nicht nach Hause gegangen. Er hat sich Bockwurst aus dem Kühlschrank geholt und isst sie mit Buller zusammen auf dem Gartenweg.

»Papa!«, ruft Magnus, als die Autotür aufgeht und Michael aussteigt. Also hat Mama ihn wieder mit zurückgenommen. Er wirkt verlegen, und das wäre ich an seiner Stelle auch.

Großmutter stellt sich hinter mich und streicht mir über den Rücken.

»Jetzt sind wir alle wieder gute Freunde«, sagt sie und lächelt.

»Weiß er, dass Mama schwanger ist?«

»Ja. Das ist kein Geheimnis mehr.«

Sie nickt zu William hinüber.

»Wer ist denn das? Das ist doch wieder dieser junge Mann«, sagt sie. Mama und Michael sind neben dem Auto stehen geblieben und betrachten William, Buller und die Würste.

»Das ist William«, sagt Magnus. »Wir spielen Zirkus.«

»William hat einfach nur vorbeigeschaut«, sage ich. »Ich habe ihn und seinen Bruder beim Johannisfest kennengelernt. Sie wohnen das ganze Jahr über hier.«

Großmutter runzelt die Stirn.

»Guten Tag«, sagt sie und hält Peders Bruder die Hand hin.

Dieser richtet sich auf und klemmt sich das Paket Würste unter den Arm.

»Hallo, ich heiße William«, sagt er und gibt Großmutter die Hand.

»Hallo, ich heiße William«, sagt er erneut, als er Mama die Hand reicht.

»Hallo, ich heiße William«, sagt er schließlich und schüttelt Michael die Hand.

»Hallo, William«, sagen sie, und Michael sieht ihn durchdringend an.

»Ich gehe rein und nehme ein paar Makronen aus dem Gefrierschrank. Willst du auch eine?«, fragt Großmutter William, und er antwortet in vier Sprachen.

»Thank you, danke schön, gracias, ja tak, sehr gern. Ich kann auch in Zeichensprache Danke sagen.«

»Ach, wirklich?«, erwidert Großmutter, und William macht eine rasche Bewegung mit der Hand, die nicht wirklich nachzuvollziehen ist.

Wir setzen uns an den Gartentisch. Mama geht rein, um Großmutter zu helfen, und Magnus und William spielen Zirkus.

Es ist fast so, als würde mir ein Fremder gegenübersitzen. Ich weiß nicht, ob er weiß, dass ich darüber im Bilde bin, dass er Lise vögelt und Mama untreu ist.

»Hast du schon probiert?«, fragt er und deutet mit dem Kopf Richtung Glaskaraffe.

»Das ist Portwein.«

»Schmeckt er dir?«

Ich nicke.

»Ich habe in deiner Jackentasche ein Kondom gefunden«,

sage ich. Das rutscht mir einfach so raus, und ich werde rot. Michael starrt auf die Tischplatte.

»Ich habe einen Fehler gemacht. Das wird nicht wieder vorkommen.«

»Ich habe es in den Fjord geschmissen«, sage ich.

Michael lacht.

»Das ist nicht lustig«, meine ich.

»Nein, das weiß ich«, erwidert er. Er wird wieder ernst. »Aber darum geht es jetzt nicht. Ich habe mit deiner Mutter gesprochen, und die Sache betrifft nur sie und mich. Du hältst dich da bitte raus. Das ist auch zu deinem eigenen Besten.«

Ich habe auch gar keine Lust, mich einzumischen, ich weiß gar nicht, warum ich dieses Kondom erwähnt habe. Vermutlich, um seine Reaktion zu beobachten. Er reagiert ganz gelassen, und eigentlich ist das ja auch typisch für ihn.

Ich schenke Portwein ein, dabei habe ich bereits zu viel getrunken. Sie machen sich das Leben schwer.

»So. Schaut mal her«, sagt Großmutter und bringt Rosé und Eiswürfel in den Garten.

Großmutter stellt Salzstangen und Weintrauben auf den Tisch. Dabei dachte ich, es gäbe Makronen. William knabbert die Salzstangen wie ein Kind mit den Schneidezähnen eine nach der anderen in sich hinein. Michael betrachtet ihn interessiert und macht aus seiner Faszination keinen Hehl. Salzstangen schmecken am besten, wenn man sie auf diese Weise isst. So ist es nun mal.

»Ich finde, wir haben uns noch gar nicht richtig unterhalten, Ida«, sagt Großmutter. »Wollen wir nicht anstoßen?«

»Ja. Lass uns anstoßen«, sagt Michael. Er steht auf.

»Worauf?«, fragt Magnus. »Wir stoßen auf den Zirkus an!«

»Nein«, erwidert Michael.

»Am Samstag ist Zirkus«, mischt sich William ein und hält die Broschüre vor Michael in die Luft.

»Nein, wir sollten auf etwas Richtiges anstoßen«, meint Großmutter. »Vorschläge? Oh, wartet kurz.« Sie steht auf, geht ins Haus, kehrt mit der ausgestopften Krähe zurück und stellt sie behutsam auf den Tisch.

»Das ist Krähe, unser Maskottchen«, sagt sie mit einem Augenzwinkern. William springt so heftig auf, dass die Karaffe ins Schwanken gerät.

»Eine Saatkrähe ist das«, ruft er. »Das ist eine Saatkrähe!«

Mama beginnt zu lachen.

»Was für ein Ärger, Mama«, sagt sie. »Du kannst sie jetzt nicht einfach nur Krähe nennen.«

»Bist du dir sicher, dass das keine normale Krähe ist?«, fragt Großmutter William, und dieser nickt eifrig.

»Die Saatkrähen haben eine hohe Stirn«, sagt er. »Die Stirn ist hoch!«

»Na gut«, sagt Großmutter. »Dann trinken wir eben auf die Saatkrähe.«

William nickt zufrieden. »Wir trinken auf die Saatkrähe«, sagt er.

»Ich finde auch, dass wir auf Louise anstoßen könnten«, meint Michael, der plötzlich scheißfreundlich tut. »Danke«, sagt er. Er hat Tränen in den Augen. Sie lieben sich doch.

»Skål auf die Saatkrähe und Skål auf Louise«, sagt Großmutter.

»Skål auf Lykkebo«, sage ich.

»Skål auf die Saatkrähe, Skål auf Louise und Skål auf Lykkebo.«

Abends sind alle ein wenig beschwipst, auch ich erlaube mir ein Glas. William ist immer noch hier. Magnus ist ganz vernarrt in ihn. Sie spielen Zirkus. Es ist gut, dass Magnus jemanden zum Spielen hat, und vielleicht ist ja in Wahrheit William das Maskottchen von Lykkebo. Jedenfalls wagt es niemand, Streit anzufangen.

»Mama, komm schon«, bedrängt mich Ida. »Nur ein kleiner Schluck. Das ist Großvaters.«

Ich soll den Portwein probieren. Es ist nur noch ein kleiner Rest übrig, und Mutter hat stattdessen Limonade aus dem Haus geholt.

»Ich bin schwanger.«

Sie hört mir nicht zu, sondern schenkt einfach ein und hebt mir das Glas an die Lippen.

Er riecht nach alten Trauben.

Die Stimmung hat die Farbe des Portweins. Der Himmel hat eine dunkellila Färbung. Es ist milde und duftet nach Heckenrosen und ein wenig nach dem Zitronenaroma der Anti-Mücken-Kerze.

»Jetzt gibt es Musik«, sagt Mutter und klatscht in die Hände. »Musik!«

»Aber wir haben keine«, wende ich ein. Magnus schläft mit dem Kopf auf meinem Schoß, und ich erinnere mich, wie schön es war, als Kind umgeben von fröhlichen Menschen einzuschlafen. So bin ich häufig eingeschlafen, wenn meine Eltern meinen Onkel und ihre Freunde zu Besuch hatten. Fast jedes Wochenende wurde gefeiert, Donnerstag, Freitag und Samstag, und ich trank die Reste und spielte mit den Hunden, denn es waren immer welche da, und schlief dann mit dem Kopf auf

Mutters, manchmal auch auf Vaters Schoß ein. Das war vor seinem Verschwinden. Für alles gibt es ein Davor und Danach. Die Kindheit verschwand mit Vater, und er kam nicht zurück.

Mutter schwankt zum Auto. »Natürlich haben wir Musik«, sagt sie und dreht auf. Schlimmer geht's nicht.

»Nein«, sagt Michael, und Magnus öffnet die Augen. Deutsche Worte scheppern in die Sommernacht. Mutter tanzt neben dem Sandkasten zu Hansi Hinterseer mit sich selbst.

»Sie ist die Zirkusprinzessin. Sie ist die Zirkusprinzessin!«, ruft William und deutet mit dem Finger auf Mutter. Sie erinnert wirklich an eine Zirkusprinzessin. Ida tanzt mit, und Buller springt kläffend um sie herum. Magnus schläft weiter. Michael sucht die ganze Zeit meinen Blick und will an meinem Haar herumfummeln, aber ich möchte das nicht. Auch an meinem Bauch will er herumfingern.

»Kannst du das nicht bleiben lassen?«

IDA

Die Karaffe ist leer. Ich bin betrunken. Großmutter ist mindestens genauso betrunken wie ich, schenkt mir die ganze Zeit Limonade nach und verschüttet dabei die Hälfte.

Ich muss Peder verständigen. William hat seine Schlafenszeit vollkommen vergessen. Er übt Apportieren mit Buller, streichelt der Saatkrähe die Federn, spielt Zirkus, liest in dem »Zirkusbuch«, wie er die Broschüre nennt, und ist dann ganz plötzlich weg. Ich finde ihn auf dem Sofa im Wohnzimmer über eines von Großvaters Vogelbüchern gebeugt. Er murmelt vor sich hin und folgt den Zeilen ungeschickt mit dem Finger.

»Du darfst das gerne ausleihen«, sage ich, und er freut sich.

Dann klopft es am Fenster, und wir bekommen einen Schrecken. Es ist das Fenster nach hinten.

»Wer klopft da? Wer klopft da, Ida?«, fragt William.

Es dauert, bis ich die Haken aufbekommen habe. Wieso muss es so schwierig sein, ein Fenster zu öffnen?

Es ist Peder. Er steht ganz hinten im Garten, als wollte er sich verstecken. Auf der anderen Seite des Hauses dröhnt Hansi Hinterseer in voller Lautstärke aus Großmutters Auto.

»Wo warst du?«, fragt er William. »Ich habe nach dir gesucht. Ich dachte, du steckst wieder im Moor fest, verstehst du das denn nicht?«

»Entschuldigung, Peder. Entschuldigung! Wir haben Zirkus gespielt, Magnus und ich. Der Junge. Wir haben Zirkus gespielt. Sie haben eine Saatkrähe, Peder. Eine Saatkrähe!«

»Schon gut, aber du musst mir immer erzählen, wo du hingehst! Du musst mir sagen, wenn du jemanden besuchst! Wir haben eine Abmachung. Das weißt du.«

»Du musst den Portwein probieren«, sage ich. »Komm schon, Peder!«

Ich versuche ihn über die Fensterbank zu ziehen, aber die Büsche sind im Weg.

»Bist du betrunken?«, fragt Peder, als ich über der Fensterbank zusammenbreche. Ich muss lachen, und er steht in den Büschen und sieht sauer aus.

»Ein bisschen.«

Peder reibt sich die Stirn.

»Es ist Schlafenszeit, William. Die Schlafenszeit ist schon vorbei«, sagt er, und William erstarrt.

»Dann muss ich nach Hause«, sagt er. »Danke für den schönen Tag!« Er reicht mir die Hand.

Er klemmt den Bücherstapel unter den Arm. Die Zirkusbroschüre liegt obenauf, und beinahe stolpert er.

»Was ist das?«, fragt Peder.

»Das sind ein paar Bücher, die er ausgeliehen hat«, sage ich. »Bücher von Großvater. Über Vögel.«

»William, komm jetzt!«

William bleibt im Wohnzimmer stehen. Vielleicht weil Peder sauer ist. Aber wir haben nichts getan.

»Bist du sauer?«, frage ich.

»Ich bin nicht sauer.«

»Doch, bist du. Du bist sauer.«

»Du bist sauer, Peder!«

»Warum gehst du nicht einfach vorne ins Haus? Warum stehst du eigentlich hier hinten? Du brauchst nicht im Gebüsch zu stehen. Komm vorne rum. Da ist Musik!«

Peder antwortet nicht. »Ich gehe jetzt, William«, sagt er und knallt das Fenster zu.

Ich beginne zu weinen.

»Warum weinst du?«, fragt William. »Du bist ein Mädchen. Du weinst. Warum weinst du?«

»Weil die Schlafenszeit vorbei ist«, sage ich. Ich schwanke auf das Sofa zu und lasse mich über die Armlehne fallen. Ich lege den Kopf auf die Kissen.

»Dann musst du jetzt schlafen«, sagt William. »Dann musst du jetzt schlafen.«

Ich erwache von Gesang. Großmutter singt schon wieder deutsche Schlager.

»Ida, komm! Wir wollen an den Strand«, sagt sie.

»Wohin?«

»Nachtwanderung. Wir wollen eine Nachtwanderung unternehmen«, sagt Mama. Wie alberne Schulmädchen stehen Mama und Großmutter Hand in Hand da.

»Ich will schlafen«, sage ich, aber das darf ich nicht. Sie ziehen mich hoch, und im nächsten Moment stehe ich in Großmutters Fleecejacke und Mamas Flip-Flops vor dem Haus.

»Der Hund muss raus, und wir wollen an den Strand«, sagt Großmutter. »Draußen ist es ganz herrlich«, meint sie. »Wir müssen spüren, dass wir am Leben sind.«

Großmutter ist betrunken, sehr betrunken sogar. Und auch Mama ist trotz ihrer Schwangerschaft betrunken. Sie lachen und kichern, als würden sie etwas Übereiltes tun, als sei es sehr gefährlich, an den Strand zu gehen. Als sei das eine Heldentat.

»Was soll das«, sage ich. Buller bellt, und sie ermahnen ihn, still zu sein, obwohl er schon längst wieder aufgehört hat.

Das Meer ist in der Dunkelheit aufgewühlt. Mit seinen blauschwarzen Zungen und weißen Schaumkronen leckt es am Strand.

»Gut, dass wir so warm angezogen sind«, sagt Großmutter, obwohl sie selbst vergessen hat, eine Jacke anzuziehen.

Hand in Hand gehen wir ans Wasser. Buller brauchen wir nicht anzuleinen. Hechelnd rennt er voraus, sein Hundekörper wird allmählich zu einem verschwommenen Fleck, je mehr er aus unserem Sichtfeld verschwindet.

»Aber so kalt ist es auch wieder nicht«, sagt Großmutter. »Es ist ganz milde.«

»Hat Papa dir nie gefehlt?«, fragt Mama.

»Doch, aber ich habe ihn gut verstanden.«

»Dass er gerne schreiben wollte?«

»Nein.« Großmutter schüttelt den Kopf. »Darum ging es gar nicht. Er hatte sein Arbeitszimmer und konnte einfach die Tür hinter sich schließen, wenn er seine Ruhe haben wollte. Nicht deswegen hat er uns verlassen.«

Mama hält inne.

»Warum dann?«

»Wisst ihr was?«, sagt Großmutter. »Sollen wir nicht nackt baden? Das habe ich noch nie gemacht. Das ist doch vielleicht lustig!«

Wir antworten nicht, sondern schauen nur Großmutter zu, die sich ihre Kleider auszieht. Hose, Bluse, Unterhemd und BH fallen in den Sand. Jetzt steht sie da, Brüste und Bauch hängen. Der perlmuttfarbene Nagellack und ihr glänzendes weißes Haar leuchten in der Dunkelheit. Sie lächelt wie verrückt, als gäbe es nichts Natürlicheres, und das stimmt ja auch. Noch nie habe ich jemanden so sehr lächeln sehen.

»Das ist wirklich befreiend«, sagt sie.

»Dann ziehe ich mich halt auch aus«, meine ich.

»Wir erkälten uns alle«, wendet Mama ein.

»Unsinn. Sei nicht so albern. Es ist ganz mild«, sagt Großmutter.

Jetzt sind wir nackt. Wie wir erschaffen wurden, stehen wir im Sand, und man könnte denken, dass wir gerade aus den Wellen gestiegen sind.

»Echtes Peeling für die Füße«, sagt Großmutter. »Das kann ich euch nur empfehlen. Geht einfach durch den Sand, geht einfach los.«

Wo der Sand feucht wird, bleiben wir stehen. Buller ist bereits im Wasser und treibt immer weiter raus.

»Wenn Michael das wüsste«, sagt Mama.

Großmutter beginnt ganz plötzlich, begleitet vom Meer, zu singen. Ein trauriges Kinderlied, über Ängste, die auch Erwachsene haben, und über Verantwortung.

»Warum singst du das jetzt?«, fragt Mama.

»Weil das ein kluges Lied ist, Louise. Wir haben Angst, weil wir einander behüten müssen. Wenn man für niemanden mehr die Verantwortung trägt, für niemanden mehr da sein muss, dann braucht man auch keine Angst mehr zu haben.«

»Das verstehe ich nicht«, sage ich und kann mich nur noch auf unsere kalten, nackten Körper konzentrieren.

»Das ist mein Ernst«, sagt Großmutter, dann lacht sie. Sie lacht und sagt, dass es ihr Ernst ist.

»Wollen wir rennen?«, frage ich.

»Jetzt muss es jedenfalls schnell gehen«, sagt Mama. »Sehr schnell.«

»Komm.«

Großmutter nimmt meine Hand. Und ich nehme Mama an der Hand, und dann rennen wir ins Wasser.

LOUISE

»Wenn er nicht geschrieben hat, was hat er dann getan?«, frage ich Mutter. Ich bleibe im Wasser in ihrer Nähe, weil ich befürchte, sie könnte ertrinken.

»Dann hat er irgendwas anderes gemacht. Das finden wir schon noch heraus … im Zirkus … Wir kriegen das schon noch raus«, sagt sie. Schwerelos planscht sie herum, ihr runder Kopf, gespenstisch weiß über der Wasseroberfläche, schwebt.

»War er dir untreu?«, frage ich. Jetzt will ich es wissen.

»Nein, nicht er. Nicht er war es, der untreu war, Louise.«

18

KAREN

Ich erinnere mich, dass wir im Meer gebadet haben. Der Tag danach war schrecklich. Gestern war auch schrecklich. Zwei Tage hintereinander einen Kater, das vertrage ich nicht mehr. Daran merke ich, dass ich alt werde. Es steckt mir in den Knochen, und es sitzt mir im Kopf. Trägheit und Lustlosigkeit.

Louise will nicht mit mir reden, will aber auch nicht sagen, warum nicht. Irgendwas, was ich am Strand gesagt habe, behauptet sie, an das ich mich schon selbst erinnern müsse.

Ich erinnere mich an nichts. Es fällt mir einfach nicht ein. Wir haben uns auf dem Weg zum Strand unterhalten, aber das war es offenbar nicht. Gestern machte sie dann plötzlich eine Drehung um 180 Grad: »Egal, Mama! Schwamm drüber. Ich habe dir verziehen.«

»Aber was?«, fragte ich, und dann haben wir geschwiegen.

Ich werde es ihr doch wohl nicht gesagt haben. Ausgeschlossen!

Ich bin mit Kristians Seeigel in der Hand eingeschlafen, und auf dem Nachttisch liegt der Brief. Ich lese ihn immer abends vor dem Einschlafen und vermute, dass sich Ida irgendwann hier reingeschlichen, den Brief gelesen und das Gedicht abgeschrieben hat. So muss es sein. Sie will einfach nicht zugeben, dass sie meinen Brief gelesen hat. Wer hätte es sonst sein sollen?

»Karen! Frühstück.«

Michael ruft. Er hat vor einer Stunde angeklopft und darauf bestanden, dass ich liegen bleibe. Er wollte gerne das Frühstück zubereiten. Er brauche eine Beschäftigung, sagte er, aber das liegt nur daran, dass ihn sein schlechtes Gewissen umtreibt. Ich bin schließlich nicht dumm.

»Es gibt ein Männerfrühstück«, sagt Magnus, als ich die Küche betrete. Er trägt eine Schürze und riecht nach Beefsteak.

Louise und Ida sitzen am Tisch und trinken Kaffee.

»Männerfrühstück?«, frage ich. Das Fett spritzt und qualmt.

»Beefsteak mit Zwiebeln«, sagt Magnus und ist vollkommen aus dem Häuschen.

»Guten Morgen«, sage ich und öffne das Fenster einen Spalt. Eigentlich habe ich keine Lust, an einem frühen Sommermorgen Beefsteak zu essen. Was soll das?

»Ist dir übel?«, frage ich Louise. Ich sehe es an der Art, wie sie ihre Nase krauszieht, wie sie sich in den Handrücken kneift, um sich auf einen Schmerz konzentrieren zu können.

»Das sind diese Beefsteaks«, sagt sie.

»Wart's nur ab«, sagt Michael. »Wart's nur ab! Sie enthalten viele Proteine. Es ist gesund, den Tag mit einem Beefsteak zu beginnen.«

»Gibt es keinen Joghurt?«, fragt Ida.

»Nein, es gibt Beefsteak!«, sagt Magnus. Der Junge schält sich aus seiner Schürze und setzt sich auf den Stuhl neben mich.

»William geht heute auch in den Zirkus. Darf ich neben ihm sitzen?«, fragt er.

»Da musst du deine Mama … ich meine deinen Papa fragen«, sage ich.

Ich merke, dass Louise mich anschaut. Ihre Frage kommt wie ein Blitz aus heiterem Himmel.

»Mama«, sagt sie. »Warst du Papa untreu?«

Ich schaue auf die Pfanne und die brutzelnden Zwiebeln. Dann sehe ich Louise an.

»Louise«, sage ich. Ihr Blick begegnet meinem, und ich bemerke die Schatten unter ihren Augen und ihre geschwollenen Lider. »Ich war Kristian nicht untreu. Ich weiß nicht, wieso ich das gestern gesagt habe. Ich war betrunken.«

Sie setzt sich auf und betrachtet mich zweifelnd. Sie glaubt mir nicht.

Ich schüttle den Kopf und weiß nicht, wie ich es ausdrücken soll, was mich retten kann. »Es war nur, weil ich … dein Verständnis für deinen Vater wecken wollte«, sage ich. »Ich wollte ihm einen guten Grund geben, mir verzeihen zu können, deswegen habe ich das gesagt. Damit du ihm verzeihen kannst, loslassen kannst.«

»Platz da«, sagt sie. »Ich muss mich übergeben.« Wir rücken zur Seite, damit sie vorbeikommt.

»Die Beefsteaks sind fertig, wenn du zurückkommst, Schatz«, ruft Michael.

IDA

Peder steht starr wie eine Säule am Steilhang, den ich zuletzt besuchte, als noch alles in der Schwebe war. Jetzt haben sich die Dinge mehr ineinandergefügt. Wir sind einander in Lykkebo nähergekommen, Mama und Großmutter reden immerhin miteinander, und in Michaels Jackentasche verstecken sich auch keine Kondome mehr.

Es gefällt mir, Peder anzusehen, ohne dass er mich ansieht. Er steht einfach nur da, ruhig und schlank, und auch seine großen Hände sind ruhig. Ich würde gerne mit ihm am Rand des Abgrunds sitzen. Er soll seinen Arm um mich legen, mich mit seiner großen ruhigen Hand streicheln und sagen: »Die Zeit ist mir nicht so wichtig.« Dann können wir einfach dort sitzen. Tage, Wochen, Jahre.

Da sehe ich, dass seine Schultern zittern. Er weint. Er schaut ins Nichts und weint.

»Peder«, sage ich, aber ich bin zu weit weg, und er kann mich nicht hören. Ich nähere mich, ohne unnötig Lärm zu machen, weil ich ihn nicht erschrecken will, wenn er so nahe am Abgrund steht.

»Peder«, sage ich und berühre seine Schulter. »Was machst du?«

Er bemerkt mich nicht, sondern schaut weiter auf den Fjord. Ich dringe nicht zu ihm durch.

»Peder!« Ich erhebe meine Stimme. Die Sache gefällt mir nicht.

»Ida«, sagt er, aber er sieht mich nicht an.

»Was hast du?«, frage ich, und er presst seine Hände an die Wangen und reibt sich dann die Augen.

»Was ist los?«, frage ich. »Warum können wir nicht zusammen sein?«

»Er wollte Selbstmord begehen«, sagt er. Jetzt weint er nicht mehr.

»Wie bitte?«

Peder nickt. »Er wollte Selbstmord begehen«, wiederholt er.

Ich ziehe ihn ein Stück zurück, und wir wenden uns vom Abgrund ab.

»Wer?«

»Ich hab's ihm angesehen. Er war nah dran aufzugeben und hatte den Schritt beinahe schon getan. Und dann …«

»Dann was?«

»Dann …«

Er beginnt zu schwanken, während er spricht.

»Dann habe ich ihn gerufen.«

Ich sage nichts und warte auf eine Erklärung, aber es kommt keine.

»Und es war vorbei.« Peder zuckt mit den Achseln. »Schluss.« Er lächelt, ohne richtig zu lächeln, lächelt nur meinetwegen, und es stimmt mich traurig, dass er seine Gedanken nicht ausspricht.

Auf dem Fjord ziehen Schiffe vorbei. Das Wasser glitzert.

»Die Welt ist immer ein wenig hässlich«, sagt er, und ich überlege, ob er das wohl in sein Tagebuch geschrieben hat. Es klingt fast so.

»Ja, irgendwie ist die Welt auch hässlich«, erwidere ich, denn er hat schließlich recht. Ich denke an Terror und Krieg. In diesem Augenblick leiden Menschen, und irgendwo hat sich ein Lebewesen, ein Vogel vielleicht, in einem Stacheldrahtzaun verfangen, während ich mit Peder hier am Steilhang stehe.

Die Sonne glüht. Ich würde Peder gerne etwas sagen. Ich möchte ihm sagen, dass die Welt auch schön ist.

LOUISE

Ich glaube, sie hat was mit Williams Bruder. Wieso würde sie sonst mit ihnen in den Zirkus gehen? Außerdem verschwindet sie ständig. Bald kenne ich meine eigene Tochter nicht mehr. Sogar Mutter kennt sie besser, und das hat sie nicht verdient.

»Schatz, kommst du mit?«

Michael schaut ins Wohnzimmer. Er benimmt sich wie

Mutter. Als wäre nichts vorgefallen. Als würden wir hier einfach ganz normal unsere Ferien verbringen und gleich in den Zirkus gehen.

»Sind das wieder diese Tarotkarten?«

Er beugt sich übers Sofa. Ich habe die Karten in einem Halbkreis angeordnet. Auch in dieser Hinsicht ist er sich mit Mutter einig. Dass das alles Schwindel ist.

Ich antworte nicht, und Michael seufzt. Er küsst mich aufs Haar und will mich auch in den Nacken küssen und mir über den Bauch streichen. Ich ertrage nicht, dass er mich mit Lippen küsst, die auch Lise geküsst haben.

»Wo ist Lise?«, frage ich und schiebe seine Hand weg.

»Wir wollten doch in den Zirkus?« Seine Stimme klingt angestrengt. »Warum fängst du jetzt damit an?«

»Ich will nur wissen, wo sie ist, ob sie immer noch in Solhøj ist.«

»Ist sie nicht.«

»Wo dann?«

»Weiß ich nicht.«

»Du weißt das nicht?«

»Nein.«

»Das nehme ich dir nicht ab, Michael.«

Ich wende ihm den Rücken zu und schiebe die Karten zusammen. Es geht sie nichts an, ob ich Tarot lege. Schließlich beantwortet sonst niemand meine Fragen.

»Ich habe vor, das alleinige Sorgerecht für Magnus zu beantragen. Rikke ist nicht gesund und wird es so bald auch nicht wieder … Ich weiß, dass wir darüber sprechen müssen, aber ich sehe keine andere Möglichkeit.«

Michael lässt sich aufs Sofa fallen. Es ist Vaters Sofa. Es ist Vaters Haus. Begreift er denn nicht, dass ich schon genug Sorgen habe?

»Dazu kann ich jetzt nicht Stellung nehmen«, erwidere ich.

»Nein«, sagt er. »Aber wir müssen zu einem Entschluss gelangen. Du kannst mir ja Bescheid geben. Jedenfalls hatte Rikke einen Nervenzusammenbruch.«

KAREN

Es ist ein richtiger Zirkus. Der Geruch von Popcorn und Zuckerwatte dringt mir in die Nase. Überall sind Menschen. Sie kennen uns nicht und wissen auch nicht, dass Kristian tot ist. Sie kennen ihn nicht.

»Wo ist der Elefant? Wo ist der Elefant?«, fragt Magnus immer wieder, aber niemand von uns weiß, wo der Elefant ist.

»Wo ist William?«, fragt er dann, aber auch das wissen wir nicht.

»Viele Leute, Mama«, sagt Louise. »Und ich glaube, viele Touristen.«

»Ja, es ist bestimmt nicht leicht, jemanden hier zu finden, der Kristian gekannt hat.«

»Wir versuchen es einfach«, sagt sie, und ich weiß nicht, wie sie sich das konkret vorstellt: Einfach irgendeine Frau fragen, ob ihr ein Sommerhaus namens Lykkebo und ein Mann namens Kristian ein Begriff sind?

Michael summt mit der Musik mit und versucht, im Takt zu klatschen, Magnus läuft mehrere Meter im Gewühl voraus und im Zickzack zwischen den anderen Familien hindurch.

»Sehr nett hier«, sage ich.

»Ja, klar«, erwidert Louise, als sei das so selbstverständlich. Dabei ist es alles andere als selbstverständlich.

»Ich kann Ida nirgendwo sehen«, sagt sie. »Immer auf den

letzten Drücker, typisch. Bestimmt kommen sie erst angeschlendert, wenn alles angefangen hat.«

Ich sehe die Behinderten sofort. Auch sie besuchen den Zirkus. Die Frau mit dem Seelöwen, der Mann mit dem Propeller und dieselbe Betreuerin. Heute trägt sie einen gelben Fjällräven-Rucksack, letztes Mal war es ein grüner, und ich überlege, ob sie sie in allen Farben besitzt. Rot, Gelb, Grün und Blau.

»Meine Güte, wie viele Menschen«, sagt Louise. »Jetzt bleibst du aber hier, Magnus.«

»Aber ich muss doch William suchen!«

Mehrere Behinderte haben das Down-Syndrom, und ich suche nach William, aber der ist nicht da. Obwohl sie sich mit ihren schrägen Augen und ihrer Schwerfälligkeit ähneln, sieht keiner aus wie William, der einen besonderen Ausdruck und ein besonders freundliches und mildes Gesicht hat.

Sie setzen sich auf eine wacklige Bank direkt an der Manege, vier Männer, die Frau mit dem Seelöwen und die Betreuerin, und nehmen ziemlich viel Platz in Anspruch.

Mit William hatte ich kein Problem, als er uns neulich besuchte, aber da ist etwas mit diesen Menschen … sie nehmen auf der wackligen Bank so viel Platz ein. Die Frau mit dem Seelöwen wird nie begreifen, dass das nur ein Stück Plastik ist.

»Was ist, Mama? Setz dich doch«, sagt Louise, und ich klemme mich auf die Bank, aber man sitzt ganz schlecht, weil man sich weder vor- noch zurücklehnen kann. Außerdem habe ich das Knie einer anderen Frau im Rücken.

Ich habe Lust, runterzugehen und ihr zu erklären, dass Plastikseelöwen keine Gefühle haben, aber trotzdem wird sie ihn weiter streicheln und in den Armen wiegen, und ich werde mir noch ohnmächtiger vorkommen. »*Menschen* haben Gefühle«, würde ich gerne zu ihr sagen. Louise hat Gefühle, wenn ihr Michael untreu ist und sich um Lise kümmert. Ida hat Gefühle für irgendeinen Fremden, ich habe Gefühle, wenn Kristian mich verlässt und Oluf behauptet, das sei meine Schuld. Wenn er mich voller Abscheu anschaut, mit seinen tabakschwarzen Zähnen und kaffeegetränkten Trostkeksen, und sagt: »Ich erzähle dir nichts, Karen.«

»Mama, ich glaube …«

»Was, Louise?«

»Also wirklich …«

Louise rutscht hin und her und dreht sich zu der Frau um, deren Knie offenbar ihren Rücken gestreift hat.

»Könnten Sie bitte Ihr Bein wegnehmen?«, sagt sie. Michael dreht sich ebenfalls zu der Frau um.

»Hier ist nicht viel Platz«, sagt er lächelnd, beschwichtigend.

»Wir müssen halt ein bisschen zusammenrücken«, sagt die Frau.

»Allerdings«, erwidert Louise, die sich eigentlich nicht so leicht aus der Ruhe bringen lässt.

»Wann geht's endlich los?«, erkundigt sich Magnus.

»Gleich«, antwortet Michael.

»Jetzt könnte Ida ruhig mal auftauchen«, sagt Louise.

»So sehr eilt es auch wieder nicht«, meine ich. »Vermutlich sitzt sie ohnehin neben William?«

»Aber *ich* wollte neben William sitzen«, sagt Magnus.

»Er ist aber noch nicht hier«, erwidert Louise. Ein Clown betritt die Manege, und Magnus verstummt. Der Clown jongliert. Die Kinder lachen und kreischen, als er seine Bälle verliert und die Kapelle klagende Töne anstimmt.

Da sehe ich Ida in der Zeltöffnung und William hinter ihr. Die beiden verschwinden im Gewimmel und haben uns noch nicht entdeckt.

»Sie könnte auch mal mit uns zusammensitzen«, meint Louise. »Schließlich war das ja Sinn und Zweck dieser Woche.«

IDA

William stößt mit allen Leuten zusammen. Er schaut in seine Zirkusbroschüre und marschiert, ohne den Blick zu heben, drauflos.

»Schau, wo du hintrittst«, sagt Peder, aber William stößt immer wieder mit irgendwelchen Leuten zusammen.

»Das ist krass! Das ist krass!«, sagt er und lacht hysterisch, als er die Manege entdeckt. Er ist vollkommen aus dem Häuschen.

»Das ist wegen der vielen Leute«, sagt Peder. »Ich wusste nicht, dass so viele Leute hier sein würden. Die da drüben ...« Er deutet auf eine Frau in einem großgeblümten Hemd. »... kenne ich. Sie steht immer vor dem Supermarkt und behält alles im Auge. Sie hat mal ein paar Jungs dabei erwischt, wie sie Paletten geklaut haben. Darüber redet sie heute noch. William tut ihr leid, und sie hat mal gesagt, wir sollten ihr nur Bescheid geben, falls wir Hilfe brauchen.«

»Na bestens«, sage ich. »Sie kann mit der Küche anfangen.«

»Was ist denn an der Küche nicht in Ordnung?«

»Wenn wir noch in den Siebzigern leben würden, wäre sie perfekt.«

»Tun wir das denn nicht?« Peder lacht. »Mir gefällt die Küche«, sagt er.

Da entdecke ich die anderen. Schwer zu sagen, ob die Stimmung gedrückt ist oder nicht. Sie sitzen ganz still.

»Dort drüben ist meine Familie«, sage ich und deute auf sie. »Wir können uns dazusetzen.«

»Da ist kein Platz«, meint Peder.

»Doch. An der Seite ist noch jede Menge Platz.«

William packt meine Arme, lässt sofort wieder los und packt dann Peders.

»Da wollen wir auch sitzen. Da wollen wir auch sitzen. Magnus und ich. Der Junge. Da müssen wir hin«, sagt er. »Wir wollen nebeneinandersitzen, stimmt doch, Peder? Das wollen wir.«

»Ja, ja, setzt dich neben Magnus. Ida und ich können hierbleiben. Hier ist es besser.«

Peder bleibt bei der hintersten Bank stehen.

»Nein«, sage ich, weil ich gerne sowohl mit meiner Familie als auch mit Peder zusammensitzen möchte, und das kann doch nicht so schwer sein.

»Komm schon«, sage ich und ergreife Peders Arm. Er kommt nur widerwillig mit. William hat den Clown entdeckt, vergisst seine Broschüre und bewegt sich wie in Trance, ohne seine Umgebung wahrzunehmen, vorwärts.

»Mama! Großmutter!«, rufe ich, und die beiden drehen sich um und winken.

»Können wir nicht einfach da drüben sitzen?«, fragt Peder. Fast panisch deutet er auf eine Bank rechts von uns. Ich bleibe stehen.

»Hast du etwa Angst vor ihnen?«, frage ich. Jetzt muss er endlich mal raus mit der Sprache. »Sie beißen nicht.«

»Sie beißen nicht«, wiederholt William. »Sie beißen nicht, Peder.«

»Natürlich habe ich keine Angst vor ihnen«, sagt Peder.

»Dann komm«, erwidere ich, und jetzt geht es auch schon los. Der Clown jongliert nicht mehr, und ein Trommelwirbel übertönt den Lärm des Publikums.

Wir drängen uns in die Bank. William ist dabei etwas ungestüm, und er ist wirklich nicht der Kleinste, sodass ihn alle bemerken. Er will unbedingt neben Magnus sitzen und Magnus unbedingt neben ihm. Plötzlich höre ich Peder etwas über Zuckerwatte flüstern, und dann ist er weg.

Mama und Großmutter drehen sich um und folgen Peder mit den Augen. Sie werfen mir vielsagende Blicke zu. Also wissen sie Bescheid, und jetzt geht's los.

»Aha …«, sagt Mama, stößt mir in die Seite und beißt sich auf die Unterlippe.

»Da ist nichts«, fauche ich.

»Das kannst du deiner Großmutter erzählen«, sagt Großmutter, was ich sehr gelungen finde.

»Mit ihm verbringst du also deine Zeit«, stellt sie fest. »Vielleicht wart ihr ja auch zusammen in diesem Gasthaus?«

Ich erröte. Großmutter weiß, dass ich gelogen habe. Ich war in keinem Gasthaus. Abwartend sieht sie mich an, aber ich weiche ihrem Blick aus.

»Was ist?«, fragt Michael Mama flüsternd, und ich höre sie was von Freund sagen, und dann fragt sie mich, wie alt er ist.

»Ida?«

Ich überlege, ob ich mir mit Peder einen anderen Platz suchen soll, aber alle um uns herum sind bereits genervt von der Unruhe, und ich habe keine Lust, noch einmal aufzustehen.

Das Scheinwerferlicht fällt auf den Zirkusdirektor, der sich in seinem paillettenbesetzten roten Anzug und Zylinder um sich selbst dreht und mit seinem Stock jongliert.

»Unsere erste Nummer, meine Damen und Herren, Kinder und Tiere, ist äußerst, äußerst schwierig. Eine einzigartige Leistung. Meine Damen und Herren, ich bitte Sie um einen großen Applaus für unsere weltberühmte Seiltänzerin!«

Die Musik beginnt, und Peder drängt sich mit ganz viel Zuckerwatte in den Händen zu uns durch.

»Bist du bloß deswegen weggelaufen?«, frage ich, als er neben mir Platz nimmt und mir ein mit klebriger rosa Zuckerwatte umwickeltes Stöckchen reicht. Die anderen haben ihn nicht bemerkt.

Eine Akrobatin, eine kleine Person mit Ballettröckchen, wetzt durch die Manege und spannt ein Drahtseil zwischen zwei stählernen Pfeilern auf, es schwankt in drei Metern Höhe. Netz gibt es keins.

»Natürlich schafft sie das«, sagt Großmutter.

»Doch das kann sie sehr gut!«, ruft William.

»Das sind meine Mutter und meine Großmutter«, flüstere ich Peder zu.

Obwohl mich Peder gehört hat, schenkt er meinen Worten keine Beachtung.

»Krass, dass es kein Sicherheitsnetz gibt«, sagt er.

Die Seiltänzerin springt hoch, packt das Seil und zieht sich dank ihrer starken Arme hinauf. Plötzlich steht sie oben. Fantastisch. Peder verhält sich ziemlich unhöflich, denn er begrüßt meine Familie nicht. Aber vielleicht ist das hier auch nicht üblich?

Die Seiltänzerin steht auf einem Bein und geht dann mit verbundenen Augen rückwärts, aber sie stürzt nicht ab. Es gibt allerdings auch keinen Höhepunkt, bei dem das Publikum den Atem anhält, denn sie wird nicht herabfallen. Sie weiß das, und das Publikum weiß das, und obwohl William zehnmal sagt, jetzt stolpert sie gleich, bleibt sie hübsch und adrett auf der Leine stehen, und dann ist die Nummer auch schon zu Ende, und alle warten gespannt auf die nächste Sensation. Den Elefanten.

»Das ist Tierquälerei«, sagt Großmutter, als der Elefant in die Manege geführt wird.

»Nein, das finde ich nicht«, wendet Michael ein. »Die beiden haben eine ganz besondere Verbindung. Schaut doch nur, wie sie miteinander kommunizieren.«

Der Elefant tut, was man ihm sagt, und vollführt alle möglichen Kunststücke. Er steht auf den Vorder-, dann auf Hinterbeinen und nimmt dem Dompteur mit seinem Rüssel den Hut vom Kopf, den dieser auf einmal verzweifelt sucht. »Wo ist mein Hut? Wo ist mein Hut!?«, ruft er. Die Kinder kreischen vor Lachen. Da ist er doch!

Großmutter klopft mir auf den Oberschenkel und flüstert mir ins Ohr: »Das also ist Williams Bruder? Ich muss doch …« Dann lehnt sie sich vor, um sich Peder genauer anzusehen, aber Peder lehnt sich zurück, und Großmutter nickt nur der rosa Zuckerwatte zu.

»Ja«, sage ich. »Von ihm ist das Gedicht, das du in meiner Hosentasche gefunden hast.«

Der Elefant trompetet jetzt laut mit seinem Rüssel.

Großmutter steht auf. Erst glaube ich, der Elefant mache ihr Angst, aber sie mustert Peder.

»Mama, was ist los?«

Mama nimmt Großmutters Arm, weil diese schwankt, als würde sie gleich in Ohnmacht fallen.

»Karen«, sagt Michael, der ebenfalls aufsteht. »Tief Luft holen«, rät er. Großmutter gewinnt die Fassung wieder und greift sich mit einer zitternden Hand an den Kopf.

»Ich muss raus«, sagt sie. »Ich muss raus.«

IDA

Jetzt stehen sowohl Großmutter als auch der Elefant im Mittelpunkt. Ich weiß nicht, was mit ihr los ist. Sie steht einfach mitten im Durcheinander und sagt, sie müsse raus, aber sie kommt nicht raus, weil überall Leute sind und niemand Platz macht. Alle starren nur. Auf den Elefanten, auf Großmutter und auf William, der wie wild seine Broschüre schwenkt.

»William, hör auf«, sagt Peder. »Hör schon auf.«

»Willst du dich nicht wieder setzen?«, fragt Michael Großmutter. Er hält einen Arm beschützend um sie, weil er fürchtet, sie könne wieder ohnmächtig werden.

»Ich will raus«, sagt sie wieder. Sie ist verrückt.

»Sie will raus«, sagt Mama. »Macht doch Platz, mach Platz, Michael. Sie will raus!«

Wir richten uns schwankend auf und weichen zurück. Peder stößt, ohne es zu merken, mit mir zusammen. Er schaut Großmutter an, und diese erwidert seinen Blick. Sie lassen sich nicht aus den Augen, und selbst als Großmutter bereits an mir vorbei ist, fixiert sie Peder über die Schulter hinweg mit dem Blick.

Die Musik geht weiter. Michael und Mama flüstern.

Der Elefant steht jetzt still, ist aus dem Takt geraten, hat seinen Rhythmus verloren. Weiß nicht, was er zu tun hat.

»Schau dir mal den Elefanten an«, sagt die Frau hinter mir. »Der ist ja total aus dem Konzept gekommen.«

»Mama, was ist mit Großmutter?«, frage ich.

»Ich weiß nicht«, antwortet sie.

»Was ist los?«, frage ich Peder. »Kennst du meine Großmutter? Du kennst sie, das sehe ich doch.«

»Ida, hör schon auf.«

»Woher kennst du sie? Hat das was mit dem Gedicht zu tun?«

Er starrt auf seine Knie, und ich sehe, dass er die Zähne zusammenbeißt.

»Hast du es mir deswegen gegeben? Was soll das bedeuten?«

Jetzt schauen Mama und Michael Peder ebenfalls an, aber er antwortet nicht.

Der Elefant ist aus der Manege verschwunden, und die Musik leitet zur nächsten Nummer über. Einige Schimmel kommen im Schritt in die Manege.

»Dann frage ich sie eben selbst«, sage ich, und Peder ruft mir noch etwas hinterher, als ich das Zelt verlasse.

Sie steht direkt vor dem Eingang. Im Gegenlicht wirkt ihre Erscheinung bedrohlich schwarz.

»Großmutter«, sage ich vorsichtig, aber sie schaut durch mich hindurch. Ich schaue ins Zelt hinein. Peder ist ebenfalls aufgestanden.

»Geh wieder ins Zelt zurück«, sagt Großmutter mit scharfer Stimme, und es gefällt mir nicht, wie sie mit mir spricht, schließlich habe ich nichts getan.

Sie geht.

»Aber was ist los?«, frage ich und folge ihr um das Zelt herum.

Sie bleibt stehen und dreht sich zu mir um. »Siehst du das denn wirklich nicht?«

»Was soll ich sehen können?«, frage ich. »Großmutter, kannst du mir das nicht einfach erklären?«

Tränen laufen ihr die Wangen herunter, und ich bemerke sie nur, weil sie sie wütend mit dem Handrücken wegwischt.

»Du musst das doch sehen«, faucht sie mich an. »Das muss dir doch auffallen!«

Sie zieht ein mehrfach gefaltetes Stück Papier aus der Tasche, Großvaters Brief, den ich seit der Nacht seines Todes im Krankenhaus nicht mehr gesehen habe.

»Offenbar glaubt er, dass wir hier Schatzsuche spielen«, sagt Großmutter. »Glaubst du das etwa, Kristian? Du hast mir die Wahrheit dann doch nicht gegönnt. Bin ich dir nicht mehr wert? Ist das meine Strafe? Ist es deswegen?«

Sie liest aus dem Brief vor.

Jetzt gerät alles aus den Fugen. Peders Gedicht steht in Großvaters Brief! Großmutter liest Peders Gedicht vor. Dieselben Worte kommen aus ihrem Mund, und das kann einfach nicht sein. Es muss ein Fehler vorliegen.

Dann zerreißt sie den Brief mit zitternden Händen, der Wind fährt ihr durchs Haar, und sie sieht krank aus.

»Großmutter, was soll das heißen? Das kann doch nicht … Da muss ein Fehler vorliegen.«

Sie sieht mich durchdringend an, dann schaut sie über meine Schulter an mir vorbei.

»Ida.«

Ich drehe mich um. Es ist Peder.

Jetzt verstehe ich.

KAREN

Louise hat es mir ja gesagt. Dass er in diesen Jahren keine Bücher geschrieben hat. Ich wusste es. Ich ahnte, dass etwas nicht stimmte, aber so etwas hätte ich mir dann doch nicht vorgestellt. Der Himmel zieht sich zu. Vielleicht ist er ja doch nicht Kristians Sohn, denke ich. Vielleicht ist es ja doch ein Missverständnis.

Ich bleibe auf dem Weg stehen und spüre die Regentropfen. Vielleicht sollte ich zurückgehen. Ich habe ihm keine Zeit für Erklärungen gelassen.

Ich gehe weiter. Das war kein Missverständnis. Aber ich war es, die etwas missverstanden hat. Kristian hätte sein Kind nie verlassen. Nicht ohne Grund.

In meiner Hosentasche liegen Papierschnipsel. Nicht einmal in dem Brief, nicht einmal in der letzten Zeit, hat er mir die Wahrheit gesagt. Glaubte er etwa, dass ich ihm nicht verzeihen würde?

Ich nehme die Schnipsel in die Hand und presse sie zusammen. Ich bereue es, den Brief zerrissen zu haben. Ich habe Kristians letzte Worte an mich zerstört, und der Anblick der Fetzen tut mir bis in die Seele weh. Diese Schuldgefühle!

Hätte ich das nur gewusst. Louise hätte dir vergeben.

Überall sind Spuren, die ich bislang ganz offensichtlich verdrängt habe. Als ich nach Lykkebo zurückkehre, fallen sie mir auf. Sie strahlen von der Tür aus und bilden eine Aura um das Haus.

Es gibt Geburtstagsservietten und, in einer Schublade, Pappteller, Papiertischdecken und Strohhalme.

Auch die Fenster verraten die Vergangenheit: Hier kleben Kaugummis, und unterm Fensterbrett ist Filzstiftgekritzel. An den Innenseiten der Schranktüren kleben Sticker, so wie sie Kinder überall hinkleben.

Ich betrachte die Anrichte mit den Schubladen und reiße eine nach der anderen heraus. Die letzte klemmt. Ich zerre daran, und eine Vase fällt neben mir zu Boden.

Die Schublade geht auf. Darin liegt ein gerahmtes Schwarz-Weiß-Foto. Zwei Jungen. Zwillinge.

Ich liege im Bett auf der Tagesdecke. Mir ist elend. Als wäre ich zu schnell aufgestanden und der Blutdruck wäre abgesackt. Der Seeigel liegt immer noch auf dem Nachttisch, aber kein Brief mehr. Das macht keinen Unterschied. In diesem Brief stand nichts von der Wahrheit. Überhaupt nichts.

Über Nacht ist es Winter geworden. Es ist Ende September, aber das Wetter verhält sich nicht entsprechend. Vor dem Fenster ist es grau und eintönig. Sprühregen.

Ich habe kaum die Kraft, ins Wohnzimmer zu gehen, wo seit der gestrigen Mahlzeit nicht aufgeräumt wurde. Der Tisch ist nicht abgeräumt, und erst als ich das Durcheinander durch die offene Tür betrachte, denke ich an die Ereignisse der Nacht.

Ich stehe da und sehe mir die Sauerei an. Reste von Pastetchenfüllung auf den Tellern, Gammel-Dansk-Flecken auf dem weißen Tischtuch. Die Sofapolster sind auf den Boden gerutscht, Kissen liegen überall. Die Blumenerde der umgefallenen Orchidee ist auf dem Teppich verstreut.

Ich setze mich an den Tisch und öffne die Aprikosenlimonade, die ich gestern hätte trinken sollen. Es ist alles ein einziges Chaos, und der Hund scharrt in der Küche mit den Pfoten. Er muss raus, aber Kristian steht vorläufig sicher noch nicht auf. Und Johannes und Oluf ebenfalls nicht.

Jetzt steht doch einer auf. Die Badezimmertür zur Diele wird geschlossen. Oluf, Johannes …?

Ich bohre die Gabel in Huhn mit Spargel in weißer Sauce. Ich habe einen Kater. Der Mann im Badezimmer übergibt sich lautstark, und Troll bellt.

Was habe ich nur getan?

LOUISE

Die Tür steht offen, als wir nach Lykkebo zurückkommen. Buller streicht im Garten an den Rosenbüschen entlang und wirkt geduckt und vernachlässigt.

»Komm, Bimmer«, sagt Michael und streichelt ihn. Er heißt

nicht Bimmer, aber das ist jetzt auch egal. Ich wusste es. Tief in meinem Innern wusste ich es, und trotzdem ist es mir noch nicht richtig aufgegangen. Der Verdacht bestand schon immer, und die Rosen waren sicher kein Zufall. Ida spricht es auf ihre trockene Art einfach aus: »Großvater hat uns betrogen. Er hatte zwei Söhne. Hier hatte er noch eine zweite Familie.«

Das hätte ich nie geglaubt. Eine Affäre vielleicht, nur eine Affäre, aber nicht zwei Kinder. Das ist vollkommen undenkbar. Ein Elefant betritt die Manege, und auf einmal habe ich zwei Brüder.

»Mach das Gartentor zu«, sagt Michael zu Magnus, und dieser stiefelt zum Sandkasten. Er hat den Riegel nicht ordentlich vorgeschoben, denn das Tor geht wieder auf, und Buller rennt aus dem Garten. Na super!

»Ich hole ihn«, sagt Michael, und es ist eine Erleichterung, Michael loszuwerden, denn er muss mich die ganze Zeit antatschen und sagen, dass alles wieder gut wird, und ich weiß nicht, was er damit meint.

Ida bleibt zurück, hält sich selbst umschlungen und schaut zu Boden. Ich kann ihr Gesicht nicht sehen.

»Mama?«, rufe ich durch die Tür. »Mama!«

Drinnen ist es ganz still, aber erst jetzt, denn die Flickenteppiche sind in Unordnung geraten, als wäre jemand auf ihnen ausgerutscht. Wir schauen in die Küche, und die Anrichte ist umgestürzt, die Schranktüren stehen offen, und eine Schublade liegt herausgezerrt auf dem Boden.

»Was war hier los? Wo ist sie?«, fragt Ida. Woher soll ich das wissen?

Da hören wir Geräusche vom Speicher.

Ich habe Lust, mich auf der Toilette einzuschließen und bei Facebook herumzusurfen. Lottes Ferien, Franks joviale Kommentare, Wohnwagen, die man kaufen kann.

»Was macht sie da oben?«, will Ida wissen.

Wir treten von der Küche wieder in die Diele. Die Bodentreppe ist herabgelassen worden.

»Mama, willst du nicht runterkommen?«, rufe ich, aber sie antwortet nicht.

Ein Buch wird durch die Klappe geschleudert und prallt gegen die Leitersprossen.

»Geh doch zu ihr rauf«, sagt Ida.

Ein weiteres Buch poltert herunter, und wir weichen verschreckt zurück. Wenig später regnet es Bücher. Mutter wirft weitere durch die Luke, und lose Seiten der alten Bücher flattern durch die Luft. Buller kommt angerannt und bellt aufgeregt. Lotte schrieb einmal auf Facebook, das Leben sei wie ein Buch. Man könne die bereits beschriebenen Seiten nicht mehr verändern, aber ein neues Kapitel beginnen.

Mutter macht weiter, was mich ungemein stresst. Seiten fliegen herum. Bücher gehen kaputt.

»Mama, hör doch auf!«, rufe ich.

Ich hebe eine Seite vom Fußboden auf. Es ist Vaters Handschrift, es sind Vaters Tagebücher aus der Klavierbank.

»William hat so viele schöne Interessen. Wenn er mich nach den Vögeln ausfragt, bin ich besonders stolz. Er interessiert sich für Vögel, was in seinem Alter nicht viele tun.«

Entweder hat Mutter Vernunft angenommen, oder es liegen keine weiteren Tagebücher in der Klavierbank. Ihr Gesicht erscheint in der Öffnung. In dem schwachen Licht besteht es vor allem aus Schatten, ihre Frisur ist durcheinandergeraten, das Haar ist wirr. Sie holt so tief Luft, dass ich Angst habe, sie könnte wieder ohnmächtig werden. Sie hyperventiliert.

»Ja, Louise«, sagt sie. »Du hast recht behalten. Bist du jetzt zufrieden?«

»Nein, Mama.«

»Bist du jetzt zufrieden?«, fragt sie noch einmal und wischt sich mit dem Handrücken über ihre laufende Nase.

»Komm runter«, sage ich, aber sie bleibt schwankend stehen. Gleich wird sie den Halt verlieren.

»Kristian hatte zwei weitere Kinder, zwei Söhne. Sie haben alle *hier* gewohnt. Kristians Kinder haben hier in Lykkebo gewohnt.«

»Ja«, sage ich. Es verwirrt mich, dass sie so heftig reagiert. Sie wollte es nicht einsehen. Ich habe es ihr so oft gesagt, die ganze Zeit, dass er in all diesen Jahren keine Bücher geschrieben hat. Ich habe es ihr *gesagt*.

»Also hat er sowohl sie als auch uns im Stich gelassen«, fährt sie fort. »Er hat uns nichts gesagt, kein einziges Wort. Und was hat er zu ihnen gesagt? Hat er sie einfach verlassen? So wie er uns damals verlassen hat?«

»Das weiß ich nicht!«

Mutter schnaubt verächtlich.

»Du weißt doch sonst immer alles. Du glaubst, dass du alles weißt, aber du hast keine Ahnung. Was sagen die Karten denn jetzt, Louise? Na, was sagen die Karten denn?«

Sie scheint plötzlich den Verstand verloren zu haben. Sie schwankt, gewinnt dann aber das Gleichgewicht zurück.

»Mama, tu was!«, sagt Ida.

Ich trete auf die steile Bodentreppe zu und strecke meine Hand aus, aber Mutter würdigt mich keines Blickes. Sie betrachtet die Bücher, die in einem Kreis um die Leiter herumliegen.

»So geht es, Kristian«, sagt sie. »Hast du wirklich geglaubt, ich würde deine lausigen Tagebücher lesen? Du kannst doch mit mir reden, die Dinge aussprechen, sagen, was Sache ist. Du kannst es mir doch sagen, du kannst mir von deinem hässlichen Haus und von deinen hässlichen Kindern erzählen, und dann können wir über die Dinge reden, verstehst du das denn nicht? *Verstehst du das denn nicht?* Wir können doch über die Dinge reden.«

»Sie tickt ja nicht mehr richtig«, sagt Ida.

»Sie ist nur sehr aufgewühlt«, erwidere ich.

»Mama, wie wär's mit einer Tasse Kaffee?«, schlage ich vor, und sie sieht mich mit blitzenden Augen an.

»Du findest also, dass wir Kaffee trinken sollen? Und was bringt das, Louise? Du hast keine Zeit zum Kaffeetrinken! Du hast dein eigenes Leben. Verstehst du jetzt, welch ein Verräter dein Vater war? Kapierst du's endlich?«

Ich fange an zu weinen. Ich kann nicht mehr. Was ist eigentlich los … Ida weint ebenfalls.

»Jetzt komm mal runter, Großmutter«, sagt sie mit rauer Stimme. »Komm runter.«

Mama setzt sich auf die Leiter.

Ich höre Michael in der Küche. Buller dreht sich im Kreis und wartet auf einen Leckerbissen, Magnus fragt, ob wir bald essen.

Michael kann gut mit Krisen umgehen, und ich will ihn gerade rufen, aber da steht er schon neben mir, nimmt mich in den Arm und schaut zu Mutter hoch.

»Wie geht's, Karen?«

»Wie soll's schon gehen?«, faucht sie zurück. Seine Frage ist überflüssig. Es geht überhaupt nicht. Er muss die Krise meistern, und dessen ist er sich bewusst.

»Karen«, sagt er. »Willst du nicht runterkommen?«

Mutter beginnt zu singen, was mich freut, denn das bringt ihn aus dem Konzept.

Es ist wieder das traurige Kinderlied über die Erwachsenen, die so viele Ängste haben und so viel Verantwortung tragen. Ich erinnere mich an dieses Lied aus meiner Kindheit und weiß nicht, warum sie es gerade jetzt singt. Mutter sang es immer, wenn ich Angst hatte. Ich hatte Albträume wegen der Trolle und kroch an ihrem Fußende in ihr Bett. Ich spielte mit den Verschlussbändern des Bettbezugs, versteckte dort drin meine Hände und kroch schließlich ganz hinein. »Sing, Mama«, sagte ich, und dann sang sie dieses schauderhafte Lied, und ich bekam noch mehr Angst, und zwar nicht vor der Nacht und den Trollen, sondern vor Mutter. Denn Mama durfte einfach keine Angst haben.

»Jetzt hol ich sie runter«, sagt Michael.

Er klettert auf die Leiter.

»Weg mit dir«, sagt Mutter. »Das schaff ich schon allein.«

Sie erhebt sich und scheucht Michael weg. »Ich kann ja wohl noch allein eine Leiter runterklettern!«, sagt sie. Wir weichen zurück, sobald sie zwischen Vaters Tagebüchern steht. Sie hebt eines davon auf und blättert entrüstet, dann wirft sie den Kopf zurück.

»Was soll denn das, Kristian? Was sagst du da?«

Sie beginnt vorzulesen.

»Seit Lilys Tod weiß ich, dass mir keine Wahl bleibt. Vor ihrem Tod habe ich viel darüber nachgedacht, ob ich zurückkehren soll.«

Mutters Stimme zittert und bricht, aber sie fährt fort:

»Jeden Tag denke ich an sie. Besonders morgens. Aber die Jungs halten mich auf Trab. Dann habe ich keine Zeit für Erinnerungen. Jetzt bin ich nun einmal hier. Eines Tages wird sich das vielleicht ändern.«

Mutter liest nicht weiter. Sie bricht ab und schüttelt voller Verachtung den Kopf.

Magnus taucht hinter Michael auf. Ein kleines, unschuldiges Gesicht.

»Was ist los?«, fragt er. »Was ist mit den Büchern passiert?«

»Nichts«, antwortet Michael.

Er zieht Magnus an uns vorbei in den Garten, und Buller trottet hinter ihnen her. Mir fällt Michaels gebeugte Haltung auf. Er sieht aus wie ein Jäger, der danebengeschossen hat. Er kann uns jetzt auch nicht mehr retten.

Ich betrachte die Tagebücher. Mehrere Hundert Seiten. Vaters Worte, Vaters Leben. Alle ersehnten Antworten stehen in diesen Tagebüchern, und Mutter zerreißt sie. Eine Seite, zwei Seiten, drei Seiten. Ich bitte sie aufzuhören, und sie hält inne, schaut in die Luft und nickt. Sie kehrt in die Küche zurück und spricht dabei mit sich selbst, spricht die ganze Zeit Vaters Namen aus. Ich sehe Ida an. Unbeholfen steht sie da und betrachtet die Tagebücher. Ich weiß auch nicht, was wir jetzt machen sollen. Da hören wir Glas splittern, und Ida schreckt auf.

Von der Tür aus betrachten wir Mutter. Ein zerbrochener Bilderrahmen liegt mit der Rückseite nach oben auf dem Boden. Mutter steht da und sieht die Krähe, die Saatkrähe, an. Dann schaut sie zu uns herüber und fixiert Ida.

»Hast du das denn wirklich nicht gesehen?« fragt sie. »Er sieht doch aus wie Kristian. *Er sieht aus wie Kristian.*«

»Ja, jetzt sehe ich es auch.«

»Wenn man das nicht sieht, ist man vollkommen blind.«

»Wo wohnen sie?«

»Ich kenne die Adresse nicht.«

»Aber du weißt, wo sie wohnen.«

Ich lege meinen Arm um Ida und streiche ihr über die Wange. Jetzt reicht es! So darf sie nicht mit meiner Tochter umspringen.

»Sie wohnen am Waldrand«, schluchzt Ida. »In dem roten Haus mit dem Wintergarten.«

Mutter nickt.

»Du gehst da jetzt nicht hin, Mama«, sage ich.

»Das entscheide ich ganz allein, Louise«, erwidert sie. »Ich tue, was ich für richtig halte. Das hat Kristian getan, und das tue ich auch. Wir tun, was wir für richtig halten.«

19

KAREN

Sie hieß Lily, und sie ist tot. Sie hat Kristians Kinder zur Welt gebracht. Er lebte sein eigenes Leben.

Ein rotes Haus am Waldrand. Ida hat gut reden. Der große Wald hat viele Ränder. In diesem Wald kann man sich verirren, und ich fühle mich schon ganz krank. In meiner Brust rasselt es, wenn ich Atem hole, und mir bricht der kalte Schweiß aus. An diesem kalten Abend nackt zu baden war meine eigene verrückte Idee. Wenn ich eine Lungenentzündung bekomme, bin ich selber schuld. Vielleicht sterbe ich ja daran. Dann kann ich wie Kristian unter einem Vogelbad ruhen. Dort können wir uns über Vögel unterhalten, die baden, mit den Flügeln schlagen und einander den Hof machen. Das ist eine Amsel, das eine Krähe und das eine Saatkrähe. Und ich kann ihn fragen, was er getrieben und warum er mir nie die Wahrheit gesagt hat.

Es beginnt mit der Jagdsaison. Anfänglich betrachte ich es nicht als Untreue. Wir tun ja nichts. Johannes versteht mich einfach. Er sieht mich.

»Bist du es nicht leid, in der Küche zu stehen?«, fragt er eines Tages. Die Pfanne spritzt, und das Fett verbrennt mir die Stirn. Kristian stellt gerade seine Gedichtsammlung fertig und merkt gar nicht, was er isst, sondern schaut nur kauend aus dem Fenster. Beim

Essen erkundigt er sich dreimal, ob ich ihn für einen guten Schriftsteller halte, und ich würde jedes Mal am liebsten Nein sagen.

»Ich hasse es zu kochen«, sage ich, und Johannes massiert mir die Schultern.

»Kann Kristian denn nicht einfach Schwarzbrot essen?«, fragt er.

Ich drehe die Platte runter und versuche, die Fassung zu bewahren, aber jetzt berührt Johannes meinen Hals.

Es ist das erste Mal seit dem Mittagessen im vergangenen Jahr, und ich habe mich danach gesehnt.

IDA

Am Himmel regt sich nichts mehr. Eben noch ging ein Wolkenbruch nieder. So war es die ganze Woche. Wolkenbruch, dann wieder Stille.

Ich sitze dort, wo ich beinahe abgestürzt wäre, und meine Beine baumeln über dem Abgrund. Ich beuge mich vor und folge dem senkrechten Hang mit dem Blick bis zum Wasser.

Peder ist mein Onkel. William ist mein Onkel.

Vor meinem inneren Auge sehe ich Peder, seine schlanke Gestalt, auf dem Steg. Er ist ungewöhnlich schlank. Dann sehe ich ihn nackt rennen. Ich sehe ihn am Fenster des Fischerschuppens. *»Die Wahrscheinlichkeit, vom Blitz getroffen zu werden, beträgt eins zu einer Million.«*

Die Wahrscheinlichkeit, dass der Mann, in den du dich verliebt hast, dein Onkel ist, beträgt ebenfalls eins zu einer Million.

Ich würde lieber vom Blitz erschlagen und von den elektrischen Ladungen gespalten werden, das Bewusstsein verlieren und als eine andere erwachen.

Großmutter hat recht: Peder sieht mit seinen großen, ruhigen Händen und seiner schlanken Figur aus wie Großvater. Und Peder schreibt auch Bücher. Er ist ein Großvater in jünger, schreibt über die Natur, Vögel, und führt ein Tagebuch. Aber er ist Peder. Wir haben Rotwein zusammen getrunken, wir waren zusammen. Und er wusste es. Er wusste es die ganze Zeit.

KAREN

Da sitzt er und schreibt, und ich halte inne. Er gleicht Kristian. Ich will ihn nicht beim Schreiben stören. Er sitzt da so schön umgeben von Nistkästen, Vogelbadern und einer Hc cke voller Vogelnester im Garten und bemerkt mich nicht. Er ist in sich versunken. Er schreibt unablässig. Ich verstehe das nicht. Oluf versteht es auch nicht, findet, dass das Unsinn ist. »Kristian, halt dich an die Landwirtschaft«, sagte er. »Da weiß man, was man hat.«

Kristian schreibt mit gerunzelter Stirn, und ich werde jetzt keinen Kaffee kochen, sondern mich auf Abstand halten, während er in seinem Heft hin und her blättert und wie ein Tier schnaubt. Vielleicht hat Oluf recht, vielleicht sollte er sich auf die Landwirtschaft konzentrieren, aber dann verliert er die Leidenschaft, die ich an ihm so liebe.

Ich betrete den Garten. Ein Vogel fliegt aus der Hecke auf, und er hebt den Blick.

»Du bist Kristians Sohn«, sage ich, und er steht auf.

»Hallo, Karen«, sagt er. Er weiß, wie ich heiße.

»Was schreibst du?«, frage ich, aber er antwortet nicht. Ich sollte mich da auch nicht einmischen.

Er ähnelt Kristian. Er sitzt mit allen Vögeln im Garten und schreibt. Der Garten mit seinen Vögeln, Rosen und Geräuschen überwältigt mich.

»Ich heiße Peder«, sagt er, und mir wird ganz schwindlig. Kristian hat uns verlassen. Er war an zwei Orten gleichzeitig und doch nirgends.

»Karen, ist alles okay? Kann ich was für dich tun?«

»Nein.«

Ich schaue ihn an. Die Haut ist glatt, aber er hat Kristians Nase, Kristians Art, sich zu bewegen, dieselbe Haltung.

»Willst du was trinken?«

»Nein, danke.«

Ich versuche mich zu beherrschen, und Peder nimmt mir gegenüber am Gartentisch Platz, zieht das Heft zu sich heran und überlässt mich meinen Gedanken. Ich weiß nicht, was ich will, und das spürt er. Ich bin nur hergekommen, um Kristians Sohn zu sehen, was ich hiermit getan habe.

»Wo ist dein Bruder?«, frage ich und setze mich auf.

Peder schaut sich im Garten um.

»Im Haus«, sagt er. »Der Zirkus hat ihn erschöpft. Da gehört nicht viel dazu. Das waren viele Eindrücke.«

»Weiß er, wer ich bin?«

»Nein.«

»Aber *du* hast mich erkannt?«

Er nickt.

»Und zwar wie?«, erkundige ich mich, weil ich vorher noch nie in diesem Teil des Landes war.

»Ich habe dich bei der Beerdigung gesehen, aber ihr habt mich nicht bemerkt. Ich habe mich im Hintergrund gehalten.«

»Du warst bei der Beerdigung«, sage ich, und mir geht ein Licht auf. Die Rosen. Die roten Rosen auf Kristians Grab.

»Ich habe ihn gefunden«, fährt Peder fort, und jetzt ertrage ich es fast nicht mehr, das Karussell dreht sich zu schnell, die Vögel zwitschern, und der Wind blättert Peders Heft auf. Alles geschieht auf einmal.

»Er ist am Steilhang zusammengebrochen. Ich weiß nicht, was er dort zu suchen hatte. Ich habe ihn gerufen, ich …«

»Was wollte er dort?«

»Ich weiß nicht. Auf einmal war er da. Er war schon lange nicht mehr hier. Er war bei dir.«

»Ich war seine Frau. Er war mein Mann.«

»Und wir sind seine Kinder.«

Der Garten ist voller Vögel, ich habe noch nie so viele Vögel an einem Ort gesehen. Ich will gerne in meine Küche und mein Zuhause, wo die Vögel nicht so einen Radau machen. Hier sind sie rastlos und nicht zu bändigen, hier können sie ihre Schnäbel und Federn nicht beherrschen, die einen ewigen Lärm erzeugen.

»Sind hier immer so viele Vögel?«, frage ich. »Hat Kristian diese Nistkästen aufgehängt?«

»Ja.«

»Das sieht man.«

Peder hat Tränen in den Augen. Er betrachtet sein Schreibheft, und ich weiß nicht, wie ich mich ihm gegenüber verhalten soll.

»Er fehlt mir«, sagt er und weint beinahe. »Ich komme nicht alleine mit William zurecht.«

Er erwartet, dass ich etwas sage, dass ich die Initiative ergreife, aber mir fehlen die Worte. Ich kann ihm übers Haar streichen, und das tue ich auch, aber ich kann nur an mich denken.

Peder ist der Beweis. Er kennt die Geschichte, weiß, wie sie sich kennengelernt haben, wie es zugegangen ist. Ich wünschte mir, es wäre einfacher. Dass Peder nicht mehr weinen würde, seine Gefühle vergäße und mir auf meine Frage, wie es zu Lilys Schwangerschaft gekommen sei, erzählen würde, es sei einfach nur ein Zufall gewesen, ein kurzer Augenblick, der eine Reihe bedeutungsloser Ereignisse auslöste. Wie konnte er neben seinem eigentlichen Leben ein neues schaffen? Warum hat er nichts gesagt?

»Warum?«, frage ich, aber ich kann nicht weitersprechen. Ich weiß nicht, wie ich beginnen soll.

»Warum was?«, erwidert Peder.

Ich muss hier weg. Ich halte es in Lykkebo nicht aus. Das würde ich auch gerne von Peder wissen, wieso dieses Haus Lykkebo heißt, ob Kristian mit Lily glücklich war, aber er wirkt plötzlich in sich gekehrt, vermutlich habe ich keine Chance, von ihm noch mehr zu erfahren. Ich kann ihm nicht helfen, ich kenne ihn nicht, ich muss hier weg.

»Ich gehe jetzt«, sage ich.

LOUISE

»Sollen wir sie suchen?«, fragt Michael. »Sie wirkte ja beinahe manisch, wie sie aufgebrochen ist.«

Er setzt sich neben mich aufs Sofa und legt mir den Arm um die Schultern.

»Das ist wirklich ganz schön krass«, sagt er. »Zwei Kinder. Wirklich krass. Wusstest du davon? Du hast doch irgendwas geahnt, nicht wahr?«

»Was?«

»Dass es noch andere Kinder gab.«

»Nein, Michael«, antworte ich. Ich fauche ihn förmlich an. »Natürlich wusste ich von nichts. Ein abwegiger Gedanke.

Aber dass er Mutter betrogen hat, habe ich von Anfang an gesagt, und dass er in diesem Haus nicht alleine gewohnt hat, sieht doch jeder.«

Er schaut auf die Tarotkarten auf dem Tisch.

»Vielleicht haben dir die Karten das ja verraten?«

»Nein«, erwidere ich. Für so was habe ich jetzt keine Nerven. Das hat mir gerade noch gefehlt, dass er sich über mich lustig macht.

Er steht auf und geht im Zimmer auf und ab. Jetzt verstehe ich auch die Bedeutung dieser Karte. Umstrukturieren, neu ordnen, aufräumen. Es geht um meine Brüder. Ich bin kein Einzelkind. Wenn er mir davon erzählt hätte, hätte ich ihm vermutlich vergeben. Wenn er es mir doch nur gesagt hätte. Jetzt geht es nicht mehr nur um einen Mann, in den sich Ida verliebt hat, es geht um meine Halbbrüder. Von denen einer das Down-Syndrom hat, aber, wie auch Vater, viel von Vögeln versteht. Die Krähe ist eine Saatkrähe.

Magnus und Buller toben in der Küche, und ich bitte Michael, die Tür zu schließen. Während er meiner Aufforderung nachkommt, spricht er weiter.

»Hörst du mir überhaupt zu?«, erkundigt er sich.

Er bewegt seine große Hand rasch über die Karten auf dem Tisch und dreht eine von ihnen um.

»Bedeutet das jetzt, dass ich Besuch vom Tod erhalte?«, fragt er, da es die Karte mit einem Erhängten ist. »So ein Unsinn … Da glaubst du doch wohl selbst nicht dran?«

»Man kann nie wissen«, entgegne ich.

»Willst du Wahrsagerin werden? Oder, wie heißt das noch, Hellseherin?«

Ich schweige, will mir seine Dummheiten nicht länger anhören. Er zieht sein Handy aus der Tasche und wischt mit dem Zeigefinger über das Display.

»Ist das Lise?«, frage ich. »Wie geht es ihr?«

»Ach, halt doch den Mund, Louise«, fährt er mich an, und das kommt nicht oft vor.

»Aber wir unterhalten uns doch gerade, und da musst du schon wieder mit diesem Ding rumspielen. Und entschuldige, aber wer sollte es denn sonst sein?«

»Schaut mal hier«, sagt Magnus und betritt das Wohnzimmer. »Schaut mal, was ich gefunden habe.«

Er hält eine gezackte Glasscherbe ins Licht, und Buller bellt.

»Sei vorsichtig«, sagt Michael und streckt die Hand nach der Scherbe aus.

»Aber ich will die gerne behalten«, wendet Magnus ein.

»Die ist gefährlich«, sagt Michael. »Das ist kein Spielzeug, die gehört in den Mülleimer.«

Magnus verschwindet aus der Tür.

»Das war nicht Lise«, sagt Michael. Er seufzt. Er seufzt die ganze Zeit.

»Hast du diese Stimmungsschwankungen, weil du schwanger bist? Das ist bald nicht mehr zum Aushalten.«

»Was soll denn der Unsinn?«

Ich stehe auf.

»Meine Güte … Du bist ja unerträglich.«

»Nein, Michael, aber ich bin schwanger, habe plötzlich zwei Brüder, von denen ich nichts wusste, und werde von dir betrogen. Du kannst also getrost den Mund halten.«

Magnus hat wieder das Zimmer betreten.

»Immerhin will Lise mit mir zusammen sein«, meint Michael. »Du bist nur noch abweisend. Du sprichst ja nicht mal mit mir. Was willst du eigentlich? Du brütest einfach nur über diesen Karten. Wir müssen miteinander reden. Aber du stößt mich weg. Die ganze Zeit.«

»Ja, und warum wohl?«

»Keine Ahnung. Ich weiß es nicht, Louise. Ich gebe mir wirklich Mühe.«

»Ach wirklich? Wie denn? Du gehst zur Arbeit, du gehst zur Arbeit, du gehst zur Arbeit. Dann kommst du nach Hause und redest über Arbeit, Arbeit, Arbeit. Und dein Deo stinkt meilenweit nach toten Tieren. Gefällt es Lise? Ist das der Grund?«

»Louise, hör auf. Ich verstehe ja, dass …«

»Ja, ja, du verstehst alles, das bezweifle ich nicht im Geringsten, Michael. Immer diese Selbstgerechtigkeit. Du hast immer alles im Griff und übersiehst nichts, keine Sorge. Verschwinde.«

Da stößt Magnus ein Gebrüll aus: »Ich will zu meiner Mama!«

»Verschwinde endlich«, sage ich noch einmal zu Michael. »Du machst alles nur noch schlimmer.«

»Du Miststück, was fällt dir ein«, flüstert er. Dann nimmt er Magnus, seinen Hund und sein Auto und verlässt Lykkebo.

Ich gehe ins Bad und übergebe mich so lange, bis schließlich nichts mehr übrig ist.

20

IDA

Seit mehreren Stunden sitze ich jetzt am Abgrund und lasse die Beine über die Kante baumeln. Das Meer spiegelt sich im Himmel oder umgekehrt. Die Wolken wirken feindlich gesinnt und ziehen sich zusammen, ein Unwetter steht bevor.

Oben auf der Straße fährt ein Auto vorbei, ein Hund bellt. Das ist Buller. Die Motorengeräusche entfernen sich. Ich drehe mich um und sehe gerade noch Michaels Auto um die Ecke biegen. Sie haben sich also wieder gestritten. Damit war zu rechnen, es hing gewissermaßen in der Luft. Dieses Mal hat er Buller mitgenommen, also ist es ernst.

Kaum habe ich mich wieder ausgestreckt, da sehe ich ihn.

Jetzt könnten wir von vorne anfangen. Wir könnten auf den Steg gehen, Hallo sagen, und ich könnte meinem Onkel die Hand geben. »Du bist also Kristians Sohn. Ich heiße Ida«, würde ich sagen. Dann könnte er mein Onkel sein, und William könnte ebenfalls mein Onkel sein. Es ist schön, zwei Onkel zu haben, denn unsere Familie ist nicht groß. Mama findet, dass in unserer Familie die Männer fehlen, ihrer Meinung nach sollte Ausgewogenheit herrschen. Aber ich will nicht, dass Peder mein Onkel ist.

Ich schleiche zum Fischerschuppen und behalte ihn im Auge. William ist nicht dort. William ist nie auf dem Steg, da ist immer nur Peder.

Die Notizbücher liegen noch immer fein säuberlich auf der Hobelbank aufgestapelt. Ich lese darin und betrachte die Handschrift. Das sind gar nicht Peders Tagebücher, sondern Großvaters.

Ich betrachte Peder durch das Fenster. Jetzt ist er nackt. Er fühlt sich nackt wohl, aber es ist Onkel Peder, der nackt auf dem Steg steht.

Ich streiche mit den Händen über die Hobelbank und die ins Holz geschlagenen Nägel. Es ist eine alte Hobelbank, Großvaters Hobelbank.

Erst auf dem Steg lasse ich mein Kleid fallen. Hier ist kein Mensch, der Strand ist unberührt, und der Himmel verbirgt sich hinter den Wolken.

Ich ziehe meinen rosa Slip, der an eine Unterhose für Puppen erinnert, über die Knöchel. Ich erinnere mich noch, dass ich meinen Puppen früher richtige Unterhosen anzog, die immer so groß waren, dass beide Beine aus demselben Loch hervorschauten.

Mit einem Klatschen treffe ich auf dem Wasser auf und versinke schwer wie ein Koloss unter der Oberfläche. Selbst wenn ich es wirklich wollte, könnte ich mich nicht dazu zwingen, unter Wasser zu bleiben. Das ist ein Reflex. Deswegen stopft man schwere Steine in die Taschen, wenn man sich ertränken will. Ich will gerne noch ein wenig hier verweilen. Hier ist es so lautlos, still und dunkel, wenn ich die Augen schließe. Als wäre man weg. So muss es sich im Mutterleib anfühlen, ich versuche mir vorzustellen, wie es damals in Mamas Bauch war. Die geborgenste Zeit der Welt, der geborgenste Ort.

Ich muss Luft holen, und Wasser dringt mir in Mund und Nase. Ein Reflex lässt mich an die Oberfläche schnellen. Ich atme tief ein, spucke Wasser, und da erblicke ich Peder auf dem Steg, und Peder sieht mich an. Wasser läuft mir am Kinn herunter, während ich mit den Beinen strample. Peder betrachtet mich unverwandt, er ist ebenfalls nackt.

»Du wusstest es«, sage ich. »Deswegen bist du gegangen.«

Eine kalte Brise lässt Peder erschauern. Er schweigt.

»Willst du einfach nur dastehen?«, frage ich. »Dastehen, gaffen, nackt sein. Man kann nicht einfach nur so rumstehen.«

Ich habe keine Lust, mir meinen nackten Onkel anzuschauen. Ich will im Niemandsland schwimmen. In einem Land, in dem Peder Peder ist, Peder mit der flatternden Jacke und den ruhigen Händen. Ich wage mich weiter hinaus, dorthin, wo das Wasser tiefer und kälter und vom Wind aufgewühlt wird. Ich will warten.

Ich öffne die Augen und sehe, dass ich weit hinausgetrieben bin. Auf dem Steg ist nur noch seine Silhouette auszumachen.

Ich habe mich zu weit hinausgewagt, das weiß ich, aber jetzt bin ich hier, weit draußen, und Peder muss mich zurückholen.

Ich könnte tun, als würde ich ertrinken.

Dieser Gedanke schleicht sich an. Erst weise ich ihn von mir. Dieser Gedanke ist krank, hält sich aber beharrlich. Er kommt nicht, und ich atme ganz aus und frische Luft wieder ein.

Jetzt befinde ich mich unter Wasser, und Peder kann mich nicht mehr sehen.

Vielleicht gerät er in Panik, schwimmt mit kräftigen Zügen und ruft meinen Namen.

Ich zähle … vierzehn, fünfzehn … es fällt mir bereits schwer. Ich will meine gesamte Energie darauf konzentrieren, der Versuchung zu widerstehen. In meinen Knöcheln kribbelt es. Mir ist kalt. *Peder, komm und hol mich, mir ist kalt.*

Ich denke gerade, jetzt ist es zu spät, Peder kommt nicht, ich kann ebenso gut aufgeben und wie eine gescheiterte Meerjungfrau an die Oberfläche kommen, aber ich bin müde, und bis zum Steg und Festland sind es unendlich viele Kilometer. Es sind auch unendlich viele Kilometer bis zur Oberfläche, aber trotzdem gelingt es mir aufzutauchen. Plötzlich befinde ich mich nicht mehr unter Wasser.

»Peder, komm, hilf mir«, stammele ich, aber auf dem Steg ist keine Silhouette mehr. Peder ist weg.

Ich beginne, ans Ufer zu schwimmen, aber die Strömung zieht mich raus. Es ist keine starke Strömung, aber doch stark genug. Eine Strömung, gegen die ich nicht ankämpfen kann, schließlich bin ich nur ein Strich. Vielleicht war ich ja zu lange im Wasser, vielleicht ist Schlafenszeit, und Peder liegt neben William in dem Zimmer mit den fluoreszierenden Sternen an der Decke. Aber es ist nicht Schlafenszeit, und der Himmel ist noch hell. *Hilf mir, Peder.* Ich blicke zum Ufer, aber es ist nur noch eine schmale Linie. Ist es möglich, dass ich wirklich in Lebensgefahr schwebe? Erst wage ich diesen Gedanken nicht zu denken, aber als ich ein Prickeln und Stechen in meinem Fuß spüre, höre ich Großmutters Stimme: *Es ist ernst.*

Ich muss an den Strand, und zwar sofort. Mit einer Kraft, von der ich nicht weiß, wo ich sie hernehme, presche ich im Wasser vorwärts.

Ich merke, dass ich parallel zum Ufer schwimme und nicht darauf zu. Ich beginne zu weinen. Meine Füße kribbeln. Ich strampele mit den Beinen, drehe mich um mich selbst, versuche die Kälte zu vergessen, aber ich bin erschöpft und erlaube mir, einen Augenblick lang aufzugeben und mich ins Wasser sinken zu lassen.

Als Kind wollte ich gerne eine Meerjungfrau sein, ich dachte, dass es sie gibt …

»Ida!«

Ein Arm packt mich unter den Achseln, zieht mich hoch.

Jetzt ist mir alles egal. Man kann nicht zu spät kommen und Prinz spielen, man kann nicht heute Peder sein und morgen der Onkel. Ich will in Ruhe gelassen werden, während Quallen zwischen meinen Beinen hindurchgleiten und sich Tang in meinen Haaren verfängt. Mir ist alles egal.

Mein Mund füllt sich mit Wasser. Es läuft mir die Kehle runter.

»Ida.«

Ich öffne die Augen und spüre Peders warme Haut an meiner Wange. Er zieht mich in Richtung Ufer.

»Bist du bei Bewusstsein?«, fragt er, aber ich antworte nicht, weil er sich ruhig ein wenig Sorgen machen kann. Er soll von mir aus glauben, dass ich immer noch ertrinke, verschwinde.

»Wir sind gleich da«, sagt er, »ganz bald.«

KAREN

»Johannes, das geht nicht.«

»Doch.«

Ich drehe mich zum Rosenbeet um, und er deutet es als Erlaubnis, den Reißverschluss meines Kleides zu öffnen.

»Johannes!«

Er seufzt und tritt einen Schritt zurück. »Jetzt stell dich doch nicht so an«, sagt er.

»Nein«, sage ich. »Das geht nicht.«

Wir starren uns lange an. Johannes ähnelt Kristian in vielem. Er ist groß und schlank und hat kräftiges Haar, aber Kristian hat Grübchen und Johannes nicht. Dafür besitzt er ausgeprägte Wangenknochen. Sein Profil gefällt mir. Er betrachtet mich mit einem Augenzwinkern, als wüsste er, dass ich nachgeben werde, aber ich bleibe standhaft, wenn er mich so ansieht. Das steht ihm nicht zu, und ich beginne gegen meinen Willen zu lachen. Als würde man zu einem Kind sagen: »Jetzt darfst du nicht lachen«, und das Kind lacht trotzdem.

»Du bist eine Schönheit«, sagt er.

»Nein, bin ich nicht«, erwidere ich. Ich habe den ganzen Tag im Garten gearbeitet, bin verschwitzt und habe rissige Nägel.

»Wenn ich sage, dass du eine Schönheit bist, dann bist du eine Schönheit.«

»Karen!«, lässt sich eine Stimme aus dem Haus vernehmen. Es ist Kristian.

»Ich geh lieber rein«, sage ich.

»Lass ihn ruhig ein bisschen warten«, meint Johannes.

»Ich geh rein«, sage ich und befreie mich aus Johannes' Händen. Mit meinem verschwitzten Gesicht und meinen rissigen Nageln fühle ich mich hässlich, und das ist auch das Erste, was Kristian sagt: »Wie du wieder aussiehst …«

Die Gaststätte heißt Napoleon. Ich will im Napoleon ein Bier trinken, einen Limfjordsporter, und daran wird mich niemand hindern.

Ich versuche durch die Fenster ins Innere zu blicken, aber durch die gewölbten Scheiben lässt sich kaum etwas erkennen. Vor den Fenstern hängen Blumenkästen mit gelben und lila Blumen, unter den Blättern liegen Kippen.

Ich gehe die Treppe hoch und nicke einer Frau auf dem Bürgersteig zu. Sie trägt ein hässliches Haarnetz und sieht mich missbilligend an. Vermutlich hält sie es für eine Todsünde, um vier Uhr nachmittags eine Kneipe zu betreten.

Das Lokal macht einen schmuddeligen Eindruck, der Gastraum ist düster und verqualmt. Ein Hund mit einem milchig weißen Auge, vielleicht durch grauen Star, trottet auf mich zu.

»Guter Hund«, sage ich, als er an meinem Knie schnuppert.

Ein paar Männer nicken mir vom Tresen aus zu und heben ihre Biergläser, aber ich will allein sein und werde mich an einen der quadratischen Tische mit ungebügelten, rot-weiß karierten Tischdecken setzen.

»Bitte einen Limfjordsporter«, sage ich an der Bar, und ein Mann mit Schuppen im Haar und auf den Brauen wischt erst einmal eine Bierpfütze auf.

»Gerne«, antwortet er und mustert mich, öffnet eine Flasche und reicht mir das Lesegerät für meine Kreditkarte.

In der Ecke mit Blick auf die Wand und ein Gemälde von Napoleon nehme ich Platz. Genau das will ich. Ich will mit Napoleon Porter trinken, und niemand soll wissen, wo ich bin.

Ein Mann betritt das Lokal. Verglichen mit den ungepflegten, versoffenen Gästen am Tresen sieht er recht anständig aus. Mit seiner Mappe unter dem Arm und seiner auffälligen Brille wirkt er fast arrogant, aber das sind vielleicht nur Vorurteile. An einem Samstagnachmittag kann man im Napoleon nicht sonderlich arrogant auftreten.

Ich gieße den letzten Schluck Porter in mein Glas.

Nicht einmal in meinen wildesten Fantasien hätte ich mir so etwas ausmalen können. Ich habe mir sehr viel ausgemalt, aber nicht zwei Jungen, nicht so einen wie Peder und schon gar nicht einen wie William. Peder und William. Namen, die Kristian ausgesucht hat.

Die Frau hieß Lily. Sie ist tot, ich weiß nicht, wann sie gestorben ist, und ich bereue es, die Tagebücher vom Speicher nicht mitgenommen zu haben. Hier könnte ich sie jetzt lesen. Hier könnte ich mit Kristian allein sein.

Die Jungen sind inzwischen erwachsen. Viel Zeit ist vergangen, zwanzig Jahre, dann noch einmal fünf, und weiterhin vergeht die Zeit.

Ich betrachte den Hund mit dem blinden Auge. Auge um Auge, das macht die Welt blind. Vielleicht war ja das seine Rache.

Der Wirt bringt mir noch ein Porter.

»Von dem Herrn da drüben«, sagt er und nickt zum Mann hinüber, der gerade gekommen ist. Er sitzt allein mit dem Rücken zu mir, sodass ich mich nicht bedanken kann. Er müsste mir jetzt zunicken, weil sich das so gehört, aber er tut überhaupt nichts.

»Danke«, sage ich. Ich gieße den Porter in mein Glas und hätte beinahe Napoleon zugeprostet.

Ich könnte mich jetzt betrinken, weil ich auf niemanden Rücksicht nehmen muss.

Das Lokal hat sich geleert, und der Wirt befindet sich in einem Raum hinter der Theke. Nur der Mann mit der Mappe und ich sind noch da. Und der Hund.

Der andere Gast setzt sich nicht zu mir, und das ist merkwürdig. Warum sollte er mir sonst einen Porter spendieren? Er scheint völlig desinteressiert zu sein, kehrt mir nach wie vor den Rücken zu.

Die Liebe zwischen uns war nie sehr stabil. Phasenweise ignorierte er mich schlichtweg. Die Liebe zu den Büchern war größer. Es war deswegen. Wenn er nur ein wenig Aufmerksamkeit gezeigt hätte. Wenn er nur …

Eine Hand auf meiner Schulter reißt mich aus meinen Gedanken.

»Sie sitzen so alleine da«, sagt er.

»Ich ziehe das vor«, erwidere ich. Er stört mich, er zwingt mich in die Gegenwart zurück, dabei bin ich vollauf mit meinen Gedanken beschäftigt.

»Darf ich mich zu Ihnen setzen?«, fragt er und zieht sich einen Stuhl heran, ohne meine Antwort abzuwarten.

»Lieber nicht. Ich bin gerne allein«, antworte ich, aber dem Mann ist das gleichgültig, und er nimmt Platz.

Mir fällt ein, dass ich Ida versprochen habe, Napoleonschnitten zu backen. Ich hatte auch Louise versprochen herauszufinden, was Kristian in diesem Sommerhaus gemacht hat. Nun, das wissen wir ja jetzt.

»Ich hole Ihnen noch einen Porter«, sagt der Mann. Offenbar habe ich mir den letzten Schluck eingegossen.

21

LOUISE

Ich weine lange und fühle mich anschließend besser. Das ist wissenschaftlich bewiesen. Wenn man geweint hat, geht es einem besser. Das nennt man die Chemie des Gehirns, Tränen befreien und setzen Endorphine frei.

Aber ich bin völlig erschöpft. Ich mache mir Sorgen um Mutter, um Ida und um Magnus. Hauptsächlich um Magnus. Ich habe vergessen, mich nach seiner Mutter zu erkundigen. Vielleicht ist sie richtig krank. Vielleicht hat sie ja eine genetische Veranlagung zur Geisteskrankheit. Bei manchen Leuten ist das so.

Ich mache mir auch Sorgen um mich selbst und um mein Herz. Ich habe mehrmals versucht, meinen Puls zu messen, aber der Rhythmus ist zu ungleichmäßig. Ich erwäge, den ärztlichen Notdienst anzurufen, aber ich will ihn auch nicht unnötig in Anspruch nehmen. Je mehr ich an mein Herz denke und je öfter ich meine Hand unter meine Bluse schiebe, desto schneller schlägt es. Ich muss einfach einen Arzt sprechen. Das ist einfach nicht normal.

Ich bin Nummer vier in der Warteschleife, schalte den Lautsprecher meines Handys ein und beginne, Vaters Tagebücher zu sortieren. Mutter hat einzelne Seiten herausgerissen, die ich wieder einordnen möchte, aber das ist unmöglich. Außerdem kann ich seine Handschrift nicht entziffern.

Eine Stimme bittet mich um meine Personenkennziffer.

»Was kann ich für Sie tun?«

»Mein Herz«, sage ich, und jetzt ist außerdem noch meine Atmung ganz durcheinandergeraten, und ich bekomme keine Luft mehr.

»Ja?«, lässt sich die Stimme vernehmen, ich soll das offenbar näher erläutern.

»Es schlägt zu schnell, und ich spüre es bis in die Magengrube. Ich kann es auch hören«, sage ich.

»Haben Sie noch andere Symptome? Schwindel, Übelkeit?«

»Nein, oder doch.« Ich versuche, mich zusammenzunehmen und die Fragen der Ärztin zu beantworten, aber mir ist schwindlig. »Mir ist ein wenig übel. Ich bin schwanger.«

»Okay, Sie sind schwanger. Wievielte Schwangerschaftswoche?«

Ich setze mich auf den Fußboden und lehne mich an die Bodentreppe. Ich versuche, mein Herz, meine Atmung und mein Schluchzen in den Griff zu kriegen.

»Das weiß ich nicht. Wir sind in einem Sommerhaus, und ich habe gerade erst herausgefunden, dass ich schwanger bin.« Mein Schluchzen wird lauter. Sie hört sicher, dass ich weine, aber das ist mir egal.

»Darf ich Sie bitten, erst einmal ganz tief einzuatmen«, sagt sie sehr pädagogisch. Sicherlich ist sie Hysterie gewohnt. »Sind in letzter Zeit andere einschneidende Dinge geschehen? Sind Sie gestresst?«, fragt sie.

»Ja«, antworte ich. Ich habe nicht die Kraft, der Ärztin die einschneidenden Geschehnisse zu erläutern. »Es gab einige Veränderungen.«

»Wahrscheinlich ist es deswegen«, erwidert sie. »Haben Sie Ihren Puls gemessen?«

Ich nicke. »Etwa 120 in der Minute.«

»Das ist wirklich ein wenig hoch«, sagt sie. »Ich finde, Sie sollten sich anderen Gedanken zuwenden und einen Spaziergang unternehmen. Denken Sie an andere Dinge«, sagt sie.

»Aber ist das normal?«, frage ich. Ich denke an das Kind. Vielleicht ist ja etwas mit dem Kind nicht in Ordnung.

»Ihnen fehlt nichts«, sagt die Ärztin, und ich verstehe nicht, wie sie sich da so sicher sein kann. Ich danke für die Hilfe, will sie nicht weiter aufhalten, und die beruhigende Stimme ist weg.

IDA

»Kannst du allein gehen? Soll ich dir helfen?«, fragt Peder, und es ist nicht gespielt, als ich sage, dass ich nicht allein gehen kann. Ich bin erschöpft bis auf die Knochen. Ich kann nicht alleine gehen.

Peder schiebt seinen Arm unter den meinen und stützt mich, während er mit der anderen Hand seine schwarze Jacke aufhebt und sie mir um die Schultern legt. Ich hatte ganz vergessen, dass ich nackt bin.

»Zum Schuppen rauf«, sagt er nur. Es geht mir lausig. Gleichzeitig fühle ich mich in Peders Arm sehr wohl. Er darf nie mehr loslassen, tut es aber trotzdem, als wir am Ziel sind.

»Geh rein«, kommandiert er.

Ich friere noch immer, und es wird immer schlimmer, als ich mich mit angezogenen Knien unter das Fenster setze. Meine Zähne klappern.

»Bist du noch da?«, fragt Peder, als ich einen Augenblick lang die Augen schließe.

»Ja«, antworte ich und öffne sie wieder. Ich bin da. Ich bin müde und friere, aber ich bin da. Im Schuppen mit Peder.

»Es war nicht, weil … Es war nur, weil …«

»Pst«, sagt Peder, aber ich will nicht schweigen. Ich will ihm die Wahrheit sagen. Es war nicht, weil ich ertrinken wollte. Ich wollte mein eigenes Leben nicht gefährden, das darf er nicht glauben. Das darf Peder keinesfalls glauben. Ich wollte mich von ihm retten lassen, nur das wollte ich.

»Was sollte das denn, verdammt noch mal?«, fragt er, nachdem er mir schwarzen Kaffee in den Deckel einer Thermoskanne gegossen hat. Offenbar hat er noch etwas anderes reingekippt, denn es schmeckt nicht nach Kaffee.

»Was hast du da reingetan?«, frage ich.

»Nur einen Schluck«, sagt er, ohne näher zu erklären, was. »Damit dir warm wird. Das ist gut für dich.«

Das ist gut für mich. Peder denkt daran, was gut für mich ist. Er umsorgt mich.

»Was ist da draußen eigentlich passiert?«, fragt er wieder. »Du wärst fast ertrunken, das ist dir doch klar?«

»Ja. Ich habe meine Füße nicht mehr gespürt«, erwidere ich.

»Das lag daran, dass du einen Krampf bekommen hast. Du hättest ertrinken können.«

Peder reibt sich die Stirn, lehnt sich gegen die Hobelbank und schaut auf mich herunter. Er sieht mich an, wie er gelegentlich William ansieht, mit einem hoffnungslos frustrierten Blick.

»Ida«, sagt er nur.

Ich muss plötzlich grinsen. Das, was ich getan habe, ist vollkommen schwachsinnig. Das sehe ich jetzt ein.

»Das ist verdammt noch mal nicht lustig«, meint er.

»Nein. Entschuldige.«

Peder friert. Er drückt mit beiden Händen die Thermoskanne an die Brust.

»Was hast du dir da bloß gedacht? Was, verdammt noch mal?«

Ich weiß nicht, was ich mir gedacht habe. Ich habe an überhaupt nichts gedacht. Die Zeit im Wasser wird zu Sand in einem Stundenglas, sie verrinnt und verschwindet aus meinem Bewusstsein, und übrig bleibt nur Peders warmer Körper dicht an meinem.

»Weiß ich nicht.«

»Nein, es ist unbegreiflich«, meint er. »Du warst wahnsinnig weit draußen. Zum Schluss konnte ich dich nicht mehr sehen, du warst in der Mitte des Fjords.«

»Aber ich habe doch versucht, ans Ufer zurückzuschwimmen«, wende ich ein.

»Du warst eine Ewigkeit da draußen und hast einen Scheißdreck getan. Wäre ich nicht da gewesen, dann weiß ich nicht, was passiert wäre.«

»Dann wäre ich ertrunken«, erwidere ich.

»Ja«, sagt Peder. »Dann wärst du ertrunken.«

Dann schweigen wir, und ich beginne zu weinen, zu weinen und zu zittern.

»Ist ja schon gut«, sagt Peder. »Wird alles wieder gut.«

»Wird es nicht«, sage ich. »Du bist mein Onkel. Du bist Mamas Bruder. Ich habe mich in dich verliebt.«

»Halbbruder.«

»Das ist dasselbe«, sage ich.

»Nein, ist es nicht«, sagt Peder. Er setzt sich neben mich unter das Fenster, und ich habe unter der Jacke nichts an.

»Wo sind deine Kleider?«, fragt er. »Soll ich deine Sachen holen? Du wirst noch krank.«

»Das ist mir egal«, sage ich. Ich will einfach nur dasitzen, mich an Peder lehnen und einschlafen, aber er steht schon auf.

»Jetzt holen wir deine Sachen, und dann begleite ich dich nach Hause«, sagt er. »Du musst nach Hause zu deiner Familie.«

LOUISE

Die Ärztin hat recht, ein Spaziergang hilft. Ich rufe nach Mutter und Ida, aber sie sind nicht aufzufinden. Ich bin ganz allein, kein Mann, keine Mutter, keine Tochter, kein Hund. Das denke ich mehrmals, während ich den sandigen Weg entlanggehe, und dann bekomme ich Gewissensbisse. Ich bin nicht allein. Wir sind jetzt zu zweit. In meiner Gebärmutter ist ein Kind. Unter meinem Herzen wächst ein Kind. Es wird immer größer. Zwei Leben in einem Körper. Zwei Familien in einer Familie. So ist es jetzt, und ich überlege, ob Mutter bei meinen Brüdern ist, bei Vaters anderen Kindern.

Ich sehe den Schuppen am Hang, Ida tritt heraus. Nicht allein. Es ist der Mann aus dem Zirkus, der andere Bruder. *Mein* Bruder.

Er hat den Arm um ihre Schultern gelegt und führt sie vom Schuppen weg. Sie sieht vollkommen verfroren aus und lehnt sich an ihn, als könne sie nicht allein laufen.

»Ida!«, rufe ich, und die beiden halten am Hang inne.

»Mama«, ruft sie von oben.

»Was ist passiert?«, frage ich und bleibe ein paar Meter vor ihnen stehen. Ich weiß nicht, was ich sagen soll. Meine Tochter und mein Halbbruder haben gerade gemeinsam diesen Schuppen verlassen.

»Warst du schon wieder im Fjord?«, frage ich, denn sie ist nass; feuchte Flecken breiten sich auf ihren Kleidern aus, und der Mann – mein Bruder – ist auch nass.

»Wir haben nur gebadet«, sagt Ida.

»Wir sind im Fjord geschwommen«, meint der Mann und lächelt verlegen.

»Komm«, sage ich zu Ida, aber sie kommt nicht. Verwirrt bleibt sie am Abhang stehen.

»Ida, komm schon. Wir müssen Großmutter suchen«, sage ich. »Sie ist immer noch nicht zurück.«

Der Mann – mein Bruder, von dem ich nicht weiß, wie ich ihn nennen soll – reicht mir die Hand.

»Peder«, sagt er. »Du bist also Kristians Tochter?«

Er ähnelt Vater.

»Hallo«, sage ich und schüttle ihm die Hand.

Er sieht so jung aus. Sie sind so jung.

»Sie sind Zwillinge«, erklärt Ida.

»Okay«, sage ich, aber es dringt nicht zu mir durch. Zwillinge. Sie sind Zwillinge. Ich habe zwei Zwillingsbrüder, Zwillingshalbbrüder, und der eine steht vor mir. Er heißt Peder.

»Komm«, sage ich zu Ida. »Wir müssen gehen«, sage ich an Peder gewandt. »Wir müssen meine Mutter suchen. Sie war auf dem Weg zu euch. Sie ist vollkommen durch den Wind. Wir müssen sie finden.«

»Deine Mutter? Ich habe mit ihr geredet«, sagt Peder. Er wirkt verwirrt, was mich ebenfalls verwirrt. »Ist sie noch nicht zurück? Sie war bei uns im Garten. Wir haben uns unterhalten. Das ist schon länger her. Mehrere Stunden.«

»Aber wo ist sie jetzt?«, frage ich. Bald kann ich nicht mehr.

Der Mann gibt mir einen Porter nach dem anderen aus, und ich habe jegliches Zeitgefühl verloren. Er ist sehr nett, vielleicht ist er ein Geschäftsmann. Ich lächele ihn an, und er erwidert mein Lächeln, und im Übrigen lässt er mich in Frieden.

»Das ist ein schönes Gemälde«, sage ich und nicke Napoleon zu.

»Ja«, erwidert er, hält inne und fährt dann fort: »Aber es ist nicht echt.«

»Nein«, sage ich, »aber es ist trotzdem schön.«

»Wir wohnen in einem Sommerhaus«, erzähle ich. »Ich hatte meiner Enkelin versprochen, Napoleonschnitten und Makronen zu backen, aber dafür war noch keine Zeit. Mein Mann hat mich betrogen. Er hat mit einer Frau hier am Fjord Kinder bekommen, ist hiergeblieben und hat ein Sommerhaus gekauft. Er hatte zwei Jungen. Jetzt ist er tot.«

Der Mann ist aufgetaut. Er lacht, während wir anstoßen. Dann frage ich ihn, ob er mir noch einen Porter holt, was er auch tut. Geizig ist er nicht.

»Skål«, sagt er, und wir stoßen mit Porter an.

»Das war meine eigene Schuld«, sage ich. »Kristian hatte einen Freund. Johannes.«

»Den Rest kann ich mir fast selbst zusammenreimen«, meint der Mann.

»Ja«, sage ich. »Es passierte einfach. Kristian schrieb die ganze Zeit. Johannes war die ganze Zeit da. Erst habe ich ihn abgewiesen, aber dann … Ich weiß nicht. Vielleicht habe ich mich verliebt.«

»Du warst Kristian also untreu, und dann …« Der Mann

zieht an seiner Zigarette und bläst den Rauch mit einem heiseren Lachen in die Luft. »Anschließend war er *dir* untreu?«

Es ist ganz einfach, und es ist nett, einem Fremden zu erzählen, wie alles zusammenhängt.

»Das lässt sich nicht vergleichen«, meine ich. »Kristian hat seine Tochter im Stich gelassen. Er hat sein Kind im Stich gelassen.«

»Das war nicht so klug.«

»Louise glaubte, er wäre verreist. Das habe ich ihr nämlich erzählt. Dass er seinen Roman fertigschreiben wollte.«

»Und sie hat dir geglaubt?«

»Ja. Sie war so naiv. Vermutlich war das Kristians Schuld. Sie glaubte alle seine Geschichten über Hexen und Trolle. Sie litt deswegen aber auch unter Albträumen. Aber ich wusste schließlich nicht, wo er war. Zu guter Letzt spürte sie meine Frustration. Sie hat mich gefragt, wo er sei, schließlich konnte das mit dem Roman auch nicht ewig dauern.«

Der Mann nickt. Er sieht mich weiterhin an, kneift die Augen zusammen und wirkt auf einmal ernst.

»Was?«, fragt er, als ich zu lachen beginne.

»Du siehst so ernst aus«, erwidere ich. Er raucht und bläst Rauchringe in die Luft.

»Ja, ja«, meint er. »Das ist ja auch eine ernste Angelegenheit … Untreue.«

»Ja«, antworte ich. Der Hund mit dem blinden Auge, der sich zu meinen Füßen hingelegt hat, lässt einen fahren.

»Also wirklich«, sage ich, »hast du das gehört?«

Der Mann senkt den Kopf, lacht, und Asche fällt von seiner Zigarette. Der Hund furzt erneut, und ich taumle in Richtung Toiletten, um zu pinkeln. Ich sage zu mir selbst im Spiegel, dass ich betrunken bin und dass ich nichts mehr trinken werde.

Als ich zurückkehre, hat der Mann mir einen weiteren Porter geholt.

Mehrere Leute kommen in die Gaststube, aber der Mann und ich haben unsere Ecke für uns. Benommen von dem Zigarettenrauch beuge ich mich über den Tisch.

»Wollen wir gehen?«, fragt der Mann.

»Nein, ich möchte noch einen Moment sitzen bleiben«, sage ich. Ich schließe die Augen, und Louises Bild taucht vor meinem inneren Auge auf. Meine kleine Louise wurde zum Opfer. Die Vogeljungen in ihren Nestern waren ihm wichtig, aber sein eigenes Kind …

»Das wird mir fast zu viel, Kristian.«

»Sie kommen doch nur kurz vorbei. Es sind doch nur Johannes und Kirsten. Du kannst sie doch nicht ewig verstecken.«

Ich betrachte meine Kleine, die mit feuchten Lippen eine Schnute zieht und ihre winzige Hand zur Faust ballt. Sie ist so klein.

Es klingelt bereits. Ich habe keine Lust, sie zu treffen. Es ist so lange her. Jetzt ist hier ein Kind, und wir hatten nichts verabredet.

Kristian führt sie ins Wohnzimmer.

»Unsere kleine Schönheit«, stellt er vor. Er will sie aus meinen Armen heben, um sie vorzuführen, aber sie ist gerade eingeschlafen.

»Sie schläft, Kristian«, sage ich.

»Das sehe ich, aber wir haben Besuch.«

Kirsten geht in die Hocke, und Johannes beugt sich über mich.

»Sie ist wirklich eine Süße«, sagt er.

»Ja, eine richtige Schönheit«, pflichtet ihm Kirsten bei. Dann hält sie ihre Nase an den Kopf meines Kindes und schnuppert. »Nichts duftet so wunderbar wie ein Baby«, sagt sie und schaut Johannes an.

»Wollt ihr nicht auch bald eins?«, fragt Kristian. »Dann können sie zusammen aufwachsen.«

»Wir leihen uns einfach eures aus«, sagt Johannes. Er zwinkert mir zu. »Das dürfen wir doch, oder, Karen?«

»Ihr könnt sie ausleihen, wenn sie die Windeln voll hat«, meint Kristian. »Dann ist sie ganz besonders liebreizend ...«

»Kristian!«

»Gib zu, dass das etwas unappetitlich ist.«

»Dieser Gedanke hat mich noch gar nicht gestreift«, sage ich.

»Ich glaube, das fällt einem gar nicht auf«, meint Kirsten. »Man wird doch gewissermaßen immun.«

»Nein, das nun wirklich nicht«, wendet Kristian ein und rauft sich die Haare. »Es ist ganz gelb.«

»Jetzt wissen alle Bescheid«, meine ich, und Louise wacht auf. Ein molliges Ärmchen ragt in die Luft, sie schmatzt und bewegt den Kopf hin und her.

»Pst«, sage ich. Aber eigentlich hat sie Hunger.

»Diesen Appetit müsstet ihr erleben«, sagt Kristian zu Johannes.

Ich schiebe meine eine Brust aus meiner Bluse und versuche meine Brustwarze in ihren Mund zu bugsieren, aber Johannes steht neben mir und versucht meinen Blick zu fangen.

»Nuckelt sie jetzt?«, fragt er.

»Ja«, sage ich. »Jetzt trinkt sie.«

Ich begegne seinem Blick. Es ist noch nicht zu Ende.

Der Mann zieht mich hoch, und ich liege in seinen Armen. Wir treten ins Freie, und der Hund folgt uns.

»Meine Güte, ist schon Abend? Ich dachte, es sei Nachmittag«, sage ich.

»Es ist fast Mitternacht«, sagt der Mann. Er zieht mich an den Blumenkästen mit den Kippen vorbei.

»Wo gehen wir hin?«

Er führt mich in eine Gasse zwischen zwei Secondhandläden, und der Hund beginnt zu bellen.

»Schnauze«, sagt der Mann. Er ascht auf den Hund. Der Hund jault.

»Lass das«, sage ich. Er soll dem Hund nichts tun.

Der Mann beugt sich vor und tätschelt dem Hund den Kopf. Dann richtet er sich wieder auf und streichelt mir die Wange.

»So eine vernachlässigte, liebevolle Frau«, sagt er. »Jemand muss sich endlich um dich kümmern.«

Er schubst mich an die Mauer und hält meine Handgelenke fest. Er will mir nichts Böses. Er will sich meiner annehmen.

»Ja«, sage ich, als mich der Mann mit einem jungen Mund und glatten Lippen küsst. So eine Leidenschaft war das, Kristian.

Es tut weh, als der Mann meinen Kopf an die Mauer drückt, aber es gefällt mir, dass es wehtut. In der letzten Zeit wagte ich es nicht mehr, Kristian zu berühren. Er war ganz gebrechlich.

Er will mehr, dieser Mann, aber ich kann nicht. Ich will nicht. Ich weiß nicht mal, wie er heißt.

»Nein«, sage ich, und der Hund bellt.

»Pst«, sagt der Mann. Er will, dass ich leise bin, und küsst mich ganz fest.

»Nein.«

Er schiebt seine Hände unter meinen Rock, aber ich stoße ihn weg. *Ich habe Nein gesagt.* Dann versucht er, mich wieder zu küssen, aber ich will Kristian. Es gab einen Grund, warum Kristian nicht zurückgekehrt ist. Er konnte seine Kinder nicht verlassen. Hätte er mir doch einfach die Wahrheit gesagt. Schließlich liebten wir ihn. Ich liebte ihn.

Der Mann tritt zurück und sieht mich angewidert an. Seine Brust hebt und senkt sich ungleichmäßig.

»Bild dir bloß nichts ein, du altes Weib«, sagt er. »Deine Möse hätte ich nicht mal mit der Kneifzange angefasst.«

Er verlässt die Gasse, und der Hund bleibt neben mir stehen.

»Dreckskerl«, sage ich so laut, dass er es hören muss.

»Denkst du gar nicht an Kirsten?«, will ich wissen. Diese Frage stelle ich nicht zum ersten Mal, aber bislang hat er sie nie beantwortet.

»Möchtest du, dass ich an Kirsten denke?«

»Du weißt schon, was ich meine.«

Johannes hält meinen Kopf zwischen den Händen.

»Wie lange geht das jetzt schon? Kristian hat noch nichts gemerkt.«

»Nein, aber Kirsten … Frauen spüren so was.«

»Unsinn. Das glaube ich ganz einfach nicht«, erwidert er.

»Ich finde, sie kann einem leidtun«, meine ich.

Mit hochgezogenen Brauen sieht mich Johannes an. »Du findest, sie kann einem leidtun«, wiederholt er.

»Ja«, entgegne ich, und ich weiß, dass das nach Doppelmoral klingt, aber für mich gibt es zumindest einen Grund, mit Johannes zusammen zu sein. Wenn Kristian schreibt, gibt es mich nicht. Wenn er fertig ist, und ich glaube, dass ich endlich einmal an der Reihe bin, dann gibt es mich immer noch nicht, weil er dann bereits ein neues Buch im Kopf hat.

Mich gibt es nur, wenn ich koche. Mich gibt es nur, wenn Louise schreit, wenn Louise ins Bett muss und wenn sich Louise langweilt.

»Du solltest auch ein schlechtes Gewissen haben«, sage ich zu Johannes. »Kristian ist dein bester Freund. Ihr seid zusammen aufgewachsen.«

Er legt mir einen Arm um die Hüfte, zieht mich an sich und küsst mich.

»Ist schon gut«, sagt er.

Da lässt sich eine Stimme aus dem Wintergarten vernehmen, und in diesem Augenblick weiß ich, dass es geschehen ist.

»Johannes!«

Ich halte es mit mir nicht aus. Ich höre ihn oben herumgehen. So viele Jahre ist nichts geschehen, und dann das. Wir wurden übermütig.

Kristians Geräusche machen mich nervös. Er trampelt auf dem Fußboden herum und knallt mit den Schranktüren.

Ich schaue in den Garten hinaus. Jetzt fallen die Blätter. In Rot, Gelb und Orange.

Ich bekomme einen Schrecken, als ich ihn auf der Treppe höre. Er ist außer sich.

»Kristian«, sage ich, als er mit einer Decke und dem großen Koffer ins Wohnzimmer stürzt.

»Wo willst du hin?«, frage ich.

»Ich fahre weg«, sagt er. »Ich kann deinen Anblick nicht ertragen.«

»Kristian, können wir nicht darüber reden? Wir müssen darüber reden.«

»Du kannst mit Louise reden. Du kannst Louise erzählen, warum ihr Vater weggefahren ist«, sagt er, den Tränen nahe. Er steht mit einer Decke und einem Koffer vor mir und ist den Tränen nahe.

Ein Taxi fährt vor.

»Das kannst du nicht machen, Kristian. Denk an Louise. Was soll ich ihr sagen?«

»Das musst du dir schon selbst überlegen«, sagt er. Er betrachtet mich, und mir kommt es vor, als würden alle Geräusche verstummen.

Dann sehe ich ihn draußen beim Taxi. Ich warte darauf, dass er mich durch das Fenster anblickt.

Aber er blickt mich nicht an. Kein einziges Mal.

LOUISE

Ida ist auch nervös. Sie hat noch keine Gelegenheit gehabt, sich umzuziehen, und ist vollkommen durchnässt. Ich drehe die Heizung auf.

»Ich glaube, dass sie nach Lykkebo zurückgekehrt ist«, sagt sie, aber wir waren mehrere Male dort, und da ist sie nicht.

»Sie ist da nicht«, erwidere ich. Ich bin müde, müde und verärgert. Wo zum Teufel steckt sie bloß?

»Aber wo ist sie dann?«

Ich zucke mit den Achseln und halte am Wegesrand.

»Wohin wollen wir?«

»Ich weiß nicht. Aber wir können nicht ewig herumfahren. Sie muss irgendwo reingegangen sein.«

Ida nickt.

»Was habt ihr in diesem Schuppen gemacht?«, frage ich, und Ida schaut aus dem Seitenfenster.

»Nichts. Wir haben uns aufgewärmt, weil uns kalt war«, murmelt sie.

»Du darfst nicht auf diese Art mit ihm zusammen sein. Das weißt du.«

»Und was ist mit Michael und dir?«, fragt sie. Abrupt wendet sie mir ihr Gesicht zu. »Was ist das für eine Art, zusammen zu sein?«

»Misch dich da nicht ein.«

»Ich habe ein Kondom in seiner Jackentasche gefunden«, sagt sie.

»Und?«

»Es ist dir also egal, dass er Lise vögelt?«

Tränen laufen ihr über die Wangen. Sie zieht ihre Beine hoch und legt ihren Kopf auf die Knie.

»Schatz.«

»Großvater fehlt mir«, sagt sie. »Und dir auch.«

Sie wird von einem Weinkrampf geschüttelt. Vielleicht hat Michael ja recht. Sie ist nicht wie andere junge Leute. Wir haben in diesen Tagen kaum miteinander geredet. Sie läuft bei jeder Gelegenheit davon. Sie hat ohne mein Wissen angefangen, Kaffee zu trinken. Jetzt sitzt sie neben mir und weint.

»Entschuldigung«, sage ich. »Mir ist bewusst, dass ich eine lausige Mutter war.«

Sie hört nicht auf zu weinen, versucht, etwas zu sagen, aber kann fast nicht sprechen.

»Immer mit der Ruhe«, sage ich.

»Ich weiß nicht, was mit mir los ist.«

Sie wischt die Tränen ab und streicht sich die Haare hinter die Ohren.

»Das hat nichts mit dir zu tun«, sagt sie.

Sie seufzt und sieht mich an, und ich weiß, worum es geht.

»Hast du dich in ihn verliebt?«, frage ich.

Sie schaut wieder weg.

»Nein. Ich weiß nicht. Und wenn?«

Ich denke, dass es sich nur um eine vorübergehende Verliebtheit handelt. Das sind die Hormone. Gefühle. Das legt sich schon wieder. Ein Verhältnis ist ausgeschlossen.

»Das wird schon alles wieder.«

»Bist du immer noch in Michael verliebt?«, fragt sie, aber

das ist der falsche Ausdruck. Ich bin schon lange nicht mehr in Michael *verliebt*.

»Wieso sind sie nach Hause gefahren?«, fährt sie fort.

»Weil wir uns gestritten haben.«

Ich öffne die Autotür. »Jetzt suchen wir Großmutter.«

Die Straße ist menschenleer. Alles ist tot und still, und ich überlege, ob Mutter etwas zugestoßen sein könnte. Das würde mich nicht erstaunen. Ich werde schwanger. Vater stirbt. Michael betrügt mich. Ich habe zwei Brüder. Und dann stirbt Mutter.

Ich spüre einen Kloß im Hals und bin kurz davor, in Tränen auszubrechen, als Ida meine Hand nimmt.

»Da hinten sitzt eine Frau«, sagt sie. »Und da ist auch noch ein Hund.«

»Tatsache, das ist Mutter«, sage ich, weil ich ihren Rock erkenne. Sie hockt neben einem Secondhandladen und pinkelt.

»Mama.«

Sie schreckt zusammen, und der Hund trottet auf uns zu. Sie ist betrunken, das sehe ich sofort.

»Oma, was machst du da?«, fragt Ida. Mutter pinkelt immer noch.

»Einen Augenblick«, sagt sie und macht, noch immer in der Hocke, einen Sprung. »Ich muss nur rasch abtropfen.«

Wir warten artig. Dann rappelt sie sich hoch und lächelt selig. »Damit hattet ihr wohl nicht gerechnet, was?«

»Mama, du bist betrunken«, sage ich.

»Hallo, Louise«, erwidert sie. »Habt ihr den Hund gesehen? Das ist der aus der Kneipe.«

Ich betrachte den Hund, der sich im Licht der Straßenlaterne hingesetzt hat. Sein eines Auge ist weiß.

»Der ist auf einem Auge blind«, bemerke ich.

»Ja, das weiß ich, Louise«, entgegnet Mutter. »Wir waren auch blind. Stell dir vor, dass wir überhaupt nichts gemerkt haben. Zwei große Jungen. Andere Menschen gibt es hier oben nicht. Es ist ganz tot.«

»Willst du nicht nach Hause kommen, Mama?«

»Nicht in dieses abscheuliche Sommerhaus, nein. Es ist so geschmacklos eingerichtet. Korbmöbel, also wirklich!«

»Er hätte uns nicht verlassen dürfen, Louise«, sagt sie. »Einfach nur deswegen. Es hatte nichts zu bedeuten.«

»Was?«

»Die Sache mit Johannes. Sie bedeutete mir nichts. Alle brauchen mal Liebe. Aufmerksamkeit. Auch ich.«

22

LOUISE

Wir sind fast zu Hause, als mir dämmert, was Mutter da gesagt hat. Johannes. *Die Sache mit Johannes.*

Ich halte abrupt, und Ida wird auf dem Sitz nach vorne geschleudert.

»Pass doch auf!«, sagt sie, die Böschung ist wirklich sehr steil. Meine Hände zittern, und ich halte das Lenkrad ganz fest.

Ich drehe mich um und sehe Mutter an. Sie schaut zu Boden, lächelt kopfnickend und schläft beinahe ein. Das sähe ihr ähnlich, jetzt einzuschlafen.

»Du hast Papa betrogen«, sage ich, und sie wird wieder etwas wacher.

»Ja, Louise!«, entgegnet sie, gerade so, als hätten wir das jetzt oft genug gehört, und macht eine wegwerfende Handbewegung.

Ich drehe mich wieder um und starre in die Dunkelheit. Plötzlich ergibt alles einen Sinn. Deswegen ist er nicht zurückgekommen. Mutter war ihm untreu. Sie hat ihn mit Johannes betrogen. Er war ihr gemeinsamer Freund. Ich erinnere mich an ihn, den Jäger.

»Louise, ich war jung. Dein Vater hat immer nur geschrieben. Er hat mir gefehlt.«

»Aber du hast ihn betrogen«, sage ich, und sie beugt sich

vor und legt mir eine Hand auf die Schulter. »Entschuldige, Louise.«

»Nein«, sage ich. »Da gibt es noch mehr Leute, bei denen du dich hättest entschuldigen müssen.«

Meine Stimme zittert. Mutter lügt. Sie haben mich beide belogen.

»Das *habe* ich getan, Louise. Er hat mir vergeben. Wir haben uns gegenseitig vergeben!«

Ich steige aus und knalle die Autotür hinter mir zu. Sie vergeben einander, erst in der einen Richtung, dann in der anderen. Alle Gefühle aus meiner Kindheit kommen wieder an die Oberfläche. Als wären sie bis jetzt irgendwo in meinem Körper verborgen gewesen. Das Gefühl des Verlusts, das nicht nur ein Gefühl des Verlusts, sondern auch eines der Ungewissheit war, ein schlechtes Gewissen. Etliche Male glaubte ich, Vater sei meinetwegen verschwunden. Ich glaubte, ich sei schuld.

Ida steigt aus und tritt neben mir von einem Bein aufs andere.

»Das hier ist der Sünderhang«, sagt sie.

»Welcher Hang?«

»Na, der Hang hier.«

Mutter kommt angetaumelt. Ich ertrage ihren Anblick nicht. In ihrem lila Rock mit offenem Reißverschluss steht sie neben dem Auto.

»Louise, es ist doch so lange her«, sagt sie. »Kristian hat mir verziehen.«

Ich trete ganz nahe an sie heran und schaue ihr in die Augen. Sie ist sehr betrunken. Angeblich sagen Betrunkene die Wahrheit. Mutter sagt überhaupt nur die Wahrheit, wenn sie betrunken ist.

»Warum hat er dir dann nicht gesagt, dass er noch andere Kinder hatte?«

»Louise.« Mutter seufzt. Sie schwankt und kann kaum das Gleichgewicht halten. »Das ist kompliziert.«

»Von wegen. Du sagtest doch selbst, dass er dir vergeben hat.«

»Er war zwanzig Jahre lang weg. Ich sollte ihm ebenfalls vergeben«, sagt sie, jetzt mit trotzigem Blick. Sie denkt nur an sich. Sie haben beide nur an sich gedacht.

»Und dann hast du dich für ihn entschieden. Kaum hat er angeklopft, da hatte er auch schon Vorrang«, sage ich.

»Können wir nicht einfach nach Hause fahren?«, fragt Ida.

»Nein«, sage ich. Wir können nicht einfach nach Hause fahren.

Mutter hat es die ganze Zeit gewusst.

»An dem Tag«, sage ich, »als er zurückkam … Deshalb hast du also Entschuldigung gesagt. Du hast ihn in der Diele empfangen und Entschuldigung gesagt. Ida war im Garten. Du hattest uns zum Abendessen eingeladen.«

Mutter setzt sich hin. Sie antwortet nicht.

»Vorsicht«, sagt Ida. Sie nimmt neben ihr Platz.

»Habt ihr denn gar nicht an mich gedacht?«, frage ich.

»Doch«, erwidert Mutter. Dasitzen, auf den Fjord schauen und »doch« sagen fällt ihr nicht schwer.

»Schau mich an!«, rufe ich, und sie zuckt zusammen, bleibt aber mit dem Rücken zu mir sitzen.

»War ich so unwichtig? Du wusstest doch, warum er abgehauen ist. Du hast mich in dem Glauben gelassen, er hätte mich im Stich gelassen.«

Jetzt beginnt sie zu weinen.

»Das war nicht meine Schuld. Er hat dich schließlich auch im Stich gelassen.«

»Ja«, erwidere ich. »Aber dafür gab es auch einen Grund!«

Ich weiß nicht, was ich noch sagen soll. Sie ist meine Mutter, aber ich verstehe sie nicht.

Ich setze mich neben Ida an den Abhang, und unzählige Gefühle stürmen auf mich ein. Ich bin den Tränen nahe, und mir ist übel, aber ich sitze einfach nur da und starre in die Dunkelheit.

»Du bist ja ganz kalt, frierst du nicht?«, frage ich Ida, und Mutter ergreift sogleich die Gelegenheit, das Gespräch fortzusetzen.

»Louise«, sagt sie, weint aber zu sehr, um weitersprechen zu können.

»Weißt du was, Mama«, sage ich. »Wenn das alles so leicht war, wenn ihr euch gegenseitig so ohne Weiteres vergeben habt, warum habt ihr mir dann nicht die Wahrheit gesagt? Du hättest von Johannes erzählen können und Vater von Peder und William.«

Mutter steht umständlich auf und verfängt sich dabei beinahe in ihrem Rock, aber Ida stützt sie. Sie geht auf das Auto zu, dreht sich dann aber noch einmal um.

»Du wolltest ja nicht!«, sagt sie. »Wir haben dich gefragt, ob du mal auf einen Kaffee vorbeikommst. Ich habe dich mehrere Male gefragt, ob du mit Papa zum Angeln gehen oder eine Fahrradtour unternehmen willst. Ida habe ich Kuchen für dich mitgegeben.«

»Eine verdammte Makrone, Mama«, sage ich und stehe ebenfalls auf. »Er ist vor fünf Jahren zurückgekommen, da hättet ihr mir doch einfach die Wahrheit sagen können. Es ist nicht meine Schuld, dass alles so gekommen ist!«

Mutter öffnet den Mund und wirft mir einen Blick zu, als würde ich sie zu Unrecht beschuldigen. »Ich wusste doch auch nichts, Louise! Ich wusste nicht, dass er andere Kinder hatte. Kristian hat mir nichts gesagt. Ich glaubte, er hätte geschrieben.«

»Dann bist du aber ganz schön dumm«, erwidere ich und steige ins Auto. Am Rückspiegel hängt ein Wunderbaum. Mutter und Ida setzen sich ebenfalls ins Auto. Meine Hände zittern noch immer. Mit so zittrigen Händen kann ich nicht am Steilhang entlangfahren.

Vaters Anblick in der Diele. Er trägt dieselbe Jacke, man sieht nicht, dass zwanzig Jahre vergangen sind, seit er auf und davon ist. »Morgen kommt er vielleicht zurück«, sagte Mutter anfänglich, aber dann hörte sie nach einer Weile damit auf. »Vielleicht irgendwann«, meinte sie. Dann steht er eines Tages im August wirklich da. Ida sitzt auf der Terrasse. Sie ist ihrem Großvater noch nie begegnet. Mir wird ganz übel, als ich ihn sehe, als ich die beiden sehe. Wie sie sich umarmen und küssen, und das Essen steht schon auf dem Herd. Dann sagt sie Entschuldigung, und Vater streicht ihr über den Rücken, rauf und runter, und drückt sie an sich. »Louise ist auch da. Willst du mit uns essen?«

Damals zerrte ich Ida hinaus auf den Parkplatz. Sie protestierte.

Mutter hantiert mit dem Sicherheitsgurt.

»Das ist der falsche«, sagt Ida. Ich beobachte die beiden. Mutter wirkt alt. Ida sieht aus wie an jenem Tag im Garten. Da war sie vierzehn.

»Es kam so, wie du es wolltest, Mama«, sage ich.

Ich lege den ersten Gang ein, und wir fahren heim nach Lykkebo.

IDA

Ich träume von Peder. Ich träume, dass ich im Fjord ertrinke, dass er zu spät kommt. Ich bin eine bewusstlose Meerjungfrau. Er bugsiert mich an den Strand. Ich bin eine tote Meerjungfrau, und Peder hämmert voller Reue mit den Fäusten auf den Sand.

Am Fußende meines Bettes klopft es ans Fenster. Ich schäle mich aus der Decke und ziehe den Vorhang beiseite.

Es ist Peder. Eilig öffne ich die Haken. Irgendwas stimmt mit ihm nicht, seine Augen sind gerötet, und sein Haar ist zerzaust.

»Peder, was ist?«

»Ich habe was getan.«

»Getan? Was meinst du?«

»Es geht um William«, sagt er, und er öffnet das Fenster ganz und beugt sich ins Zimmer.

»Was ist mit ihm?«

Er streicht sich das Haar aus dem Gesicht und schaut hinter sich in den Garten. »Er ist gestern weggelaufen, und ich kann ihn nicht finden.«

»Du hast ihn also seit gestern nicht mehr gesehen?«

Peder antwortet nicht, und ich frage noch einmal: »Du vermisst ihn also seit gestern?«

»Ja, seit gestern Abend.«

Er schaut zu mir hoch.

»Ich wollte ihm eine Lektion erteilen. Ich dachte, er käme von sich aus zurück, wenn ich nicht nach ihm suche. Ich hatte allerdings nicht vor, so lange zu warten. Aber ich bin einfach eingeschlafen.«

»Warst du schon im Wald?«

»Nein. Wie gesagt, ich habe eben erst mit der Suche begonnen!«

»Warte, ich komme raus.«

Peder richtet sich wieder auf, und ich streife rasch das Kleid von gestern über und schnappe mir noch eine Wolljacke.

»Heute Nacht war es ja nicht so kalt«, sage ich zu Peder. »Ich bin mir sicher, dass ihm nichts zugestoßen ist.«

»Man kann nie wissen«, erwidert Peder. »Vielleicht ist er im Moor versunken.«

KAREN

Alles schwankt, als ich mich im Bett aufsetze. Der Fußboden wird zur Decke, die Decke zum Boden, und ich lege mich gleich wieder in die Horizontale. Ich höre, wie sich Louise unten im Badezimmer übergibt, und werde ebenfalls von Übelkeit gepackt. Ich falle und gleite die Treppe hinunter und schiebe Louise von der Kloschüssel weg. Alles kommt hoch. Es ist lange her, seit ich mich übergeben habe. Mehrere Jahre.

»Kannst du spülen. Es stinkt«, sagt Louise.

Ich betätige die Spülung und sinke dann erschöpft an der Wand zusammen. Louise übergibt sich erneut. Ich ziehe die Badematte mit meinem großen Zeh heran und schiebe den plüschigen Stoff unter meine kalten Füße.

Louise setzt sich neben mich und zieht die Hälfte der Badematte unter ihre eigenen Füße.

»Ich habe auch kalte Füße«, sagt sie, »und wäre jetzt gerne ganz allein. Könntest du bitte gehen?«

»Nein, Louise«, sage ich. Ich war gestern zwar betrunken, aber ich erinnere mich, was sie am Steilhang gesagt hat. Sie glaubte, ich hätte Kristian meiner eigenen Tochter vorgezogen.

»Diese Makrone«, sage ich. »Ich glaubte doch nur, du wolltest zurückkommen. Es war nicht meine Absicht, dich unter Druck zu setzen.«

Sie schweigt.

»Aber vielleicht wäre das ja klug gewesen.«

Wir hören Geräusche aus der Küche. Schranktüren werden geöffnet und geschlossen, Schuhsohlen auf Scherben.

»Ist das Ida?«, frage ich. Das klingt nicht nach Ida, die Bewegungen sind zu heftig.

»Nein, ich glaube nicht«, sagt Louise. Sie richtet sich auf.

»Wer dann?«, frage ich.

»Woher soll ich das wissen, Mama«, faucht sie mich an. »Komm schon.«

»Nein, ich bleibe hier«, erwidere ich. Ich will nichts riskieren. Die Erinnerung an einen Mann mit harten Händen und einem harten Mund drängt sich mir auf. Er war gemein zu dem Hund.

Die Geräusche da draußen dauern an, was Louise aber gleichgültig zu sein scheint. Sie hat die Augen geschlossen und den Kopf an die Wand gelehnt. Ich betrachte ihr Gesicht. Die Mascara ist ihr über die Wangen gelaufen, und ihre Wimpern sind verklebt.

Ich frage mich, warum ich es ihr damals nicht erzählt habe, aber weiß auf diese Frage keine Antwort. Das war ein großer Fehler.

»Ich hoffe, dass du mir eines Tages vergeben kannst«, sage ich. »Johannes bedeutete mir nichts.«

»Johannes ist mir egal«, erwidert sie.

»Aber du bist mir nicht egal.«

Dann wieder laute Geräusche. Scherben klirren.

Williams Hände bluten. Er hat sich bei dem Versuch, den Bilderrahmen zusammenzusetzen, den ich gestern zerschlagen habe, unzählige Male in die Finger geschnitten.

»Peder hat mich gehauen. Peder hat mich gehauen«, jammert er und sieht uns mit großen Augen an. Wir sind erleichtert. Es ist nur William.

»Aber William«, sagt Louise. Sie geht zur Spüle und feuchtet den Spüllappen an. »Was ist passiert?«

»Er hat mich geschlagen. Peder hat mich geschlagen«, sagt er erneut.

»Ich meine, mit deiner Hand, du hast dich geschnitten.«

»Ja, hab ich. Ich habe mich geschnitten. Es blutet. *Es blutet!*«

»Mama, haben wir nicht irgendwo Pflaster, holst du mal eins?«, fragt Louise. Sie setzt sich neben William und hält sein Handgelenk fest.

»Sicher, falls noch welche da sind«, sage ich, »das weiß ich nicht genau.«

Ich bleibe einen Moment stehen und sehe zu, wie meine Tochter William beruhigt. Das kann sie. Man sieht, dass sie gewohnt ist, mit Menschen zu arbeiten.

LOUISE

»Das ist eine Saatkrähe«, sagt William und deutet auf die Krähe, die Saatkrähe.

»Ja«, sage ich. »Du magst Vögel. Das hast du von deinem Vater.«

»Papa mag Vögel. Kohlmeisen und Rotkehlchen, Möwen und Amseln.«

»Ja, die mochte er. Er hat Bücher über sie geschrieben«, entgegne ich. »Dein Vater ist ja auch mein Vater. Das weißt du doch?«

»Nein, das glaube ich nicht«, erwidert William. »Das glaube ich nicht.«

»Du hast dir die Hände wirklich ziemlich zerschnitten«, sage ich. »Brennt es?«

»Es ist runtergefallen«, sagt er und deutet auf das Foto. »Das sind Peder und ich. Peder und ich ohne Farbe«, meint er. Es ist ein Schwarz-Weiß-Foto.

»Nur der Rahmen ist kaputt«, erwidere ich. »Wir können einen neuen kaufen.«

»Peder hat mich gehauen«, sagt er wieder.

»Das war wirklich nicht nett von ihm. Warum hat er dich denn gehauen?«

»Hier.« William schlägt sich mit seiner unverletzten Hand auf die Wange. »Er hat mich hier gehauen.«

»Warum denn?«

»Weil ich nicht gehen sollte. Ich wollte in den Wald.«

»Und dann hat er dich gehauen?«

»Dann hat er mich gehauen. Und dann hat er geweint. Wie damals, als der Fisch gestorben ist, da hat er auch geweint. So.« William lässt einen Finger unter dem Auge die Wange hinuntergleiten, um eine Träne anzudeuten. »So hat er geweint.«

»Willst du mit uns frühstücken?«, fragt Mutter. Sie erscheint mit Pflaster und Schere in der Küche.

»Wo ist das Mädchen?«, fragt William. »Sie wohnt hier. Ich will gerne, ich will gerne mit Ida frühstücken. Ida ist ein Mädchen!«

»Sie schläft«, sage ich.

»Ich hole sie«, meint Mutter, doch als sie in die Küche zurückkommt, schüttelt sie den Kopf. »Sie ist schon wieder weg«, sagt sie.

Ich vermute, sie ist zu Peder. Sie kann nur bei Peder sein.

Wir frühstücken ohne Ida. William isst mit großem Appetit, und Mutter muss noch mehr Brötchen in den Ofen werfen.

Ständig schaue ich auf mein Handy. Ich verstehe nicht, warum Michael nicht anruft. Er hat auch keine Nachricht geschickt, auch nicht auf Facebook.

Lotte hat eine SMS wegen des Zumba-Events geschickt. Jetzt gibt es zwei Gruppen, Anfänger und Fortgeschrittene, ich darf mich gerne für beide anmelden, wenn ich Lust habe, schreibt sie. Das Ganze ist ein Facebook-Event. »*Dann kannst du sehen, wer sonst noch mitmacht.*«

»Papa ist tot«, sagt William. »Mama ist auch tot. Sie ist vor Vater gestorben. Der Fisch auch.«

»Woran ist deine Mama denn gestorben?«, fragt Mutter. Ich werfe ihr einen Blick zu. Sie darf William nicht aushorchen, das steht ihr einfach nicht zu.

»Peder sagt, dass Mama gestorben ist. Als wir auf die Welt gekommen sind. Peder und ich. Wir sind zur selben Zeit auf die Welt gekommen.«

»Sie ist also bei der Geburt gestorben?«

»Ja. Und Papa ist auch gestorben.«

»Aber nicht bei der Geburt?«

»Nein.« William schüttelt den Kopf, und Krümel kleben in seinen Mundwinkeln. »Das ist eine Saatkrähe«, erklärt er und deutet auf die Mikrowelle.

»Ja, die wohnt hier«, sage ich.

Mutter räumt schweigend den Tisch ab und schluckt dann eine dritte Paracetamol. »Ich wüsste gerne, wo Ida ist«, meint sie. »Sie badet hoffentlich nicht schon wieder im Fjord.«

»Peder badet im Fjord«, sagt William. »Peder angelt.«

Mit überraschter Miene dreht sich Mutter zu mir um. Sie hält ein Papier in der Hand.

»Was ist das?«, frage ich. Aufgeregt faltet sie das Papier auseinander.

»Ich dachte … Ich dachte, ich hätte ihn zerrissen. Das ist Kristians Brief«, sagt sie.

»Hast du Papas Brief zerrissen?«

»Ja. Oder nein!« Mutter schießt die Röte ins Gesicht. »Dann muss es Idas Gedicht gewesen sein.«

IDA

»Ich habe ihn geschlagen«, sagt Peder.

»Wen, William?«

Ich bleibe auf dem Weg stehen, und Peder dreht sich zu mir um.

»Du hast ja keine Ahnung«, sagt er und weicht meinem Blick nicht aus. »Du hast ja keine Ahnung!«

»Den eigenen Bruder schlägt man nicht.«

Peder schließt die Augen und öffnet sie dann wieder.

»Er versteht nicht, was ich ihm erklären will. Er versteht nicht, dass wir nicht in diesem Haus bleiben können. Er will nicht weg vom Fjord. Ich versuche, ihm zu erklären, dass Papa tot ist und dass er nicht zurückkommt, aber das versteht er nicht. Er fragt immer wieder aufs Neue. Wann kommt Papa zurück, fragt er. Wann kommt Papa zurück?«

Ich schweige, denn mir fallen keine passenden Worte ein.

»Außer mir hat er niemanden«, meint Peder. »Er ist vollkommen hilflos. Du hast ja selbst gesehen, wie er ist.«

Ich nicke und beginne zu verstehen, worauf er hinauswill.

»Ich bin an der Schriftstellerschule angenommen worden und muss nach Kopenhagen umziehen. Papa hat mir geraten, mich zu bewerben. Davon habe ich immer geträumt.«

Mit beiden Händen fährt er sich durchs Haar, starrt in den

Himmel und atmet befreit ein. Jetzt sieht er mich an. Jetzt spricht er seine Gedanken aus.

»Ich habe William gesagt, dass er nicht ins Moor gehen darf. Du darfst *nicht* ins Moor gehen, habe ich gesagt. Weißt du, was er antwortete?« Peder ahmt William nach: »›Ich darf sehr wohl ins Moor. Ich darf sehr wohl ins Moor, ich darf sehr wohl ins Moor gehen, Peder, das darf ich sehr wohl.‹«

Peder weint lautlos.

»Da habe ich ihn geschlagen. *Ich habe ihn geschlagen.*«

Ich ergreife seine Hand. Ich will nicht daran denken, dass er mein Onkel ist. Lange bleiben wir einfach auf dem Weg stehen.

»Jetzt suchen wir William«, sage ich.

Mein Handy vibriert in meiner Hosentasche. Es ist Mama.

»Geh ruhig dran«, sagt Peder und entfernt sich von mir Richtung Wald und Moor.

LOUISE

»Ich hatte beide in der Hosentasche. Kristians Gedicht und Idas Brief«, sagt Mutter. Sie spricht immer noch über den Brief.

»Kristian hat mir ein Gedicht hinterlassen. In diesem Brief. Und Peder hat Ida dasselbe Gedicht gegeben. Ich habe es in ihrer Hosentasche gefunden.«

»Was für ein Gedicht?«, frage ich, aber Mutter schüttelt den Kopf und verdreht die Augen zum Himmel.

»Ehrlich gesagt weiß ich es nicht.«

»Glaubst du, es stimmt, dass Peder William geschlagen hat?«, frage ich.

Mutter schaut ins Wohnzimmer. William blättert in Vaters Tagebüchern, ohne sie zu lesen.

»Als ich ihn gestern besuchte, war er außer sich. Ich glaube, ihm fehlt sein Vater«, sagt sie.

»Ja. Mir hat er auch gefehlt, und zwar zwanzig Jahre lang.«

Ich erwähne das beiläufig, will aber nicht mit Mutter streiten. Das bringt nichts, und außerdem ist mir schlecht, mir fehlt die Kraft.

»Aber du musst bedenken, Louise ...« Mutter fährt der Saatkrähe mit den Fingern über die Federn, »dass sie keine Mutter haben. So alt sind sie auch wieder nicht.«

»Ja, ich weiß schon.«

Die Haustür wird geöffnet. Ida und Peder stürzen in die Küche. Peder geht sogleich ins Wohnzimmer. Er kennt das Haus und begrüßt uns nicht.

»Hallo«, sagt Ida atemlos.

»William«, hören wir aus dem Wohnzimmer Peders Stimme.

William will nicht neben Peder sitzen.

»Du hast mich gehauen, Peder. Peder, du hast mich gehauen«, sagt er immer wieder.

Es stimmt, dass Peder Vater gleicht. Dieselben Züge, aber ein jüngeres Gesicht. Die Gestalt, die mir gegenüber Platz nimmt, ist bleich. Er hat ein schlechtes Gewissen. Ida setzt sich zu ihm. William bleibt neben der Saatkrähe stehen.

»Entschuldigung, William«, sagt Peder. »Entschuldigung.«

»Entschuldigung bedeutet: Mir tut leid, was ich getan habe, und ich werde es nie wieder tun«, sagt William. »Sag das, Peder!«

Peder seufzt.

»Mir tut leid, was ich getan habe. Ich werde es nie wieder tun«, sagt er, aber William bleibt weiter neben der Saatkrähe stehen.

Wir lauschen dem Kaffee, der durch den Filter läuft. Das

ist das einzige Geräusch in der Küche. Mutter besteht darauf, noch einmal Frühstück zu machen, aber niemand hat Hunger.

»Dann bin ich also deine Stiefmutter«, sagt sie, als sie Peder einen Kaffee eingießt und sein Platzdeckchen zurechtrückt.

»Ja.« Peder schaut auf die Tischplatte. »Es tut mir leid, dass Papa nicht … Ich meine, wir wussten ja nicht, dass er noch eine andere Familie hat. Wir glaubten immer, dass wir nur zu dritt sind. Erst später, als er Lykkebo kaufte … Mama starb ja bei der Geburt, er musste also … sonst wäre er vermutlich zu euch zurückgekehrt. Er war ein guter Vater.«

Er schielt zu mir herüber. Er ist mein Bruder, und ich bin seine Schwester. Ich bin Peders und Williams Schwester.

»Jedenfalls könnt ihr nichts dafür«, sage ich.

»Nein, natürlich können sie nichts dafür«, pflichtet mir Ida bei. Sie verteidigt Peder und William und kennt sie bereits besser als ich.

Es wird wieder still, und keiner von uns kann es so recht fassen, dass wir ein und derselben Familie angehören und hier zusammen Kaffee trinken, während Vater tot ist.

IDA

Peder wird gewissermaßen kleiner, ist jetzt *der kleine Bruder*. Gebeugt sitzt er in der Küche, sein Blick flackert hin und her, und er ähnelt William.

»Willst du dich nicht zu uns setzen, William?«, frage ich. Ich versuche, zu ihm durchzudringen, aber das will er nicht. Er hält die Saatkrähe in den Armen, sein Mund steht offen, und eine Hand ruht auf der Mikrowelle.

»Was ist mit seiner Hand passiert?«, erkundigt sich Peder bei Großmutter.

»Er hat sich geschnitten. Es ist aber nicht weiter schlimm. Louise hat ihm ein Pflaster gegeben.«

Peder nickt, betrachtet aber weiterhin Williams Hand. »Ich habe William geschlagen«, sagt er. »Das ist einfach so passiert. Das war ein Unglück. Ihr ahnt nicht, wie es ist.« Er blickt auf. »Wir können nicht weiter in diesem Haus wohnen. Die Wände sind verschimmelt und die Dielen verrottet. Das Haus ist vollkommen heruntergekommen. Wir können dort einfach nicht wohnen bleiben!«

»Hat er euch oft besucht?«, fragt Großmutter. Peder nickt.

»Etwa zweimal im Monat. Häufig frühmorgens, und dann sind wir angeln gegangen.«

»Wir haben geangelt«, wiederholt William. »Papa, Peder und ich.«

»Ist dir gar nicht aufgefallen, dass er weg war?«, frage ich Großmutter. Sie muss sich doch Gedanken gemacht haben?

Sie zupft an einem Platzdeckchen und schüttelt den Kopf.

»Ich dachte, er besucht Johannes. Das behauptete er zumindest. Aber er besuchte seine Kinder. Er war ein guter Vater.«

Mama schnaubt verächtlich. »Das ist doch der vollkommene Wahnsinn«, sagt sie, »dass er so viele Jahre gelogen hat! Ein ganzes Leben lang. Er hat dir ins Gesicht gelogen, Mama! Erst hat er uns vergessen, und dann hat er euch vergessen.« Sie sieht Peder an. »Sein ganzes Leben lang hat er eine Lüge gelebt, und wir ebenfalls.« Sie sieht Großmutter an. »Man kann wirklich nicht behaupten, dass er ein guter Vater war.«

Großmutter beginnt abzuräumen. »Er hat sie nicht vergessen«, sagt sie. »Er hat sie besucht und die ganze Zeit an sie gedacht. Und er hat an *dich* gedacht! Er wollte dich so gerne treffen, aber du hast dich geweigert, was ich natürlich verstehe. Aber auch mich trifft Schuld, schließlich war ich ihm untreu. Meinetwegen hat er dich verlassen, aber er kehrte nicht wieder zurück, und das war seine Schuld.«

Mama beginnt zu weinen. Sie weint sonst nie. Sie fingert an einem Pflaster herum und weint lautlos. Großmutter blickt grimmig drein. »Er wollte uns die Wahrheit sagen, aber dann wurde er krank. Deswegen hat er geschwiegen. Wenn wir doch nur mehr Zeit gehabt hätten.«

Mamas Weinen ist jetzt nicht mehr lautlos, und William wird nervös. »Sie weint. Sie weint!«

»Ich hatte noch Zeit, ihm zu vergeben«, sagt Mama. »Im Krankenhaus. Papa starb im Glauben, ich hätte ihm vergeben, und jetzt habe ich ihm wirklich vergeben. Ich *habe* ihm vergeben. Mama, du kannst doch bestätigen, dass ich ihm vergeben habe?«

»Du *hast* ihm vergeben, Louise. Das weiß er.« Großmutter seufzt. »Außerdem hat er dieses Gedicht geschrieben.«

Sie faltet Großvaters Brief auseinander, den ich daran erkenne, wie er gefaltet ist. Ich dachte, sie hätte ihn vor dem Zirkus zerrissen. Es ist mir ein Rätsel.

Großmutter sieht mich an.

»Nein, Ida, ich habe diesen Brief nicht zerrissen«, sagt sie. »Ich glaubte, es sei Großvaters Brief gewesen, aber es war dein Gedicht.«

Großmutter faltet den Brief zusammen und faltet ihn dann wieder auseinander. »Ich wollte ihn nur für mich haben«, meint sie.

Ihre Augen huschen über die Zeilen, aber sie liest sie nicht vor.

»Die Saatkrähe ist sehr gesellig, sie lebt in Schwärmen«, sagt William. Von seinem Platz neben der Mikrowelle sieht er uns mit großen Augen an. »Sie übernachtet in hohen Bäumen, auf denen ihr Raubvögel nichts anhaben können. Dann vermehrt sie sich. In Laub- oder Nadelbäumen. Es ist das Saatkrähenweibchen, es ist das Saatkrähenweibchen, das das Nest bewacht. Es ist das Weibchen!«

William hält die Saatkrähe in den Armen, während er spricht. Dann stellt er sie auf den Tisch. Er nimmt neben Peder Platz. »Schau dir die Saatkrähe an, Peder.« Peder lächelt sein schiefes Lächeln und lässt es auf der Saatkrähe ruhen. William hat ihm verziehen.

Großmutter räuspert sich und liest Großvaters Gedicht vor.

KAREN

Es ist ein Gedicht über die Liebe. Das ist alles, was ich dazu sagen kann.

»Ich habe ihn gefunden«, sagt Peder. »Ich glaube, er wollte Selbstmord begehen.«

Ich schaue hoch und begegne Peders Blick. Ich betrachte Louise. Dann wieder Peder. Ida. William. Die Saatkrähe.

Mir ist wieder schlecht, und ich taste mich zum Wasserhahn vor. Ich brauche ein Glas Wasser. Ich muss etwas trinken, aber ich drehe den Hahn zu weit auf, und der starke Strahl setzt alles unter Wasser. Mein Nacken knackt, mein Kopf wird schwer. Ich muss mich hinsetzen. Man soll sich hinsetzen, bevor man in Ohnmacht fällt.

»Mama.«

»Oma.«

Ich komme sofort wieder zu mir, und mir ist klar, dass ich ohnmächtig war.

»Ich bin gerade ohnmächtig geworden«, sage ich. »Ich wollte nur einen Schluck Wasser trinken.«

Ich räuspere mich.

Peder reicht mir ein Glas Wasser. »Karen, er hatte einfach Angst.«

»Kristian wollte nicht Selbstmord begehen«, entgegne ich. »Es ist egoistisch, Selbstmord zu begehen.«

Mit zitternden Händen hebe ich das Glas an die Lippen, und Wasser läuft mir über das Kinn.

»Willst du dich nicht ein wenig hinlegen?«, fragt Louise. »Oben?«

»Kristian wollte nicht Selbstmord begehen«, wiederhole ich. Ich kenne Kristian besser als sie. Ich habe bis zuletzt mit ihm zusammengelebt.

»Jetzt stirbt sie, Peder«, sagt William. Er sitzt auf einem Stuhl und betrachtet mich mit großen Augen. »Wie der Fisch, Peder. Jetzt stirbt sie.«

»Ich sterbe nicht«, erwidere ich. Dann stehe ich auf und setze mich auf den Stuhl neben William. Er streicht mir mit seiner großen Hand übers Haar.

Ida lächelt und Peder auch.

»Mama, du streitest immer alles ab«, sagt Louise. »Du bist nun mal nicht allwissend.«

»Nein.«

»So ist das einfach.«

Ich räuspere mich. »Was veranlasst dich zu der Vermutung, dass Kristian Selbstmord begehen wollte?«, frage ich Peder, und zwar nur aus Trotz, weil ich nicht daran glaube.

»Er stand am Steilhang.«

»An welchem Steilhang?«

»Am Sünderhang. Also, der heißt so. Er stand ganz nahe am Rand … Der Brief lag unter einem Stein. Ich habe ihn auf seinen Wunsch hin in seine Jackentasche geschoben. Er sagte, dass … also, als er wieder zu sich kam, nachdem ich ihn wiederbelebt hatte. Das waren seine letzten Worte, bevor sie ihn mitnahmen. Dass ich den Brief in seine Jackentasche legen soll.«

Dann schweigt Peder, und ich benötige einen Moment, um seine Worte zu verdauen. Alle warten darauf, dass ich etwas sage.

»Er hat sich die Aussicht angeschaut«, wende ich ein. »Das tat er immer.«

»Nein«, sagt Peder mit erhobener Stimme. Zum ersten Mal sieht er mir in die Augen. Wie sehr er doch Kristian ähnelt!

»Das war ein Abschiedsbrief. An euch. An uns. Er hat ihn unter einen Stein gelegt, damit er nicht wegfliegt.«

»Aber er hat es nicht getan«, entgegne ich. »Er *konnte* nicht. Und nur das zählt doch.«

»Er wusste, dass er sterben würde«, sagt Peder. »Sonst hätte er das nie getan. Nie. Er wollte nicht mit der Gewissheit leben, dass …« Er schluckt und sieht William und dann Louise an. »Dass er sterben muss, wo er endlich das Leben, von dem er geträumt hatte, leben konnte. Es war so sinnlos. Es ist so sinnlos. Ihr solltet in Lykkebo wohnen. Wir hätten alle zusammen hier wohnen sollen.«

»Wollte er das?«, frage ich. »Wollte er uns etwa zusammenführen?« Davon hat Kristian nie etwas gesagt.

»Das wollte er von Anfang an. Als Mama starb, kaufte er das Sommerhaus. Er hatte geplant, dass du mit Louise hierherziehen würdest.«

»Aber daraus wurde nichts«, sage ich.

»Ich weiß auch nicht, warum nicht. William war kein einfaches Kind«, meint Peder. Er betrachtet seinen Bruder, der nicht zuhört, sondern an den Federn der Saatkrähe herumzupft und sie ins Licht hält, bis sie aufglänzen.

»Wir wurden älter und kamen allein zurecht. Dann zog er zu dir zurück und besuchte uns einige Male im Monat.«

»Hat er für euch gekocht?«, frage ich.

Peder nickt.

»Oft gab es Fisch, den wir im Fjord gefangen hatten. Und Lasagne gab es auch. William liebt Lasagne.«

»Ich liebe Lasagne«, sagt William.

»Aber warum hat er nicht einfach die Wahrheit gesagt? Was hätte schon groß passieren können?«, erkundigt sich Ida. Sie kann es einfach nicht verstehen.

»Darum«, sage ich, und alle Blicke richten sich auf mich, denn sie sind ratlos. »Er hat sich hier wohlgefühlt. Die Stille und die Natur. Außerdem blieb ihm keine Wahl.«

LOUISE

Ich weiß nicht, ob Mutter recht hat. Vielleicht will sie es noch immer nicht wahrhaben, weil sie an die Liebe glaubt. Möglicherweise zu Recht. Schließlich kehrte er ja zu ihr zurück.

Ich betrachte Peder und William und kann ihm nicht verzeihen. Sie soll bloß nicht behaupten, dass er keine Wahl hatte. Man hat immer eine Wahl, und die hatte Vater auch. Aber auch Mutter trifft Schuld. Da sitzt sie jetzt und lächelt, als sei alles in bester Ordnung. Dabei hat sie ihn als Erste betrogen.

»Du hat ihn betrogen«, sage ich.

23

IDA

Der Steilhang wirft einen langen Schatten auf den Fjord.

»Sollen wir angeln gehen, Peder? Kommen die auch mit, Peder?«, fragt William. Er deutet auf uns. »Ida darf gerne mit und die beiden Damen auch. Ja, bitte, sehr gerne«, sagt er, und Mama muss lächeln. Sobald William spricht, hellt sich die Stimmung auf. Er ist als Einziger vollkommen unbekümmert. Es ist ihm vollkommen egal, dass Mama behauptet, sie sei seine Schwester und ich seine Nichte. Ich bin einfach ein Mädchen, und eine Saatkrähe ist eine Saatkrähe, und ein Fisch ist ein Fisch.

»Wir gehen jetzt nicht angeln, William«, sagt Peder. »Wir wollen uns an Papa erinnern.«

»Papa ist tot. Und der Fisch auch«, sagt William.

»Ja, Papa ist tot, aber deswegen brauchen wir ihn ja nicht zu vergessen«, sagt Peder. »Wir wollen jetzt an Papa denken.«

»Wir wollen ihn vergessen«, meint William. Er klemmt die Saatkrähe unter den Arm. Die beiden sind ein ziemlich bizarres Paar.

»Wir werden ihn *nicht* vergessen«, wiederholt Peder.

Ich lasse meinen Blick über den Strand und zum Schuppen hinauf schweifen, Peders Schuppen mit Großvaters Tagebüchern, der Hobelbank, dem Fenster, der Thermoskanne und dem weißen Sand auf dem Boden und den verrottenden Fischinnereien. Und Bullers Kopf in dem weißen Eimer, als er den verdorbenen Fisch aufschlabbert. Dann denke ich gegen meinen Willen an Michael und Magnus. Sie sind einfach nach Hause gefahren.

»Du und Michael, ihr trennt euch doch nicht, oder, Mama?«

»Wieso fragst du?«

»Nur so.«

»Nur so ist keine Antwort«, erwidert sie.

Sie steckt ihr Haar hoch, während sie über das Wasser schaut, was sie leider auch nicht beruhigt.

»Nein, das glaube ich nicht«, antwortet sie schließlich.

Dann wirft sie Großmutter einen Blick zu, als wäre es *ihre* Entscheidung.

»Papa, William und ich haben immer vom Steg aus geangelt«, sagt Peder. »Das fehlt mir.«

»Peder will gerne angeln«, meint William. »Peder vermisst das Angeln.«

Großmutter kehrt voll und ganz in ihre Rolle zurück. Möglich, dass sie keine Napoleonschnitten und Makronen gebacken hat, obwohl sie es versprochen hatte, aber das macht nichts, denn jetzt legt sie Peder einen Arm um die Schultern.

»Wir helfen dir. Du bist jetzt nicht mehr allein.«

Man sieht förmlich, wie ihm ein schwerer Stein vom Herzen fällt, aber er weint nicht, weil er nun einmal Peder ist. Er hält die Tränen zurück, betrachtet den Steilhang, und ich kann mir vorstellen, wie Großvater früher über den gleichen Hang hinausblickte.

»Wir sollten hier oben eine Bank aufstellen«, sagt Großmutter. »Kristian zu Ehren.«

»Oder ein Brett, von dem man springen kann«, meine ich. Ich sehe das Brett für Leute, die es nicht mehr aushalten können, bereits vor mir.

»Ida, du redest wieder gedankenloses Zeug«, sagt Mama, und da hat sie recht. Es ist eine lausige Idee.

»Ich finde, hier sollte ein Laden stehen«, meint William.

Wir schauen ihn an, er steht da mit der Saatkrähe im Arm und seinen verpflasterten Händen und lächelt mild und fröhlich.

»Ein Laden?«, fragt Großmutter.

»Mit Saatkrähen«, sagt William.

»Ach so.«

»Wo willst du hin, William?«, fragt Peder, als sich William in Bewegung setzt.

»Ich geh jetzt nach Hause, Peder.«

William stolpert zum Fischerschuppen hinauf und dann weiter über die Anhöhe.

»Kommt er denn alleine zurecht?«, erkundigt sich Mama, und Peder nickt. »Ja, zu Hause liest er Vogelbücher und Illustrierte. Manchmal sitzt er auch einfach im Garten und beobachtet seine Nistkästen. Damit kann er gut und gerne ein paar Stunden zubringen. Den Vögeln dabei zusehen, wie sie raus- und reinfliegen.«

Ich begegne Peders Blick, der dieselbe Farbe hat wie der Fjord.

»Und jetzt?«, frage ich. »Was wird aus euch?«

Da übernimmt Großmutter das Kommando.

»William muss eine Bleibe finden, die ihm gefällt und wo er sich zu Hause fühlt«, sagt sie. »Und du musst dein eigenes Leben führen, Peder.«

Ich kann mir William nicht in einem Heim vorstellen, und das ist es wahrscheinlich, was Großmutter vorschwebt.

»Kann er nicht bei uns wohnen, Mama?«, frage ich, was natürlich naiv ist. Mama schüttelt den Kopf und faltet die Hände auf dem Bauch. Sie ist ja auch schwanger.

»Ihr könnt doch an den Wochenenden in Lykkebo wohnen«, meint Großmutter, »das ist schließlich auch euer Zuhause.«

»Danke«, sagt Peder. »Das würde William sehr viel bedeuten, und mir natürlich auch.«

Großmutter nickt. »Aber da muss erst einmal jemand Ordnung machen«, sagt sie. »Das meiste fliegt raus. Falls ihr also noch etwas haben wollt …«

»Ich hätte gerne die Stühle«, meint Mama, und sie beginnen zu streiten. Über Korbmöbel, und zwar nicht spaßeshalber, sie meinen es ernst.

Ich ziehe mich zurück, und Peder folgt mir.

»Geht's dir gut?«, fragt er. »Gestern im Wasser warst du total neben dir.«

»Kannst du mich nicht in die Arme nehmen?«, frage ich, und es ist mir egal, dass er mein Onkel ist. Peder umarmt mich, und ich höre Mamas und Großmutters Gezanke, die Wellen am Ufer und die Möwen auf dem Steg.

Wir küssen uns, und als ich die Augen öffne, sehe ich Mama und Großmutter. Sie streiten nicht mehr, sie sind verstummt.

24

August

LOUISE

»Du bist schwanger.«

Britta sagt das, mit Mohn zwischen den Zähnen. »*Ich bin immer ganz direkt. Für alles andere ist das Leben zu kurz*«, sagt sie, und vom Wort zur Tat ist es bei ihr nie weit.

»Meine Güte, stimmt das?«

»Bist du schwanger?«

»Louise!«

Kaffeetassen klappern eifrig auf der Tischplatte und schwappen über. Ich war eben draußen und habe mich übergeben, jetzt haben sie dank Britta Lunte gerochen.

Seufzend kehre ich in die Runde zurück und verkünde, dass ich durchaus schwanger, aber erst in der zehnten Woche bin.

»Das ist ja fantastisch!«, sagt Karina. Vor Begeisterung wird sie ganz rot im Gesicht.

»War das geplant?«, fragt Britta.

»Nein, war es nicht«, erwidere ich.

Alle murmeln Glückwünsche. »Das ist aber wirklich eine Überraschung.«

Mit zwei in die Haare geschobenen Lesebrillen betritt die Krankenschwester das Pausenzimmer.

»Was ist denn mit euch los?«, fragt sie. »Ist was passiert?«

Die anderen erzählen ihr, dass ich schwanger bin, und ich stehe lächelnd auf, damit alle die kleine Beule unter meinem

Pullover bewundern können. Ich erkläre, wie wunderbar es ist, und atme dann erleichtert auf, als die Arbeit ruft.

Es ist fast so, als würde ich mich zu Kristine flüchten. Wieder einmal möchte sie wissen, ob Sonntag ist. Wenn Mutter jetzt hier säße, würde sie sagen: »Louise, heute ist Sonntag.« Und dann wäre Sonntag, weil alles immer so ist, wie sie es will.

Ich koche Kristine Haferbrei, und mir treten Tränen in die Augen, weil es ihr so gut schmeckt.

»Dein Brei ist wirklich lecker«, sagt sie, und ich bereue die vielen Male, die ich ihr keinen gekocht habe.

Diese Kleinigkeit ist leider nicht das Einzige, was ich bereue.

Prebens Anblick erinnert mich an Vater. Er liegt starr auf dem Rücken und hat die Hände auf der Decke gefaltet. Seine Arme sind dünn und blass, und seine Miene ist gequält. Ich lasse ihn noch schlafen, obwohl ich bereits zu spät dran bin.

»Heute ist der erste Tag vom Rest deines Lebens«, postet Lotte auf Facebook, und ich habe nicht übel Lust, mich von dem ganzen Schwachsinn abzumelden. Ich betrachte Preben und überlege mir, wie er wohl reagieren würde, wenn ich ihm diesen Satz vorlesen würde. »Heute ist der erste Tag vom Rest deines Lebens.« Oder wenn ich das zu Vater gesagt hätte. Hätte er uns dann die Wahrheit gesagt? Ich glaube nicht.

Rhea hat bereits gefrühstückt, als ich die Küche betrete. Der Tisch glänzt ölig, und auf dem Boden liegt Haushaltspapier.

»Louise!«

Ich gehe ins Wohnzimmer und muss lächeln. Rhea sitzt mit ihrem Diadem auf dem Sofa.

Sie streckt die Hände nach mir aus, hält dann meine Hände in ihrem Schoß und lächelt ihr breites Lächeln.

»Wie geht es mit deinem Baby?«, fragt sie. »Sieht man schon

was?« Mit einer raschen Bewegung, die man einer fast Hundertjährigen kaum zugetraut hätte, zieht sie meine Bluse hoch.

Ich lasse mich auf das Sofa zurücksinken, und mich befällt wieder diese bleierne Müdigkeit.

»Freust du dich nicht?«, fragt sie, schiebt das Durcheinander auf dem Couchtisch, Bonbondosen und Illustrierte, beiseite und klopft auf die Tischplatte, damit ich meine Beine darauf ausruhe.

»Dafür fehlt mir die Zeit, Rhea«, sage ich. Ich beginne zu weinen. Das sind die Hormone. Ich habe keine Zeit, bei Rhea zu sitzen und meine Beine hochzulegen, ich habe keine Zeit, ein Kind großzuziehen. Das war nun wirklich nicht mein Wunsch.

»Ich will das Kind nicht«, flüstere ich. »Ich will es nicht.«

Ich halte die Tränen zurück und spüre, wie Rhea ihre fettige Hand auf meinen Bauch legt. Dann schließt sie die Augen, als befände sie sich an einem anderen Ort.

»Was ist?«, frage ich.

Eine Falte erscheint auf ihrer Stirn, wo sonst nie eine ist. Sie starrt vor sich hin. Dann zieht sie ihre Hand zurück.

KAREN

Jetzt spüre ich die Leere. Es ist so viel in so kurzer Zeit geschehen. Der Toast verbrennt nach wie vor auf der einen Seite. Ich versuche das Schwarze mit dem Buttermesser abzukratzen, aber schmecken tut man es trotzdem noch.

Der Friedhof wird von Bäumen gesäumt, die ihre Blätter verloren haben. Heute Nacht hat es gestürmt, und der Sturm hat die letzten Blätter abgerissen. Der Herbst hat dieses Jahr früh eingesetzt, fast schon im Spätsommer. Bald wird es Winter.

Ich habe den Seeigel mitgenommen, ohne eigentlich zu wissen, warum. Die Versteinerung liegt in meiner Hand. Mit Kristians letztem Tagebuch unter dem Arm stehe ich am Grab. Ich habe alle seine Tagebücher in Lykkebo geholt und sie im Schlafzimmer auf dem Fußboden aufgestapelt. Der Brief, der Seeigel, die Tagebücher. So fühle ich mich Kristian näher.

Peder und William waren es, die damals Rosen auf das Grab legten. Ich bereue es, sie in den Mülleimer geworfen zu haben. *Entschuldige, Kristian.* Ich hatte nicht das Recht dazu, deine Rosen in den Müll zu werfen.

Kristian hat sie mehrere Male in seinen Tagebüchern beschrieben. *Lily ist anders*, schreibt er. *Sie lässt mich in Ruhe schreiben. Sie ist milde und liebevoll, verlangt nicht viel, und ich habe den Prolog bereits fertiggestellt.*

In den ersten Tagebüchern hat er meine Existenz offenbar verdrängt. Er schreibt über Vögel, über Peder und William und darüber, dass ihm Louise fehlt. Über Seeigel. Seitenlang geht es um Vögel und Seeigel.

Heute habe ich Seeigel gesucht und einen gefunden. Nur selten findet man Seeigel am Limfjord. Seeigel besitzen einen sechsten Sinn. Das Meer sagt ihnen, wann sie wandern müssen und wann es Zeit ist, sich niederzulassen.

Ich habe ein Nachschlagewerk über die Tiere des Meeresbodens in der Bücherei ausgeliehen. Was Kristian schreibt, stimmt. Seeigel besitzen einen sechsten Sinn, der ihnen hilft, einen guten Platz zu finden. An diesem Platz ändern sie ihre Lebensweise, bilden einen Panzer mit Stacheln aus und bewegen sich nicht mehr. Aber sie lassen sich nicht an jedem beliebigen Ort nieder. Das Ufer muss steinig und das Meer und die

Natur müssen wild sein. Anhand der Turbulenzen im Wasser weiß der Seeigel, wann es an der Zeit ist, sich Richtung Meeresgrund zu begeben.

Kristian hat sein Plätzchen gefunden und seine Lebensweise angepasst. Er wurde ein anderer.

Ich bohre den Seeigel in den Kies neben dem Vogelbad. Ein perfekter Platz für einen Seeigel.

IDA

»Wie sieht euer Ziel aus?«, fragt Finn. »Was wollt ihr?«

Mein Blick geht aus dem Fenster, gegenüber vom Gymnasium ist eine Baustelle. Bauarbeiter stehen auf dem Gerüst. Ich wäre gerne Bauarbeiter. Die sind den ganzen Tag draußen und haben ihren Spaß. Einer von ihnen hat gerade eben seine Hose runtergezogen und seinem Kollegen den Arsch gezeigt. Sie lachen sich kaputt.

»Was hast du für Ziele, Ida?«

»Wie bitte?«

»Was willst du?«

Alle schauen mich an, und ich werde ganz rot.

»Ich will nichts.«

»Nichts?«

Finn geht den Mittelgang entlang, und es arbeitet in seinem sturen Gesicht.

»Genau das ist das Problem«, flüstert er, als sei das eine Offenbarung.

»Es gibt so viele Möglichkeiten. Ihr könnt tun, was ihr wollt, aber ihr wollt nichts. Ihr wollt nichts! Also, was machen wir heute? Habt ihr die Hausaufgabe gemacht?«

Sarah meldet sich.

»Also wieder mal nur Sarah«, sagt Finn und seufzt. »Du hast nicht viel Konkurrenz. Und was hattet ihr auf?«

»Strindberg. *Ein Traumspiel*«, sagt sie.

»Wer von euch hat Strindberg, *Ein Traumspiel*, gelesen?«, fragt Finn.

Ein Drittel meldet sich, die Hälfte davon lügt.

»Wie erwartet«, sagt er. »Ein paar.«

Er nimmt einen Papierstapel aus seiner Mappe und legt ihn aufs Lehrerpult.

»Heute bekommt ihr eure Arbeiten zurück. Am Ende der Stunde«, sagt er, und ich werfe Sarah einen Blick zu. Sie ist total blass geworden und lässt den Stapel nicht aus den Augen. Sie ist notenbesessen und braucht die allerbesten, um zu ihrem Traumstudium zugelassen zu werden.

»Können wir die Arbeiten nicht gleich zurückbekommen?«, fragt Andreas, aber Finn schüttelt den Kopf.

»Mach dir keine großen Hoffnungen, Andreas. Das war keine Glanzleistung.«

Ich schaue wieder aus dem Fenster. Ich ertrage weder Finn noch Sarahs gequälte Miene.

»Strindberg«, fährt Finn fort. »Ein episch-schwebender Text. Wovon handelt er?«

»Von Agnes, der Tochter des Gottes«, sagt Sarah.

»Ja?«

»Sie versteht nicht, warum die Menschen nicht glücklich sind, warum sie nicht die Gelegenheiten ergreifen, die sich ihnen bieten. Sie beklagen sich nur.«

»Es ist schade um die Menschen!«, ruft Finn.

Die anderen lachen über Finn, und auch ich lache. Sein übertriebener Ausdruck, sein dicker Bauch, die Art, wie er die Arme ausbreitet – Finn ist verrückt geworden.

»Findet ihr nicht, dass es schade ist um die Menschen? Dass einem die Menschen leidtun können?«

Niemand antwortet, nicht einmal Sarah. Die Menschen können einem tatsächlich leidtun.

»Ida nickt«, sagt Finn. Er kommt wieder auf mich zu. »*Warum* können einem die Menschen denn leidtun?«, fragt er, und ich zucke mit den Achseln. Ich weiß nicht, warum. Wir wollen immer das, was wir nicht bekommen können.

»Strindberg war krank, er war geisteskrank«, sagt Finn. Er habe *Ein Traumspiel* geschrieben, nachdem er für verrückt erklärt worden sei, sagt er.

Ich denke an Großvater. War er etwa auch geisteskrank, als er sein Leben hinter sich ließ und ein neues begann?

Vielleicht bin ich ja ebenfalls geisteskrank. Vielleicht *werde* ich geisteskrank, wenn das hier so weitergeht. Vier Wände, Finn, die ehrgeizige Sarah, die Bauarbeiter, die ihren Arsch zeigen, und Strindberg.

Finn spricht über den Dichter. Die Göttertochter Agnes verliebt sich in einen Dichter. Der Dichter regt ihre Träume an. Der Dichter ist ihr Seelenverwandter. Sie verliebt sich in ihren Seelenfreund.

Peder ist mein Seelenfreund. Es ist deswegen, denke ich. Jetzt ist Peder auf der Schriftstellerschule. William ist in Æblevangen, und es gefällt ihm dort. Es gibt Apfelbäume und Vogelhäuser, und die Wochenenden verbringen Peder und William zusammen in Lykkebo.

Die Bauarbeiter haben sich hingesetzt. Sie sitzen mit ihren Butterbroten auf dem Gerüst.

»Diese Klausur ist für die Abschlussnote von entscheidender Bedeutung«, sagt Finn, eine Bemerkung, die er sich hätte sparen können, denn wir können ohnehin nichts mehr ändern. Die Klausur ist geschrieben, kapier das doch, Finn. Fetter Finn.

»Was ist?«, fragt Sarah. Sie lacht nervös, während Finn die Klausuren verteilt.

»Was?«

»Du flüsterst die ganze Zeit. Was flüsterst du?«

»Fetter Finn«, sage ich, und Sarah muss laut lachen. Signe dreht sich um und raschelt mit der Klausur, die sie gerade zurückbekommen hat.

»Ich habe nur eine Eins minus«, sagt sie.

»Ich habe eine Eins plus«, sagt Julia, die immer die besten Noten hat. Sarah kaut auf einem Fingernagel, beißt sich in die Fingerknöchel. Sie kann es fast nicht mehr aushalten.

Finn sagt, dass ich mehr leisten könnte, als er mir meine Klausur zurückgibt. Ich schaue Sarah an. Sie ist außer sich vor Glück.

»Ich habe eine Eins plus«, sagt sie und beginnt den normalen Monolog, der in einen Dialog mit jenen Mitschülern übergeht, die dieselbe Note bekommen haben.

»Was hast du denn für eine Note, Ida?«, fragt Signe.

»Eine Drei«, antworte ich.

»Aber das ist doch auch eine gute Note.«

Die anderen finden, dass ich einem leidtun kann, weil ich nur eine Drei bekommen habe.

»Bist du deswegen traurig?«, fragt Sarah leise, als würde ich ihr jetzt mein Herz ausschütten. Sie kann überhaupt nicht verstehen, dass mir diese Drei vollkommen egal ist. Ich bin weder froh noch traurig, es ist mir egal.

Das ist eine Note, eine Zahl, und ich sehe mich im Limfjord, und die Drei schwappt im Wasser, eine kleine schwarze Drei, die zu einem winzigen Punkt am Horizont wird.

Peder ist mein Seelenfreund.

Rhea spürt, dass etwas nicht stimmt. Ich denke an den Ultraschall und an die Worte der Ärztin. Vielleicht ist das Kind ja nicht gesund. Schließlich bin ich nicht mehr die Jüngste, ich bin mir des Risikos bewusst.

Ich denke daran, dass eine genetische Vorbelastung vorliegen kann, und meine Handflächen werden feucht. Dieser Gedanke löst Übelkeit in mir aus. Ich sehe William mit der Saatkrähe in den Armen vor mir, mit seinen zerschnittenen, unbeholfenen Händen, der Zunge, die ihm aus dem Mund hängt. Vaters Gene.

Ich betrachte den Tarotkartenstapel neben der Fernbedienung und haue mit der Hand so fest darauf, dass sie über den ganzen Tisch fliegen.

Der Tod.

Das, woran du denkst, ist definitiv zu Ende. Aber es ermöglicht dir den Durchbruch zu etwas Neuem. Du kannst wählen, ob du in einem Mausoleum leben oder dem neuen Tag Platz einräumen willst. Der Tod bringt Veränderungen mit sich, an die du dich anpassen solltest, statt dich gegen sie aufzulehnen. Du stehst mit deinen Beinen in zwei Lagern, dem der Vergangenheit und dem der Zukunft. Entscheide dich dafür, aufzuräumen und wegzuwerfen. Alles Absterbende ist unnötiger Ballast, der deine weitere Reise behindert. Der Tod bittet dich, konsequent zu sein und Platz für dein neues Leben zu schaffen.

Michael betritt das Wohnzimmer.

»Soll ich diese Chicken-Nuggets auftauen, oder wollen wir die Reste von gestern essen?«, fragt er.

»Was hatten wir gestern?«

»Kassler.«

»Ist mir egal.«

»Du musst doch wissen, ob du lieber Kassler oder Chicken-Nuggets essen willst?«

»Michael, ich weiß es nicht.«

Er setzt sich neben mich und betrachtet meinen Bauch. Er ahnt nicht, wie sehr mich das jedes Mal ekelt.

»Dann essen wir einfach die Reste«, sagt er. Er betrachtet die Tarotkarten, die zur Hälfte auf dem Fußboden liegen. Ich betrachte den Tod und merke, wie sich in mir alles zusammenzieht.

Michael hebt die Karten auf.

»Was ist los?«, erkundigt er sich, aber ich bringe kein Wort über die Lippen. Plötzlich steigen so viele Tränen in mir hoch, dass es sich anfühlt, als müsste ich mich übergeben, wie etwas Physisches, das ich nicht zurückhalten kann.

»Schatz.«

Ich stehe auf, schaue Michael an und sehe Lise, sehe die Karten und sehe Rheas faltige Hand, sehe meinen Bauch und sehe einen Embryo. Ich sehe William. Peder und William, meine Brüder.

Ich habe Leute sagen hören, sie hätten einen Knoten im Bauch, und jetzt spüre ich ihn. Einen Knoten im Bauch und in meinem Herzen. Alle Gedanken kehren ständig zu Peder und William zurück, und Peder und William beschwören Erinnerungen an Vater herauf. Sein Anblick auf dem Weg, in der Diele und im Bett. Er hat mir meine Kindheit genommen. Die Geborgenheit beim Aufwachen, wenn Mama und Papa in der Küche frühstückten. Die Geborgenheit, beim Klappern der Schreibmaschine aus dem Nachbarzimmer einzuschlafen. Er hat mir meine Mutter genommen, ihr Lächeln verschwand. Und dann bricht alles während einer Woche am Fjord wie eine Flutwelle über mich herein, und plötzlich ist alles anders. Mit einem Mal habe ich einen guten Vater.

»Ich will dieses Kind nicht!«, sage ich. Es macht mir Angst, das laut zu sagen. Ich mag mich kaum zu meinen eigenen Worten bekennen, aber so ist es nun einmal. Ich bohre meine Finger in meinen Bauch, und Michael packt meine Handgelenke.

»Ich will dieses Kind nicht«, sage ich nochmals und spüre die Tränen auf meinen Wangen und meinem Hals. Michael wiederholt immer wieder meinen Namen.

»Louise, Louise.«

»Nein.«

Er nimmt mein Gesicht in die Hände und schaut mir in die Augen.

»Entspann dich.«

Ich schließe die Augen, entspanne meine Muskeln und lasse mich auf das Sofa zurückfallen. Warum begreift er das denn nicht? Warum begreift er nicht, dass ich jetzt an der Reihe bin? Dass das *mein* Leben ist. Sie alle hatten ihr eigenes Leben, und alle haben sich so verhalten, wie es ihnen gepasst hat. Mutter war untreu. Vater war untreu. Michael war untreu.

»Das überfordert mich«, sage ich, und Michael klaubt weitere Karten vom Fußboden auf.

»Hör doch endlich auf damit!«, sage ich.

Er hebt die Arme, als hätte ich ihn angegriffen.

»Louise, was willst du damit eigentlich sagen?«, fragt er.

»Dass ich«, ich hebe eine Karte vom Boden auf, den Tod, und halte sie in der Hand, »das Kind nicht haben will.«

Michael legt seinen Kopf in die Hände. Dann schüttelt er den Kopf und sieht mich an.

»Was ist eigentlich los, Louise? Erklär mir das mal.«

Ich versuche meine Tränen zu unterdrücken. Er ist bereits wütend.

»Ich kann nicht«, sage ich. »Kannst du das nicht verstehen? Du warst mir gerade untreu.«

»Darum geht es doch gar nicht«, erwidert er. »Du warst schon schwanger, bevor wir in dieses Sommerhaus gefahren sind. Warum hast du mir nichts erzählt? Du hattest die ganze Zeit über Zweifel, Louise.«

»Ja, ich habe Zweifel!«, rufe ich. »Weil das mein Leben ist und euch allen das egal ist. Du willst einen Hund. Du willst einen Wohnwagen. Du arbeitest ständig. Und was ist mit mir? Mein Leben besteht nur aus Pflegeheim und Facebook. Nur aus dem Leben der anderen. Es ist nicht meins! Ihr anderen habt genug an euch selbst. Außerdem ist das Risiko sehr hoch.«

»Wie meinst du das?«

»Ich bin achtunddreißig. Es steckt vielleicht in den Genen. Denk nur an William.«

Michael zögert, aber dann schnaubt er verächtlich.

»Weißt du was, Louise? Das ist mir vollkommen egal. Es ist ein Kind.«

Er steht auf und geht in den Garten. Ich hebe die letzten Tarotkarten vom Fußboden auf und lege sie auf den Stapel. Jetzt habe ich es gesagt. Jetzt weiß er, was ich empfinde. Ich bin erleichtert.

IDA

Signe wühlt in ihrer Tasche und reicht mir eine Dose lila Mokai. Ich hätte lieber einen Rotwein, aber Signe hat keinen in ihrer Tasche.

»Glaubst du, wir kommen rein?«

»Ja, bestimmt.« Sie zündet sich eine Zigarette an und bläst Ringe in die Luft. »Aske steht an der Tür, und ich habe ihm Bescheid gesagt, dass wir kommen. Ich bin übrigens wieder mit Lucas zusammen.«

»Lucas?«

»Ja.«

Mir geht ein Licht auf. Lucas war der letzte von Signes Verflossenen.

»Er war auf Sarahs Fest. Da war überhaupt nichts los, und dann sind wir gegangen. Erst war er ganz komisch. Hat sich einfach an seinem Bier festgehalten und keinen Ton gesagt. Und dann sind wir bei ihm zu Hause gelandet.«

»Und dann?«, frage ich. Signe erwartet, dass ich immer weiterfrage, aber ich kann nur an Lucas' harten Blick denken. Ich sehe ihn noch vor mir, obwohl ich betrunken war. *Ich glaube, dich sollte mal einer nageln.*

»Ja, was glaubst du? Wir haben gevögelt. Es war noch nie so gut. Er ist wirklich süß.«

Ein warmer Bier- und Schweißdunst schlägt uns entgegen. Wir geben unsere Jacken an der Garderobe ab. Signe kommt jedes Wochenende hierher, aber ich war bislang nur zweimal da, und das eine Mal auch nur, um Signe abzuholen.

»Willst du den ganzen Abend mit Lucas zusammen sein?«

»Was?«, fragt Signe. Die Musik ist ohrenbetäubend.

»Willst du den ganzen Abend mit Lucas verbringen?«

»Keine Ahnung, warum?«

Ich zucke mit den Schultern. »Egal«, entgegne ich. Jetzt weiß ich, wie es enden wird.

Ich entdecke ihn als Erste. Er hat eine neue Brille und balanciert ein Tablett mit Shotgläsern zu einem Tisch in der Ecke.

Signe hat ihn ebenfalls entdeckt. Sie richtet sich auf und lacht, und ich weiß nicht, worüber.

»Lucas!«, ruft sie, und zum ersten Mal fällt der Blick eines Jungen nicht auf Signe, sondern auf mich.

Seiner abschätzigen, höhnischen Miene entnehme ich, dass er sich erinnert.

Signe springt an ihm hoch und gibt ihm einen innigen Kuss. Lucas fasst ihr an den Po und schaut mich währenddessen an.

Alle sind älter als wir, und trotzdem fühle ich mich alt. Reif und unreif zugleich.

»Ist da noch Platz?«, fragt Signe, und die Leute auf der Bank rücken zusammen, sodass sie gerade noch dahin passt, obwohl sie halb auf Lucas' Schoß sitzen muss. Ich sitze halb auf dem Schoß von Pickelfrans, dessen gesamte linke Wange von Akne bedeckt ist.

Signe stellt mich vor, und Frans lächelt das breiteste Lächeln, das sein schmales Gesicht überhaupt zustande bringt.

»Hallo, Ida«, sagt er gut gelaunt und reicht mir die Hand. Dann verteilt er Ga-Jol-Lakritzpastillen-Shots. Wir stoßen an. Sie spielen *I See Fire* von Ed Sheeran, Frans singt mit.

»Kennst du den Song?«, fragt er und singt dann weiter. »Ich hab mal im Knabenchor gesungen«, erklärt er, und aus irgendeinem Grund kann ich mir Pickelfrans nicht im Knabenchor vorstellen.

Sie spielen Mäxchen, und ich habe keine Lust, Mäxchen zu spielen, weil ich nicht diejenige sein will, die erst noch die Regeln lernen muss.

Frans läuft mit dem Würfelbecher Amok und knallt ihn mir erst auf den Kopf und dann auf den Tisch. Eine Sechs.

»Willst du nicht mitspielen? Komm schon«, sagt Frans.

»Ich weiß nicht, wie das geht«, erwidere ich.

Er lächelt und reicht mir noch einen Shot. Ich sehe Lucas an. Kommt es mir so vor, oder trinkt er mir zu? Er stößt tatsächlich mit mir an.

Frans tätschelt meine Hüfte und schiebt mich von der Bank.

»Wo geht's denn hin?«, frage ich. Die anderen stehen ebenfalls auf.

»Wo geht's denn hin?«, frage ich nochmals, aber niemand antwortet.

Wir folgen Aske, der uns in ein Zimmer hinter der Bar führt. Ich bin schon ziemlich dicht, ich sollte nichts mehr trinken. Frans fasst mir an den Po.

»Wo gehen wir hin?«, frage ich Signe.

»Ida«, sagt sie, so als könnte ich mir das doch wirklich selbst zusammenreimen. Irgendwas mit Dope, denke ich. Ich bin auch nicht dumm.

Wir sind neun Leute in einem zehn Quadratmeter großen Raum, in dem es nach schmutzigem Kühlschrank riecht.

»Ida hat es noch nie probiert«, flüstert Signe Lucas zu. Ich blicke zu Aske hinüber, der an einem Tisch sitzt. Aske hat das Sagen. Die anderen respektieren Aske und verfolgen aufmerksam seine Bewegungen.

»Willst du probieren?«, flüstert Signe.

»Natürlich will sie probieren. Bloß eine kleine Liebespille«, sagt Frans.

Es gibt Pillen und Pulver, das Aske mit seiner Kreditkarte in ordentlichen Linien auf dem Tisch arrangiert hat.

»Diese Kreditkarte hatte er in seinem Arsch«, flüstert mir Frans zu, »und zwischen den Eiern.« Dann hebt er die Stimme. »Das ist echt nicht okay, Aske. Dass du die gleiche Karte dafür nimmst.« Er lacht. Aske dreht sich langsam um. Sein Blick wird bedrohlich und hart.

»War nur ein Witz«, sagt Frans.

Aske nickt.

»Reiß dich zusammen, Bjarke«, sagt er. Ich betrachte Frans, der gar nicht Frans heißt.

»Ich dachte immer, du heißt Frans«, sage ich, was Gelächter hervorruft. Dann bringt Aske alle zum Schweigen: »Jetzt haltet ihr die Schnauze«, sagt er.

Bjarke schnupft eine Linie, zieht die Nase hoch und reibt sie dann.

»Und, wie ist das?«, frage ich Signe. »Hast du das schon mal probiert?«

»Nur ein paar Mal. Ich kiffe eigentlich nur«, sagt sie.

»Aber wie ist es denn jetzt?«

Sie zuckt mit den Achseln. »Nichts Besonderes«, antwortet sie.

Bjarke fasst mir wieder an den Po.

»Lass das«, sage ich, gebe ihm einen Klaps und lache. Es ist mir egal. Sie finden, ich bin schrill, auch Bjarke. Er lacht.

»Du hast einen süßen Arsch«, flüstert er.

»Na, hör mal«, erwidere ich.

»Sie ist noch Jungfrau«, sagt Signe. »Sie hat es noch nie ausprobiert.«

Ich bin keine Jungfrau.

Aske tritt mit funkelnden Augen auf mich zu und streckt die Hand nach mir aus.

»Komm«, sagt er, und ich reiche ihm die Hand. Er zieht mich an sich. Ich bin die Königin der Nacht.

Ein kleines Häufchen rosa Pillen liegt auf dem Tisch. Eine ist mit einem Smiley verziert, und in eine andere ist ein I gestanzt.

»Ich will die mit dem I«, sage ich. I für Ida.

Signe kommt zu uns herüber, streicht mir über den Rücken

und küsst mich auf die Wange. »Hast du wirklich Lust dazu?«, fragt sie. »Fühl dich nicht zu irgendwas gedrängt.«

»Aber ich will«, sage ich.

Bjarke pfeift durch die Finger.

»Dann darfst du auch«, sagt Aske. Er legt die Pille auf meine Handfläche. Eine teure Perle, ein fruchtbarer Samen. Giftig.

Ich schlucke sie. Sie ist klein und rosa. In meinem riesigen Körper kann sie doch keinen großen Schaden anrichten.

Ich sehe mich in dem Raum um, und alle lächeln mir zu. Sie lächeln, sie mögen mich, ich bin ein fantastischer Mensch. Wir sind alle fantastisch und wollen immer zusammen sein. Wir sind so gut zueinander. Pickelfrans schnuppert. Ich liebe den Pickelfrans, der Bjarke heißt. Und ich liebe Lucas. Er hat nackt an einem Strand gestanden. Er hat mit nacktem Po im Wasser gesessen. Er war einmal ein Baby. Ich liebe sie alle, und ich liebe auch Peder. Ich liebe Peder.

»Los, jetzt gehen wir tanzen«, sagt Signe. Aske legt seine Hände auf meine Schultern, führt mich aus dem Hinterzimmer. Frans drängt sich vor mich und nimmt meine Hand. Ich bin die Partykönigin.

Signe nimmt mich bei der Hand und reißt mich in den Kreis der Tanzenden. Wir befinden uns in einer Blase. Ich tanze mit Signe. Ich tanze mit Bjarke. Wir tanzen alle zusammen.

Die Musik dringt in mich ein. Noch nie habe ich mich so lebendig gefühlt. Es ist ein Wunder. Alles ist ein Wunder.

Ich kann ewig tanzen. Ich kann immer weiter durch Zeit und Raum tanzen, zwischen anderen Tänzern und Wänden, Lichtern und Lichtschein. Ewig tanzen.

Aske ist da. Er hebt mich hoch.

Wir sitzen am Tisch. Meinetwegen können wir jetzt Mäxchen spielen. Ich muss nicht pinkeln. Aske sagt, dass ich was trinken soll, aber ich habe keinen Durst. Mir geht es fantastisch. Ich bin lebendig. Alles wird gut. Schließlich bin ich lebendig.

Die Nachtluft ist kühl und wunderbar. Ich friere nicht. Bjarke will mir seine Jacke geben, aber ich will seine Jacke nicht. Ich will Peders Jacke. Ich mache einen Hopserlauf auf dem Straßenpflaster.

»Wo willst du hin?«, fragt Aske.

»Ins Blaue«, antworte ich.

»Nein, komm jetzt.«

Aske hält mich fest. »Wo ist ihr Handy?«, fragt er, ohne mich anzuschauen.

»Ich hole ihre Jacke«, sagt Bjarke.

»Pickelfrans«, sage ich. »Du bist so nett, Pickelfrans. Du bist auch nett.« Ich tätschele Aske die Wange. »Aber ihr seid nicht so nett wie Peder. Ich liebe Peder.«

Sie verschwinden, und ich setze meinen Hopserlauf fort. Sie können mich nicht fangen, denn ich bin frei.

Ich bin eine Ballerina, hübsch und adrett wie das Mädchen in der Manege, eine Prinzessin im Schein der Straßenlaternen. Jetzt gehe ich in der Klostergade zu Bett mit rosa Küssen auf meiner Wange und Mauern, die in Lila und Grün auf mich herabstürzen, mir aber nichts anhaben können. Ich bin unbeweglich, pikse die Mauern und berühre gelbe Lichtkreise, die mich wärmen. Hier will ich schlafen, im Bett der Klostergade, und Peder wird mich wecken.

Sieh nur, was mit mir passiert, Peder. Jetzt bin ich giftig. Die Erde ist giftig. Die Klostergade ist giftig. Die Meerjungfrau ist vergiftet. Was mache ich eigentlich? Was geschieht mit mir?

Ich höre Peder singen, von Zeiten, die sich ändern. Ich soll schwimmen, sonst werde ich untergehen wie ein Stein. Er singt zusammen mit Bob Dylan. Dann verschwinden die Stimmen. Es wird still. Die Hunde bellen, Bimmer und Buller. Wütendes Kläffen aus den Fenstern, und die Nacht ist blau vom Flimmern der Fernseher und Computermonitore. Facebook-farbige Schatten winden sich aus den Fenstern. Fenster und Mauern, jetzt stürzen sie ein. Jetzt stürzt alles. Ich bin nicht unverwundbar. Ich bin hilflos, allem ausgeliefert.

»Die Wahrscheinlichkeit, vom Blitz getroffen zu werden, beträgt eins zu einer Million.«

»Ida, du redest gedankenloses Zeug.«

»Das ist eine Saatkrähe.«

»Es ist Schlafenszeit. Es ist Schlafenszeit, Peder.«

25

LOUISE

Es ist bereits dunkel, als es klingelt, und ich taste auf dem Nachttisch nach dem Handy, bis mir aufgeht, dass es das Festnetz ist. Ich bleibe im Bett liegen. Beim letzten Mal, als dieses Telefon klingelte, lag Vater im Sterben. Ich denke an Mutter. Warum sollte es sonst jetzt klingeln? Es kann nur etwas Ernstes sein. Natürlich ist etwas geschehen.

Michael dreht sich unruhig um und macht dann Licht.

»Das Telefon klingelt«, sagt er.

»Ja«, sage ich. Jetzt klingelt das Telefon. Jetzt ist es zu spät, um etwas zu vergeben.

Ich sehe, wie Michael das Zimmer verlässt. Buller steht aus seinem Körbchen auf, und sein Schwanz schlägt gegen die Schranktür. Ich stehe auf und sehe Michaels Silhouette im dunklen Wohnzimmer.

»Was ist?«, flüstere ich, aber er hört mich nicht. »Michael!«

Dann legt er auf. Irgendwann müssen wir dieses Wandtelefon abschrauben. Es ist unzeitgemäß und passt nicht zur Einrichtung.

»Es war wegen Ida.«

Ich spüre, wie mir vor Angst der kalte Schweiß ausbricht.

»Keine Sorge. Deine Mutter hat sie abgeholt. Ida ist in der Stadt zusammengeklappt und hat deine Mutter angerufen.«

»Und warum hat sie nicht mich angerufen?«

»Keine Ahnung. So viel redet ihr in letzter Zeit auch nicht miteinander.«

»Nein.«

Michael seufzt und reibt sich die Augen.

»War sie betrunken?«

»Vermutlich muss sie einfach ihren Rausch ausschlafen.«

»Ja.«

Ich gehe in die Küche. Es ist halb fünf. Buller glaubt, es sei Morgen, und dreht sich vor lauter Begeisterung um sich selbst.

»Buller muss raus«, sage ich, und Michael öffnet die Terrassentür und geht mit ihm in den Garten. Er will nicht mit mir reden. Dann steht plötzlich Magnus neben mir.

»Schläfst du nicht? Es ist viel zu früh«, sage ich.

»Was macht ihr? Wer hat angerufen?«

»Niemand. Geh wieder ins Bett und schlaf. Es ist noch Nacht.«

»Aber es juckt.«

»Es juckt? Wo?«

»Im Po.«

Ich denke schon, er redet Unsinn, da fällt mir etwas ein. Wir haben das Wurmmittel in Lykkebo vergessen, und Magnus hat nur die erste Tablette genommen. Das ist über einen Monat her. Magnus sieht ganz unglücklich aus.

»Bist du dir sicher?«, frage ich, und natürlich ist er sich sicher. »Zieh dir wieder die Handschuhe an, dann kaufen wir morgen ein neues Mittel.«

Ich finde es typisch, dass sich Rikke nicht damit herumärgern muss. Wieder mal kommt sie ganz unbehelligt davon.

Ich gehe in den Garten.

»Er hat schon wieder Würmer«, sage ich.

Michael schließt die Augen. »Hat er nicht ein Medikament dagegen bekommen?«, fragt er.

»Nein«, sage ich. Jetzt kann ich fast nicht mehr. Ich muss lachen, weil ich nicht weiß, wie ich reagieren soll. Michael sieht mich wütend an.

»Superlustig«, erwidert er.

»Nein«, sage ich nochmals und gehe wieder ins Haus.

KAREN

Die Tür zum Südzimmer habe ich nur angelehnt. Mir hat ein wenig Leben im Haus gefehlt, die Geräusche eines anderen schlafenden Menschen. Nach Kristians Tod ist es im Haus so still gewesen. Auch die Zimmer schweigen. Kristian würde über diese Gedanken lachen.

Sie sieht im Bett so klein aus, und ihre Art, wie sie sich unter der Decke verkriecht und im Schlaf Geräusche von sich gibt, erinnert mich an Louise.

»Bist du wach?«, frage ich, aber sie murmelt nur etwas. Ich lasse sie weiterschlafen und decke den Tisch in der Küche. Es gibt Kaffee und Kuchen.

Es ist bereits Nachmittag. Im Garten schweigen die Vögel. Sie singen immer nur eine Stunde, dann wird es wieder still. Solche Dinge sind Kristian aufgefallen. Inzwischen bemerke ich sie auch. Mir fällt alles auf, was mich an ihn erinnert, und ich halte die Gedankenfetzen fest, die die Erinnerungen an ihn zurückbringen. Fast ist es so, als würde er mich mehr beschäftigen als damals. Er hat diese Adresse auf den Brief geschrieben. Er wusste, dass wir früher oder später die Wahrheit erfahren würden. Wir würden Peder und William am Fjord begegnen. Vielleicht gefiel ihm der Gedanke, dass wir auf diese Weise einen Teil von ihm zurückbekommen würden, obwohl er selbst sterben musste. Er wollte uns zusammenführen, sagt Peder, und dieser Gedanke tröstet mich.

Aber Louise sieht das anders. Sie fühlt sich hintergangen, und das verstehe ich.

»Großmutter.«

Ida steht in der Tür und starrt zu Boden. »Ich erinnere mich an nichts«, sagt sie.

»Geh erst mal ins Bad«, erwidere ich. »Und dann sehen wir, ob du eine Tasse Kaffee trinken kannst.«

»Du hast auf dem Heimweg von Peder gesprochen«, sage ich. »Du warst so gut wie bewusstlos, kaum ansprechbar. Hat dir vielleicht jemand was in deinen Drink gemischt?«

Sie wird rot, und ich freue mich, dass wieder etwas Farbe in ihre Wangen zurückkehrt. Ich habe mir schon Sorgen gemacht.

»Das war meine eigene Schuld«, sagt sie. »Ich werde das nie wieder tun.«

»Was war es?«

»Ich weiß nicht. Eine Tablette.«

»Wie unklug. Das sollten wir Mama und Michael lieber nicht verraten«, meine ich, und sie atmet erleichtert auf und lächelt dankbar. Wenn überhaupt müsste sie es ihnen selbst sagen. Sie ist 18 Jahre alt und erwachsen.

»Mama hat mir verboten, sie zu treffen«, sagt sie. Sie setzt sich auf Kristians Platz an den Küchentisch, und ich gieße ihr einen Kaffee ein. »Sie sagt, ich muss ihn mir aus dem Kopf schlagen.«

»Er ist dein Onkel«, erwidere ich. Das muss sie endlich einsehen.

»Aber ich habe mich in ihn verliebt«, wendet sie ein. »Und er sich in mich. Ich konnte schließlich nicht wissen, dass er mein Onkel ist.«

Ida nippt an ihrem Kaffee, schaut aus dem Fenster, und ich bin froh, dass sie mich heute Nacht angerufen hat. Jetzt kann ich sie nach Hause fahren und bei dieser Gelegenheit auch mit Louise sprechen.

»Mama kann dir nicht verbieten, Peder und William zu treffen«, sage ich. »Dazu hat sie natürlich nicht das Recht.«

»Und was ist mit dem Kind?«, fragt Ida, und diese Frage bringt mich aus der Fassung. Im letzten Monat habe ich überhaupt nicht mehr an Louises Schwangerschaft gedacht. Keinen einzigen Gedanken habe ich daran verschwendet. Ich gerate richtiggehend in Verlegenheit.

»Dem Kind?«

»Darf sie es einfach so wegmachen lassen?«

»Will sie das? Hat sie das gesagt?«

Ida nickt. Ich wusste, dass es diesen Gedanken gab.

»Kannst du ihr das nicht ausreden?«, fragt Ida. Jetzt ist sie wieder ganz blass.

»Wieso sollte sie auf mich hören?«

»Auf Michael hört sie jedenfalls nicht. Gestern Abend haben die beiden gestritten. Ich habe sie gehört. Vielleicht trennen sie sich.«

Ida schaut aus dem Fenster. Sie übertreibt gerne. So ohne Weiteres werden sie sich schon nicht trennen.

»Ich bin die Letzte, auf die sie hört«, sage ich. »Das weißt du doch.«

»Mama sagte was von einem Risiko. Irgendwas mit William.«

»Vermutlich befürchtet sie, dass mit dem Kind etwas nicht in Ordnung sein könnte«, erwidere ich. »Falls es erblich ist.«

»Und wenn das stimmt?«

»Das kann sie vielleicht nicht einschätzen. Dieses Kind war schließlich nicht geplant. Deine Mutter hat im Augenblick viel um die Ohren. Es ist so viel passiert. Lykkebo … Peder und William. Sie hat viel zu tun. Und das gilt für beide. Arbeit und so. In ihrem Leben gibt es vielleicht keinen Platz dafür.«

»Nein. Sie denkt nur an sich.«

LOUISE

Das ist der erste Tag vom Rest deines Lebens.

Ich habe meinen Beschluss gefasst und mir einen Termin geben lassen. Die Sprechstundenhilfe nahm an, es handele sich um eine Plazentabiopsie, aber es ist ein Schwangerschaftsabbruch.

Michael kommt nicht wieder ins Haus. Er tigert im Garten herum und reißt das Unkraut aus, wo es am schlimmsten wuchert. Ich schaue ihm von der Tür aus zu, aber er würdigt mich keines Blickes. Er kann es nicht verstehen, aber so ist es nun einmal, und ich bin ungemein erleichtert.

Buller bellt, als es klopft. Es ist Lotte.

»Du hast dich also doch angemeldet«, sagt sie und lacht. Sie betritt die Diele und nimmt einen Schluck aus ihrer Wasserflasche.

»Zehn Kilometer bin ich heute schon gelaufen«, sagt sie. »Und gleich noch mal fünf. Vielleicht willst du ja mit?«

»Dann kannst du dir ja eigentlich das Zumba schenken?«, meine ich. Mit ausgestreckten Beinen setzt sie sich neben Bullers Wassernapf.

»Da ich den Kurs leite, muss ich fit sein. Ich freue mich sehr, dass du mitmachst. Das tut unwahrscheinlich gut. Ich bin mir sicher, dass du den Unterschied spüren wirst«, sagt sie. Sie findet, dass ich zugenommen habe. Sie weiß nicht, dass ich schwanger bin. Britta will auch am Zumba teilnehmen. Dann ist endlich Schluss mit den Marmeladenbroten.

»Bringt er den Garten in Ordnung?«, fragt Lotte, als sie Michael durch das Fenster sieht.

»Ja, wir haben gerade damit angefangen.«

»Da steckt viel Arbeit drin.«

»Ja«, antworte ich. »Willst du einen Kaffee?«

»Nein, danke, ich wollte nur kurz vorbeischauen. Wenn man zu viel trinkt, bekommt man Seitenstiche.«

»Meine Mutter kommt gleich«, sage ich. »Heute Nacht hat sie Ida in der Stadt abgeholt.«

»Redet ihr wieder miteinander?«

»Sie liefert nur Ida hier ab.«

Magnus kommt wortlos in die Küche. Er setzt sich vor den Fernseher.

»Na dann«, sagt Lotte und starrt die ganze Zeit auf meinen Bauch.

»Ja, du bist sicher in Eile«, sage ich, und sie lächelt und stellt ihre Pulsuhr ein. Kaum ist sie um die Ecke verschwunden, sehe ich auch schon Mutters Wagen.

Ida steigt aus, und ich habe mir noch gar nicht überlegt, wie ich mich verhalten soll. Sie ist ganz blass und hat sich Großmutters Wolljacke über die Schultern gehängt. Vielleicht hat sie sich ja nicht nur betrunken. Sie denkt immer an Peder, kann sich auf nichts anderes mehr konzentrieren.

»Hast du es deiner Mutter gesagt?«, fragt Michael. Er schließt die Tür zum Garten und schaltet den Fernseher aus. Magnus protestiert.

»Nein«, sage ich. »Und wir reden jetzt auch nicht darüber. Und du schon gar nicht.«

»Da gibt es auch nichts mehr zu sagen. Du hast deinen Beschluss ja gefasst.«

»Ida, was hast du jetzt wieder angestellt?«, frage ich, als sie die Küche betreten. Mutter fragt, ob sie zum Kaffee decken soll. Den könnten wir gebrauchen, meint sie.

»Ich habe nur ein bisschen zu viel getrunken«, sagt Ida.

»Und Drogen hast du keine genommen?«, will Michael wissen.

»Nein.«

»Hast du einen Joint geraucht?«

»Nein.«

»Michael, jetzt lass sie in Ruhe«, sage ich.

Mutter bewegt sich in meiner Küche, als sei sie schon hundertmal hier gewesen.

»Der Hund ist aber groß geworden«, stellt sie fest. »Er ist wirklich kein Welpe mehr.«

Ich setze mich neben Ida und habe Lust, sie an mich zu ziehen und zu drücken, aber sie verschränkt die Arme und weigert sich, mich anzuschauen.

»Ich bin froh, dass dir nichts zugestoßen ist«, sage ich.

»Sie hat mich gegen drei angerufen«, sagt Mutter. »Ihr hättet sie mal am Telefon hören sollen. Du warst vollkommen durcheinander, Ida. Du hast geglaubt, du sprichst mit Peder. Aber leider war es nur deine alte Großmutter.« Sie lacht.

»Sie hat dich also aus Versehen angerufen?« Diese Ehre mache ich ihr gerne streitig. Sie soll bloß nicht glauben, dass Ida sie mir vorzieht.

»Es war gut, dass wir dann gleich eine Napoleonschnitte essen konnten«, sagt sie und sieht Ida an. Diese nickt.

Dann wird es in der Küche still. Wir haben uns daran gewöhnt, dass am Küchentisch geschwiegen wird. Ich schaue aus dem Fenster und sehe Lotte in ihren Garten gehen. Offenbar hat sie auf die zusätzlichen fünf Kilometer verzichtet.

Michael sieht mich unablässig an, und ich befürchte, dass er etwas sagen könnte. Auf ihn ist kein Verlass mehr. Seit Lykkebo versucht er nicht mehr, die Situation im Griff zu behalten.

»Was ist?«, frage ich schließlich, weil er mich die ganze Zeit anstarrt und ich inzwischen das sichere Gefühl habe, dass er den anderen nichts sagen will. Das würde er mir nicht antun. Mir fehlt einfach die Kraft, Mutter in diese Frage einzuweihen. Sie hat sich ohnehin nicht nach dem Kind erkundigt.

Er räuspert sich. »Ich arbeite morgen eine Schicht extra«, sagt er. »Rikke holt Magnus am Vormittag ab.«

»Dann soll sie auch gleich in die Apotheke gehen«, meine ich.

»Geht es ihr denn nicht besser?«, erkundigt sich Mutter.

»Doch«, antworte ich. Aus Rücksicht auf Magnus will ich den Madenwurm nicht erwähnen.

»War es ein wilder Abend?«, will Michael wissen, und Ida zuckt mit den Schultern.

»Bestimmt«, meine ich, und endlich schaut sie mich an.

»Jetzt machst du es schon wieder«, sagt sie.

»Was?«

»Du tust, als sei nichts.«

Sie steht auf und setzt sich neben Bullers Korb. Ich sehe Mutter an und weiß, dass Ida es ihr erzählt hat.

»Habt ihr über mich gesprochen?«, frage ich. »Habt ihr …« Mir kommen wieder die Tränen, und ich bringe es kaum über die Lippen. »Habt ihr über mich gesprochen?«

»Louise.«

Mutter streckt ihre Hand über den Tisch. Michael regt sich ebenfalls und will mich in den Arm nehmen. Sie haben sich zusammengerottet. Gegen mich.

»Dürfen sie denn nicht über dich sprechen?«, fragt Magnus.

Ich versuche, Idas Blick aufzufangen, aber sie konzentriert sich darauf, Bullers Ohren zu kraulen. Also haben sie schön zusammen Kuchen gegessen und dabei lang und breit diskutiert, ich sehe es richtig vor mir. Aber die Entscheidung treffe nun einmal ich.

»Michael hat da doch wohl auch noch ein Wörtchen mitzureden«, meint Mutter.

»Findet deine Tochter nicht«, entgegnet Michael.

»Louise, wollt ihr nicht mal darüber reden?«

»Was bildet ihr euch eigentlich ein?«, sage ich. »Was, wenn es jetzt ein Kind wie William wird? Ein Kind, das nur über Vögel spricht. Und ich muss die ganze Zeit auf dieses Kind aufpassen.« Ich schaue Michael an. »Ich bin mir nicht sicher, dass wir zwei das schaffen würden.«

Michael räuspert sich. »So groß ist die Wahrscheinlichkeit auch wieder nicht«, meint er.

»Aber das Risiko ist da«, wende ich ein. »Und ich will dieses Kind nicht haben.«

Dann wird es wieder still.

Ich betrachte Mutter. Sie erwidert meinen Blick mit gerunzelter Stirn und sieht müde aus.

»Sie sind am Wochenende in Lykkebo«, sagt sie. »Ich finde, du solltest sie besuchen.«

»Wen?«, frage ich, obwohl ich sehr gut weiß, wen sie meint.

»Ich finde, du solltest mit Peder reden.«

Ida und Michael nicken, und Mutter sieht mich mit einem energischen Blick an, als läge die Entscheidung bei ihr.

»Ich fahre nirgendwohin«, sage ich. »Misch dich da bitte nicht ein. Auch wenn es dir schwerfällt.«

26

LOUISE

Am Fjord ist der Herbst schon weit fortgeschritten, und alle Farben sind zu kühlen Nuancen verblasst.

Ich halte am Ende des Falkevej, öffne die Autotür und atme die frische Luft ein. Beim Kreischen der Möwen überläuft mich ein kalter Schauer. Ich bin nicht aus freien Stücken hierhergefahren. Sie haben mich gezwungen. Michael, Ida und Mutter. Ich soll mit Peder sprechen, sagen sie, aber ich habe keine Ahnung, worüber.

Ich betrachte ihn nicht als meinen Bruder. Ich sehe in ihm einen jungen Mann, der mit meiner Tochter geschlafen hat. Natürlich haben sie miteinander geschlafen. Ida bestreitet das zwar, aber ich sehe es ihr an. Ich habe sie direkt gefragt: »Hattest du Sex mit Peder?«.

»Nein«, antwortete sie, und dann öffnete sie die Kühlschranktür und versuchte zu kaschieren, dass sie rot geworden war.

Ich betrachte die Tarotkarte. Ich habe den Tod am Armaturenbrett festgeklemmt. Die Karte hat meine Frage bereits beantwortet, und ich weiß gar nicht, warum ich eigentlich hier bin.

William kommt auf dem Gartenweg angelaufen. Mit der Krähe unter dem Arm sieht er wie immer aus.

»Peder, jetzt kommt sie. Sie kommt jetzt, Peder!«, ruft er und kreischt aufgeregt. Er hat die Zunge zwischen die Lippen geschoben. Das ist also mein Halbbruder. Er ähnelt Vater weniger als Peder, aber es sind dieselben Gene, es ist dasselbe Blut.

»Hallo, William«, sage ich, und er bleibt stehen und stellt die Krähe behutsam auf dem Plattenweg ab. Dann reicht er mir die Hand.

Er küsst mir die Hand.

»Das ist aber vornehm«, sage ich.

»Das ist aber vornehm«, spricht er mir nach. Dann nimmt er die Krähe in die Arme und streichelt ihre Federn. Ich soll sie bewundern.

»Ja, an die erinnere ich mich«, sage ich. »Das ist eine schöne Krähe.«

Peder erscheint in der Tür unter dem Schild.

»Hallo, Louise«, sagt er, und seine Stimme klingt nervös. Das war eine schlechte Idee von Mutter und Ida. Peder hält auch nichts davon, das sehe ich ihm an. Verlegen steht er auf der Schwelle und schielt zu William hinüber, der vor mir stehen geblieben ist. »William, lass sie vorbei«, sagt er.

Erst jetzt fällt mir das ganze Durcheinander auf. Der Gartenweg ist von Gegenständen gesäumt: Ein Stapel Nistkästen, in denen noch Nägel stecken, als seien sie gerade aus einer Holzwand gerissen worden. Bücher. Ein Sofa, eine Liege.

»Was ist denn hier los?«, frage ich. Peder tritt zu uns ins Freie.

»Hallo«, sagt er und umarmt mich recht unbeholfen. William legt ebenfalls seine Arme um uns.

»Wir ziehen um«, sagt Peder.

»Ihr zieht um?«

»Hat dir deine Mutter das nicht erzählt? Wir dürfen an den Wochenenden hier wohnen.«

»Also an den Wochenenden, aber …«

Ich weiß nicht, was ich sagen soll. Ich hatte nicht damit gerechnet, dass sie mit ihren eigenen Möbeln hier einziehen würden.

»Was wird denn aus eurem Haus?«

Peder wirft William einen nervösen Blick zu, als hätte ich etwas Falsches gesagt, und William macht große Augen.

»Wir wohnen hier. Peder und ich. Papa ist tot«, sagt er. »Jetzt wohnen wir in Lykkebo.«

»Nur am Wochenende, William. Das weißt du doch. Du bist doch gern in Æblevangen.«

»Ich bin gern in Æblevangen!«

Peder nickt zum Gartentisch. »Wir können uns ja ein wenig setzen«, sagt er, und ich verstehe überhaupt nichts. Sie haben Lykkebo okkupiert.

»Das musst du mir jetzt mal erklären«, sage ich.

Peder setzt sich an den Tisch und öffnet eine Dose Cola.

»Unser Haus wird zwangsversteigert. Das ist nicht zu retten. Entweder muss es komplett renoviert werden oder … tja.«

Er zuckt mit den Achseln.

Oder man muss es abreißen, denke ich. Laut Ida war es sehr heruntergekommen, und Vater konnte sich wohl kaum eine größere Renovierung leisten.

»Warum seid ihr eigentlich nicht schon damals hier eingezogen?«, frage ich, und Peder schielt wieder zu William herüber. »William hängt immer sehr an den Dingen«, sagt er. »Auch an bestimmten Menschen, aber hauptsächlich an Dingen. Häusern, Orten und so.«

»Die Krähe«, sage ich, und Peder lächelt.

»Ja, die Vögel. Wir werden die alten Nistkästen hier aufhängen. Die wollte er natürlich mitnehmen.«

Peder trinkt die Cola mit großen Schlucken. Er hat Schweißflecken unter den Armen. Sie haben, so wie es aussieht, den ganzen Tag geschleppt.

»Ihr müsst die Störung entschuldigen. Meine Mutter fand, ich sollte hier mal vorbeischauen und ...«

Ich beende den Satz nicht, ich habe nicht das Bedürfnis, ihnen von meiner Schwangerschaft zu erzählen. Ich kenne die beiden nicht und will mich nicht in ihr Leben einmischen.

»Ja, das hat sie uns erzählt ... dass das ihre Idee war. Und dass du schwanger bist. Ich gratuliere.«

Er sieht mir sofort an, dass es keinen Grund zum Gratulieren gibt, und ich bereue, dass Mutter für mich angerufen hat. Sie hat offenbar eine richtige Rettungsaktion in Gang gesetzt.

Ich seufze und erzähle, was sie ausgeheckt hat. Dass ich es mir anders überlegen soll, was aber nicht geschehen wird. William lächelt mich an, während ich spreche, und fordert mich zum Weiterreden auf, wenn ich eine Pause einlege.

»Es ist nicht nur wegen des erhöhten Risikos. Sie können ja ein schönes Leben haben. Oder ...« Peder folgt meinem auf William gerichteten Blick und bemerkt mein Zögern.

»Du brauchst dich nicht zu verteidigen«, erwidert er, »aber sie können durchaus ein schönes Leben haben.«

»Es gibt dazu nicht viel zu sagen«, meine ich.

Ich lehne mich zurück und sehe mich im Garten um. Verwildert. Die Unordnung der Natur.

»Soll das noch bis heute Abend aufgeräumt werden?«, frage ich. Peder betrachtet den Himmel.

»Es sieht nach Regen aus«, erwidert er. »Das Sofa muss auf jeden Fall rein, und die Liege. Die hat Mama gehört.«

Er betrachtet die hässliche gelbe Liege, aber vielleicht haben sie ja nur wenige Andenken. Sie haben sowohl ihre Mutter als auch ihren Vater verloren.

»Papa fand sie immer hässlich«, sagt Peder. »Sie stand in unserem Wintergarten, und er ist häufig darauf eingeschlafen. Er liebte es, darauf zu schlafen, aber das hätte er nie zugegeben.«

Papa und ich sind früh aufgestanden. Mama weiß nichts davon. Wenn man angeln geht, muss man früh aufstehen, weil Fische Frühaufsteher sind.

»Darf ich was sagen?«, frage ich Papa. Ich flüstere. Man muss beim Angeln ganz leise sein und darf nicht tausend Dinge gleichzeitig tun.

»Ja«, erwidert Papa. Er sieht lustig aus, als würde er gar nicht ans Angeln, sondern an etwas ganz anderes denken.

»Ich finde das langweilig«, sage ich. »Ich langweile mich.«

»Das ist nicht langweilig«, erwidert er.

»Doch, ist es«, entgegne ich. Er fängt nichts.

»Du weißt doch auch nicht, wo die Fische sind?«

»Die kommen nur, wenn man schweigt«, antwortet er wie immer.

»Aber ich will nicht leise sein.«

Papa holt die Leine ein. Vielleicht ist er jetzt sauer.

»Halt mal nach ihnen Ausschau«, sagt er. Er deutet zwischen die Bäume.

»Nach wem?«

»Jetzt stehen die Trolle gleich auf.«

»Es gibt keine Trolle.«

»Woher willst du das wissen?«

»Weil man sie nicht sehen kann.«

»Kannst du etwa die Fische sehen?«

»Nein.«

»Dann gibt es auch keine Fische.«

»Doch, die gibt es«, erwidere ich.

»Fische und Trolle, das ist dasselbe«, sagt Papa. Er kramt in

dem weißen Eimer und spießt einen feuchten Regenwurm auf den Haken. Er hat die Regenwürmer im Garten ausgegraben, und sie sind nicht tot. Sie winden sich im Eimer. Fische fressen lieber lebendige Regenwürmer, und mir tun sie leid.

»Wenn man den Fisch nicht sehen kann, dann weiß man nicht, ob er da ist. Und wenn man den Troll nicht sehen kann, weiß man auch nicht, ob er da ist«, meint Papa.

»Wir wissen also nicht, ob es sie überhaupt gibt«, sage ich.

»Nein«, erwidert Papa und wirft die Leine wieder aus.

»Aber wenn sie jetzt nicht da sind?«

»Dann was?«

»Warum angeln wir dann?«

»Weil das Spaß macht. Findest du nicht, dass es Spaß macht?«

»Doch.«

Wir schleppen die Liege ins Wohnzimmer. Mutter hat in den Ferien offenbar nicht aufgeräumt. Auf den Fensterbänken sind immer noch Steine und Flaschen, und überall stehen Korbmöbel herum. Ich helfe ihnen beim Einziehen, und morgen fahre ich zurück.

»Was ist mit dem anderen Sofa? Hier drinnen ist nicht genug Platz für drei Sofas«, sage ich. »Eines muss ins Gästehaus.«

Peder schiebt die Liege an die Wand, und ich weiß nicht, was das soll.

»Da hast du vermutlich recht«, meint er. Nervös lächelt er mich an. So viel Lächeln kann ich gar nicht erwidern. Vielleicht denkt er ja an Ida. Vielleicht versucht er sich bei mir einzuschmeicheln, ehe er nach ihr fragt. Als könnte ich mir das nicht selbst ausrechnen.

William will nicht beim Tragen helfen. Mit der Krähe unterm Arm geht er neben uns her und hält uns die Tür zum Gästehaus auf.

»Stell es einfach ab«, sagt Peder, aber es entgleitet mir bereits, ich verliere das Gleichgewicht und falle rückwärts aufs Bett. Sofort ist Peder bei mir.

»Hast du dir wehgetan?«, fragt er, und ich setze mich auf die Bettkante. Mein Herz schlägt wieder zu schnell.

»Nichts passiert«, sage ich, aber meine Stimme klingt wenig überzeugend. Peder betrachtet meinen Bauch.

»Ich werde es wegmachen lassen«, sage ich, als er sich neben mich setzt. William wartet vor der Tür. »Daran kann niemand was ändern.«

Wir gehen früh zu Bett. Ich schlafe im Gästehaus, das heißt, ich schlafe nicht wirklich. Das Bett beziehe ich gar nicht erst, sondern lege mich einfach auf die Matratze und lausche in die Nacht. Ich denke an Vater und überlege mir, warum er wohl darauf verzichten wollte, uns zusammen zu sehen. Wir sind Geschwister. William mit der Krähe, Peder, der in deine Enkelin verliebt ist, und dann noch ich. Du kennst mich nur von damals. Aus der Kindheit.

KAREN

Ich schiebe unweit der Allee zwischen den Äckern Wache und betrachte die Kühe, deren eckige Silhouetten sich zwischen den alten Eichen abzeichnen.

Was tust du da eigentlich, Karen?, frage ich mich und weiß es nicht. Ich weiß nur, dass Kirsten ab zehn im Secondhandladen arbeitet. Jetzt ist es Viertel vor. Bald muss sie aufbrechen.

Zu Hause ist es unerträglich. Kristians Abwesenheit hallt zwischen den Wänden wider, und es kommt mir so vor, als säße er immer noch schreibend in seinem Arbeitszimmer. Ich kann die Türen nicht zumachen. Wenn eine Tür geschlossen ist, könnte er dahinter stehen, aber offene Türen stressen mich auch.

Ich fühle mich Kristian näher. Ich spüre seine An- und nicht seine Abwesenheit. Ich sehe ihn noch in seinem Anzug neben der Eiche stehen, damals im September, als wir heirateten. Es war das einzige Mal, dass er einen Anzug trug. Die goldenen Farben der Blätter erinnern mich an die Hochzeit, die wir in Johannes' und Kirstens Festsaal gefeiert haben. Das war ein September in einer anderen Zeit und einer anderen Welt, aber die Farben sind dieselben.

Dann sehe ich das Auto. Kirsten fährt schnell durch die Allee, ohne sich die Zeit zu nehmen, die Kühe anzusehen. Sie darf nicht zu spät kommen, sie will das gespendete Gerümpel durchgehen, bevor es mit Preisen versehen wird.

Ich fahre durch die Allee. Jetzt sind die Kühe wieder da, aber ihr Blick ist nicht hart wie in meinen Träumen. Heute Nacht habe ich von ihnen und Kristian geträumt. Er geht in meinen Träumen als stille Gestalt ein und aus und mischt sich unter die Kühe. Er streichelt die immer etwas reservierten Schwarzbunten. Dann sehen sie mich an. Kristian und die Schwarzbunten mit ihren vorwurfsvollen und ergebenen Blicken. Sie türmen sich auf und überragen die alten Eichen, verdampfen und steigen in den Himmel auf und tropfen als Regentropfen wieder herab. Im Gras finden sie Ruhe.

Der Gestank der Nerze erinnert mich an den Tag, an dem Kristian starb, und ich atme beim Aussteigen auf dem Vorplatz durch den Mund. Der Hund kommt um die Ecke gerannt und springt an mir hoch. Ich weiß also, dass Johannes irgendwo bei den Nerzen in den Ställen ist.

»Johannes«, sage ich zu dem Hund. »Wo ist Johannes?« Der Hund bellt und tollt vor mir her.

Kristian hat eine Zeit lang hier gearbeitet, als sich seine Bücher nicht so gut verkauften, damals, als er nur Gedichte schrieb. Der Gestank hing in seinen Kleidern, wenn er nach Hause kam. Das kümmerte ihn nicht. Er verabscheute jedoch die Art, wie Johannes die Verletzungen der Tiere übersah, und sie stritten sich, bis Johannes klein beigab.

Die Käfige sind immer noch winzig und aus Draht, aber sie sind nicht wie bei meinem letzten Besuch von der Größe einer Zeitungsseite. Damals wurden mehrere Nerze in einem Käfig gehalten. Jetzt befindet sich in jedem Käfig nur ein Tier, und an einem Ende liegt Heu. Es gelten neue Vorschriften, aber mir tun die Tiere immer noch leid. Sie können ihre natürlichen Bedürfnisse nicht ausleben und sind so frustriert, dass sie am Käfig nagen.

»Johannes«, rufe ich in einen der Ställe, kann aber das gelle Pfeifen der Nerze nicht übertönen.

Der Hund bellt noch immer, und ich überlege, ob er mich vielleicht anbellt.

»Wo ist Johannes?«, frage ich wieder, aber da sehe ich ihn kommen, und der Hund stürzt auf ihn zu.

»Tag, Karen«, sagt er, streicht sich mit seinen schmutzigen Handschuhen über seinen schmutzigen Overall und schiebt den Hund von sich weg, der an ihm hochspringt. Anschließend läuft der Hund zwischen uns hin und her.

»Weshalb bist du gekommen? Ist was passiert?«

Ich schüttle den Kopf. »Nein, nein«, erwidere ich. Was hätte schon geschehen sollen. Das Schlimmste ist bereits eingetreten.

»Ich dachte nur, du hättest vielleicht ein wenig Zeit. Ich würde gerne etwas mit dir besprechen.«

Er schaut sich in der Halle um und streift die Handschuhe ab. »Du hättest doch genauso gut anrufen können.«

»Kirsten geht doch immer ans Telefon, und ich wollte ja mit dir reden.«

Johannes lächelt. Es ist dasselbe Lächeln wie damals und macht mich seltsam befangen.

»Wir können eine Tasse Kaffee trinken.«

»Du siehst gut aus«, sagt er, als ich ihn in die Diele begleite. Es ist lustig, dass alle erwarten, dass man aussieht wie eine Leiche, nur weil man trauert. Die Trauer hindert mich schließlich nicht daran, Lippenstift zu verwenden. Außerdem sind über drei Monate vergangen. Die Trauer verschwindet nicht, aber es lässt sich mit ihr leben.

»Danke«, erwidere ich. »Vermutlich sehe ich aus wie immer.«

Ich hänge meine Jacke an einen Haken und trete beinahe in den Wassernapf des Hundes. Johannes stützt mich, als ich stolpere.

Wir gehen in sein Zimmer. Es hat mich immer erstaunt, dass sie getrennte Zimmer haben.

Er gießt mir aus einer Thermoskanne ein, spricht mit dem Hund und mustert mich von der Seite.

»Du riskierst was, wenn du so unangemeldet auftauchst«, sagt er. »Was hättest du denn gemacht, wenn Kirsten da gewesen wäre?«

»Wir haben doch auch früher zusammen Kaffee getrunken«, erwidere ich.

»Ja, aber da lebte Kristian noch. Und dann noch einmal nach der Beerdigung. Sonst nie«, sagt er.

»Das liegt daran, dass Kirsten mich nicht leiden kann«, meine ich.

»Wer? Kirsten?«

»Ja, Kirsten. Tu doch nicht so, Johannes. Außerdem habe ich sie eben in den Ort fahren sehen.«

Er seufzt und wirft vier oder fünf Zuckerstückchen in seine kleine Tasse, damit das Getränk nicht mehr nach Kaffee schmeckt. Einige Dinge ändern sich nie.

»Du hast es gewusst«, sage ich. »Du und Oluf, ihr habt es gewusst.«

Johannes lässt weitere Zuckerstücke in seinen Kaffee fallen.

»Das kannst du uns nicht zum Vorwurf machen, Karen«, sagt er. »Wir haben Kristian versprochen, den Mund zu halten. Das war nun einmal seine Sache. Wir haben uns nur dann eingemischt, wenn er unsere Meinung hören wollte. Kristian hatte mir verziehen. Ich wollte ihn nicht nochmals hintergehen.«

»Ihr beide wart doch Sandkastenfreunde«, erwidere ich. »Du hast damals damit angefangen. Du hättest mich nicht anmachen müssen.«

»Da gehören immer zwei dazu.«

»Das sagt sich so leicht.«

»Wenn es dir um diese alte Geschichte geht, kannst du gleich wieder abfahren. Für so was habe ich jetzt keine Nerven, Karen. Er ist tot. Tot, verdammt.«

Johannes ist laut geworden, und der Hund trottet aus dem Zimmer. Ich bin traurig. Er könnte ruhig etwas netter sein.

»Eines begreife ich immer noch nicht«, sage ich. »Er hat dieses Sommerhaus gekauft und dann weiter nichts damit gemacht. Er hat nie etwas erzählt, sondern nur erklärt, er sei einige Zeit auf Reisen gewesen. Deswegen hat Louise ihm auch nie verziehen. Es war seine eigene Schuld.«

Johannes zuckt mit den Schultern.

»Wie hast du es erfahren?«, fragt er.

»Kristian hat einen Brief geschrieben. Er erwähnte das Haus nicht direkt. Du weißt, wie er ist … war.«

Johannes zündet sich eine Zigarette an. Er gehört zu den Leuten, die ihre Zigarette im Mundwinkel hängen haben, während sie Kaffee trinken.

»Wenn er doch nur wie du oder Oluf gewesen wäre«, sage ich. »Ihr geht auf die Jagd und sprecht die Dinge aus. Damit lässt sich viel besser umgehen. Diese ganzen Bücher. Er hatte die Wirklichkeit aus den Augen verloren.«

»Trotzdem hast du dich für ihn entschieden«, meint Johannes.

Der Hund trottet wieder ins Zimmer, springt mit heraushängender Zunge auf den Sessel und sieht ziemlich ungehobelt aus.

»Darf er das?«, frage ich.

»Das ist Busters Sessel.«

Johannes sieht mich an.

»Bist du traurig, Karen?«, erkundigt er sich dann. »Wie geht es dir eigentlich?«

Es ist lange her, dass mir jemand diese Frage gestellt hat. Er beugt sich vor und tätschelt mir auf die ihm so eigene unbeholfene Art die Wange. Das hat er bei der Beerdigung auch gemacht.

Es ist lange her, dass mich jemand angefasst hat.

»Ohne Kristian ist es so still im Haus«, sage ich und kann meine Tränen nicht länger zurückhalten.

»Nicht weinen.« Johannes ergreift meine Arme und zieht mich hoch. Der Hund bellt wieder, als er mich umarmt.

»Er ist eifersüchtig«, sagt Johannes und bringt mich damit zum Lachen. Der Hund hört nicht auf zu bellen.

»Platz!«, sagt Johannes und lässt mich los.

»Schlaft ihr nicht in einem Zimmer?«, frage ich.

»Offenbar schnarche ich. Mit zunehmendem Alter wird es immer schlimmer, behauptet Kirsten. Ich schlafe mit Buster in einem Bett.«

Er räuspert sich und fischt noch eine Zigarette aus der Schachtel.

»Wir können das Kristian nicht antun«, sagt er, und ich weiß nicht, was ihn ausgerechnet jetzt davon abhält.

»Das war doch früher kein Problem«, wende ich ein.

»Er hat mir verziehen, Karen. Er hat uns beiden verziehen. Und du hast ihm auch verziehen.«

»Aber jetzt ist er tot, und wir leben noch.«

LOUISE

Ich koche Kaffee in der Küche und höre entweder Peder oder William schnarchen. Michael hat sich per SMS nach meinem Befinden erkundigt. Ich weiß nicht, was er erwartet, ob er glaubt, dass Peder mich gestern Abend überredet hat und dass ich mit dem innigen Wunsch nach Hause zurückkehre, ein Kind zur Welt zu bringen.

Ich habe nicht einmal die Kraft, ihm zu antworten. Ich bin erschöpft. Das liegt am Schlafmangel und daran, dass mir zu viele Gedanken durch den Kopf gehen. Mein Herz schlägt zu schnell. Ich spüre wieder meinen Puls, als wäre er aus dem Takt geraten.

Peder kommt in die Küche. Also ist es William, der schnarcht. Ich überlege mir, ob das wohl am Down-Syndrom liegt.

»Guten Morgen«, sage ich. »In der Kanne ist noch Kaffee.«

»Danke.«

Er nimmt mir gegenüber am Fenster Platz. Im Licht des Morgens sehe ich deutlich seine Gesichtszüge. Er hat Vaters Nase.

»Unglaublich, wie sehr du Vater ähnelst«, sage ich. »Dass Ida das nicht aufgefallen ist.«

Zum ersten Mal erwähne ich Ida. Nervös zuckt Peder zusammen.

»Jetzt tu nicht so«, sage ich. »Auf dem Steilhang habt ihr euch schließlich auch nicht zurückgehalten. Außerdem habe ich ihr verboten, dich zu besuchen.«

»Ich wusste es nicht«, sagt Peder. »Es ist mir erst aufgegangen, als ich sie nach Hause begleitete.«

»Aber du bist in sie verliebt. Ihr liebt einander. Stimmt das etwa nicht?«

»Das geht dich nichts an«, sagt er, weicht aber meinem Blick aus. Ich trinke meinen Kaffee, und damit ist dieses Thema erledigt. Das ging ja super. Ich weiß nicht, was ich weiter sagen soll. Ida spricht mit Mutter über mich, dann kann ich doch wohl auch mit Peder über sie sprechen? Aber wohl ist mir dabei nicht.

Auf der Treppe ist Lärm zu hören. William erscheint, immer mehrere Stufen auf einmal nehmend. Er trägt Vaters Froschpantoffeln. Oder vielleicht sind es ja doch seine eigenen.

Peder lächelt. Er kann einfach nicht mit meiner Tochter zusammen sein. Ida ist seine Nichte.

»Wann fährst du nach Hause?«, fragt er. »Ich muss heute Abend zurück nach Kopenhagen, und William muss nach Æblevangen.«

»In Æblevangen gibt es Äpfel«, sagt William. Er steht auf und verschwindet in die Diele.

»Jetzt holt er die Äpfel«, sagt Peder. William geht in den Garten.

Er kehrt mit einem weißen Eimer voller grüner, unreifer Äpfel zurück.

»Jetzt soll sie die Äpfel probieren«, sagt er und sieht Peder an. Peder nickt, und William wühlt mit seiner großen Hand in dem Eimer herum.

»Ich finde einen guten«, sagt er und kramt weiter, bis er einen Apfel erwischt, an dem noch ein paar Blätter hängen.

»Für die Dame«, sagt er und reicht ihn mir.

»William«, sagt Peder. »Das ist deine Schwester, deine Halbschwester. Verstehst du das?«

»Nein, ich glaube nicht, Peder.«

William betrachtet mich, und ich muss in den Apfel beißen, obwohl mir schlecht ist und ich mir nur einen Kaffee wünsche.

Einen besseren Apfel habe ich noch nie gegessen. Der Saft läuft mir übers Kinn, und das Fruchtfleisch ist rötlich-weiß und ganz rein.

»Alles okay?«, fragt Peder.

»Lecker«, sage ich.

»Ganz sauer sind sie«, meint Peder. »Vollkommen unreif. Bist du dir sicher, dass du okay bist?«

Da bricht alles über mir zusammen.

»Es ist mein Herz«, sage ich und versuche, tief Luft zu holen, aber es schlägt zu schnell. Ich kann dieses Kind nicht bekommen. Ich kann mich einfach nicht dazu entschließen.

»Ihr entscheidet natürlich selbst, was ihr tut. Schließlich ist Ida erwachsen«, sage ich.

»Peder vermisst das Mädchen«, sagt William.

Peder steht auf und reicht mir ein Glas Wasser. »Du kippst mir doch jetzt nicht um, wie deine Mutter?«, fragt er.

»Nein«, antworte ich. »Vermutlich ist es nur, weil ich schwanger bin.«

Ich trinke das Glas leer und beiße noch ein paarmal in Williams Apfel.

»Das ist eine schwere Entscheidung«, meint Peder. »Das kann ich sehr gut verstehen.«

Jetzt betrachtet er wieder meinen Bauch. Ich kann so etwas einfach nicht entscheiden. Es schnürt mir die Luft ab.

Ich verlasse das Haus, das verfluchte Lykkebo, und bleibe im Umzugsdurcheinander stehen. Sie haben eine Kiste Bücher im Regen vergessen.

Peder tritt ins Freie und betrachtet mich auf Abstand.

»Waren das Vaters Bücher?«, frage ich, als Peder das oberste herausnimmt und die Kiste unter den Gartentisch schiebt.

Er nickt.

»Es fällt dir vielleicht schwer, mich als deinen Bruder zu betrachten«, sagt er, als er sich zu mir gesellt, »aber ich habe immer gewusst, dass ich eine Schwester habe. Vater hat mir von dir erzählt. Ich habe ihm versprechen müssen, euch nicht aufzusuchen. Ich habe immer gewusst, dass es dich gibt.«

»Er hat mich im Stich gelassen«, sage ich. »Warum hat er es mir nicht einfach gesagt? Ich hätte ihm verziehen.«

»Woran erinnerst du dich noch? Wie alt warst du eigentlich, als er euch verlassen hat?«

»Ich war neun. Mutter sagte, er sei auf unbestimmte Zeit verreist.«

Peder nickt. »Schlimm. Du erinnerst dich also nicht an viel.«

»Nur an Positives.«

»Zum Beispiel?«

Ich hole tief Luft. Im Freien lässt es sich leichter atmen. Die Luft ist frisch und strömt geradezu von selbst in die Lunge.

Wir setzen uns auf die Bank.

»Woran erinnerst du dich?«, fragt Peder erneut.

»An die Trolle«, antworte ich. »Er sprach immer über Trolle.«

»Ja, das stimmt«, entgegnet Peder. »Den Trollvater, der verreiste, und das kleine Trollkind. Damit meinte er dich.«

»Hat er euch auch von den Trollen erzählt?«

Peder nickt.

»Er schrieb Bücher über Trolle und hat sie uns im Wintergarten vorgelesen. Eines Tages wollte William die Geschichten nicht mehr hören, weil sie nie gut endeten. Dann hörte Vater damit auf.«

»Es will mir einfach nicht in den Kopf, warum er uns nicht von euch erzählt hat«, meine ich.

»Das werden wir vermutlich nie erfahren«, sagt Peder.

»Warum heißt dieses Haus eigentlich Lykkebo? Was meinte er damit?«

Peder dreht sich um und betrachtet das Schild.

»So hieß es schon immer. Wir haben das Schild einfach drangelassen«, antwortet er. »Es stammte noch von den Leuten, die früher hier gewohnt haben.«

»Die müssen also glücklich gewesen sein«, meine ich.

»Glaubst du?« Peder schaut mich an und lächelt.

»Nein …«

»Sollen wir es abnehmen?«, fragt er.

»Jetzt gleich?«

»Warum nicht?«

Er steht auf, geht ins Haus und kehrt mit einer Kneifzange zurück.

»Glaubst du, damit geht es?«, frage ich.

Er stellt einen Gartenstuhl vor die Tür, und William tritt ins Freie. Er trägt immer noch diese Froschpantoffeln.

»Kann ich das Schild haben, Peder?«, fragt er, als es mit seinen abblätternden Buchstaben nur noch an einem Nagel hängt.

»Ja, das passt sicher gut nach Æblevangen«, meint Peder. Dann hält er das Schild in der Hand und reicht es William.

In diesem Augenblick setzt der Regen ein.

»Das ist die Strafe«, meine ich.

»Das Schicksal«, erwidert Peder. »Es wird wohl bald ein Gewitter geben.«

William hebt die Arme zum Himmel. »Angelwetter, Peder«, sagt er. »Es ist Angelwetter!«

»Ich finde nicht, dass wir jetzt angeln sollten«, meint Peder.

»Ich gehe gerne angeln«, sage ich.

Es nieselt. Der Schuppen liegt grau und einsam wie ein verschwimmender Würfel am Hang. Im Inneren herrscht Dunkelheit, und es riecht nach Tabak und Tannengrün, was vielleicht daran liegt, dass ich weiß, dass das Vaters Schuppen ist. Ich meine, ihn im Schuppen zu spüren.

»Hier saß er im Sommer immer an der Hobelbank«, sagt Peder, »und hat geschrieben. Hier hat er auch die Nistkästen für William gebaut.«

Es ist derselbe Eimer. Peder zieht einen Eimer aus der Ecke, und es ist Vaters weißer und dreckiger Angeleimer für Regenwürmer und anderes Zeug, den wir immer benutzt haben, wenn wir frühmorgens aufstanden. Ich musste ihn immer tragen.

»Wo kommt denn der her?«, frage ich.

»Der Eimer?«

»Ja.«

»Das weiß ich nicht. Der stand immer schon hier.«

Ich betrachte Peder, der Vaters Angeleimer in den Händen hält. Meine Hände ruhen auf meinem Bauch. Michael fehlt mir. Ich muss Ida erzählen, dass es gefährlich ist, sich zu betrinken, um die Wirklichkeit zu vergessen.

William rennt kreischend und mit rudernden Armen den Hang hinunter. Er spielt, dass er fliegt.

»Warum tut er das?«, frage ich. »Warum stößt er diese Laute aus?«

»Er freut sich«, antwortet Peder. »Er liebt es zu angeln.«

Ich nicke und denke an den Geschmack von Williams Apfel, an das rötliche, reine Fruchtfleisch.

Peder hilft mir mit der Angel und der Leine, spießt den Köder auf den Haken und wirft die Leine aus. William will keine Hilfe und angelt bereits. Er befiehlt uns, jetzt leise zu sein. Beim Angeln muss man schweigen.

Dann stehen wir mit unseren Angeln da, und der Fjord rauscht in unseren Ohren. Die Wirklichkeit ist rau.

»Wieso willst du das Kind nicht?«, fragt Peder.

»Beim Angeln muss man schweigen«, sagt William.

Also schweigen wir. Der Fjord schweigt ebenfalls. Am Horizont steht ein Leuchtturm. Er sendet sein Licht durch den Regen.

EPILOG

KAREN

William wirft für den Hund einen Stock. Er ist mit Marie, der jungen Frau mit dem Seelöwen, zusammen. Sie küssen sich ständig. Leute bleiben stehen und starren, aber das ist William und Marie egal. Es ist ihnen egal, dass die Leute starren und dass eine zickige Dame Anders nichts von ihren Pommes abgeben will.

Ich betrachte das große Feuer und kann kaum begreifen, dass schon ein ganzes Jahr vergangen ist, seit wir Kristians Hexe verbrannt haben.

»Erinnerst du dich noch, wie sauer du warst?«, frage ich Ida, aber sie lächelt nur.

»Erinnerst du dich, wie ich dich ins Wasser gezerrt habe?«, fragt Peder, und Ida gibt ihm einen Klaps.

Louise wedelt den Rauch vom Kinderwagen weg, und ich betrachte den schlafenden Jungen. Noch nie habe ich ein so friedliches Kind erlebt. Trotz Lärm schläft er. Er könne gut bei Lärm schlafen, sagt Louise.

Peder betrachtet den kleinen Kopf.

»Komm jetzt bloß nicht auf dumme Gedanken«, sagt Louise und lächelt. »In zehn Jahren können wir darüber sprechen.«

Peder lacht. »Das sieht doch alles ganz einfach aus. Er schläft ja die ganze Zeit«, sagt er.

Dieselben Männer in denselben feierlichen Anzügen bilden

den Chor. Louise reicht mir ein Blatt mit dem Text, aber ich kann ihn auswendig.

Wir singen über Kristians Hexe, Kristians Trolle. In diesen Augenblicken merke ich, dass er in uns weiterlebt.

Ich denke an die Kühe. Das sei Unsinn, findet Louise, als ich von ihnen erzähle. Dass sie in meinen Träumen immer wieder zu mir zurückkehren. Die Schwarzbunten. »Eine Kuh ist eine Kuh«, sagt sie.

»Buller macht einen Haufen! Er kackt auf den Strand!«

»Das ist eine neue Tradition«, meint Michael.

Louise lacht, und bei diesem Anblick geht mir das Herz auf.

»Wisst ihr immer noch nicht, wie der Junge heißen soll?«, frage ich, und sie seufzt, aber es ist kein sorgenvoller Seufzer. »Wir können uns nicht einigen«, sagt sie. »Michael nennt Buller ja auch immer noch Bimmer, ich weiß also nicht, was wird.«

»Irgendwie muss er doch heißen. Ihr könntet ihn Kristian taufen«, meine ich, und einen Augenblick lang denkt sie, dass ich das ernst meine.

»Louise«, sage ich. Es gibt etwas, was ich ihr schon lange sagen wollte. Mit einer Hand schaukelt sie den Kinderwagen, und in der anderen hält sie das Textblatt.

»Du bist eine gute Mutter.«

LOUISE

Ich folge Mutter mit dem Blick, als sie sich zum Pinkeln in die Dünen begibt. Vorher hat sie mir noch zärtlich über die Hand gestrichen. Ihr Anblick am Hang erfüllt mich mit Zuneigung und Gelassenheit. Peder, William, Ida, Michael und Magnus und das neue Leben im Kinderwagen. Sie sagt, sie habe noch immer ein schlechtes Gewissen, aber das Leben sei dafür zu kurz.

Heute Morgen schrieb Lotte auf Facebook, Glück sei, eine Sternschnuppe zu sehen und nicht zu wissen, was man sich wünschen soll. Das steht bereits zum dritten Mal in ihrer Statuszeile. Hoffentlich sieht sie bald eine Sternschnuppe.

Ich betrachte Ida. Sie hat sich im Laufe des letzten Jahres sehr verändert. Sie ist mit Peder zusammen und hat das Gymnasium an den Nagel gehängt. Sie lässt sich nicht mehr reinreden und tut, was sie will. Genau wie ihr Großvater.

»Die Zeit vergeht so schnell«, sage ich.

»Das sagen Mütter immer«, sagt sie.

»Aber es ist bereits ein Jahr vergangen. So verstreicht rasch mal ein ganzes Leben.«

Sie macht sich von Peder frei und hakt sich bei mir ein.

»Wie gut, dass wir dich überreden konnten herzukommen«, sagt sie und betrachtet den Kinderwagen. Mit dieser Feder wollen sie sich alle gerne schmücken.

Michael kommt zu uns herüber. Er hat Bullers Haufen mit einer grünen Plastiktüte aufgeklaubt, diese zugeknotet und hält sie jetzt in der Hand.

»Gibt es hier irgendwo einen Mülleimer?«, frage ich.

»Sicher«, entgegnet er und lächelt geistesabwesend.

Zwischen uns ist es nicht mehr wie vor Lise, aber es wird zusehends besser. Wenn wir uns damals dagegen entschieden hätten, sähe alles anders aus.

»Ich liebe dich«, sagt er.

»Ich liebe dich auch, Schatz. Schmeiß die Tüte jetzt weg. Die ist unappetitlich.«

Ida lacht.

Es ist gut, dass wir Michael haben. Ich habe ihn angewiesen, auf seine ewigen Diagnosen zu verzichten, aber er kann es einfach nicht lassen. Der Junge hatte schon Malaria, Hirnhautentzündung und Mumps. Er sei auch ein besonders empfindliches Kind, behauptet er.

Aber ihm fehlt nichts. Er ist ein gesundes, fröhliches Kind mit Down-Syndrom.

Von der anderen Seite des Feuers kommt Magnus angelaufen. »Peder will euch was zeigen«, sagt er, und Buller bellt, weil Magnus so aufgeregt ist.

»Und zwar wo?«, frage ich.

Magnus führt uns den Hang hinauf weg vom Strand. Der Junge erwacht in seinem Kinderwagen und bewegt seine molligen Ärmchen.

Ida holt Peder ein.

»Wo wollen wir hin?«, fragt Mutter, findet alles aufregend und lächelt mich strahlend an.

»Können wir nicht angeln gehen, Peder? Können wir nicht angeln gehen?«, fragt William.

Peder führt uns weiter hinauf bis zum Steilhang.

»Das ist wirklich eine gute Idee«, sagt Mutter und strahlt.

Peder hat oben am Steilhang eine Bank aufgestellt.

»Eine familienfreundliche Bank«, sagt er. »Hier ist für alle Platz.«

»Er hat das letzte halbe Jahr im Fischerschuppen daran gearbeitet«, sagt Ida. »Sie ist schick geworden, oder?«

Michael hebt das Baby aus dem Kinderwagen, ein kleines warmes Bündel, und reicht es mir. Mein kleiner Junge.

»Komm, Mama«, sagt er und tätschelt mir die Hüfte. Meinetwegen soll er mich Mama nennen, wenn er das so spaßig findet.

Als wir auf der Bank Platz nehmen, spüre ich, dass die Tarotkarten in meiner Tasche liegen. Die hatte ich ganz vergessen. Diese verdammten Tarotkarten. Ich wollte sie eigentlich ins Johannisfeuer werfen.

»Alles Absterbende ist unnötiger Ballast, der deine weitere Reise behindert. Der Tod bittet dich, konsequent zu sein und Platz für dein neues Leben zu schaffen.«

Welch ein Schwachsinn.

Ich werfe die Karte mit dem Tod in den Fjord. Sie fällt langsam und wird vom Wind hin und her gewirbelt. Dann ist sie weg.

DANK

Ich danke der Tageszeitung *Politiken* und dem *Politikens Forlag*. Besonderer Dank gilt meiner Lektorin Helle Stavnem für ihre Geduld und ihren scharfen Blick.